古典文學研究輯刊

四　編

曾永義　主編

第17冊

《西廂記》二論

林宗毅　著

國家圖書館出版品預行編目資料

《西廂記》二論／林宗毅 著 — 初版 — 新北市：花木蘭文化出
版社，2012〔民101〕
目 2+250 面：19×26 公分
（古典文學研究輯刊 四編：第 17 冊）
ISBN：978-986-254-766-3（精裝）
1. 西廂記 2. 研究考訂
820.8   101001742

ISBN-978-986-254-766-3

古典文學研究輯刊
四 編 第十七冊   ISBN：978-986-254-766-3

《西廂記》二論

作　　者 林宗毅
主　　編 曾永義
總 編 輯 杜潔祥
出　　版 花木蘭文化出版社
發 行 所 花木蘭文化出版社
發 行 人 高小娟
聯絡地址 新北市永和區中正路五九五號七樓
　　　　 電話：02-2923-1455／傳眞：02-2923-1452
網　　址 http://www.huamulan.tw 信箱 sut81518@ms59.hinet.net
印　　刷 普羅文化出版廣告事業
初　　版 2012 年 3 月
定　　價 四編 32 冊（精裝）新台幣 52,000 元

《西廂記》二論

林宗毅　著

作者簡介

林宗毅（西元 1966 年～），男，出生臺中，畢業於臺灣大學中文系、碩士班、博士班，師事曾永義教授，從事古典戲曲研究，其中較突出成果為《西廂記》專題研究，相關重要專著有《西廂記二論》、《「西廂學」四題論衡》（兩書皆花木蘭文化出版社），以及《西廂記》改編（三久出版社），正進行《西廂記》鑑賞筆記整理。現職靜宜大學中文系副教授，開授《西廂記》專書課程，以期研究與教學相結合，並表一生樂此不疲。

提　　要

　　本論文分緒論、二論、結論及附錄四部分。

　　緒論檢討臺港及大陸地區《西廂記》研究概況，分作者、版本、主題思想、藝術成就、金批《西廂記》五方面評述。

　　二論為本論文主體。第一論「《西廂記》之淵源、改編和主題異動」，將數百年來三十四家《西廂記》的改編本或續作，就其故事情節內容和流變歷程進行考證和分析，從而分類探討其主題異動情形，為當今探討《西廂記》改編家數最多的專著，之後在博士論文《「西廂學」四題論衡》中復增入《拯西廂》，並存疑一種，影響學界深遠。

　　第二論「《西廂記》版本所具之深層意義」，探討晚明《西廂記》評點的發展，進而針對王世貞、徐渭、李贄、湯顯祖、陳繼儒等人的鑑賞性評點闡述，看出戲曲觀念的演進及其與時代思潮的關係。另針對金聖歎批改的《西廂記》探討，掌握其底本與批評的內在模式，並從其律詩「分解說」聯繫到戲曲「分解」的意義，印證金氏是從「文章」的角度評《西廂記》的藝術內涵，此為本論文最具創發之處。

　　結論對「《西廂記》學」提出頗多願景，某些已成真，而「《西廂記》版本集成的編纂」，大陸已在進行此一浩大工程，實令人興奮、期待。

　　附錄有三：關於《西廂記》研究論著索引彙整、晚明版本一覽表、俗曲微卷索引。

目次

前　言

　　《西廂記》雜劇不僅是元代、也是中國文學史上不朽的名著，置之世界文學寶庫中亦毫不遜色。歷來討論它的論述甚多，但就成為一門「《西廂記》學」〔註1〕而言，質與量都有可再充分發展的餘地。已出版或發表的單本論著及單篇論文，頗嫌「橫看成嶺側成峰」，不夠全面；更甚者，許多潛在之問題，竟無人顧及。故本文之撰寫論述，首在檢討《西廂記》的研究概況，次則針對其不足或值得探討的專題，予以深化研究。期能在回顧、整合之後，先求得學術能力之養成，進一步作重點突破，往後庶幾可作全面性研究。

　　論文分諸論、二論、結論及附錄四部分。

　　緒論旨在為「二論」作論前準備工作，檢討臺港及大陸地區《西廂記》研究概況，說明前輩時賢成就如何，現今尚可如何作其他方面之研究。〔註2〕

　　第一論「《西廂記》之淵源、改編和主題異動」。民國七十四年輔大研究生湯璧如所撰碩士論文《西廂記故事的演變——以鶯鶯傳、董西廂、王西廂為例》，因其所參考資料僅止於《西廂記》雜劇之淵源、轉化及形成，故所論之廣度、深度有限。此間，唯大陸學者譚正璧所撰〈王實甫以外二十七家西廂考〉，〔註3〕專力探討了《西廂記》問世以後直至清代六百年來，諸家續作、改編，分別

〔註1〕 大陸學者蔣星煜於《上海戲劇》（西元1987年6月頁8～9）發表〈「西學」在搖籃中叫嚷〉，逕謂《西廂記》研究一門學問為「西學」，文末並云：「作為一門科學，『西學』不如『紅學』那樣成熟，甚至人們也許根本不承認。但是，她已經出生，并在搖籃中叫嚷了，我們不能充耳不聞。這是客觀存在。」

〔註2〕 由於時日緊迫，現今外文能力及資料掌握有限，對於非華文撰述及臺港和大陸以外華文地區的論文暫時未予劃入檢討範圍。

〔註3〕 收入《曲海蠡測》，頁8～30。浙江人民出版社，1983年1月，1版1刷。

-1-

就其本事來源、情節內容和流變歷史進行考證和分析，雖屬初創之作，於學術界之參考價值甚高，甚至近年相關論文尚難出其左右。〔註4〕本論即在其基礎上做進一步的補充和探討。不過，因文獻的流失或研究環境的限制，對各改編本的介紹、分析，不得不採取有話則長、無話則短的篇幅分配。

　　第二論「《西廂記》版本所具之深層意義」。爲「《西廂記》學」最可發展之餘地。民國六十三年政大研究生陳慶煌所撰碩士論文《西廂記考述》、七十五年師大研究生曾瓊蓮所撰碩士論文《西廂記之版本及其藝術成就》，皆涉及版本之探討，兩者相隔十餘載，因限於版本散見各地，蒐求、複印困難，參考論文也不易見，故仍止於臚列、敍錄，難有新意。《西廂記》版本學上較有成就者，當推日本學者傳田章之《明刊元雜劇西廂記目錄》（西元 1970 年）〔註5〕、大陸學者蔣星煜之《明刊本西廂記研究》（西元 1982 年）、《西廂記罕見版本考》（西元 1984 年）、《西廂記考證》（西元 1988 年）、《西廂記新考》（西元 1996 年）及收入其他戲曲專著和散見各報刊的零星論文。〔註6〕今在二位前賢研究成果上，另拈數子題探討，皆罕見專文討論。

　　結論部分，除總結本文之外，對未來研究方向亦略作展望，尤其是對目前研究困境的突破，有所建言。附錄部分，「《西廂記》研究論著索引彙整」，是爲緒論撰寫所編的卡片資料，亦屬參考書目的一部分；「晚明《西廂記》版本一覽表」，是第二論第二節的副產品；「中研院史語所傅斯年圖書館所藏《西

〔註4〕　如金寧芬的〈試論王實甫西廂記的流傳及影響〉（《群眾論叢》，西元 1980 年 3 月）、陳慶煌的〈西廂記戲曲藝術對後世的影響〉（《文學與美學研討會論文初稿本》，淡江中文系主辦，西元 1980 年 6 月 9～10 日）。

〔註5〕　傳田章（Denda Akira 西元 1933 年～），1957 年在東京大學大學院人文科學研究科中國語學文學碩士課程畢業，以《西廂記諸本的研究》獲文學碩士。主要著作是《明刊元雜劇西廂記目錄》（東京大學東洋文化研究所，西元 1970 年），另有相關文章〈萬曆版西廂記の系統とその性格〉發表於《東方學》第三十一集（西元 1965 年）。

〔註6〕　《明刊本西廂記研究》，中國戲劇出版社，1982 年 7 月，1 版 1 刷；《西廂記罕見版本考》，（東京）不二出版株式會社，1984 年 10 月 20 日，1 刷；《西廂記考證》，上海古籍出版社，1988 年 8 月，1 版 1 刷；《西廂記新考》，學海出版社，1996 年 11 月，初版；另，《中國戲曲史鈎沈》收有相關論文 6 篇，中州書畫社，1982 年 9 月，1 版 1 刷；《中國戲曲史探微》收有相關論文 12 篇，齊魯書社，1985 年 12 月，1 版 1 刷；《中國戲曲史索隱》收有相關論文 1 篇，齊魯書社，1988 年 10 月，1 版 1 刷。蔣氏在《明刊本西廂記研究》後記云：「對於明刊本《西廂記》做一系列研究、考證工作，不知不覺已經三十年了，……」（西元 1982 年），如今則有四十年了，仍不斷有論文散見各報刊雜誌。

廂記》俗曲微卷索引」，原先是想編出一份目前可見之《西廂記》俗曲總目錄，
而且是另一論《西廂記》俗曲風貌初探的參考資料，後因未克處理完畢，故
僅先編出微卷目錄初稿，俗曲中的《西廂記》，則暫不予以討論。〔註7〕三者
一併附後，或可供學界參考。

　　最後，有幾件事要提：第一是，本論文試圖以「問題意識」為主，亦即
先問「為什麼？」再尋找「為什麼會這樣」的答案或結論，為的就是避免只
做整理或鋪敘的工作而已，而是以「問題」帶動思考。第二是，基本上本文
仍將《西廂記》歸為王實甫的作品，文中未特別註明刊本或改編者時，「《西
廂記》」即指王氏所作。又，引用《西廂記》原文論證時，採用的是凌濛初即
空觀鑒定本，這是因為現存數十種《西廂記》版本，無完全相同的兩本，不
得不選擇論證用之底本，一則也是因為凌刻本已是學術界公認校刻較精、體
例較近雜劇原來面貌的本子，當然凌刻本錯誤的部分本文是不會移植過來
的，必要時會引用需要之其他版本輔證。第三是，《西廂記》不僅可以當成學
術論題研究，就是當成生活藝術來欣賞，也是美不勝收，例如有幸寓目耳聞
的，就有錄影帶、錄音帶、DVD、VCD、CD、電影發行專刊、小說改本、酒
令、謎語、年畫、現代畫家畫本、磁磚、陶塑、捏麵、地毯、珠寶盒、鼻煙
壺、撲克牌、迷你屏風、剪紙、明信片、郵票、漫畫、兒童讀本等，多采多
姿。因此，這篇論文的寫作過程雖辛苦，卻有「不虛此行」之感。第四是，
感謝我的指導教授曾永義老師，亦師亦友般地鼓勵指正我，使我在學術研究
上有勇氣和決心走下去；以及吾妻李栩鈺，在我的撰述過程中，一直給我精
神和物質上的絕對支持，無怨無悔，這份情，不是言語所能表達的。還有碩
一的學妹長安靜美幫我翻譯了不少日文資料，以及一切曾在研究資料上予我
協助、方便的師長友朋們，在在使我永誌難忘！

〔註7〕指中央研究院歷史語言研究所傅斯年圖書館所藏之俗文學資料，民國62年由
　　　　曾師永義主持「分類編目中研院史語所所藏俗文學資料工作小組」，進行整
　　　　理、分類。本目錄即據微卷總目錄摘出，進行核對，而成初稿。該批資料僅
　　　　部分翻拍成微卷，其微卷總目錄末云：「以上中央研究院歷史語言研究所所藏
　　　　的俗曲，經過整理後，尚有很多重複的，尤其是雜曲方面，重複的未登入者，
　　　　將半數以上，但已登記者，亦有很多重複的。」未拍成微卷者，亦多重複，
　　　　且究竟該組在劉復、李家瑞編《中國俗曲總目稿》（上）（下）（文海出版社，
　　　　西元1973年2月，1版）上增加了多少《西廂記》俗曲資料，又與傅惜華編
　　　　《西廂記說唱集》（上海古籍出版社，西元1986年8月，1版1刷）所收內容
　　　　重複多少？皆需再做核對與整理。

緒論——臺港及大陸地區《西廂記》研究綜述及檢討

　　本章節根據所蒐集到的數百篇論文及若干專著進行綜述及檢討，間接參考了大陸各年度的《中國文學研究年鑑》〔註1〕（西元 1981～1987 年）〈古代戲曲研究概述〉部分，以及四篇文章：〈建國以來元雜劇研究之回顧〉〔註2〕、〈西廂記研究綜述〉〔註3〕、〈古代戲曲研究綜述〉〔註4〕和〈近年來西廂記研究綜述〉，〔註5〕以免漏述重要而無從得悉的研究成果。（論文索引編列於附錄一，請配合參看。）

第一節　關於《西廂記》的作者

　　古人關於《西廂記》作者為誰？早已眾說紛紜；今人亦然。古人之說，大抵有六，即：王實甫作、關漢卿作、王作關續、關作王續、關漢卿作晚進王生增、關漢卿作董珏續。後二說甚繆，故實際只有四說而已。今人論爭亦承其緒，擴而論之，再添兩說：元後期作家集體創作、元末無名氏作。

〔註 1〕　由中國社會科學院文學研究所《中國文學研究年鑑》編輯委員會編，中國社會科學出版社、中國文藝聯合出版公司先後出版。

〔註 2〕　李修生撰，收入《元雜劇論集》（下），頁 368～388。百花文藝出版社，1985年 5 月，1 版 1 刷。

〔註 3〕　收入寧宗一、陸林、田桂民編著的《元雜劇研究概述》，頁 181～207。天津教育出版社，1987 年 12 月，1 版，1989 年 7 月，2 刷。

〔註 4〕　王永寬撰，收入《一九八六年中國古代文學研究綜述》，頁 102～117。中州古籍出版社，1987 年 12 月，1 版 1 刷。

〔註 5〕　周續賡撰，見《文史知識》1988 年 2 月，頁 123～128。

一、王實甫作

可分爲兩組：

（一）生平考證與鈎沈

除戴不凡一文引起學界辯難，以及周續賡一文是重述朱君億觀點外，其餘各篇主要提供了《錄鬼簿》以外的可能資料，包括：《北宮詞紀》題爲王實甫作的〔商調・集賢賓〕（退隱）套曲、蘇天爵《滋溪文稿》卷二十三〈元故資政大夫中書左丞知經筵事王公行狀〉、劉將孫《養吾齋集》卷三〈送王實甫〉詩及其前言、揭傒斯《揚文安公全集》卷二〈題淵明歸去來圖〉和吳澄《吳文正集》卷十八〈王實翁詩序〉以及歐陽玄《圭齋文集》卷十四〈王大年詩帙〉等提到的「王實初」等，唯因各資料皆存在若干疑點及不可避免的矛盾，故至今仍難令人全然信服。〔註6〕

（二）王作《西廂記》

臺灣學者所撰只有王康〈慎作翻案文章〉〔註7〕及陳慶煌〈西廂記作者新探〉兩篇，前者引用資料有主王作、亦有主王作關續，觀點不一。後者因撰作時間較晚，明顯參考了許多大陸學者的說法，有整理之功而乏創發，並且連一些錯誤也承襲下來。〔註8〕所以，在這方面的討論，臺灣是遠不如大陸的。

〔註6〕 另外還有葉德均《戲曲小說叢考》卷上，頁332～333，對王實甫生平有所考證，但未涉及《西廂記》版權問題。劉蔭柏〈王實甫生平、作品推考〉本可分列兩組，但依其成果輕重歸入下一組。

〔註7〕 全篇著重在駁斥蔡丹冶〈西廂記作者是誰？〉一文，引用吳梅主王作及黃文暘主王作關補之資料作爲自己立論根據，觀點不一，姑置此類。

〔註8〕 如頁378云：「元周德清論曲（註14），舉《西廂》〔麻郎兒么〕說：『忽聽、一聲、猛驚』，〔太平令〕：『自古、相女、配夫』爲六字三韻句例。前一句見第一本第三折，後一句見第五本第四折，可證元代並未將《西廂》第五本視爲續本。」其注14云：「見明沈德潛《顧曲雜言》，或臧懋循《元曲選》，以及清《欽定曲譜》卷首所引周挺齋論曲。案：今本《中原音韻》正語作詞起例是處已爲人竄易，不可據。」其案語恰恰是以非爲是，再以非非是，之所以有此錯誤乃出自從古人以來就未「查回原書」而引起的。1980年，大陸學者董每戡〈西廂記發覆〉一文也是如此誤引。張人和〈西廂記六字三韻語誤引辨正〉（《文學遺產》，西元1982年1月）有極清楚之剖析。在此，我可以補充一條極便利之判斷法則，根據原文「六字三韻語」條下所謂的「不同韻腳，俱用平聲，若雜一上聲，便屬第二者」，而「自古、相女、配夫」，根本已落二等。

爲求謹愼，本人曾書面請教陳先生所據爲何？其答覆如下：「此一論點，清初毛西河在其《論定西廂記》（附錄）中已提出，目前大陸學界亦頗有人援引。愚以爲沈、臧及《欽定曲譜》所標者乃〈挺齋論曲〉，而非《中原音韻》所附

　　本組文章，主要特色在於抓住最早文獻《錄鬼簿》、《太和正音譜》，堅持在未發現更早記載文獻時，《西廂記》的作者仍宜歸屬王實甫。再者，他們皆能破主他說者之立論，但在「立」的方面，卻仍有許多疑點亦束手無措。如：趙景深一文針對魏復前所提「關作董續」的六項理由一一反駁、以及駁斥退翁所主張的「關作王補（《圍棋闖局》）」，條條直指對方癥結，然說到支持王作說的理由也僅僅是「在沒有找到此公元 1330 年《錄鬼簿》更早的記載以前，王實甫作《西廂》全二十一折這主張是永遠成立的。」六○年代左右，王季思與陳中凡的幾次論戰是最為精彩的，王氏非但使陳氏折服，而且勇於對疑點提出看法。錢南揚則繼王氏後再向陳氏問難，所提論據部分可以駁倒陳氏，部分則頗有可商榷之處。〔註9〕至於，證明《西廂記》原作有五本之多者，陳

之〈作詞起例〉。按今〈作詞起例〉之所以作「本宮、始終、不同」，主要係因其下有言『韻腳俱用平聲』，而〈挺齋論曲〉所引之『自古、相女、配夫』雖亦六字三韻，但已非三平韻矣，故不得不改易之，始合其所增訂——更為繁瑣與苛嚴之條例。即此亦可側知〈挺齋論曲〉當為〈作詞起例〉之底本。蓋於《中原音韻》刊行時，（或許較遲），始將〈挺齋論曲〉重新修訂，改稱〈作詞起例〉以作附錄。反言之，若〈作詞起例〉先〈挺齋論曲〉出，則此處必然不致有此差異；而三家之所引錄自非今日之面貌矣。《歷代詩史長編二輯》所收校者乃《中原音韻及正語作詞起例》，而非〈挺齋論曲〉；其實〈作詞起例〉之與〈挺齋論曲〉一詳一略，由於字數相差懸殊，或即以此，遂不校其異同，故未可知。要之，欲審定《西廂記》第五本作者之歸屬，自當依三家所據之底本——〈挺齋論曲〉；至於研究作曲之法，仍以後出轉詳之〈作詞起例〉為主。」
陳先生將〈作詞起例〉與〈挺齋論曲〉視為繁簡後先之兩種版本，且推測後者為前者修訂之底本，本人對這點仍有疑點，再度寫信向陳先生請教，內容如下：「謝謝您的回條指示，之所以有此疑問，乃曾見到一篇論及此異文的文章（按：即張人和〈西廂記六字三韻語誤引辨正〉一文）與您所見不同，今經重檢所蒐集之資料，總算又找了出來，順便寄給您看看。您談到〈挺齋論曲〉當為〈作詞起例〉之底本，但今仍可見元刊《中原音韻》而不見元刊〈挺齋論曲〉，何以對臧氏所引深信不疑？安知不是臧氏記憶有誤或為了肯定原本《西廂》為五本而加以竄改？這是我的疑問所在，望賜點之。」（民國 81 年 3 月 18 日）陳先生回函如下：「我以為臧晉叔《元曲選》所節錄之〈高安周挺齋論曲〉，雖難免有所疏，以致將《太和正音譜》某段誤入〈挺齋論曲〉（按：此現象張人和一文已指出）；然亦不可能故意將『本宮、始終、不同』竄改成『自古、相女、配夫』，蓋臧氏既未對周氏有所責難，亦未肯定《西廂》原為五本，是以知之也。至於沈德符始對『自古、相女、配夫』，略作批判，仍未嘗持之以證《西廂》原為五本也。直至清毛西河始據以論《西廂》五本。今人王季思即沿此說；其後，結集時之所以不再引用者，蓋以此條之證據亦嫌薄弱，究竟周德清在引文時並未標明劇名與作者故也，拙文擬亦本王氏此例，予以芟去。（民國 81 年 3 月 29 日）」
〔註9〕如其云：「元人以關、鄭、白、馬為元初四大家，這裡的鄭，自然應是鄭廷玉，

慶煌一文既然引用錯誤的論據，當然就不能證明這個問題了；霍松林也只是提出後一本的情節在《董西廂》中已有，所以理所當然有第五本；周續賡則從劇本結構、作品主題、矛盾衝突、人物性格等四方面論述了《西廂記》原作必然要有第五本的存在。香港學者羅忼烈則引毛西河《論定西廂記》的說法：「今之據爲王作者，以《正音譜》也。若據《正音譜》，則并無可爲續者。按《譜》所列每一劇，必注曰『一本』，一本者四折也。今實甫《西廂記》下明注曰『五本』，則明明實甫已全有二十折矣。」可惜羅氏也犯了未查回原書的錯誤。〔註10〕另外，值得注意的是譚正璧提出一個頗爲新穎的看法：「關漢卿不是沒有寫過《西廂記》，但他所作的不是現在流行的雜劇《西廂記》，而是用〈普天樂〉小令十六支寫的散曲《西廂記》。前者用來搬演，後者用來彈唱，而內容是一模一樣的。……可能是明人傳說《西廂記》爲關漢卿所作的由來。……至於誰作誰續之說的起來，可能原來并不單指雜劇，而是指一個人創作了《西廂記》雜劇，另一個人作了《西廂記》小令。到後來由於小令一時不見流傳，續作之說失去了依附，因而把五本的雜劇分爲兩截，（前四本，後一本）定爲一作一續，於是就有了『關作王續』、『王作關續』兩種不同的傳說。」〔註11〕

二、關漢卿作

楊晦一文曾有陳中凡〈關於西廂記雜劇的作者問題——對楊晦同志「關

而不是鄭光祖，因爲鄭光祖不是元初人，時代較晚。元代後期的作風漸漸崇尚辭藻，始以鄭光祖代替了鄭廷玉。大概王實甫的行輩稍晚於關、鄭、白、馬，故元初四大家中輪不到他。正如《琵琶記》後世推爲南曲之祖，而《荊》、《劉》、《拜》、《殺》四大傳奇中，反沒有《琵琶記》的地位，也因爲時代較晚的緣故。」姑不論鄭究指鄭光祖或鄭廷玉，錢氏以時代先後解釋排名，是否符合周德清原意，大有商榷之餘地。

〔註10〕《太和正音譜》所列每一劇並未如毛氏所云『注曰一本』，且王實甫《西廂記》下根本未『明注曰五本』。追根究柢，可能誤自臧晉叔著錄〈元群英所撰雜劇〉時已言明「以下俱見涵虛子」，事實上卻多有出入。

〔註11〕王綱《關漢卿研究資料匯考》（中國戲劇出版社，西元1988年4月，1版1刷）頁275。案：「此十六曲（〈普天樂〉）僅見《樂府群珠》，曲文多與《西廂記》雜劇同。頗疑係後人摘取《西廂》曲文，隱括而成，以《西廂》久傳有關作之說，故編選者以之屬漢卿。以無確證，姑從舊題。或以爲此曲先於雜劇，而《西廂》有關作之傳，正因漢卿曾作此曲，亦推測之辭。」《樂府群珠》雖爲明無名氏輯，然不似《錄鬼簿》般疑點滿布，目前尚未見有學者提出某曲誤題某人作，使得這條資料的可靠性又增加了幾分。

著王續」說的商榷）予以回應。總之，楊晦所持主要一條理由是清《祁州志》的記載：「關漢卿高才博學而艱于遇，因取〈會眞記〉作《西廂》以寄憤。」從而認爲「從這條材料裡可以斷定，《西廂記》是關漢卿的晚年之作。」不知何以楊氏寧可信清修地方志也不肯信元明人的文獻？《河北日報》一文也犯了同樣毛病，僅能當傳說掌故看，不能以事實視之。〔註12〕董如龍一文也舉了〈普天樂〉小令十六支爲證，結論卻大異譚正璧，他又結合了成化金台魯氏刻本《西廂》詠詞爲佐證，強調《西廂記》關作說的可信度勝於王作說。董氏更將歷來有關的關、王等說的主要材料，製成簡表，注意到了序跋、曲論中的資料，不過，遺漏的也不少，更有斷章取義以歸類的嫌疑。蔣星煜後來寫了一篇〈西廂記作者考──西廂記作者關王二說辨析之再辨析〉，認爲關漢卿作無任何有力證據。〔註13〕吳金夫一文除了也舉〈普天樂〉小令十六支，另外還有兩個論點：一是關漢卿有許多愛情內容的散曲，有的和《西廂記》關係密切；一是明人記載中說關氏作過《西廂記》。而反以爲「考查《西廂記》的作者，《錄鬼簿》和《太和正音譜》的記載，只能作爲參考資料，不能作爲主要的根據。」這種論調似難令人信服。

三、王作關續

鄭振鐸大概是接受了明代以來相傳王實甫構想甚苦，思竭仆地而死的說法，〔註14〕因此才說：「所以王實甫的《崔鶯鶯待月西廂記》，便計劃著空前

〔註12〕文章標題下有「知人」、「發生」等小字，疑是小標題，非撰文者化名。本報導後經張東焱寫成摘要，發表於 1985 年 7 月 10 日《青年評論家》。

〔註13〕董氏一文，如陸天池、樂蕮碩人的說法就沒有列入表中。又，將王世貞《曲藻》中的意見歸爲王作說，似可再商榷。其原文云：「《西廂》久傳爲關漢卿撰，適來乃有以爲王實夫者。謂：『至郵亭夢而止。』又云：『至「碧雲天，黃花地」而止。此後乃漢卿所補也。』初以爲好事者傳之妄。及閱《太和正音譜》，王實夫十三本，以《西廂》爲首，漢卿六十一首，不載《西廂》，則亦可據。第漢卿所補商調〔集賢賓〕及〔挂金索〕……俊語亦不減前。」很明顯，董氏只取「則亦可據」以前而妄歸王作一說。〔集賢賓〕、〔挂金索〕乃第五本第一折曲牌，王世貞不贊〈長亭送別〉一折之「俊語亦不減前」，足可證明王氏是較傾向於王實甫作前四本，而關補後一本的說法，而不再相信關作之說了。另，蔣氏該文收入《西廂記考證》一書，頁 181～191。

〔註14〕清梁廷枏《曲話》卷五：「世傳實甫作《西廂》，至『碧雲天，黃花地，西風緊，北雁南飛』，構想甚苦，思竭，扑地遂死。……」乃直承王世貞《曲藻》而來，世俗稍加附會而成。參見註13。

的一個大劇，以五本平常格律的雜劇，連接起來，來敘寫這個故事。至於以何因緣，只寫到第四本而未寫第五本，卻不是我們所能知的。據我們猜想，大約不外於死亡奪去了實甫的筆。實甫死後，同時代的最善於作劇的關漢卿，便繼其未完之志，將第五本續完了。」這種臆測是有違鄭氏平時的學術態度的。張永明二文，前者乃因蔡丹冶一文而發。兩篇文章觀點一致，只是後者多撿拾了一些資料而已。原則上，張氏文章毫無推論過程，儘撿利於自己的論據，對於何以前人有的主張關作或關作王續等說法，既不辯難也不提。陳賡平一文從社會心理解釋，關漢卿是應觀眾要求補寫大團圓的第五本，因為是急就章，所以風格與其他作品不類，也由於創作太多，以致《錄鬼簿》疏於記載。蔣星煜一文一反陳賡平的主觀推理，純從版本上客觀地考證：「觀現存明刊本《西廂記》諸序跋，明確提出全劇五本係王實甫一人所寫者尚未發現。」因此結論只能是王作關續。〔註15〕

四、關作王修

只有孔繁信〈雜劇西廂記作者新探〉一篇。作者認為「……《西廂記》的原作者是關漢卿，今傳本《西廂記》是『關作王修』」，並以為「關作《原本西廂記》問世後，就有很多人不斷地傳抄、修改、增補。其中修改《西廂》卓有成效，貢獻最大的要數王實甫。這樣一來，從元代開始，就有關作《原本西廂》和王修本《西廂》兩個系統的本子在社會上流傳。……由於兩種版本在世上流傳，後來的讀者、文人、研究者，對這兩類本子進行比較、鑑別，便產生了種種看法和評價……。」以及依〈崔張十六事〉推斷關作原本為四本十六折，從〈遇豔〉至〈完配〉止，爾後經王實甫修改增補為五本二十一折。

從趙景深〈西廂記作者問題辨正〉一文，知尚有「退翁主張關漢卿作，王實甫僅補《圍棋》一折。」的說法，此說不足信，趙氏已辨正很清楚。

〔註15〕蔣氏本文靈感來自張庚、郭漢城編的《中國戲曲通史》第二編〈北雜劇與南戲〉第二章第三節所引：「迄今所掌握的最早《西廂記》刊本，是弘治十一年（西元1498年）北京岳家書坊重刊印行的。這個本子，沒有標明作者姓字；但在書中所附的雜劇裡，卻用了兩支〔滿庭芳〕曲子，分別嘲詠了戲的作者王實甫和關漢卿。明崇禎十二年（西元1639年）的張深之校本，則逕稱此劇為王實甫編、關漢卿續。據此一般認為，此劇係王實甫所作；也有人認為，其第五本乃關漢卿所續。」依此，蔣氏接著說：「我認為這對《西廂記》作者問題的研究開闢了新的途徑。為什麼這樣說呢？書的作者當然應該首先看書本上對作者姓字如何題署的，其他論著、方志、筆記只能作為旁證。」

五、關漢卿作董珪續

魏、蔡二氏所持理由，已一一由前賢所破（見前所敘），故此說實可不必再予討論。

六、元末無名氏作

周妙中從風格、結構、體例上提出他的看法，認為「《西廂記》雜劇很可能和關、王等人無關」，而是無名氏嫁名關王。鄭因百（騫）先生部分意見同於周氏，其假說是：「我以為《錄鬼簿》王實甫名下著錄的《西廂記》，亦即王作原本，久已失傳，從明朝到現代流行的《西廂記》，其作者既非王實甫，更非關漢卿，而是元末明初的一個失名作家，但其中可能有若干部分因襲實甫原作。」其論據共六項：「一、題目正名與《錄鬼簿》不同；二、折數特別多而《錄鬼簿》未注明；三、多用長套；四、不守元雜劇一人獨唱的成規；五、體製篇幅極像《西遊記》及《嬌紅記》；六、曲文屬元劇末期風格。」鄭先生本文著重運用歸納法及從歷史發展脈絡中看《西廂記》之所以突出的特色，是臺灣在《西廂記》作者問題方面最有創見的一位學者，唯鄭先生著重在「立」己之見，相對的，若拿王季思一派學者的說法相比照，可能仍有商榷的餘地，如南戲對雜劇影響的早晚、元末何人有此高才寫成《西廂記》、部分因襲王作指何種程度的因襲、是否到元末明初才有可能出現體製篇幅長達多本的雜劇？〔註16〕再者，鄭先生當時所見版本有限，因此過分提高劉龍田本《西廂記》的重要性。〔註17〕鄧綏寧雖同意鄭氏說法，卻做了些許修正：「王

〔註16〕周德清在元泰定元年（西元1324年）所著的《中原音韻》一書，有兩處論及《西廂記》，其一在〈作詞十法〉書：「前輩《周公攝政》傳奇〔太平令〕云：『口來、豁開、兩腮』。《西廂記》〔麻郎（兒）〕么云：『忽聽、一聲、猛驚』，『本宮、始終、不同』。韻腳俱用平聲：若雜一上聲，便屬第二著。」周氏所引《西廂記》〔麻郎兒〕么篇六字三韻句例，前者見今本《西廂記》第一本第三折，後者見第二本第四折。已是多本連演的劇本了。

〔註17〕鄭因百先生認為：「弘治本是現存最早的版本，也就最接近《西廂記》本來面目，劉龍田本雖稍晚出，但是沒有後人改動的痕跡，與弘治本小有歧異卻屬於同一系統。」，「我們討論《西廂》作者，當然要根據時代較早而接近原作未經改動的版本，所以我用的是弘治及劉龍田本，而以其餘三本（按：指王伯良本、凌濛初校刻本、金聖歎評本）為參考。」姑且不論後來發現的《西廂》殘葉，及是否弘治本最接近原本，劉龍田本沒有後人改動的痕跡，茲就選擇劉龍田本而言，並不很適當，因劉龍田本屬《重刻元本題評音釋西廂記》系統，劉龍田本之前尚有萬曆八年（西元1580年）的

著雖經明初人的竄改，但據我的推斷，在曲文方面的變動不會太大，所以還不致損傷原著的精采。」

七、元後期作家集體創作

僅陳中凡〈關於西廂記的創作時代及其作者〉一篇如此主張。陳氏與王季思反覆討論後已放棄此一看法。

八、第五本作者問題

三篇看法大抵一致，論點頗似清金聖歎看法，也未提出第五本可能誰作，馬玉銘則確切表示既非王作亦非關作。

第二節　《西廂記》版本的研究

臺灣公藏《西廂記》，明清刊本不下三十本，大半集中在故宮博物院和國家圖書館兩處，但研究情況似乎不夠熱絡，僅有鄭百因先生〈西廂記作者新考：附西廂版本彙錄〉、〈西廂記版本彙錄補遺〉〔註18〕、羅錦堂〈西廂記齣目考〉、張棣華一系列如同書目解題的短篇文章，及前言所提幾篇碩士論文。除因版本學較具專業性及略顯枯燥，碩、博士等年輕學者多不願涉入太深外，亦如鄭先生所概嘆：「若夫會合諸本，較其異同，論其得失，進而撰寫《西廂記》版本之精詳目錄，且附以提要，則非僻處海隅所能從事，惟有寄望於將來矣。」〔註19〕個人以為要做好這份工作，至少需臺海兩岸及日本三方面共

徐士範刊本、萬曆二十年（西元 1592 年）的熊龍峰刊本，兩者現在皆存，故選徐士範刊本，應較理想。鄭先生原附《西廂記版本彙錄》「明刻本第一類：其書原本現存，或兼有覆刻影印之本流傳者，共二十二種。」其中並不見徐氏、熊氏（疑「第二類：僅據著錄知有其本而未見原書者，共十四種：其中若干種恐永遠不能復見。」中「萬曆間熊氏刻本」即指此本）：不過，稍後發表的〈西廂記版本彙錄補遺〉，首二本即是，蓋據傳田章《明刊元雜劇西廂記目錄》補入。今二本，前者藏中國國家圖書館、後者藏日本內閣文庫、東北大學附屬圖書館。若能得到影印本或微卷，鄭先生當然會選用徐士範刊本。

〔註18〕鄭因百先生自認：「予編此兩目，僅據大興傅氏（按：即傅惜華）之《元人雜劇考》及傳田兩家著錄，彙輯而成，事等鈔胥，功非撰述。」可知亦借鑑了大陸及日本學者的研究成果，再重新分類，另加零星考訂意見。

〔註19〕見〈西廂記版本彙錄補遺〉。

同攜手合作，因爲這是目前世界所藏《西廂記》版本較多的三個地方。〔註20〕

無疑的，以研究成果來看，《西廂記》版本學的重心是在大陸。而就目前發表論文的質量及研究興趣的持續而言，自鄭振鐸、傅惜華後，蔣星煜四十年來努力的成果是值得肯定的。其研究文章可分三類：（一）關於明刊本《西廂記》的考證；（二）關於清刊本《西廂記》的考證；（三）關於《西廂記》完成時代、曲文異同，以及插圖、附錄作者等雜文。其中第一項用力最勤，對現存明刊本作了初步探討爬梳，並理出其系統，雖然若干版本已失傳或流至海外，以及萬曆後期至明末的十幾種版本，未能納入系統中，但對於了解《西廂記》的南戲、傳奇化的程度問題仍頗有助益。更由於長江後浪推前浪，後出轉精，蔣氏在前人研究成果上進一步深入探討，指出不少前人過去研究上的若干缺失或缺點。如〈徐士範刊本西廂記對明代題評音譯本的影響〉，指摘了早期鄭振鐸一些文章的錯誤；〈傅田章對西廂記版本學的貢獻——評明刊元雜劇西廂記目錄〉一文，除了肯定傅田章的努力、貢獻外，也實事求是地提供了一些意見，對傅田章該書未來第二次的增訂，相信是會有幫助的。〈琵琶本西廂記考〉一文則是對日本久保得二、傅田章二氏研究《西廂記》的一點補正。

〔註20〕 傅田章《明刊元雜劇西廂記目錄》前言云：「早期研究《西廂記》版本的應屬久保得二氏的研究，其後有故鄭振鐸氏的論文，長澤規矩也教授有未發表的版本目錄稿，但戰後田中謙二教授的詳細研究公開之後，明版的基本評價於是受到肯定，網羅性目錄在 1954 年有傅惜華氏的《元代雜劇全目》，我國關於《西廂記》的傳存本不完備，且其後又發現一、二種新版本，故在此將增補傅惜華氏的作品，整理版本目錄。」、「明版《西廂記》在日本有相當多的數量。若將《雍熙樂府》也算進，則內閣文庫的四種收藏，故鹽谷溫博士藏書的天理圖書館的六種是應爲人知的，加上書陵部、京都大學各兩種、東洋文庫，無窮會圖書館、お茶の水圖書館、東北大學各一種，並私人收藏數種，另京都大學有曲譜一種。以上各版本雖亦有相互重複者，但在日本的佚亡孤本即近十種。」（以上據長安靜美同學譯文），可知日本的《西廂記》存本是不容忽視的。另，蔣星煜〈日本對明刊本西廂記的版本研究〉（《讀書》，西元 1980 年 4 月）一文也提到：「可喜的是近數十年日本在研究明刊本《西廂記》方面繼續不斷地在進行，發表了田中謙二《西廂記版本之研究》和〈西廂記諸本の信憑性〉、傅田章〈萬曆版西廂記の系統とその性格〉等論文……。」、「其中如日本內閣文庫所藏熊龍峰刊余瀘東校正的《重刻元本題評音釋西廂記》、日本內閣文庫所藏稜陵繼志齋陳邦泰刊本《重校北西廂記》、日本天理圖書館所藏萬曆間游敬泉刊本《李泉吾批評合像北西廂記》等版本都很罕見，我在北京圖書館、上海圖書館善本書中都沒有發現，以爲都已經失傳了，……。」亦可見日本不失爲「《西廂記》學」的一座研究重鎮。

　　大陸學者除蔣氏外，值得一提的尚有張人和，多次爲文與蔣氏辯論，使我們有幸從中更了解《西廂記》的版本真相。另外，尚有譚正璧〈王實甫以外二十七家西廂考〉探討各改編本之本事內容（參見前言）、王麗娜致力於《西廂記》漢文以外譯本的敘錄，以及譚帆對《西廂記》評點系統的研究，都是令人欣見的成果。

　　更值得一提的是《新編校正西廂記》殘葉的發現，[註21] 共有蔣星煜〈新發現的最早西廂記殘葉〉、段淶恆〈新編校正西廂記殘葉的發現〉、吳曉鈴〈春院欣聞閉不閑——双梧掇瑣之五〉、周續賡〈談新編校正西廂記殘葉的價值〉[註22] 等四篇討論文章。一致認爲它是元末明初之間的一種刻本，對《西廂記》本來面目的探求推測是有幫助的。

　　另外，民國四十一年秋臺大歷史系教授方豪，在西班牙的愛斯高里亞（Escorial）的聖勞倫佐（San Lorenzo）圖書館中發現一些元曲資料——《風月錦囊》，[註23] 經羅錦堂、劉若愚先後爲文爬梳整理，知其中收有幾近全本的《西廂記》，且年代在永樂十九年（西元 1421 年）以前，十分珍貴。[註24] 民國七十六年臺灣學生書局影印《風月錦囊》出版，使此孤本重現世間。

　　至於金批本《西廂記》的問題則留待第五節一併討論。

[註21] 據吳曉鈴〈春院欣聞閉不閑——双梧掇瑣之五〉一文云：「一九七八年八月十七日，北京中國書店的蕭新祺君寫信給我說：『近在整理古書中發現元刊明印本《通志》書皮背面裱一葉《西廂記》，不知何時刻本，尚請暇時示知，爲盼。』知此殘葉最晚發現時間不得晚於一九七八年八月十七日。又其註1云：「一九八二年十二月，文化藝術出版社《戲曲研究》第七輯刊段淶恆〈新編校正西廂記殘葉的發現〉稱發現於一九八○年。又見本年周續賡稿稱『新發現』，均未確。」吳氏該文提到：「最早撰文論列這個殘葉的，除了一些報導以外，我所見到的當推蔣星煜先生的〈新發現的最早西廂記殘葉〉爲首。」註2中僅指明該文發表刊物，卻未一併也指出蔣氏文中亦云發現於 1980 年，後該文收入《明刊本西廂記研究》，書影部分卻說是 1979 年，前後自相混淆。

[註22] 本文發表於《文學遺產》，1984 年 1 月，且文章開頭提到：「據有關專家王季思、吳曉鈴等同志鑒定，一致認爲它是明初或元末一種《西廂記》刻本，……。」與吳氏一文所提：「刊刻年代當在明代初期，如果大膽一些，則在元代末季，……。」相符，而與其註1「又見本年（按：西元 1983 年）周續賡稿」云云不符。故周氏可能於 1983 年曾對此殘葉發表看法。

[註23] 見羅錦堂〈論飲虹簃所刻曲〉。

[註24] 《風月錦囊》收有《西廂記》的第一本，第二本第二、三折，第三本第一、二折（不全），第四本第一、三折，第五本第一折，但所有的楔子皆略，賓白也省略很多。詳細情形請參考羅錦堂〈風月錦囊〉、劉若愚〈風月錦囊考〉、彭飛、朱建明〈海外戲曲孤本風月錦囊的新發現〉。

第三節　《西廂記》的主題思想

　　不管是《中國文學史》或各種《西廂記》專著，都會討論到《西廂記》的主題思想爲何？除此外，單篇討論《西廂記》主題思想的文章反而少見。而所能見到的文章大都聯合〈鶯鶯傳〉、《董西廂》而論，指出之間主題的異動與深化，大都能夠結合歷史的背景，指出其反對傳統禮教、門閥制度的思想。當然，也有一些文章犯了以今人視古人的毛病，過分苛求人物性格應如何又如何，而這又涉及了「改編」的問題。

　　比較特殊的是楊晦〈再論關漢卿──關漢卿與西廂記問題〉一文，獨排眾議，據清乾隆二十年（西元 1755 年）新修本的《祁州志》一條資料（見前引），說關漢卿作《西廂記》以寄憤，此說甚不可取，前賢陳中凡已詳駁之。賀光速〈論西廂記系統的文化內涵〉一文論點亦非常新穎，根據歷代西廂故事所表現出的不同主題，把西廂故事分爲南、北兩個系統；并以西廂故事的發展歷程爲線索，從縱的方面論述了造成這兩個系統差別的文化根源，結合整個文學史對《西廂記》系統的文化內涵的意義做了客觀上的闡述。但作者顯然爲了將模式強套在各西廂故事的比較分析上，論說不是很令人信服的。〔註25〕

　　王季思校注《西廂記》前言，認爲《西廂記》五卷全圍繞著「願普天下有情的都成了眷屬」這個主題發展。段啓明《西廂論稿》則認爲「『願天下有情都成了眷屬』，是作者的理想，而不是作者的主題。」、「《王西廂》的結局毫無疑問是一種妥協，」是王實甫爲了實現理想而不得不採取的辦法。由此遂有結局應如何？本劇應屬悲劇或喜劇等問題產生，一併在下節討論。

〔註25〕如對《董西廂》和《西廂記》結局的看法，就顯得有些勉強：「對於鶯鶯的出逃，在漢民族文化思想中，無疑會被視爲『淫奔』，而對於過著游獵生活，整日在廣袤的草原上馳騁、游蕩，具有一種放蕩不羈的個性的北方民族來說，爲追求愛情的幸福而遠走高飛并非什麼辱沒祖宗、敗壞風俗的事。因此，在《董西廂》中這個情節可以毫無顧忌地寫出來，但到了王實甫的時代，則失去了這樣的機會。元代統一全國後，人們面對的環境不只是『天蒼蒼，野茫茫，風吹草低見牛羊』的大草原，也有高度繁華的商業城市和自給自足的農莊。由於生活方式的改變，封建文化的浸潤，北方少數民族文化中自由開放的民族意識日趨淡漠，而封閉保守的成分卻與日俱增；文學由娛樂轉爲教化，藝術追求也由低俗向合於封建禮法的雅正發展。人的主體地位被社會的主體地位所替代。雖然元雜劇體現的仍是北方文化的特色，但已經暴露了其中的隱憂──封建禮法觀念的作用。」由於作者過於拘泥南北系統的文化背景，因此才會將人物的塑造及情節的鋪敘（如《董西廂》的法聰及占了六分之一篇幅的〈寺警〉一節）統歸於南北文化的不同。

第四節　《西廂記》的藝術成就

本節分兩部分討論：一、人物形象、情節結構、語言藝術；二、結局及其改編問題，以及所謂「悲劇」或「喜劇」。

一、人物形象、情節結構、語言藝術

人物形象的討論集中在崔鶯鶯、紅娘、張生三人身上，大致上對這三個人物的性格心理看法都相去不遠。有的從〈鶯鶯傳〉、《董西廂》、《西廂記》看人物的塑造、典型的轉變與修正，如段啓明〈西廂三幻同名人物性格辨〉、林文山〈論張生〉和〈論紅娘〉〔註26〕、蔡運長〈從董、王西廂的比較中，看張生的形象塑造〉。林文山雖時有新見，〔註27〕卻堅持《金西廂》對人物行動、語言的修改比《西廂記》更爲妥切，所以林氏所論的張生、紅娘等人物，其實是指金批本下的張生、紅娘。戴不凡《論崔鶯鶯》一書，花了很大力氣疏解曲文中何者爲背躬、旁白，何者爲對話，以明鶯、紅之間的衝突，若撇開文學形式而言，確屬高見，但戴氏同金聖歎犯了同樣的毛病，所評「乃文人把玩之西廂，非優人搬弄之西廂也。」〔註28〕沒有考慮到中國戲劇的特殊表現形式。何況，如果一定要把鶯鶯和紅娘互相交流內心活動的所有對白都解釋成「背躬」，其實是做不到的。有一些文章則是從《西廂記》與中國其他文學作品如《牡丹亭》、《紅樓夢》或外國作品中如《羅密歐與茱麗葉》相比較。

另外，秦效成〈論知識素養在鶯鶯形象塑造中的作用〉認爲：「如實地把握知識素養在崔張愛情實現中的重要作用，還將大有助於對這一年輕女性形

〔註26〕兩篇文末皆注明「本文爲作者《西廂六記》之一，本刊作了刪節。」知有六篇，除〈論老夫人〉著錄外，其餘三篇所論爲何，皆不詳。

〔註27〕如〈論張生〉一文指出《董西廂》和《王西廂》對〈寺警〉的處理皆不妥當，前者已多人談及，後者確是林氏獨見，其云：「就如拿〈寺警〉中的張生來說，這個鼓掌而上的情節，固然有他對賊軍蔑視的一面，同時也顯然有他對付老夫人的一面。而後者無論如何是不可取的。有膽識才智在這時要弄老夫人，倒不如把這種膽識用來對付老夫人的賴婚更高尚一些。……這裡的問題，首先不在張生是機智還是懦怯，而在於張生是見義勇爲還是乘人之危。一個正派的見義勇爲的人，又確有退兵之策，就不會提什麼條件，也不會等到人允諾什麼，而是主動地在鶯鶯提出第三計之前，甚至在她提出第二計、第一計之前，就把自己的退賊計劃公（原文作「分」，不通）布出來。」不過，林氏顯然忘了有鶯鶯的五便三計，才有老夫人的許婚、賴婚，也才有了反傳統禮教、門閥制度的一部《西廂記》。

〔註28〕見李漁《閒情偶寄》卷三〈填詞餘論〉。

象典型意義的全面理解，從而糾正對她評價的一些片面性認識。」周寅賓〈論古代戲曲心理過程的描寫〉將人的心理過程分為認識、情感、意志三種過程，並從心理學角度舉例剖析《西廂記》作者如何從認識過程來表現性格。兩者以較新的角度研究人物形象的塑造、發展，頗有新意。

細一點的論點，甚至討論到崔鶯鶯在夫人賴婚的宴上是否有「擲杯」的動作出現，雖是衝突、高潮的安排，但關涉到人物性格的認識，不得不辨明。如陳凡〈讀西廂記隨筆〉一文首提鶯鶯擲杯之說，立刻引起陳朗〈對讀西廂記隨筆的商榷〉之質疑，不久陳凡又寫了〈答對讀西廂記隨筆的商榷〉，仍堅持己見。事隔幾年，戴不凡《論崔鶯鶯》及再晚十餘年的段啓明《西廂論稿》、董每戲《五大名劇論‧西廂記論》皆對陳凡說法進行責難，這場長達二十年的筆戰是極精采的。

情節結構方面，結局部分討論的文章最多，因為牽涉到所謂的「悲劇」或「喜劇」之戲劇樣式問題，此處要先談的只是高潮、懸疑、矛盾衝突一類情節布局方面的問題。

就戲劇衝突、矛盾而言，各本專著或單篇論文都指出了《西廂記》的戲劇衝突有兩條線索，一是老夫人（包括鄭恆）為一方，同鶯鶯、張生、紅娘為另一方之間的衝突線；二是鶯鶯、張生、紅娘之間的衝突線，兩條線索相互制約，交錯展開，如段啓明、王萬莊等都如此主張。寧宗一〈創造性的改編——從鶯鶯傳到西廂記的情節典型化和主題提煉〉則認為：「《王西廂》戲劇衝突特點在於：每一本雜劇都有自己的主要衝突，因而造成每本雜劇的強烈的戲劇性；而五本雜劇又具有一個完整的貫穿全劇的基本衝突，每本雜劇在主要衝突解決以後，就給予基本衝突以影響，基本衝突不僅沒有消失，反而採取逐步激化的形式，一步比一步尖銳，一層比一層強烈。這就構成《王西廂》全部戲劇性的根基。」段啓明就《西廂記》的藝術手法，提出了「高潮」、「懸念」、「突轉」等戲劇理論概念，指出〈賴婚〉是「邏輯高潮」、「拷紅」是「情感高潮」；認為「戲劇情節的展開，從某種意義上來說就是一個個『懸念』的設置和解答。」、「所謂『突轉』，是指劇情突然發生了一百八十度的大轉變，向著相反的方向發展了。」最特殊的是段氏以為『突轉』雖然具有突然性，但它不同於突然發生的意外事件。」因此，〈賴婚〉、〈賴簡〉是「突轉」，而〈寺警〉卻不是。對於清代戲劇家李漁所云：「『白馬解圍』四字，即作《西廂記》之主腦也。」〔註29〕直斥為

〔註29〕見李漁《閒情偶寄》卷一〈結構第一‧立主腦〉。

「這個見解是不正確的。」只能稱爲戲劇理論中的「吃驚」。近幾年來，研究方法又有所突破，其中李曉《比較研究：古劇結構原理》一書〈第四章：一般結構的類型與分析〉，以結構坐標系的解析法繪出《西廂記》的結構曲線圖，頗有創見。〔註30〕

　　語言藝術方面，一般看法，仍維持後一本不如前四本的看法。不過，單獨分析語言藝術的單篇文章其實不多，專著中倒是都會特闢一節討論。從單篇論文的題目就可以明顯看出：《西廂記》全本最膾炙人口的是〈長亭送別〉一折，得到一致的讚賞——「情景交融」或「情境交輝」。不容否認，這是語言藝術達到具有典型性的一折，雖可「嘗鼎一臠」，但對《西廂記》如此的經典作品來說，無疑的是太可惜了。因此，我們才更樂見《西廂記鑑賞辭典》的問世，它除了帶有資料匯編的性質外，〔註31〕亦如其凡例二所云：「本書在《西廂記》每一本的每一折（包括楔子）原文後面附一篇賞析文章，即是一個詞條；〈前言〉對《西廂記》成書過程、藝術價值作了全面評價。〈前言〉與各折賞析文章、附錄部分合起來，即是一部完整的評賞《西廂記》的論著。」正因其長達四百餘頁的篇幅，所以在賞析方面做到了極細膩的地步，汲取前賢不少的研究成果，〔註32〕稱得上是集大成之作，而不僅止於普及化的通俗讀物。同性質的兩部《元曲鑑賞辭典》，也選析不少折子。

二、結局及其改編問題，以及所謂「悲劇」或「喜劇」

　　有不少文章討論到《西廂記》的結局，在辯難的過程中，涉及到對人物性格理解的不同，更重要的是，或因此而主題思想亦隨之異動，觸發了「悲劇」或「喜劇」的爭辯。

　　張江東〈試談西廂記的清理〉認爲：「現在有些人處理《西廂記》時，在驚夢之後加上了鶯鶯的私奔，我認爲是值得商榷的。如果加上鶯鶯私奔，那

〔註30〕中國戲劇出版社，1989年1月，1版1刷。頁71～83。爲作者碩士論文。

〔註31〕該書凡例五云：「本書在正文之後，於附錄部分介紹了《西廂記》作者王實甫，《西廂記》版本，宮調、曲牌、方言、俗語，它的淵源——元稹的〈鶯鶯傳〉、秦觀、毛滂的〈調笑轉踏・鶯鶯〉、趙德麟的〈商調蝶戀花鼓子詞〉、董解元《西廂記諸宮調》，以及歷代名家對《西廂記》的評論，國內外研究《西廂記》的資料索引，《西廂記》與普救寺，《西廂記》名句、佳語索引等，以方便讀者查檢閱讀。」

〔註32〕該書凡例七云：「本書在編撰中吸收、借鑑了王季思、吳曉鈴、霍松林、祝肇年、蔡運長、張燕瑾、彌松頤、蔣星煜等前賢的研究成果，……。」

就是說夢境的想像已經實現，那又何必驚夢呢？……我認為應該保留《西廂記》中這一傑出天才而富有鬥爭意義的驚夢，不必要畫蛇添足的用私奔來作為結束，因為在勞動人民已經摧毀了反動統治，獲得了真正的婚姻戀愛自由的今天，私奔並沒有現實意義，相反卻損害了《西廂記》的完整。驚夢已經充滿了鬥爭意義和樂觀精神了，我們沒有理由抹煞它豐富的深湛的反抗精神。」程以中〈論西廂記的現實性〉則認為：「當封建思想統治著社會的時代，他們又出身於地主階級的家庭，深受禮教思想的束縛，不可能有力量背叛他們的階級，徹底地反抗禮教來爭取婚姻的反抗性。……所以《西廂記》的結局必然是一個悲劇，……。」稍後的靳先附和張氏，寫了〈驚夢比私奔合理〉，影人則從鶯鶯性格的發展認為「私奔可以作為結束」。西元 1959 年此問題又被炒熱，王冬青提出兩項理由反對以私奔結尾：「一來，婚姻不自由的時代已被無產階級的革命徹底埋葬了，人們不必仿效鶯鶯的私奔；二來，鶯鶯內熱外冷、矛盾重重的典型性格，是受著封建社會相國小姐歷史的典型環境所決定，讓她私奔，會造成今人、後人對鶯鶯所處時代的模糊概念，并騎私奔是不必要的。」曲六乙認為鶯鶯不是凝固的形象，可以任作者賦予任何的可能性格發展，但他不同意王冬青的說法，反駁道：「……說鶯鶯『私奔，會造成今人、後人對鶯鶯所處時代的模糊觀念』則更不能成立。難道文君、紅拂、寶釧和翠屏，不都是和鶯鶯同處在封建社會的早期和中期麼？前兩位的私自逃奔和後兩位的公開明奔，在舞台上演了幾百年，經歷了千萬觀眾，從未見有人責難他們模糊了時代，而今天竟有人對鶯鶯提出責難，豈不哀哉！」此外，曲六乙又從戲曲史觀察，指出「反映婚姻主題的傳統劇目，喜劇和正劇多於悲劇。」、「王本《西廂記》是部完整的經典的喜劇」。朱素君〈鶯鶯的歷史局限性與階級局限性〉一文認為結束可以各不相同，但要合乎人物性格的發展，「最不足取的是張珙中式，夫妻團圓，這樣并沒有違反相國夫人所堅持的三代不招白衣女婿的清規，可以說成是鬥爭的勝利，實際也可以說是妥協。」、「驚夢和長亭都是給人以懸念的手法，我以為長亭勝於驚夢，在拷紅以後，戲應該急轉直下了，後面的場子愈多，愈要遮掩拷紅的光采。」王爾齡〈西廂結尾之我見〉提出一個有趣的建議，讓鶯鶯私奔到草橋客店與張生雙雙起舞，又不點破是真是夢。姜銘〈鶯鶯不宜起舞——也談西廂結尾〉認為會削弱戲劇效果，不能滿足觀眾希望「明確」的要求。何鈍〈鶯鶯和紅娘〉認為私奔對鶯鶯在舞台上的地位提升有幫助，可避免紅娘喧賓奪主。張家英

〈鶯鶯所以私奔——也談西廂記的結尾〉總結各家說法後，贊成「私奔」的結尾處理。

以上各家所謂的「私奔」，指的不是《董西廂》中的情節，而是田漢改編本的〈并騎私奔〉，它不像《董西廂》中，只是為了逃避鄭恆的搶婚，而是張生落第歸來，不符老夫人三代不招白衣女婿的願望，不得不採行的對策。大家的論點集中在時代局限及人物性格的發展上，而忽略了情節的安排及主題思想的深化，更重要的是老夫人的性格之掌握，絲毫未涉及到，直至董每戡〈西廂記發覆〉一文才指出老夫人其實有三次賴婚，第一次請宴是「明許明賴」，第二次催張生赴京趕考是「明許暗賴」，第三次鄭恆求配是「虛推實賴」，因為老夫人念念不忘的是家譜、門閥，因此有第五本才能揭穿老夫人「明許暗賴」的詭計，也只有打敗鄭恆才是完完全全戰勝了老夫人所代表的封建勢力，這是一種徹底的勝利，不是妥協。董氏之前，霍松林、吳國欽、段啓明在他們的專著中也早有類似的看法，亦即從整體來看，第五本是全劇不可分割的部分。

再者，個人以為除了董氏所言，還可補充四點支持〈長亭〉、〈驚夢〉之後還有戲看：（1）鄭恆第一本楔子中已出現，賴婚中老夫人更以之為拒婚理由，第五本他的出現，既可呼應前面，又可增強老夫人的力量，以及反映封建勢力的龐大、醜惡；（2）呼應〈寺警〉一折，孫飛虎的行為是掠奪，鄭恆的無賴又何嘗不是？這在一定程度上正反映了元代的社會狀況；（3）主題思想是推倒門閥制度、追求自由婚戀，無第五本，有情人如何終成眷屬？（4）杜確平定孫飛虎之亂後曾留下一句話：「異日卻來慶賀。」第五本正好應了這一句，而且兩次掠奪性婚姻都是由他來解圍，不啻是正義的化身。另外，有一點必須說明，前面文章有的就時代風氣來討論私奔的可能與否，我承認作家有時候有他的時代局限存在，但作品不一定要亦步亦趨於時代風氣，它既可忠實反映時代，也可以為理想而安排人物前程。

至於對現代改編本的討論，主要集中在西元 1959 年田漢的京劇《西廂記》，〔註33〕其次是西元 1982 年馬少波的崑劇《西廂記》；〔註34〕臺、港則有

〔註33〕十六場京劇，并作前記，單行本，中國戲劇出版社，1959 年 5 月。原載《福建日報》，1958 年 10 月 19 日、《人民日報》，1958 年 10 月 21 日。後收入《田漢文集》第十卷，中國戲劇出版社出版，1983 年 11 月，1 版 1 刷。演出時有的只作十三場，不等，有所增刪。

〔註34〕1982 年 12 月由北方崑曲劇院在北京首演。劇本載於《戲劇界》2 期，1983 年 3 月。

西元 1965 年姚一葦的話劇《孫飛虎搶親》、西元 1977 年劉以鬯的小說《寺內》，〔註 35〕但顯然罕有人注意，顯示臺、港演劇人員和學者對傳統劇目的改編問題不夠關心。

再來要談的是《西廂記》究竟是「悲劇」或「喜劇」？大多數學者認爲《西廂記》是一部喜劇作品，它有別於原先〈鶯鶯傳〉的悲劇色彩，如宋之的〈論西廂記〉、林涵表〈論西廂記及其改編〉、顏長珂〈西廂記的喜劇特色〉、王季思〈西廂記後記〉、吳國欽《西廂記藝術談》、王星琦〈元人雜劇的喜劇風格〉、張淑香〈西廂記的喜劇成分〉。特別值得一提的是張淑香先生一文，透過現代文學批評眼光，對《西廂記》的主題構成、情節布局、人物、語言、語調等等的具體研探，使我們「洞察到《西廂記》飛揚奔放的喜劇精神，潛望到它絢麗超奇的喜劇靈魂，也觀賞了它姿彩活躍的喜劇風貌。」〔註 36〕在研究角度上，本文是一種新的突破。

肯定《西廂記》是喜劇作品也反映在出版業上，如王季思主編《中國十大古典喜劇集》、華桂發改編《元雜劇喜劇故事集》、胡光舟、沈家莊主編《中國古代十大喜劇傳奇》、劉偉林主編《中國喜劇文學詞典》〔註 37〕、周國雄著《中國十大古典喜劇論》、湯哲聲編選《中國十大古典喜劇精品》等都收入了《西廂記》，而至今卻從未出現有人將《西廂記》劃入悲劇的作品選集。

也有人提出不同意見，較具代表性的是徐朔方和方正耀，徐氏〈論西廂記〉認爲在這場封建與反封建的衝突中，整個制度是站在老夫人、鄭恆一面的，這就決定了《西廂記》不能不是一齣悲劇。方氏〈西廂記是不是喜劇？〉一文認爲該劇是悲劇的和喜劇的兩種情感揉合在一起的正劇，而其大團圓的結局也與喜劇結局有別。

其實，若按照歐洲古典劇論的標準，東方無所謂悲劇，若有，也得遲至現代如王師安祈編的〈袁崇煥〉、張啓超學長編的〈秦晉殽之戰〉一類作品才絡繹有稱得上是具悲劇理念的創作。因爲東方古典戲劇一般都具有悲喜交錯的特徵，不存在悲劇、喜劇類型的界定理論及各種規範性禁令，也不單純以悲或喜來確定劇目之貴賤。也就是說東方戲劇乃是體現了一種特殊的悲劇和

〔註35〕原由現代文學社印行，1965 年。後收入《姚一葦戲劇六種》一書，華欣文化事業中心，1975 年 3 月。《寺內》，中篇小說，收入以篇名代書名的《寺內》下輯，幼獅文化公司，1977 年 1 月。

〔註36〕見《元雜劇中的愛情與社會》頁 213。

〔註37〕廣東高等教育出版社，1991 年 5 月，1 版 1 刷。

喜劇觀。東方悲劇不排斥喜劇成分，多理想化的結局，表現為樂感悲劇；東方喜劇則不排斥悲劇性、肯定性，以及抒情性和典雅性。

曾師永義〈中國古典戲劇的形式和類別〉一文就說得很清楚：

> 西洋人將戲劇分為悲劇和喜劇兩大類，而且具備各種理論，現在研究我國戲劇的人，也常借來作為評論的依據。但我個人覺得中西戲劇的基礎不同，在悲喜劇方面，二者恐難相提並論。因為西洋戲劇是以人生哲學為基礎，表現人生內在外在的各種層面。而我國戲劇起於民間，以倫理教化和喜慶娛樂為目的；戲劇的人物又予以類型化，所謂「忠奸判然、善惡分明」，只有類型而幾無個性可言；而且題材更相沿襲，尤缺乏時代的意義；因此所表現的最多不過是一些傳統的宗教信仰和儒家思想。我國戲劇的所謂悲，只是指好人遭遇磨難，或含屈而沒，未得現世好報；所謂喜，無非是否極泰來，功成名就，骨肉夫妻團圓的喜悅。若以此來分類，那麼我國的戲劇絕大多數為悲喜劇，純粹的悲劇和喜劇就很少了。」〔註38〕

雖然中國古典戲曲從其發軔時期便顯露了類型化的美學風致，且在戲曲藝術的發展中不斷地得以延伸，而古典戲曲中的生旦淨末丑之行當分工，更使這種美學風致在戲曲表演中得到強化和固定，並反饋於戲曲文學之創作。然而，《西廂記》之高超，即在於人物非但不止於類型化，而且具有豐富的性格及其發展性。更可貴的，它也不是以倫理教化、喜慶娛樂為目的，而是另有更為嚴肅的主題思想。縱使如此，它依然不是西方標準下的悲劇或喜劇，討論它，只能以我們民族性所認同的悲或喜來界定。以現實的實現與否來衡量崔張的愛情，它是極可能走向悲劇結局的，但就作品及作者意志而言，它毋寧歸屬於喜劇。

第五節　金批《西廂記》的評價及相關問題

歷來對金批《西廂記》的評價不一，有褒有貶，甚而因意見不同而引起筆戰，如張國光〈難道還不應為金聖歎平反──讀何漢子同志貶金聖歎的新作及其舊著駁議〉一文，主要說的雖是金批《水滸傳》，間接也討論到《西廂記》；又，葉長海〈金聖歎的西廂記批評〉，除了肯定戴不凡《論崔鶯鶯

〔註38〕見《中國古典戲劇論集》頁9，聯經出版事業公司，1975年10月，初版。

書中〈第六才子書發覆〉一章的研究「很有成績，可謂別具慧眼。但該書對金聖歎的評價則不免片面。儘管書中在指出金批的某些失誤時亦不無可取之處，但戴氏對金批本作總體評價時，則常多過激之言。」〔註 39〕；以及蔣星煜〈金聖歎對西廂記的體例作過革新嗎？〉，蓋針對張國光〈有比較才能鑑別——金西廂優於王西廂之我見〉而發。張國光對金批《西廂記》做過校注，〔註 40〕也寫了不少文章褒獎金聖歎，由於情之獨衷，遂一意迴護，而生出金批《西廂記》優於《王西廂》之論。蔣星煜則「認為他所列舉的金聖歎的革新都是明刊本中的流行體例，一無革新之處。」之後，蔣氏又寫了〈金批西廂底本之探索——兼評金西廂優於王西廂之說〉，談的是張氏所舉金聖歎對《西廂記》曲文的改動是否能夠成立的問題，並嚴肅質疑：「張國光的《水滸與金聖歎研究》，序寫於西元 1980 年 12 月，書出版於西元 1981 年 9 月，仍舊把那兩篇對《金批西廂》作了不實事求是的高度評價的文章收了進來，而且認為《金西廂》優於《王西廂》。人們不禁要問：在大量的明刊、清刊善本《西廂記》發現並影印之後，張國光教授是否知道？是否進行過比勘？如此立論是不夠負責的。」「文藝學與文獻學是兩個不同的學術範疇，有一定的內在聯繫，但決不能混為一談。……我決不認為研究《金批西廂》一定要從文獻學（版本學等等）方面入手，但是《金西廂》優於《王西廂》是一個文獻學的命題，不能用虛晃一槍的辦法代替周密的論證。」

對金批《西廂記》持否定態度的有霍松林的〈金聖歎批改西廂記的反動意圖〉，認為「他批改《西廂記》的目的是維護封建宗法禮教，反對自由婚姻，他批改《西廂記》的辦法主要是歪曲人物性格。」〔註 41〕戴不凡也持類似意

〔註39〕 見《戲曲論叢》第一輯，頁 249。趙景深主編，甘肅人民出版社，1986 年 5
月，1 版 1 刷。
〔註40〕 《金聖歎批本西廂記》，上海古籍出版社，1986 年 4 月，1 版 1 刷。
〔註41〕 霍松林在 1982 年出版的《西廂述評》意見稍有改變：「他的某些批改還是有
可取之處的。這裡有兩點比較突出，其一是他很注意分析人物的心理活動，
其二是他善於把握藝術表現上的某些特點。」、「金聖歎把西廂記與儒家的經
典相提並論，力辯其非『淫書』，而是『天地妙文』，這和道學家們、封建正
統文人們的美學觀點是尖銳對立的。」沒了早期〈金聖歎批改西廂記的反動
意圖〉末段過激的議論：「有人以為封建統治階級把《西廂記》列入淫書，而
金聖歎卻說：『《西廂記》斷斷不是淫書，斷斷是妙文』，難道這種說法也沒有
一定的進步嗎？從表面上看，這種說法好像有進步性，其實不然：第一、他
用衡量八股文的標準衡量《西廂記》，並用批改八股文的辦法批改《西廂記》，
說《西廂記》是妙文，其結果適足以為封建統治階級服務的八股文張目，而

見，在〈第六才子書發覆〉一文指出：「金聖歎批改《六才子》的根本觀點是反動的。」、「他用偷天換日的方法，來竄改、削弱和歪曲《西廂記》的積極意義。」而且明確揭出金聖歎批改《西廂記》主要是從三方面體現其觀點，即：對老夫人的評價、對崔鶯鶯的理解、對草橋驚夢的看法。鄭因百先生雖無專文評論，但從〈西廂記作者新考〉一文中亦可知其是持否定態度的，認為：「我考證《西廂記》作者，只因為它是本名作，而不是我怎麼喜歡這本雜劇。我對於此劇只有客觀的了解而沒有主觀的欣賞。我甚至曾發過『《西廂記》盛行乃元雜劇之不幸』的怪論。我的意思是說，《西廂》盛行遂使一般讀者誤以為元雜劇只是風花雪月、兒女私情，而忽略了關馬鄭白以及其他作家各種內容各種風格的佳作。至於金聖歎亂批妄改的六才子本之流傳獨廣，則又是《西廂記》之不幸。」又，陳香的〈談金聖歎式的批評〉、〈論金聖歎的批評方法〉，全面否定金聖歎對六才子書的評價，歸納金聖歎批評方式不足取法的理由有：主觀、草率、污染作品、強姦作者的意志、武斷、偏激、輕舉妄動、不負責任。認為《水滸傳》、《西廂記》的夾批和眉批，不是喝彩式的，就是流水賬式的評語，對讀者是絕無啟發意義的。陳氏二文意見十分偏激，無形中亦墮入作者自己所歸納的幾項理由之中。

　　金聖歎批改《西廂記》最受肯定的是他所揭示有關創作的理論，談到這方面的文章很多，如：林文山〈那輾──中國古代文學創作的重要藝術手法〉和〈月度迴廊〉、傅曉航〈金聖歎論西廂記的寫作技法〉、宗廷虎〈我國古代戲曲修辭論的奇葩──金聖歎的評點修辭〉、鍾法〈金聖歎評點西廂記筆法縷析〉等等。傅氏除指出金聖歎總結《西廂記》創作經驗的成就，還語重心長地說：「金聖歎對技法在創作中的地位，強調的是過分的，即技法可以決定一切，作家只要熟練地掌握了技法，即可創出『奇文妙文』。我們則認為：技法是重要的，但它永遠是為一定創作方法服務的。它既不能取代先進的創作方法，更不能挽救作者生活的貧乏。」

　　說到金批《西廂記》的局限，大多與李漁《閒情偶寄》卷三〈填詞餘論〉一節心有戚戚焉，認為「聖歎所評乃文人把玩之西廂，非優人搬弄之西廂也。

───────────────

掩蓋了《西廂記》的藝術價值；第二、他一方面說《西廂記》不是淫書，一方面卻說『若說《西廂記》是淫書，此人大有功德，何也？當初造《西廂記》時，發願只與後世錦繡才子共讀，曾不許販夫皂隸也來讀。今若不是此人擅拳抒臂、拍凳捶床，罵是淫書時，其勢必至無人不讀，洩盡天地妙秘，聖歎大不歡喜。』這種說法難道也有進步性嗎？」

文字之三昧，聖歎已得之，優人搬弄之三昧，聖歎猶有待焉。」、「聖歎之評西廂，其長在密，其短在拘。」姚垚〈金批西廂記讀後〉一文所歸納的四點缺陷：「一、不肯平實地批評，務為驚人之筆。二、批評戲劇，而對戲劇缺乏充分的瞭解。三、細密至於拘執。四、過分強調主觀詮釋的方法。」其中二、三兩項其實就是李漁所提及的。不過，傅曉航〈金聖歎刪改西廂記的得失〉一文則提出不同的看法：「自從李漁批評金聖歎不了解『場上三昧』以來，不少人也隨聲附和，說金批《西廂記》是『文人把玩』的案頭之物，這個延續了數百年的看法未必是公正的。當我們詳細地勘比了有關的《西廂記》刊本之後，看到金批《西廂》的另一個突出的成就，即是它的戲劇性增強了。」

至於金聖歎隨感而發的評點是否有其系統在，一般學者認為是缺乏體系的。但譚帆〈金聖歎戲曲文學創作論的邏輯結構〉力索其理論的「主體建築」，發現「金聖歎對於文學理論的構造是有其整體意識的，他不像一般的傳統批評，醉心於臨文綴字式的心靈感語。」而謂其理論總傾向為「文學本原觀」。進一步指出「金聖歎沒能在傳統思想中找到他的落腳點，而佛學中關於世界本原的『假有觀』卻引起了他強烈的心靈共鳴，他在世界本原和文學本原之間似乎找到了某種共通之處，並直接用佛理闡發了文理，於是，以佛學基本思想為主要根柢的文學本原論便在聖歎的思想中形成了。」梅慶吉〈金聖歎美學思想體系初探〉則從金聖歎的〈水滸傳序三〉指出：「……以上論述的『格物』、『物格』、『忠恕』、『因緣生法』以及『澄懷格物』，是金聖歎美學思想中形而上的道，是他美學思想的哲學基礎。」

版本學上的研究，有幾篇是相當重要的，在往後的深化研究中，不能不汲引的成果，如傅曉航〈金批西廂諸刊本紀略〉和〈金批西廂的底本問題〉、蔣星煜〈金聖歎對西廂記的體例作過革新嗎？〉和〈金批西廂底本之探索——兼評金西廂優於王西廂之說〉。

此外，譚帆〈清代金批西廂記研究概覽〉，可說是么書儀〈明人批評西廂記述評〉的接續研究。還有滕云〈論批評家金聖歎〉和季稚躍〈金聖歎與紅樓夢脂批〉都觸及了金批與脂批的傳承關係，對《西廂記》的研究又開了另一扇窗。

第六節　《西廂記》的研究及總檢討

檢討了一甲子左右的《西廂記》研究情況，我們可以發現在作者問題方

面，曾有過極激烈、極精彩、極長久的辯論，雖然王實甫作《西廂記》的說法暫時取得了壓倒性的勝利，各種中國文學史幾乎都採取了這個意見，但它實際上仍是個懸而未決的問題，而且已研究到一個極難突破的瓶頸階段，所以西元 1987 年 10 月在北京師範學院舉行的「西廂記學術討論會」，有如下的意見：「部分與會者認爲討論作者問題是鑽牛角尖。但絕大部分人則主張應該討論，不過最好能有新的材料新的觀點，否則意義就不是太大了。」〔註42〕、「關於《西廂記》的作者歷來都有爭論。……在北京召開的《西廂記》學術討論會上，有的專家主張，對作者這本陳年舊帳，一時也算不清，在這短暫的幾天內，不如集中討論《西廂記》。於是整個會議期間，對作者問題，大都採取迴避態度，談得很少。」〔註43〕在文獻記載缺乏的情況下，研究成果及其進展不得不受到局限。

關於主題思想，爭議性主要在《西廂記》究竟是五本或四本的問題上。不過，一般都以反傳統禮教、爭取婚姻自由爲主題思想所在。

版本的探討，大陸、日本已展開多年，而臺灣仍停滯不前，是值得檢討和深思的。

藝術成就的闡述，成果不能不算豐碩，甚至有到字字必較的地步，這方面的研究當然有繼續下去的價值，但可以分出一些精力開拓其他未經深耕的處女地。

金批《西廂記》，兩岸研究狀況都十分熱絡，不過，對於金批的價值，似乎可以將之納入整個《西廂記》評點系統或中國戲曲曲論系統來檢討和定位。這方面，齊森華〈金批第六才子書發覆〉、譚帆〈論西廂記的評點系統〉、吳新雷〈明清劇壇評點之學的源流〉都稍微觸及了這個問題，可以再深入發掘。

若從專著來看，大陸的成績較爲可觀，照顧的面也較全。反觀臺灣、香港，質與量都尚待加強。拿臺灣來說，扣除碩士論文，唯《南北西廂記比較》和《董王合刊西廂記研究論文集》，前者重在敘錄鋪排，少作分析；後者係汪氏教學指導下的學生習作合集，水平有限。總的來說，臺灣並無代表性之《西廂記》學術論文集出爐。

除之此外，《西廂記》校注本，大陸做得較好，吸收了前人的豐碩成績，

〔註42〕見蔣星煜〈「西學」在搖籃中叫嚷〉。
〔註43〕見蔡運長〈西廂記第五本不是王實甫之作〉。

細節部分當然仍有許多可商榷之處。〔註44〕再者，序跋、曲論中蘊含無限的「眞知灼見」，儼然就是一門「觀眾學」，其美感效應也值得探討；其他如改編本（甚至仿作）、俗曲方面在主題異動、結構變更上，透露了何種意涵？以及張淑香先生〈西廂記的喜劇成分〉、李曉〈比較衝突：古劇結構原理〉運用現代批評、比較文學的眼光和方法進行研究分析等，都是極少人或無人一遊的沃野，需要有人去發現，那將是百花齊放、風光宜人的新苑圍。

〔註44〕請參見附錄一第一項專著之（二）校注本、校點本及第八項之（一）箋注解證。

第一論　《西廂記》之淵源、改編和主題異動

王國維於《錄曲餘談》中云：

> 戲曲之存於今者，以《西廂》為最古，亦以《西廂》為最富。宋趙
> 德麟（令畤）始以〈商調・蝶戀花〉十二闋，譜〈會真記〉事。南
> 宋官本雜劇段數有《鶯鶯六么》一本，金則有董解元之〈絃索西廂〉，
> 元則有王實父、關漢卿之《北西廂》，明則有陸天池（采）、李君實
> （日華）均有《南西廂》，周公望（公魯）有《翻西廂》，國朝則查
> 伊璜（繼佐）有《續西廂》，周果庵（坦綸）有《錦西廂》，又有研
> 雪子之《翻西廂》，疊床架屋，殊不可解。〔註1〕

所謂「最古」、「最富」，指的就是《西廂記》的源遠流長。然其源更可從〈會
真記〉往上溯，其流之長，影響所及，亦不僅止於王氏所列，而諸改本恐非
「疊床架屋，殊不可解。」兩句所能輕易概括的，尤其是諸改本之間的主題
異動非常繁複，故以下即就《西廂記》之淵源、改編和主題異動深入探討。

第一節　《西廂記》故事的淵源、轉化及形成

王季思在〈我怎樣研究西廂記〉中談到：

〔註1〕 李君實未曾寫過《南西廂記》，應為李實甫（日華），蓋同名而誤。周公魯的
改作，一般題為《錦西廂》。周坦綸的改作，則題為《竟西廂》。查繼佐為明
清間人，《續西廂》完成年代不可考，一般劃入清雜劇，仍可再作商榷。研雪
子《翻西廂》自序寫於崇禎癸未（西元1643年）花朝，知為明代作品。

　　從源來說，它可以追溯到卓文君、司馬相如的《鳳求凰》，更遠的可
　　以追溯到《詩經》中許多被朱熹罵爲淫奔的詩。〔註2〕

此說甚有見地，唯其是從男女相悅、追求婚姻幸福的精神上立論，筆者則除以
作品篇旨爲探源標準外，還包括故事結構、人物造型、喜劇或悲劇色彩等爲考
量因素，故不遠溯《詩經》，只近溯到卓文君、司馬相如的故事，在王氏說法上
做進一步的補充和比較，並探討自〈鶯鶯傳〉至西廂故事大抵成形的《董西廂》
和《西廂記》之間，故事結構、人物造型、主題思想等的轉化、承繼情形。

一、淵　源

（一）司馬相如、卓文君的故事

　　一般認爲《西廂記》故事的淵源最早來自元稹的〈鶯鶯傳〉，這說法並沒
有錯，從元稹寫定之後，才有所謂的西廂故事和崔鶯鶯、張生、紅娘、老夫
人等人物。但往上溯源，不難在更早的文獻裡找到類似故事，如《史記》的
〈司馬相如列傳〉：

　　臨邛中多富人，而卓王孫家僮八百人，程鄭亦數百人，二人乃相謂曰：
　　「令有貴客，爲具召之。」并召令。令既至，卓氏客以百數。至日中，
　　謁司馬長卿，長卿謝病不能往，臨邛令不敢嘗食，自往迎相如，相如
　　不得已，彊往，一坐盡傾。酒酣，臨邛令前奏琴曰：「竊聞長卿好之，
　　願以自娛。」相如辭謝，爲鼓一再行。是時卓王孫有女文君新寡，好
　　音，故相如繆與令相重，而以琴心挑之。相如之臨邛，從車騎，雍容
　　閒雅甚都；及飲卓氏，弄琴，文君竊從戶窺之，心悅而好之，恐不得
　　當也。既罷，相如乃使人重賜文君侍者通殷勤。文君夜亡奔相如，相
　　如乃與馳歸，家居徒四壁立。卓王孫大怒曰：「女至不材，我不忍殺，
　　不分一錢也。」人或謂王孫，王孫終不聽。文君久之不樂，曰：「長
　　卿第俱如臨邛，從昆弟假貸猶足爲生，何至自苦如此！」相如與俱之
　　臨邛，盡賣其車騎，買一酒舍酤酒，而令文君當鑪。相如自身著犢鼻
　　褌，與保庸雜作，滌器於市中。卓王孫聞而恥之，爲杜門不出。昆弟
　　諸公更謂王孫曰：「有一男兩女，所不足者非財也。今文君已失身於
　　司馬長卿，長卿故倦游，雖貧，其人材足依也，且又令客，獨奈何相

辱如此！」卓文孫不得已，分予文君僮百人，錢百萬，及其嫁時衣被
財物。文君乃與相如歸成都，買田宅，爲富人。

雖非「具體而微」，但情節上已有若干點若相符合。如「卓王孫有女文君新寡」，
在〈鶯鶯傳〉中換成「適有崔氏孀婦，將歸長安，」都是在死亡爲背景的冰
冷舞臺上，舞出愛情的熱烈及生命的喜悅；「臨邛中多富人，而卓王孫家僮八
百人」，〈鶯鶯傳〉中亦稱「崔氏之家，財產甚厚，多奴僕。」；〈司馬相如列
傳〉中文君有侍者爲司馬相如通殷勤，〈鶯鶯傳〉中亦有紅娘爲張生獻計；文
君「好音」，崔鶯鶯「善鼓琴」；「卓文君夜亡奔相如」，崔鶯鶯夜宿張生西廂；
以及傳中鶯鶯寫給張生的信，裡面提到「君子有援琴之挑」，用的應該就是相
如、文君的典故，凡此種種，若說是巧合，不如說是元稹在自敘身世，有意
模糊自己始亂終棄的一段戀情時，下意識中不自覺（也許根本是自覺的）地
借用了古書中的典故來豐富〈鶯鶯傳〉中的情節。

更值得注意的是，司馬相如和卓文君的故事，不唯影響了〈鶯鶯傳〉，還
持續影響了《董西廂》和《西廂記》。如老夫人形象的嚴峻、勢利化，我覺得
可能是從卓王孫身上移轉而來，且其會妥協，「今文君已失身于司馬長卿」也
是一大因素。而以琴挑之的情節、卓文君的反叛性格，後來也都被董解元、
王實甫借用了。又，文君與相如私奔回成都，在《董西廂》中也有崔張私奔
白馬將軍杜確的情節，至於相如後來的飛黃騰達，更是符合才子佳人的故事
模式及喜劇色彩。再者，王實甫顯然也對相如、文君的故事十分留意。在第
四本第一折中，兩情繾綣之際，鶯鶯對張生云：

妾千金之軀，一旦棄之，此身皆託於足下，勿以他日見棄，使妾有
白頭之歎。

所謂「白頭之歎」，用的就是相如欲娶茂陵女、文君賦〈白頭吟〉的典故。

第二本第四折，則明白說道：

昔日司馬相如，得此曲（《鳳求凰》）成事，我雖不及相如，願小姐
如有文君之意。

之前的《董西廂》也有意套用相如、文君的才子佳人模式，其卷三云：

婦女知音的從古少，知音的止個文君：著一萬箇文君，怎比鶯鶯？

卷八又云：

從古至今，自是佳人，合配才子。鶯鶯已是縣君，君瑞是玉堂學士。
一箇文章天下無雙，一箇姿色寰中無二。似合歡帶，連理枝；題彩

扇，寫新詩。從此，趁了文君深願，酬了相如素志。……〔註3〕
足見司馬相如、卓文君的故事在西廂故事的產生及演變過程，有其一定程度
的影響。

（二）韓壽偷香的故事

《世說新語‧惑溺》載有韓壽偷香的故事，其中「壽聞之心動，遂請婢
修音問，及期往宿……逾牆而入，」數句，前半以婢通殷勤之情節，〈司馬相
如列傳〉、〈鶯鶯傳〉，以及董、王《西廂記》皆有；後半踰牆，則〈鶯鶯傳〉
及董、王《西廂記》有。另，「自是充覺女盛自拂拭，說暢有異於常。」同《西
廂記》第四本第二折老夫人懷疑：「這幾日窺見鶯鶯語言恍惚，神思加倍，腰
肢體態比向日不同，莫不做下來了麼？」可說意思相彷彿。最後「充乃取女
左右考問」，正是〈拷紅〉一折的情節，而由此易起的聯想則是賈充、崔老夫
人兩者形象的重疊、轉換。故可知《西廂記》的淵源可能並不單純。

再者，《世說新語》的這則故事不唯躍過〈鶯鶯傳〉影響《西廂記》，它
的主題「惑溺」也影響元稹〈鶯鶯傳〉的「忍情說」，即張生（元稹化身）要
將鶯鶯塑造成一「尤物」形象，故而在文中一再致意「自是惑之」、「以是愈
惑焉」、「夫使知之者不為，為之者不惑。」而所謂「惑溺」即是指男子為女
子所迷惑，以致沈溺失德也。

（三）〈鶯鶯傳〉

〈鶯鶯傳〉究係元稹自述早年戀情，抑或盡幻設語、一心好意作奇而已？
自王性之〈辨傳奇鶯鶯事〉一出，洎陳寅恪〈豔詩及悼亡詩〉及〈讀鶯鶯傳〉
考定，鶯鶯遂真有其人，與元稹之間亦真有其事。此後學者大都宗陳氏之說，
或捨史實而單就該文藝術價值探討。直至今日，仍不免有人錙銖必較，力主
張生非元稹自寓，〔註4〕筆者以為張生具有元稹的絕大部分個人色彩，而又非
全部寫實，為什麼呢？首先，考《元稹集》所存為鶯鶯所作的愛情詩達三十

〔註3〕引相如、文君典故，尚有：卷一〔耍孩兒〕、〔尾〕、卷三〔鵲打兔〕、卷四〔尾〕、
　　　〔點絳唇〕、卷五〔踏莎行〕、卷六〔麻婆子〕、〔尾〕、卷七〔疊字三臺〕、卷
　　　八〔瑤臺月〕等。

〔註4〕如吳偉斌多年以來一直主張張生非元稹自寓，發表〈鶯鶯傳寫作時間淺探〉
　　　（《南京師大學報》西元1986年1月）、〈張生即元稹自寓質疑〉（《中州學刊》
　　　西元1987年2月）、〈元稹評價縱覽〉（《復旦學報》西元1988年5月）、〈再
　　　論張生非元稹自寓〉（《貴州文史叢刊》西元1990年2月）、〈論鶯鶯傳〉（《揚
　　　州師院學報》西元1991年1月）等篇。

餘首，且可大致看出含有三段歷程的類詩，即愛戀詩、決絕詩、棄後懷思及懺悔詩，〔註5〕頗合傳文情節之發展；再者，元稹除有意為己身脫嫌外，亦不失文人作意好奇、逞才摛藻的習氣，故其自身背後所受所知之傳統典故轟然奔赴筆端，聽琴不必實有其事，亦不必真藉紅娘道殷勤；也因此近人按其年譜細索傳文，之所以有若干不合之處，正足以說明這是一篇半自傳半文藝的作品。

再來要談的是，〈鶯鶯傳〉在西廂故事的成形上，初具規模的情況到何種程度？

以人、事、時、地做經緯，畫出之格局如下

1、人物：主要人物為鶯鶯、張生、紅娘、老夫人。其性格刻畫以鶯鶯最為深刻，其美麗的外表、深沈的性格，以及內心的矛盾和衝破禮教的行止，被後來的董、王所繼承。張生則是為功名利祿而棄愛情的負心漢，但作者顯然不以「薄倖」視之，反以為「善補過」，故有「忍情」之說。至於紅娘、老夫人在後來所擁有的性格、地位，在此尚未見發端。

2、事件：除相決絕以後情節外，其餘如張生游蒲、軍人擾掠、杜確平亂、夫人請宴、求紅娘通殷勤、為諭情詩、張生踰牆、鶯鶯賴簡、崔張佳期、張生赴京、鶯鶯寄物等等，對西廂故事的形成而言，幾乎可以說「麻雀雖小，五臟俱全」。

3、時：唐貞元年間。

4、地：蒲州普救寺。

西廂故事至此已然胚胎有形。

二、轉　化

（一）楊巨源〈崔娘詩〉、王渙〈惆悵詩〉、李紳〈鶯鶯歌〉

唐代文人楊巨源〈崔娘詩〉、王渙〈惆悵詩〉都選取了〈鶯鶯傳〉的部分情節進行歌詠，雖可看出作者對鶯鶯寄予同情，但這些作品採用的都是絕句

〔註5〕一、愛戀詩：包括〈古豔詩〉即〈春詞〉二首、〈鶯鶯詩〉、〈贈雙文〉、〈桃花〉、〈新秋〉、〈暮秋〉、〈白衣裳二首〉、〈恨妝成〉、〈箏〉、〈曉將別〉等；二、決絕詩：〈古決絕詞三首〉；三棄後懷思及懺悔詩：包括〈會真詩〉、〈夢昔時〉、〈劉阮妻二首〉、〈夜合〉、〈欲曙〉、〈壓牆花〉、〈雜憶詩五首〉、〈離思詩五首〉、〈嘉陵驛二首篇末有懷〉、〈玉泉道中作〉、〈鄂州寓館嚴澗宅〉、〈春曉〉等。此外，合寫鶯鶯和韋叢的〈夢游春七十韻〉亦可計算在內。

形式，必須擇要發揮，且對崔張故事情節的發展，並未有新的轉化，所以不擬討論。

李紳〈鶯鶯歌〉描寫較詳，不過，遲至今日全篇不傳，僅散見《董西廂》及《全唐詩》，不能確知作者於崔張歡會之後，是如何處理？抑或就在歡會戛然而止？基於這點，加上所存幾段並未對原作〈鶯鶯傳〉有何正面、有力的批判，因此也不將之視爲轉化型的作品。〔註6〕

（二）秦觀〈調笑轉踏〉、毛滂〈調笑轉踏〉、趙令畤〈商調·蝶戀花〉

到了宋代，西廂故事的情節雖未進一步改造及發展，對人物的描寫及批判卻有了根本上的異動。

秦觀寫張生一見到鶯鶯就「春情重」，更化用〈明月三五夜〉的詩句衍生出張生「更覺玉人情重」，將張生寫成一位多情的風流才子，自然是對原作張生薄情行爲不滿的一種反動表現。

〔註6〕三篇作品抄錄如下，以見其確實未對西廂故事的發展有任何轉化：

楊巨源〈崔娘詩〉

清潤潘郎玉不如，中庭蕙草雪消初。風流才子多春思，腸斷蕭娘一紙書。

王渙〈惆悵詩〉

冰蠶薄絮鴛鴦綺，半夜佳期并枕眠。鐘動紅娘喚歸去，對人勻淚拾金鈿。

李紳〈鶯鶯歌〉（一作〈東飛伯勞西飛燕爲鶯鶯作〉）

（《董西廂》卷一，《全唐詩》卷四八三）

伯勞飛遲燕飛疾，垂楊綻金花笑日。綠窗嬌女字鶯鶯，金雀婭鬟年十七。

黃姑上天阿母在，寂寞霜姿素蓮質。門掩重關蕭寺中，芳草花時不曾出。

（《董西廂》卷二）

河橋上將亡官軍，虎旗長戟交壘門。鳳凰詔書猶未到，滿城戈甲如雲屯。

家家玉帛棄泥土，少女嬌妻愁被虜。出門走馬皆健兒，紅粉潛藏欲何處。

嗚嗚阿母啼向天，窗中抱女投金鈿。鉛華不顧欲藏豔，玉顏轉瑩如神仙。

（《董西廂》卷三）

此時潘郎未相識，偶住蓮館對南北。潛歡恓惶阿母心，爲求白馬將軍力。

明明飛認五雲下，將選金門兵悉罷。阿母深居雞犬安，八珍玉食邀郎餐。

千言萬語對生意，小女初筓爲姊妹。

（《董西廂》卷四）

丹誠寸心難自比，寫在紅牋方寸紙。寄語春風伴落花，彷彿隨風綠楊裡。

窗中暗讀人不知，剪破紅綃裁作詩。還把香風畏飄蕩，自令青鳥口銜之。

詩中報郎含隱語，郎知暗到花深處。三五月明當戶時，與郎相見花間語。

王夢鷗先生認爲〈鶯鶯歌〉除此四段外，本應還有後文，是因爲「《董西廂》因以後情節發展不全相同，遂亦不復引錄〈鶯鶯歌〉爲證矣。」（見《唐人小說校釋》（上集）頁98）。

　　毛滂對鶯鶯的同情與張生的不滿表現得更爲強烈，他對張生的始亂終棄，斥之爲「薄情少年如飛絮」、「不記墻東花拂樹」，對鶯鶯在「此夜靈犀已暗通」之後的悲慘下場，嘆以「玉環寄恨人何處？」、「夢逐玉環西去」。不過，以上兩首由於體裁的限制，內容都沒有超出〈鶯鶯傳〉的範圍。

　　在宋代流傳下來的作品中，對張生負心行爲譴責最嚴厲的，要算是趙令畤的鼓子詞〈商調・蝶戀花〉。這篇作品，基本上彌補了上述兩曲內容和形式都較簡單的缺憾，也在糾正原傳奇的思想傾向方面比它們又更進一步。雖然說白部分只有首尾兩段是他自己的創作，其餘都是根據〈鶯鶯傳〉，「或全擴其文，或止取其意」而寫成的，對張生的負心、捨棄鶯鶯的悲劇結局也沒有改動。但值得注意的是作者在文中對張生所持的態度是與原作不同的，不僅沒有稱許張生「善補過」，也不再以爲女人是禍水、尤物，捨棄了「不妖其身，必妖于人」的說法，而是譴責張生的負心行爲。他開頭第一支曲子就說：

　　　　密意濃歡方有便，不奈浮名，旋遣輕分散。最恨多才情太淺，等閒
　　　　不念離人怨。

對張生的貪求功名，不念舊情的行爲，雖才多而情實太薄，這種負心漢是他所最痛恨的。最後一段說白，復借友人何東白先生之口，云：

　　　　且具道張之于崔，既不能以理定其情，又不能合之于義。始相遇也，
　　　　如是之篤；終相失也，如是之遽。

對張生「始亂之，終棄之」的行爲之不滿，溢於言表。最後一支曲子，云：

　　　　棄擲前歡俱未忍，豈料盟言，陡頓無憑準。地久天長終有盡，綿綿
　　　　不似無窮恨！

對鶯鶯的被棄，及這段不得善終的愛情，作者是寄與無限惋惜、憾恨的。

　　這篇作品，最大的特色是，體裁形式超出了傳統士大夫的正統文學範圍，突破詩文等書面文學的形式，與音樂、說唱等表演藝術相結合，「播之聲樂，形之管絃」，使崔張故事走出文人圈子，流向更廣大的人民群眾。

　　除以上三篇作品外，宋代，尚有話本《鶯鶯傳》〔註7〕、官本雜劇《鶯鶯六么》；〔註8〕宋元南戲的名目中也有《張珙西廂記》，〔註9〕可惜作品失傳，

────────────

〔註7〕見羅燁《醉翁談錄》甲集卷一〈小說開闢〉。

〔註8〕見周密《武林舊事》卷十〈官本雜劇段數〉。

〔註9〕見南戲《宦門子弟錯立身》第五出〔排歌〕。《張珙西廂記》是否即《南詞敍錄・宋元舊篇》中之無名氏《鶯鶯西廂記》或〈本朝〉中李景雲之〈崔鶯鶯西廂記〉，甚難斷定。錢氏《永樂大典戲文三種校注》頁234註6云：「……《王魁》、《孟

無從得知故事情節變化如何，在西廂故事的傳承上起了何種的作用。

三、從轉化到形成

（一）董解元《西廂記》

到了金代，董解元《西廂記》出現，才在思想內容、故事情節各方面有新的突破、發展，徹底從根本上清除了〈鶯鶯傳〉中紅顏禍水、尤物妖人的忍情說。

《董西廂》的故事淵源自〈鶯鶯傳〉，在西廂故事中占著轉化成形的重要地位。董解元對原故事進行的改造主要表現在以下幾個方面：

1、主題思想的異動

〈鶯鶯傳〉的作者寫作的目的是「使知者不為，為之者不惑」，借張生的「善補過」進行說教。《董西廂》一反其禮教壓迫下多情少女的哀調，而歌頌才子佳人自主的愛情婚姻，其主題思想是反傳統禮教與門閥婚姻。

2、矛盾衝突的轉移

〈鶯鶯傳〉及宋代歌詠崔張故事的，矛盾衝突都只限於崔張兩個婚姻當事人而已，亦即限於描寫爭取自由戀愛、衝破禮教束縛的崔鶯鶯與負心寡義、熱中功名的張生之間的矛盾衝突。《董西廂》變成了崔張站在同一線上，進行反禮教抗爭，而老夫人及其背後的門閥禮教則站在同一邊（當然，鄭恆也附屬於這一邊），雙方的衝突，主要爭的是自主婚姻或媒妁婚姻。

3、人物形象的重塑

崔鶯鶯的反抗性格增強，不似〈鶯鶯傳〉中的軟弱自憐；張生不再是薄情寡義的年少，而是自始至終熱戀鶯鶯的多情才子；紅娘的重要性增加，崔張愛情的勝利，她是一帖催化劑，熱心、任俠、機智的個性也十分活躍；特別值得一提的是，凸顯了老夫人的地位，不再是〈鶯鶯傳〉中的平面人物，儼然是吃人禮教的化身。此外，還增加正面人物法聰和尚，以及兩個反面人物，孫飛虎和鄭恆。

姜女》、《鬼做媒》、《郭華》、《瓊蓮女》、《崔護》、《樂城驛》、《西廂》、《京娘》、《樂昌》、《牆頭馬上》、《錦香亭》、《錯下書》、《楊寔》十四種尚有佚曲流傳，俱見拙編《宋元戲文輯佚》。」顯然認為是指李景雲所作那本，其「《張珙西廂記》」標點為「張珙《西廂記》」，可知認為「張珙」是因湊曲牌字句而添。但〈宋元舊篇〉中尚有一本，焉知不是指它，故不敢輕信，姑且存疑。

4、故事結局的翻改

不再以張生始亂終棄、鶯鶯默然接受的悲劇收場；而是以「自是佳人，合配才子」的喜劇結局。

其餘，尚有情節的豐富、語辭的生動、諸宮調體的運用等等，都是《董西廂》的藝術成就。在西廂故事的流變上，它代表著一種突破，也是藝術改造創新的一塊里程碑。不過，它仍有其不足之處。可分三方面簡略來談：

1、主題思想的局限

《董西廂》強調的是「才子」與「佳人」的愛情故事，因此在很大的限度上，強調了崔、張之間是因為彼此的憐才愛色才展開相互的追求。再者，報恩思想及功名富貴觀念的夾雜，使其反傳統禮教及門閥婚姻的主題思想被沖淡了些。

2、人物性格的不足

對張生的描寫有時不免過於輕浮，如跳牆赴約為鶯鶯所拒，竟要求與紅娘「權做夫妻」；個性稍顯軟弱，尤其在與鄭恆爭豔時，居然說：「鄭公，賢相也，稍蒙見知。吾與其子爭一婦人，似涉非禮。」自薦退賊之策又臨危要脅，不夠光明；拷紅之後又主動提出赴京趕考，在長亭送別的場面對鶯鶯如此說道：「功名世所重，背而棄之，賤丈夫也。」似乎對功名十分縈念。其餘，對鶯鶯、紅娘、老夫人的描寫，也都有許多不足的地方。

3、情節設計的不當

最為人所詬病的是寺警一節用了全書六分之一的篇幅描寫，主次情節線索輕重失調。再者，老夫人未真正賴婚及主動逼試，這樣的安排，對於反門閥制度的思想意義不免有所削弱。

這些不足之處，為王實甫《西廂記》雜劇的創作留下了廣闊的馳騁天地和可供揮灑的大片空白。

（二）王實甫《西廂記》

西廂故事到董解元手裡已經格局皆具規模，唯稍嫌粗糙，欠進一步琢磨，王實甫則是對這塊渾然天石予以刮磨雕潤的超級神匠，使得這塊文學美玉在歷史長河中燦然奪目。

雖說王實甫是承繼了董解元立下的格局，也非一成不變地沿襲下來，而是繼承與創新兼有，否則他就不會是令「士林中，等輩伏低」、「天下奪魁」（《錄

鬼簿》賈仲明〈凌波仙〉）的雜劇高手了。

《西廂記》之於〈鶯鶯傳〉，同樣在主題思想、矛盾衝突、人物形象、故事結局四方面有所異動，但他在《董西廂》的基礎上進一步深化，使其更臻完美。

《西廂記》對西廂故事的深化發展，主要表現在以下幾方面：

1、藉強化矛盾衝突來提高、深化主題思想

通過老夫人對婚姻的明許明賴（第二本第三折）、明許暗賴（第四本第二折）、虛推實賴（第五本第四折）深深刻畫出為傳統勢力化身的老夫人之醜惡、權詐的面貌，並加強崔張自始至終為追求婚姻自由而抗爭的決心，不參雜報恩、功名一類的渣滓，提高、深化了反傳統禮教與門閥婚姻制度的主題思想，且提出「永老無別離，萬古常完聚。願普天下有情的都成了眷屬」（第五本第四折〔清江引〕），不再只限於才子、佳人的完配而已，比之《董西廂》更具有廣泛的群眾基礎。

2、人物形象的加工

張生在《董西廂》中雖已經重塑，再也不是〈鶯鶯傳〉中負心漢的形象，但仍不夠完美，顯得不夠「志誠」，在某些時候不免有些酸腐、軟弱。王實甫都一一修正了，除保留張生志比黃河的才情外，還增加了他的傻氣，如一見紅娘即自報家門；踰牆赴約遭拒時默然不敢辯解等，很合乎紅娘戲稱的「傻角」；同時，張生的反抗性也比《董西廂》增強不少，他敢於老夫人賴婚時，據理力理，而非「下淚以跪」、「喏喏地告退」；在與鄭恆爭豔時，也勇於質對，力爭到底，而非為了鄭公見知，想打退堂鼓；而且對於功名也不熱中，在夫人拷紅後，張生是被逼試，而非自願赴京應試；他的為人也很光明正大，寺警時是在重賞之下挺身而出，並非乘人之危要脅的偽君子……等，總之，王實甫筆下的張生，是比較憨傻、富有叛逆精神、鄙視功名、全心全意愛鶯鶯的書生形象。崔鶯鶯的形象描寫在《西廂記》中則更為細膩，尤其是心理的矛盾衝突方面極為深刻，與《董西廂》的崔鶯鶯相比，她的叛逆性也增強許多，這表現在她的唱詞及對待老夫人的態度上，如一上場老夫人煩憂的是家道落衰，她卻是傷春：「可正是人值殘春蒲郡東，門掩重關蕭寺中。花落水流紅，閑愁萬種，無語怨東風。」又，《董西廂》中鶯鶯對張生屬意要遲至寺警後的請宴，聽了張生敷揚己意後才開始，在道場時對張生仍是「不偢！不偢！」而《西廂記》自張生遊殿起，鶯鶯「回顧覷末」，從這秋波一轉中，情愫已暗萌，這種主動性並不後於張生。寺警時，她提出的五便三計就是一種爭取主

動的表現。老夫人賴婚時，她不再一言不發，而以遞盞的實際行動否決拜兄
的命令，退席時對老夫人的咒罵，更非《董西廂》所能比。拷紅後，老夫人
嚴令張生：「得官呵，來見我；駁落呵，休來見我。」鶯鶯卻道：「張生，此
一行得官不得官，疾便回來。」表明了張生即使不中，她也對與母親之間可
能發生的衝突，做好了充分的準備，在叛逆者的形象塑造上，《西廂記》是強
化了許多。紅娘在《董西廂》中已經是相當富有正義感、勇於抗爭的正面形
象，《西廂記》則使她的形象更豐滿、剔透晶瑩，成為人見人愛的典型人物，
試拿鬧簡這一情節相對照，即可看出《西廂記》的紅娘更具智慧、更顯刁鑽；
拷紅一折更使這形象成為典型。除了正面人物的加工，反面人物也是更為入
木三分，尤其是對老夫人的形象刻畫，筆筆見神。從第一折的楔子起，經寺
警、賴婚、拷紅、逼試到鄭恆造謠，無處不見其嚴峻、老練、毒辣、固執，
不再是《董西廂》中見兵圍普救寺即束手無措、「仆地諕倒」的軟弱婦人，也
非在崔張事露之後能平心靜氣與崔張共商婚事的和藹老母，她搖身再變，在
任何情況下都能沈著老練地將家譜擺在第一位考慮，更能在拷紅及鄭恆求配
時，差點反敗為勝，這個形象在《董西廂》刻畫得不那麼成功。其他，諸如
刪減法聰的重要性、移轉惠明身上，及對鄭恆的寥寥數筆，都是頗見功力的。

3、部分情節的重新安排及結局的選擇

《西廂記》中的情節安排及矛盾衝突是跟著人物性格及主題思想而發展
的。首先，情節的更加緊湊，也是《西廂記》成功的一點，如第一本的楔子，
引用兩支〔仙呂賞花時〕就清楚隱喻了母女之間即將展開的矛盾衝突；反之，《董
西廂》先從張生敘起，驚豔之後才由法聰口中道出老夫人「閨門有法。至於童
僕侍婢，各有所役。間有呼召，得至簾下者，亦不敢側目。」仍未預示潛伏在
母女之間的矛盾衝突。再如寺警，更毋庸置喙，《董西廂》費了甚大力氣及六分
之一的篇幅寫法聰之勇猛及兩造之鏖戰，實不如《西廂記》將之濃縮成一折和
一個楔子，既經濟又不搶主戲，雖然學者或以為該折寫得並非十分成功，〔註10〕
但就結構搭架上是剪裁得當的。其次，情節的合理調度，使其更符合人物性格
的發展，如第二項「人物形象的加工」中所提到的鶯鶯，在《董西廂》中，月

〔註10〕如鄭因百先生〈西廂記作者新考〉認為《西廂記》「曲文屬元劇末期風格」，
　　　　而「末期作品比較藻麗、精緻、流暢、工穩，而缺乏早期所特有的質樸面目
　　　　與雄渾蒼莽的氣勢。」「尤其是惠明下書折那一套〔正宮端正好〕，極力想表
　　　　現『莽和尚』的雄勁之氣，也就是所謂『粗線條』，卻顯得非常吃力而不自然，
　　　　這正是時代不同勉強摹擬的現象。」

下聯吟是緊接在佛殿相逢之後，鶯鶯在初見張生時是「羞婉而入」，既未留情、也無張生向紅娘自報家門在前做鋪展，因此，在不知吟者為誰的情況下，鶯鶯是否該貿然向一位生人輕易吐露內心的祕密呢？反之，《西廂記》對此作了修改和調整，在聯吟前讓鶯鶯秋波一轉，使張生意惹情牽，促其向紅娘自報家門，間接由紅娘轉述這件事，並於聯吟時點破「這聲音，便是那二十三歲不曾娶妻的那傻角」，如此，鶯鶯的依韻做一首，便是有心藉詩傳情了。又，從第五本鄭恆造謠一事來看，《西廂記》更是有意藉時間的先後，顯示出比《董西廂》中更為厲害、老練、權詐的老夫人。寫的雖都是老夫人的再度賴婚和毀約，其中卻大有文章。《董西廂》寫的是鄭恆到來，直接造謠於老夫人面前，此時鶯鶯「吁的一聲仆地氣倒運」，老夫人則為女兒的不幸而悲泣，加之鄭恆在旁一再攛掇，遂陰許鄭恆擇日成婚。《西廂記》中的鄭恆到來，首先找去說話的卻是紅娘，而老夫人在未謀鄭恆之面，反已暗自打算：「夜來鄭恆至，不來見我，喚紅娘去問親事。據我的心，則是與孩兒是；況兼相國在時已許下了。我便是違了先夫的言語。做我一箇主家的不著，這廝每做下來，擬定則與鄭恆，他有言語，怪他不得也。」至於鄭恆的造謠也只不過讓她更得以順水推舟罷了，所以她一聽張生入贅衛尚書家，隨即怒云：「我道這秀才不中抬舉，今日果然負了俺家。」鄭恆恐張生來時有言語，老夫人云：「放著我哩，明日揀個吉日良辰，你便過門來。」其實，老夫人不是中了鄭恆沾沾自喜的計策，而是鄭恆適時給了老夫人賴婚毀約的把柄，這是計畫縈念已久的。《西廂記》不僅起得好，也結得漂亮，一般人也許以為大團圓、夫榮妻貴的結局太老套，但這個結局收煞得確實不同凡響，它不僅呼應了楔子中老夫人提到的鄭恆、也呼應了杜將軍靖亂後所許的「我回營去，異日卻來慶賀」，而且，顯然的，鄭恆求配與孫飛虎搶親都是一種掠奪婚姻，杜將軍雖只出現兩次而已，卻都是「解危」，居於十分重要的關鍵地位。更重要的是，張生得官回來，不是妥協，而是粉碎了老夫人明許暗賴的陰謀，並且擊敗老夫人、鄭恆聯手營造的虛推實賴，是反門閥禮教一邊的勝利，也是主題思想的體現，所有的衝突矛盾至此全部獲得解決。這比之於《董西廂》的處理是更為成功的，因為崔張出奔並不能代表他們比《西廂記》中的崔張更具有叛逆性（他們之前是想雙雙自盡的），相反的，這種行為只是逃避現實，更何況最後仍是賴杜將軍逐退鄭恆的，一樣是大團圓、夫榮妻貴，卻沒這麼漂亮。

此外，如曲文的臻於化境、戲劇形式的純熟運用，也都是王實甫過人之處，在這兩方面，與《董西廂》是各擅勝場的。而西廂故事到了董、王手裡，

轉化成功，典型確立。〔註11〕後世如何翻改、增修，而成就是否能出其左右，這就是我下節所要探討的。

第二節　王實甫以外元明清三十四家《西廂記》改編本（上）

　　自西廂故事形成於《董西廂》、《西廂記》後，繼續用此題材創作的作品仍然不少，今就個人所知三十四家進行分析，體裁包括南戲、傳奇、雜劇數種及小說二種、弋陽腔劇本一種，至於其他劇種的地方戲及說唱體裁的改本，暫不予討論。當然，就南戲、雜劇、傳奇而言，實際當不止此數。

　　論文進行方式，先按作品年代先後順序（不明者，按作者生卒年或著錄書目成書年代酌以排列），逐一細論。探討重心在諸改本之主題異動，間涉及人物、結構、語言藝術等方面。之後，再於下節分類論析。唯因篇幅過長，酌分三節（上、中、下），以求論文架構均衡穩當。

　　今於（上）之部分，討論李景雲《崔鶯鶯西廂記》、楊景賢《翠西廂》、晚進王生（詹時雨）《圍棋闖局》（《補西廂弈棋》）、《南西廂記》（《南調西廂記》）、《東廂記》、《錦翠西廂》、陸采《南西廂記》、王百戶《南西廂記》、黃粹吾《續西廂昇仙記》、屠本畯《崔氏春秋補傳》等十家改編本。

一、李景雲《崔鶯鶯西廂記》

　　李景雲，元人，著有《崔鶯鶯西廂記》。〔註12〕周德清在元泰定元年（西

〔註11〕據明《南詞敍錄・宋元舊篇》中有無名氏《鶯鶯西廂記》一本，〈本朝〉中又有李景雲編《崔鶯鶯西廂記》一種，按編列體例來看，顯然一為宋元作品、一為明人作品。不過，今人錢南揚《宋元戲文輯佚》據元天曆間（西元1328～1330年）編的《九宮十三調譜》已收李景雲《西廂記》曲文，其時距元亡尚有四十年光景，因肯定李景雲乃元人，至多明初尚在。陸侃如、馮沅君所編《南戲拾遺》頁118亦云：「以上十一曲均引作『元傳奇』。第一冊（按：指《九宮正始》，下同）黃鐘宮引子〔瑞雲濃〕及黃鐘宮過曲〔三段子〕的附註，都說是元人李景雲所作。又二曲見第五冊，未註明元或明，不過第五冊南呂宮過曲〔三十腔〕附註中引『緣何』二句，卻作『元傳奇』。」緣此，本文亦將李景雲所作南戲《崔鶯鶯西廂記》視為元作品。

〔註12〕《南詞敍錄・宋元舊編》著錄《鶯鶯西廂記》，而在〈本期〉下又首列李景雲編《崔鶯鶯西廂記》。錢南揚《宋元戲文輯佚》頁143案：「《正始》〔瑞雲濃〕下注云：『此調按蔣、沈二譜收元李景雲《西廂記》之〔春容漸老〕一調，與

元 1324 年）著的《中原音韻》，已經引用《西廂記》裡兩支〔麻郎兒〕么篇
的六字三韻句；元天曆間（西元 1328～1330 年）編的《九宮十三調譜》已收
李景雲《崔鶯鶯西廂記》曲文，可知兩者寫成年代相距一定不太遠。不過，
李氏作品，今全本已佚。

　　錢南揚《宋元戲文輯佚》主要根據《彙纂元譜南曲九宮正始》，並參考其他
曲譜，輯得曲文二十八支。〔註13〕譚正璧〈王實甫以外二十七家西廂考〉云：

> 此同體。又〔三段子〕下注云：『按：此李景雲所撰《西廂記》，其〔啄木兒〕、
> 〔三段子〕皆與《伯喈》體大不同。然此二傳奇皆係元人首（手）筆，但不
> 識孰先孰後？況據元人詞套，凡遇此二調，每用此《西廂》格者居多。且《元
> 譜》及《蔣譜》亦皆收此二格，後因時譜皆以《琵琶》體易去之，致後人不
> 知有此二體也。』《正始》稱李景雲，一則云『元人』，再則云『元人手筆』，
> 且所作之曲又是為元人時行之格，而《元譜》已收之，可見他是元人甚明。
> 今《正始》所引元戲文《西廂記》即是李景雲的作品，比它更早的戲文，像
> 《敘錄》所著錄的，已經不可考了。」並可參看注11。

〔註13〕趙景深《宋元戲文本事》（西元 1934 年）輯得二十支外，並謂：「《新編南九
宮詞》有《羽調大聖樂》一套（按：六支），我想一定是緊接《月下聽琴》一
套後面的。」錢氏《宋元戲文輯佚》未收《羽調大聖樂》一套及《雍熙樂府》
卷十六〈寄情〉一套（按：曲四支）及合〔河傳序〕及〔么篇〕為一支。筆
者推測其理由是：《羽調聖大樂》一套乃《南西廂記》第三十五齣〈泥金報捷〉
中曲，故不收；〈寄情〉一套，錢氏在《宋元南戲百一錄》註 1 已言：「《雍熙
樂府》另有〈寄情〉〔侍香金童〕一套，亦譜《西廂》事，恐是散曲，故未收
入」；〔河傳序〕之問題，概因版本不同所致，錢氏《宋元戲文輯佚》註 9 云：
「《舊譜》此曲，自『全不省』起作么篇，分成二曲。」也就是說，錢氏在趙
氏基礎上又增收了十三支。錢氏《宋元南戲百一錄》（哈佛燕京學社，西元 1934
年 12 月），據《雍熙樂府》輯得十一支，凡一套；《盛世新聲》輯得五支，凡
一套；《舊編南九宮譜》輯得三支；《南九宮十三調譜》輯得二支，共二十一
支。至《宋元戲文輯佚》（上海古典文學出版社，西元 1956 年 12 月）時，主
要根據《彙纂元譜南曲九宮正始》，並參考《舊編南宮詞譜》、《南九宮十三調
曲譜》、《廣緝詞隱先生增定南九宮詞譜》、《寒山曲譜》、《新編南詞定律》、《新
定九宮大成南北詞宮譜》，輯得此戲佚曲二十八支，刪去原先輯錄有關鶯紅弈
棋〔梁州序〕等六支曲子，再增入〔蝦蟆吟換頭〕等題《西廂記》、注云「元
傳奇」者，十三支，故原先剩十支，加上增添的，共二十八支。錢氏刪去的
理由，從《宋元戲文輯佚》頁 149 的註 6 可以知道：「此外《正始》所引《西
廂》曲文，尚有十三支，俱注『明傳奇』，蓋都是崔作。如《正始》冊一〔降
黃龍〕，見崔作第二十八齣；冊二〔錦漁兒〕，見十七齣；冊十〔十二紅〕，見
二十六齣。雖則辭句或有出入，有幾曲為富春堂本所無，當時《正始》所根
據當是另一本子。又，《雍熙樂府》卷十六、《盛世新聲》酉集、《詞林摘豔》
卷二，俱有〔梁州序〕「三百六十」一套，也見崔本二十二齣。現在一概不收。」
陸侃如、馮沅君《南戲拾遺》（燕京大學，西元 1936 年 6 月 21 日）據《九宮
正始》鈔本輯得三十八支曲子，其中十三支即是被錢氏刪去的，另有三支，

錢氏從《南九宮譜》、《九宮正始》、《南詞定律》、《九宮大成南北宮
詞譜》等曲譜中輯出二十八支曲文，按次排列，始於張生初見鶯鶯，
中歷鶯鶯燒香、張生跳牆、西廂幽會、張生上京後鶯鶯思念張生，
終於鶯鶯得知張生已中功名。統觀全部內容，以和王實甫《西廂記》
雜劇五本相比，曲文都是新譜，本事卻沒有什麼分歧。凡元、明間
人所作南《西廂》大都爲了便於劇場排演，所以其主題本事，大都
無甚變易，只是王《西廂》傳統的繼承者而已。

譚氏所本既然是錢氏所輯，似不該忽略還有「月下聽琴」的情節。錢氏在〔黃
鐘宮〕一套曲子末即按云：

> 這十二曲一套，首尾俱全，惟少說白。除〔滴溜子〕、〔下小樓〕兩
> 曲張生唱外，餘都鶯鶯唱，在月下聽張生彈琴時。

這套曲子在《雍熙樂府》原本即題「月下聽琴」。其餘可知關目，一如譚氏所
云。〔註14〕

二、楊景賢《翠西廂》

楊訥，原名暹，字景賢，一作景言，號汝齋。明永樂間卒於金陵。作雜
劇十八種。其中《翠西廂》，《傳奇彙考標目》別本楊氏名下有此劇簡名。題
目正名無考，其他戲曲書簿未見著錄。今已佚。

三、晚進王生《圍棋闖局》

各家戲曲書簿未見著錄。劇僅一折。明金臺岳家刊《西廂記》附刊本，

陸、馮二氏未收。本文依錢氏所輯爲準，概取其較謹慎之故。不過，從此又
引發了《南西廂記》究是崔時佩或李日華作的問題，如《南戲拾遺》頁 121
云：「以上十三曲中，〔十二紅〕一曲，原注爲李日華作。李作今全存，本不
用錄，但辭句與今本大異。例如上文〔十二紅〕，自『一個半推半就』至『香
添遊蜂採』一段，今本作『花心採，柳腰擺，露滴牡丹開，香添蝶蜂採，一
箇半推半就，一箇又驚又愛，一箇嬌羞滿面，一箇春意滿懷，好似襄王神女
會陽台』，各句次序完全不同。也許牠們不是李作，《九宮正始》誤注了，也
許今本是經人修改過的，都不易斷定。其餘十二曲，與李作自然不同，與陸
采本更異。或者是崔時佩所作的罷？」雖然這十三支曲文與《南西廂記》曲
文不完全相同，但文意相同，語詞基本上也差不多，《九宮正始》既題爲「明
傳奇」，則其似不宜視爲元人李景雲作品佚曲。

〔註14〕陸侃如、馮沅君《南戲拾遺》頁 116 曾指出：「元傳奇《西廂記》似有下棋的關
目，此與『晚進王生』的〈圍棋闖局〉有關。」陸、馮此說錯誤，參見註13。

明閔遇五刻《西廂記》附錄本。閔遇五識云：

> 元人詠《西廂》詞有云：「董解元古詞章，關漢卿新腔韻，參訂《西廂》的本，晚進王生多議論，把圍棋增。」豈實甫之後，又出一晚進王生耶？抑其人意在左關右王而為是也。

《錄鬼簿續編》記詹時雨（約明太祖洪正初前後在世）有《補西廂弈棋》。暖紅室刊本《西廂記》附錄《對弈》一折題「不詳名氏」，注曰：「閔遇五本作晚進王生，名未詳。抑詹作而託名晚進王生歟？」

有的學者，如《中國戲曲曲藝詞典》頁249，「詹時雨」條云：

> （生卒年不詳）元末明初戲曲作家。……又有《補西廂弈棋》，今存，署名「晚進王生」。

頁469，「圍棋鬧局」條亦云：

> 也叫《補西廂弈棋》。雜劇劇本。一折。作者署名晚進王生，實係元末明初詹時雨作。見《錄鬼簿續編》。作品附於明代一些《西廂記》刊本後。在《西廂記》裡，添出鶯鶯聽琴後，與紅娘著棋，張生逾墙相見，驚散棋局的故事。〔註15〕

邵曾祺編著的《元明北雜劇總目考略》在詹時雨名下亦繫有「《補西廂弈棋》又名《圍棋鬧局》」一劇。〔註16〕很明顯，編者傾向於晚進王生即詹時雨，《圍棋鬧局》同《補西廂弈棋》是同一作品。也就是說晚進王生的意思是尊稱王實甫為「前進王生」，謙稱自己是後於王氏的「晚進王生」，而非王姓晚輩。

內容一如《中國戲曲曲藝詞典》所云。後來與《南西廂記》曲文（《古本戲曲叢刊》本、《六幻西廂》本）對照，情節梗概略似，雖一為雜劇，一為傳奇，曲牌不同，字句自然不等，曲文自然不同，但細尋玩味，不難找出兩者對下棋情況描寫的用語、角度，有那麼一點相似。今擇錄對照如下：

△《圍棋鬧局》

〔牧羊關〕自從堯曾置，丹朱教演習。黑白著陰偶陽奇，造化有億萬千端，疆路止三百六十。錯綜周天數，列布渾天儀。千古無窮祕，神仙不測機。

〔牧羊關〕袖手旁觀易，臨輸悔後遲，但當局個個著迷。守成要顧

〔註15〕上海藝術研究所中國戲劇家協會上海分會編，上海辭書出版社，1981年9月，1版；185年2月，3刷。
〔註16〕中州古籍出版社，1985年6月，1版1刷，頁440。

後瞻前，用戰在征東擊西。未做眼防點破，才得手便斜飛。門有總
關處，棋無兩面持。

〔感皇恩〕撞著勁敵，誰肯伏低。用機謀，相數算，廝騙欺。逢生
勿擊，遇劫先提。滿盤贏，一著錯，便差池。

〔採茶歌〕得便宜，便收拾，成功一路是強的。十九縱橫白與黑，
多少迷惘少人知。

△《南西廂記》（《六幻西廂》本）（白略）

〔梁州序〕三百六十。先賢留下。箇中一路難抹，棋逢敵手，作者
怎施謀略？佯輸詐敗，引入門來，便與單關卻。怕他衝開打斷要奪
角，他強路分我路弱，失行勢怎收縛？

〔前腔〕前言虛諾，後謀難托，箇中黑子伸腳。從他有眼，遭我暗
中敲打。琴裡曾經這寂寞，今夜棋邊，定教還一著。早早斜飛，免
使受劈綽，局面離披佔甚麼？一子誤，滿盤錯。

〔玉芙蓉〕這棋中有密機，輸了難迴避。緊關防，卻被那人先覷，
只圖兩下相粘住。怎當得他人急處提。休猜忌，得紅娘做眼，引入
其中，不枉負佳期。

這樣對照，是為了說明傳奇增添鶯紅月下弈棋的關目可能並非自出機杼，而
是有所沿襲增修。

再者，根據《圍棋鬭局》旦扮鶯引旦俫扮紅上開云：

自從寺中見了那秀才，便有些心中放不下，況兼昨夜妾身焚香拜月
之時，他到牆角邊吟詩，我也依著他韻腳兒和了一首，我想著那秀
才詩意，好生關妾之情，使我繡房中身心俱倦，倦繡無心正無奈，
月明花落又黃昏。

知係增補《西廂記》第一本。故最後張生云：

小姐去了。小生昨夜牆腳兒吟詩，今夜踰牆看棋，明月之下，他分
明見我近前來，並無嗔責之心，其情不覺自熟矣。我回到書房中，
且捱過今宵，明日到道場中，若見小姐，十分上下工夫，飽看一會，
其中我臨事別有機變。

很明顯是安插在第三、四折之間，但因有踰牆一事，故《南西廂記》將鶯紅弈
棋安插在〈臨期反約〉一齣中，故又可說《南西廂記》是既有所承、也有所改。

四、《南西廂記》、《南調西廂記》

這兩本的作者，也是極難考證辨明的，是否原貌仍存，也很難斷定（參見註 13）。姑且先看譚氏〈王實甫以外二十七家西廂考〉的推測：

> 今行西元 1958 年重印的汲古閣《六十種曲》本《南西廂記》，題「崔時佩、李景雲著」、與《古本戲曲叢刊》初集所收影明本《南調西廂記》，其總目題「崔時佩、李日華著」，都是有問題的。前者今已肯定李景雲為元人，所存佚曲曲文，與此本完全不同，則此本當為崔獨作無疑。後者上、下卷末都明題「李日華南西廂記」，沒有著明與崔的關係，僅祁彪佳《遠山堂曲品》所錄李日華《西廂記》，卻稱「此實崔時佩筆，李第較增之，人知李之竊王，不知李之竊崔也」。但也只能說崔是原作者，李為增訂者，而不能稱為二人合編。現在姑定前者為崔作，後者為李作。

兩本內容的確有所不同，尤其是第三十齣以後，某些齣是全部曲文相異的，然而，不像是判若兩本作品，也就是說超過三分之二的曲文相同，實不能看成是截然分立的作品。再者，譚氏據以分別的標準也僅在於刊刻的題署為何，前者因李景雲為元人，故姑定為崔作，這樣做是否合宜呢？可能有問題，因為國家圖書館所藏《六十種曲》清代修補本，著錄的是李日華撰。同樣是《六十種曲》本，作者之題署何以不同？足見刊刻者的認定不一定值得憑恃。

又，吳梅《顧曲塵談》曾云：

> 《南西廂》相傳為李日華作，其詞庸劣鄙俚，至無足道。日華字君實，嘉興人。萬曆時，官至太僕寺少卿。著作甚富，斐然可觀。不應作樂府，乃如此惡劣。後讀其《紫桃軒雜綴》云：「前人翻改《西廂》北詞，強託賤名，實不敢掠美。」乃知日華並未作此，特人冒名而已。余嘗讀日華諸散曲，流麗輕逸，與《南西廂》顯係兩人手筆。懷疑久矣，今迺釋然。〔註17〕

認為李日華未做《南西廂記》，吳氏同姚燮《今樂考證》或王國維《曲錄》誤字實甫、吳縣人的李日華為萬曆時登進士的李日華，而且所閱《紫桃軒雜綴》也是後者的作品。〔註18〕

〔註17〕《吳梅戲曲論文集・顧曲塵談》第四章談曲，頁 106。中國戲劇出版社，1983 年 5 月，1 版 1 刷。

〔註18〕姚燮《今樂考證》「李日華南西廂」條按云：「《南西廂》據葉氏為李日華作。

　　然而，若肯定汲古閣本爲李日華所做，那麼，《古本戲曲叢刊》本也是李日華作，一人而有兩本，又該如何解釋？而且兩本又各出現不同齣數的刻本，情況也很複雜，在未能找出極有力證據判明誰作何本之前，不唯對古人「崔作李增」說採保留態度，對譚氏說法也持質疑態度，本小節擬分三個系統，就作品談作品，畢竟作者是誰，對探討主題異動情形，這裡並無影響。

（一）《六十種曲本》

　　本人所見有兩種不同折數的版本，國立國家圖書館藏明虞山毛氏汲古閣刊《六十種曲》清代修補本，共三十四齣；民國五十九年（西元 1970 年）四月，臺灣開明書店一版發行的《繡刻南西廂記定本》，共三十六齣，題明崔時佩、李景雲撰；兩者除總齣數及齣目有異外，〔註19〕曲文幾乎全同。

　　因是傳奇體製，必然有〈家門正傳〉（〈家門始末〉），除此之外，關目上

考日華字君實，見姜氏《韻石齋筆談》，不得屬中麓名下，或即《南詞敘錄》之李景雲，俟考。」王國維《曲錄》卷四〈南西廂〉條云：「明李日華撰，日華字君實，嘉興人，萬曆壬辰進士，官至太僕寺少卿。」

〔註19〕　（一）國家圖書館藏本齣目：

1. 家門正傳	2. 金蘭判袂	3. 蕭寺停喪	4. 上國發軔
5. 佛殿奇逢	6. 禪關假館	7. 對謔琴紅	8. 燒香月夜
9. 唱和東牆	10. 目成清醮	11. 亂倡綠林	12. 警傳閨寓
13. 許婚借援	14. 潰圍請救	15. 白馬起兵	16. 飛虎授首
17. 東閣邀賓	18. 北堂負約	19. 情傳錦字	20. 窺簡玉臺
21. 猜詩雪案	22. 乘夜踰垣	23. 回春束藥	24. 病客得方
25. 巫姬赴約	26. 月下佳期	27. 堂前巧辯	28. 秋暮離懷
29. 草橋驚夢	30. 曲江得意	31. 泥金報捷	32. 尺素緘愁
33. 詭媒求配	34. 衣錦還鄉		

（二）臺灣開明書店一版本齣目：

1. 家門正傳	2. 金蘭判袂	3. 蕭寺停喪	4. 上國發軔
5. 佛殿奇逢	6. 禪關假館	7. 對謔琴紅	8. 燒香月夜
9. 唱和東牆	10. 目成清醮	11. 亂倡綠林	12. 警傳閨寓
13. 許婚借援	14. 潰圍請救	15. 白馬起兵	16. 飛虎授首
17. 東閣邀賓	18. 北堂負約	19. 琴心寫恨	20. 情傳錦字
21. 窺簡玉臺	22. 猜詩雪案	23. 乘夜踰垣	24. 回春束藥
25. 病客得方	26. 巫姬赴約	27. 月下佳期	28. 堂前巧辯
29. 秋暮離懷	30. 草橋驚夢	31. 曲江得意	32. 泥金報捷
33. 尺素緘愁	34. 回音喜慰	35. 詭媒求配	36. 衣錦還鄉

多了〈金蘭判袂〉（〈河梁送別〉）、〈對謔琴紅〉、（〈琴紅嘲謔〉）、〈潰圍請救〉（〈衝圍拚命〉）、〈白馬起兵〉（〈投書帥府〉）、〈曲江得意〉（〈選士春闈〉）等齣。〈金蘭判袂〉，僅在交代張生、杜將軍交誼匪淺，爲後來〈飛虎授首〉埋下伏筆。〈對謔琴紅〉，顯然是爲了熱鬧場面，迎合低俗口味，加強丑戲而增設，故語多涉色情，純屬打諢，其他各齣亦多有此類穿插。〈潰圍請救〉、〈白馬起兵〉，則是將惠明下書「實寫」，連演三齣，也只在濟場面之熱鬧。〈曲江得意〉更可能是當時流行之「老套」，故只注明「扮考試隨意照常做」，曲白全略。

另外，有幾處小地方處理得並不成功，如〈乘夜踰垣〉：

〔生〕花園土地，保扶我跳這牆去，大大的許個願心，也罷，牡丹花下死，做鬼也風流。〔生跳抱旦介旦〕曾見紅娘麼？〔生〕方纔見來。〔旦〕紅娘，不好了！

這種對話既多餘也不合邏輯，宜刪去生旦對話的前兩句才通。同一齣中，當鶯鶯悔約時，張生竟然出首鶯鶯約他來的情詩，惹得鶯鶯搶過字條扯碎。這樣描寫，有損張生憨厚傻氣的形象。

〈堂前巧辯〉一齣，對主題思想的掌握、矛盾衝突的推展及老夫人形象的刻畫似乎也出現紕漏。死抱著家譜不放的老夫人，在拷紅之後居然喪氣地說出：

罷罷！今日把女兒就與你成親，只一件，我家三代無白衣女婿，今晚成親，明日就要你上京取應，求得一官半職，是我老身之幸也。

既逼試又許婚，試問：崔張既已入洞房，何以後來鄭恆〈詭媒求配〉老夫人又再許一次親？豈非一女跨雙鞍？唯有像原來《西廂記》那麼安排，讓老夫人說出：

我與你養著媳婦，得官呵，來見我；駁落呵，休來見我。

才見出老夫人的「明許暗賴」，張生的得不得官才關係到成親的可不可能，後來的情節才有意義，否則毫無懸疑，眞如金聖歎所說：「何用續？何能續？」

至於，最後杜確責備鄭恆，理由在「姑舅之親，律有明條，豈做得夫妻？」鄭恆知慚而退，並未觸樹而死，這是較不同的一點。

（二）《六幻西廂》本〔註20〕

再來，談的是三十八齣的本子，又有多處不同：

高儒《百川書志》卷六著錄「李日華《南西廂記》二卷」，題云：「海鹽崔時佩編集，吳門李日華新增，凡三十八折。」不知是否就是指這本？〔註21〕

此本曲文，與三十六齣的《六十種曲》本大部分相同，關目上雖僅多出〈排宴喚廚〉、〈書齋問病〉，即夫人請筵，雇蒲東第一高手段廚子掌灶，全齣也只是紅娘、廚子相互打諢，增添嬉鬧而已；後者則寫張生踰牆赴約被拒、病反加重，老夫人帶鶯鶯、紅娘往視。此外，〈停喪蕭寺〉中增一崔相府中院子；張生踰垣，插入崔、紅弈棋一段。

（三）《古本戲曲叢刊》本

譚正璧所見為三十八折本。大陸印行的《古本戲曲叢刊》初集影明本，以及臺灣天一出版社刊行的《全明傳奇》本，皆係影印明金陵富春堂本，都只有三十六折，且第一折缺、第二折殘。不知是譚氏所聞見有誤或根本是另一種不同版本。〔註22〕

《中國大百科全書・中國文學Ⅰ》頁395云：

現存《南西廂記》較早的版本，是明代萬曆年間金陵富春堂本和周居易校刻本，《古本戲曲叢刊初集》第30種即據富春堂本影印。明

〔註20〕六幻西廂本：

卷上目錄

1. 家門始末	2. 河梁送別	3. 停喪蕭寺	4. 應舉登途
5. 佛殿奇逢	6. 邂逅邀紅	7. 琴紅嘲謔	8. 紅傳生語
9. 隔墻酬和	10. 鬧擾齋壇	11. 彪賊起兵	12. 急報賊情
13. 許親救厄	14. 衝圍拚命	15. 投書帥府	16. 白馬解圍
17. 排宴喚廚	18. 遣婢請生	19. 畔盟府怨	20. 琴心寫恨

卷下目錄

21. 錦字傳情	22. 窺簡玉臺	23. 情詩暗許	24. 臨期反約
25. 書齋問病	26. 兩地相思	27. 重訂佳期	28. 潛出閨房
29. 良宵雲雨	30. 堂前巧辯	31. 長亭別恨	32. 驚夢草橋
33. 選士春闈	34. 京都寄緘	35. 泥金報捷	36. 回音喜慰
37. 設詭求親	38. 衣錦榮歸		

〔註21〕據譚正璧文中所言，高氏看到的三十八折本是《古本戲曲叢刊》初集所收影明本《南調西廂記》。

〔註22〕據一般學者認為，天一出版社《全明傳奇》是翻印大陸《古本戲曲叢刊》。

末《六十種曲》本和《六幻西廂》本是比較通行的版本，它們與早
期版本的差別較大。

前面我們已經比較了較流行的《六十種曲》本和《六幻西廂》本（即暖紅室彙
刻傳奇採用校刊底本者之一），現在接著來談富春堂本與這二者之間的異同。

富春堂本卷下首雖題云「新刻出像音註花欄南調西廂記」，書口只題「出
像南西廂」或「出像南西廂記」，卷尾則題「新刻出像音註李日華南西廂記」
（上卷卷尾亦然）。第五折有「新增」二字，內容則同其他版本，不知究指何
意？

此本與《西廂六幻》本相同處有：（1）添出一位崔相國府中老院子（第
三折）；（2）也有〈排宴喚廚〉一折，以饒趣味（第十四折）；（3）張生踰牆
一折，亦插入崔、紅弈棋一段，曲文相同（第二十二折）。

與《西廂六幻》本、《六十種曲》本皆異，有：（1）長老法本姓張，乃張
生族叔（第三折）；（2）張、崔和詩，張生用「月色溶溶夜」原韻多吟一首：
「步月傷良夜，關情卻訴春。□聞花底語，如刺斷腸人。」，紅娘也繼鶯鶯吟
了一首：「花前一見害相思，月下誰知又和詩。若要與君諧匹配，誰知紅葉泛
溝渠。」對紅娘的識字程度抬舉甚多（第八折）；（3）最後，鄭恆求配，責老
夫人敗約，老夫人並未趁此向張生賴婚，反站在崔、張一邊，未受鄭恆哄騙，
而答以當初僅口頭之約不能作準。鄭恆向杜將軍告狀，當面對質，張生亦榮
歸，杜責鄭中表不能成婚，鄭含羞自盡而死（第三十六折）；（4）自第三十四
折後半，曲文才大不相同，不過，關目相似。

其實，傳奇場面有大有小、有正有過，而此本雖是改作南調，在重要場
面，抒情寫景，大多仍襲王作，只在一些小場、過場稍作增添湊合。然而，
原作精妙之處卻在翻改的過程中喪失了。

無怪乎陸采序云：

迨后，李日華取實甫之語翻爲南曲，而措詞命意之妙，幾失之矣。

予自退休之日，時綴此編，固不敢媲美前哲，然較之生吞活剝者，
自謂差見一斑。〔註23〕

明末路迪《鴛鴦絲》傳奇，劇中人物也有這樣的說白：

這是李日華的《西廂》麼？可惜王、董精神都被他淹沒了。

不過，也正如凌濛初《譚曲雜箚》所說，欲歌南音，不得不取李本：

〔註23〕見〈陸天池西廂記序〉。

改北調爲南曲者，有李日華《西廂》。增損字句以就腔，已覺截鶴續
鳧。如「秀才們聞道請」，下增「先生」二字等是也。更有不能改者，
亂其腔以就字句。如「來回顧影，文魔秀士欠酸丁」是也。無論原
曲爲「風欠」而刪其「風」字爲不通，……今唱者恬不知怪，亦可
笑也。……乃《西廂》爲情詞之宗，而不便吳人清唱，欲歌南音，
不得不取之李本，亦無可奈何耳。〔註24〕

李漁《閑情偶寄》卷二〈音律第三〉亦云：

不過因北本爲詞曲之豪，人人稱羨，但可被之管絃，不便奏諸場上，
但宜於弋陽四平等俗優，不便強施於崑調，以係北曲而非南曲也。
茲請先言其故：北曲一折，止隸一人，雖有數人在場，其曲止出一
口，從無互歌迭詠之事。弋陽四平等腔，字多音少，一泄而盡，又
有一人啓口，數人接腔者，名爲一人，實出眾口，故演《北西廂》
甚易。崑調悠長，一字可抵數字，每唱一曲，又必一人始之，一人
終之，無可助一臂者，以長江大河之全曲，而專責一人，即有銅喉
鐵齒，其能勝此重任乎？此北本雖佳，吳音不能奏也。作《南西廂》
者，意在補此缺陷，遂割裂其詞，增添其白，易北爲南，撰成此劇。
亦可謂善用古人，喜傳佳事者矣！然自予論之，此人之於作者，可
謂功之首而罪之魁矣。所謂功之首者，非得此人，則俗優競演，雅
調無聞，作者苦心，雖傳實沒；所謂罪之魁者，千金狐腋，剪作鴻
毛；一片精金，點成頑鐵。

李漁尙有一大段對它的嚴厲批評，不再具引。再者，從《笠翁一家言全集》
卷五一首題爲〈予改琵琶、明珠、南西廂諸舊劇，變陳爲新，兼正其失。同
人觀之，多蒙見許。因呈以詩，所云爲知者道也〉的五言古詩中云：「稍爲效
一得，敢曰睛點龍。」知其非但對《南西廂記》不滿，且進行修改，不過，
修改幅度並不大。

　　《南西廂記》受責雖深，然而，明中葉北雜劇已漸趨沒落，《南西廂記》
的出現，使膾炙人口的西廂故事仍能長期活躍於崑劇舞台。且自清中葉以來，
《南西廂記》中的〈跳牆〉、〈寄柬〉、〈佳期〉、〈拷紅〉等齣一直是頗受歡迎
的劇目，直接或間接影響了後來的京劇和各種地方戲的改編本。這就是《南
西廂記》的主要功績所在。

〔註24〕引自楊家駱主編《歷代詩史長編二輯》第四冊，頁257。

五、《錦翠西廂》〔註25〕

僅載於藏書家晁瑮《寶文堂書目》中卷樂府目，未題作者。據晁瑮為明嘉靖年間人，知此書最遲不得晚於嘉靖以後。

譚氏〈王實甫以外二十七家西廂考〉云：

> 看「錦翠」二字，可能是部輯錄有關《西廂》題詠的散曲總集，也可能是部和《錦西廂》一類改本《西廂》。此外頗難臆測。姑留此目，以待新資料的發現。

譚氏之預測，蓋受明人王彥貞《摘翠百詠小春秋》以〔小春桃〕百首詠《西廂》影響，認為「錦翠」意似「摘翠」；又周公魯《錦西廂》屬《西廂》改編本，所以又認為「錦翠」與「錦」之命名，有取意相同之可能。

誠如譚氏所言，只能「姑留此目，以待新資料的發現。」

六、陸采《南西廂記》

陸采，字子玄，別號天池山人，江蘇長洲人。陸采編綴此劇之動機，已如前所引，是恨李日華翻改紕繆，故猛然自為握管，雖曰「不敢媲美前哲」，卻曾自詡：「曾詠明珠掌上輕，又將文思寫鶯鶯。都緣天與丹青手，畫出人間萬種情。」〔註26〕「直期與王實甫為敵」。〔註27〕

或有學者引錢謙益《列朝詩集小傳·陸秀才采》：

> 年十九，作《王仙客無雙傳奇》，子餘助成之。曲既成，集吳門老教師精音律者，逐腔改定，然後妙選梨園子弟登場教演，期盡善而後出。

以證陸采編《南西廂記》必也是如此用心、中律。事實上，縱使一個作者對某一劇作孜孜計較其律整，不見得其他作品也能共臻完美。〔註28〕此則資料並非講的是《南西廂記》，至於《王仙客無雙傳奇》是否真是到了「盡善」的地步，前賢多有論之，茲不贅述。〔註29〕

〔註25〕嚴敦易〈寶文堂書目·樂府類之整理與分析〉中謂：「又復見《西廂摘錦》一種，當從《西廂》錄單折為之。」此條誤，應作《錦翠西廂》。

〔註26〕見陸采《南西廂記》第三十七折〈完聚〉下場詩。

〔註27〕見呂天成《曲品》卷下「西廂」條。

〔註28〕祁彪佳《遠山堂曲品·雅品殘稿》即云：「天池以李日華《西廂》翻北為南，剽竊為詞，氣脈未貫，握管作此，不涉王實甫一字，但韻襍耳。」

〔註29〕如呂天成《曲品》卷下「明珠」條云：「無雙事奇。此係天池之兄給諫，陸粲具草，而天池踵成之者。抒寫處有境有情，但音律多不叶，或是此老未精解

陸采〈西廂記序〉云：「予倦遊矣，老且無用，不藉是以陶寫凡慮，何由遣日？」陸氏所著《覽勝紀談》卷首〈自序〉自署「嘉靖乙未重陽日」，正是在他倦遊之後，此劇或即作於是年——乙未爲嘉靖十四年（西元 1535 年）。

從陸采對李日華的批評及對自我的期許，可以看出他對這部改編本是頗自豪的，呂天成贊「其間俊語不乏」，並「願梨園亟演之」，其呈現的成就是否如此呢？

首先，略述其改編後之關目梗概：老夫人與姪兒鄭恆扶柩歸葬，奈路途艱阻，權住普救寺西廂下後，老夫人遣鄭待服滿再來娶鶯鶯，致鄭悒悒而去。張生來到蒲東，旅晤鄭恆。法聰有徒弟法朗，在張生初遇紅娘後，師徒竟一同調戲紅娘。賴婚後添入鄭恆嫖妓、使用假銀之事。琴紅對謔移置鶯遣紅致書約書佳期之後。張生赴約被拒、相思成病時，老夫人獨往探病，爲張痛責，去後，紅娘送書到。崔張遂爲雲雨。長亭送別後，張生赴試，添入張生、白居易、楊巨源、鄭恆同堂考試。張生探花、鄭恆落第，鄭央張生引介杜確，張允之，並託帶家書，途中爲鄭偷看改易，謊稱張生入贅衛尚書家，囑咐鶯鶯別配。至張生榮歸，杜確來賀，方眞相大白，鄭投放生池自盡。〔註30〕

繼而，從四方面來看其藝術成就如何：

1、語言的駢儷化和低俗化

陸氏與李氏適成相反，曲文皆別出新鑄，幾不襲實甫一語。《西廂記》雜劇曲文流麗甜熟，然猶時露本色語；陸氏本則駢儷稍嫌生澀，甚者，連賓白

處。」；吳梅《霜厓曲話》卷二「明珠記」條亦云：「今讀此記，仍多失律處，蓋訂譜固非教師輩所能從事也。」

〔註30〕全本關目如下：

卷上目錄

1. 提綱	2. 別杜	3. 遣鄭	4. 秋闈	5. 旅晤
6. 遇豔	7. 投禪	8. 賡句	9. 赴齋	10. 嘯聚
11. 閨情	12. 遘難	13. 請援	14. 解圍	15. 邀謝
16. 負盟	17. 衙諢	18. 寫怨	19. 傳書	

卷下目錄

20. 省簡	21. 初期	22. 踰垣	23. 寄方	24. 饒舌
25. 重訂	26. 赴約	27. 就歡	28. 說合	29. 傷離
30. 入夢	31. 擢第	32. 報捷	33. 設詭	34. 緘回
35. 再負	36. 榮歸	37. 完聚		

亦極求工整，無論生旦淨末丑外皆作如此。李漁《閑情偶寄》卷三〈賓白第
四〉即曾云：

> 常有觀刻本極其透徹，奏之場上，便覺糊塗者，豈一人之耳目，
> 有聰明聾瞶之分乎？因作者只顧揮毫，並未設身處地，既以口代
> 優人，復以耳當聽者，心口相維，詢其好說不好說，中聽不中聽，
> 此其所以判然之故也。……且作新與演舊有別，《琵琶》、《西廂》、
> 《荊》、《劉》、《拜》、《殺》等曲，家絃戶誦已久，童叟男婦，皆
> 能備悉情由，即使一句賓白不道，止唱曲文，觀者亦能默會，是
> 其賓白繁減，可不問也。至於新演一劇，其間情事，觀者茫然。
> 詞曲一道，止能傳聲，不能傳情，欲觀者悉其顛末，洞其幽微，
> 單靠賓白一著。

這段話論的雖是「詞別繁減」，移之論觀眾美感效應卻頗合，縱使西廂故事，
家喻戶曉，然陸氏除曲文自鑄新詞外，關目亦多所添改，若連賓白亦駢偶太
過，恐難以聲傳情。今日崑劇、地方戲折子戲演出，多采李氏本，或許與李
氏本曲文大都一仍其舊有關。另一方面，也呈現了兩極化的現象，人物言語
時而駢儷化，時而口吻粗俗，尤以鄭恆、和尚、琴童為尤，低俗近乎下流。

2、主腦不清、頭緒繁多

鄭恆在《西廂記》雜劇中只出現兩折；陸氏本則讓他占了八齣，戲分增
加不少，這樣分配其實沒有必要，因為第三齣、第五齣、第十七齣後即無戲，
直待第三十一齣才出，其實與元雜劇無異，主要是在讓他設詭求配，使崔張
婚事再生風波。這部改作，極力醜化鄭恆，增出許多場面，徒亂觀眾耳目，
分不清主副線，使崔張與老夫人之間的矛盾衝突這主線，有被鄭恆干擾的情
況發生。這就犯了沒立主腦的毛病。李漁《閑情偶寄·立主腦》即云：

> 古人作文一篇，定有一篇之主腦，主腦非他，即作者立言之本意也。
> 傳奇亦然，一本戲中，有無數人名，究竟俱屬陪賓，原其初心，止
> 為一人而設，即此一人之身，自始至終，離合悲歡，中具無限情由，
> 無窮關目，究竟俱屬衍文，原其初心，又止為一事而設，此一人一
> 事，即作傳奇之主腦也。

〈減頭緒〉又云：

> 頭緒繁多，傳奇之大病也。……不講根源，單籌枝節，謂多一人，
> 可增一人之事，事多則關目亦多，令觀場者如入山陰道中，人人應

接不暇，殊不知戲場腳色，止此數人，便換千百箇姓名，也只此數
人裝扮，止在上場之勤不勤，不在姓名之換不換，與其忽張忽李，
令人莫識從來，何如只扮數人，使之頻上頻下，易其事而不易其人，
使觀者各暢懷來，如逢故物之為愈乎？作傳奇者，能以頭緒忌繁四
字，刻刻關心，則思路不分，文情專一。

試問增法聰徒弟法朗、妓女數人、白居易、楊巨源數人，對劇情推展、主題
強化有幫助否？只是徒使觀眾目不暇給罷了。

3、人物形象的塑造呈現矛盾

陸氏用語並不準確，如〈遇豔〉一齣，鶯鶯既對張生「臨行巧送芳心妙，
偷眼頻得浪子瞧」，卻又吩咐紅娘「把西廂門閉了。」而其遊殿竟可以不獲母命，
即「紅娘今日稍暇，和你佛殿耍一回。」紅娘向張生透露的：「向日委與小姐閑
行，老夫人深加誚責：『女子私出閨門，不妨窺視；今番再犯吾法，決不恕饒。』
再三伸過，方才意回。」老夫人的威嚴何在？封建勢力陰影又何在呢？紅娘的
言語也常超出了她的身分，如張生欲搭一分齋以親近鶯鶯，追薦父母之事，法
本居然向紅娘詢問：「紅娘姐，這是老生的親眷，不知老夫人允否？」紅娘竟是
一副老夫人的口吻：「既是長老的親搭一分何妨！」又，紅娘在鶯鶯鬧簡時跪地
求饒、在邀謝張生時故意賣關子：「我不說，先生先許賞賜。」等，都有損紅娘
形象。〈饒舌〉一齣，更將不識字的紅娘、琴童提高成隨口賦詩作對的「書袋」，
實在是作者自己跳出來逞才了。老夫人在逼試時，也犯了《六十種曲》本一樣
的毛病，把鶯鶯許配給張生，有夫妻之實後再逼試，顯然是有些糊塗了。諸如
此類的不當描寫甚多，不一一舉出。

4、重視事件的敘述性

由於要交代所有人物的關係、故事的來龍去脈，原本一句話或一個楔子
即可容納的事件被擴大、拼湊成一折或數折。如張生與杜確的關係，在《西
廂記》中只是一、兩句話，到了《南西廂記》成了一折；原來扶柩歸葬的事
一個楔子即可交代清楚，竟費了好幾折的文筆才說清楚這件事及鄭恆這個
人。孫飛虎搶親在《董西廂》中渲染過度，《西廂記》已濃縮成一折一個楔
子，到了《南西廂記》及被延展成好幾折。如此一改，分散了觀眾對主要人
物及主要衝突的注意，並削弱矛盾衝突的激化及突轉、懸念的張力。也就是
說純情節、純敘述的場面不略，把比較簡略的交代、衝突大加渲染、平鋪冗
敘，增加許多無聊的科諢。對有衝突、見性格的場面卻寫得平淡或語焉不詳。

造成節奏較慢，場面較碎。不唯陸采所寫如此，李日華翻改北曲爲南曲亦然。

　　當然，劇本故事的冗長散漫及詼諧調笑，並非《南西廂記》唯有的缺失，這是大部分傳奇的通病，承繼了南戲直接來自逢鄉做場、野詠途歌的講唱表演，不厭其長、不厭其慢的節奏。

　　也許，作者早已自知言語的低俗化及審美趣味的大眾化必受後人所責全。其在自序即云：

> 若夫正人君子，責我以桑間濮上之音，燕女溺志者，余則不敢辭。
>
> 雖然，余倦游矣！老且無用，不藉是以陶寫凡慮，何由遣日？況嘲風弄月，又吾儕常事哉！微之，唐名士也。首惡之名，彼且蒙之，余亦薄乎云爾。

但其不滿李氏所改，又期與王實甫匹敵，我們就不得不以較嚴苛的眼光來批評，總其結論，一如《譚曲雜劄》所云：

> 陸天池作《南西廂》，悉以己意自創，不襲北劇一語，志可謂悍矣。
>
> 然元調在前，豈易角勝耶？

七、《東廂記》

　　作者不詳。此傳奇，明清以來各家戲曲簿籍，從未著錄。全本已佚，惟明人戲曲選集《群音類選》收入散齣〈湖上奇逢〉、〈傳情惹恨〉、〈春鴻請宴〉、〈月夜聽琴〉、〈雲雨偷情〉、〈致祭感夢〉；《月露音》收〈偷期〉一齣。兩種戲曲選集皆萬曆間刻本，其中《群音類選》一書是明代戲劇作家胡文煥編選的，是他所編校的《格致叢書》中的一種。我們所見到的《格致叢書》其他各書之有胡文煥序文的，都作於萬曆二十一年至二十四年（西元 1593～1596年），《群音類選》刊刻時間也應在這幾年或相隔不太久，故知《東廂記》著成年代至遲不能晚於萬曆。

　　從散齣中知驚豔的地點，由佛殿移往西湖，也將鶯鶯擬爲「敢是水月觀音，離卻蓬萊洞。」；玉臺窺簡的情節被挪到請宴前，內容是紅娘求饒，顯示紅娘並不夠刁鑽伶俐，形象與陸采《南西廂記》近；其餘一如《西廂記》。〈致祭感夢〉，寫鶯鶯「遽爾頹摧」，張生悲不能抑，曲文字字血淚，尤爲感人。

八、王百戶《南西廂記》

　　僅明萬曆三十年（西元 1602 年）徐𤊹編的《徐氏紅雨樓書目》著錄。

傅惜華《明代傳奇全目》卷六以《王百戶南西廂記》爲劇名，題云：「明無名氏撰。」並云：「此劇今無流傳之本。所標『王百戶』三字，疑爲作者姓字，尚待考訂。」莊一拂《古典戲曲存目彙考》則云：「見《徐氏家藏書目》所標《王百戶》，疑爲作者姓名。此本並疑爲戲文。佚。」但不見任何證據。

若按全書體例，徐氏是將作者名字繫於作品之下，不詳則闕，因此王百戶似爲劇中人物。但若此本亦演崔張故事，則劇中似無必要增添王百戶一人，似以爲作者姓氏較爲近實，而且書目中亦有例外情形，如《董解元西廂記》，即將作者之名號、尊稱嵌入書名中。別無有力佐證，姑且存疑。

九、黃粹吾《續西廂昇仙記》

黃粹吾，字號不詳，或謂別署盱江韻客，所著傳奇有《續西廂昇仙記》、《續琵琶胡笳記》二種，今存前種，入《遠山堂曲品》之「能品」；另《祁氏讀書樓目錄》、《鳴野山房書目》並著錄。有明崇禎間來儀山房刻本，民國四十三年（西元 1954 年）《古本戲曲叢刊》初集第四十八種即據此刻本影印，天一出版社《全明傳本》亦影此刻本。

內容一如〈開場〉所云：

> 問云：借問後房子弟，今日搬演誰家故事？那本傳奇？
>
> 內應云：今日搬演迦葉尊者，點化張生、崔氏、紅娘悟道，《續西廂昇仙記》。
>
> 末應云：原來是這本傳奇，待小人略道幾句，家門大旨：小紅娘翻然悟道，崔小姐死矣復蘇。續西廂化爲西竺，願南瞻共證南無。

宗教味道甚重。大意是說：崔、張婚後，由於鶯鶯猜忌疑妒，步步緊隨，以致張生與紅娘無法親近，引起紅娘之苦悶。後紅娘得迦葉尊者點化，在鶯鶯逼她嫁給琴童之際，她自願在西廂修行。雖琴童、法聰夜往調戲，皆遭拒絕。張生私往，紅娘反勸之亦修行。至於鄭恆，作者讓他以冤死鬼身分大告崔、張，閻王公然爲鄭做主，指斥鶯鶯違命背盟、私奔苟全、辱沒家聲。鶯鶯將罪過全推到紅娘身上。閻王此時發現紅娘已成正果，命金童玉女往接。經紅娘保護，鶯鶯才免遭滅頂之災，游了一趟地獄，鶯鶯看到歷史上許多妒婦罪案，始絕去妒根。甦醒後，夫婦一起修行，拜紅娘爲師，終爲迦葉尊者度之

昇天。〔註31〕

本劇主要人物顯然是紅娘，逆溯作者創作此劇之動機，或許是抓住了《西廂記》所留下的一個懸念——在王實甫筆下，紅娘既聰明又富有正義感，她一點也未考慮過自身利益，那麼崔、張終成眷屬後，該如何公平對待這位「紅娘」，而紅娘又該何去何從？故續出一部戲來。

通觀全劇，作者的立場顯然是有意標新的，而且針對的是在歷史長河中璀璨發光的《西廂記》，怎麼說呢？從下面幾點來看，即可明瞭：

1、醜化張生與紅娘的關係及其形象

將張生、紅娘的關係歪曲爲情欲的難耐，致使曾對鶯鶯海誓山盟的張生忍不住去勾引紅娘，而紅娘竟成了一個爭風吃醋、時刻眼熱心癢盼望與張生偷情的小潑婦，更甚者，當時她玉成崔張好事時，竟已和張生「有些情思」。

2、否定鶯鶯追求現實幸福的行爲

鶯鶯在《西廂記》中對愛情是熱烈追求復又趑趄矛盾的，在《續西廂昇仙記》中，她爲了維護愛情的專一，當然惱恨於紅娘勾引張生，但這種行爲被斥之爲「妒」。並安排與迦葉尊者進行一場舌辯，不信鬼神、不喜虛無寂滅之譚的鶯鶯，最後竟放棄了現世幸福的追求，也遁入空門。

3、拌合佛家的輪迴之說和儒家的倫理道德

劇中鶯鶯、紅娘遊地獄一齣，作者大肆宣揚因果報應及淫婦誤國，這很像〈鶯鶯傳〉中的忍情說，是對崔張愛情、幸福的否定。

4、同情鄭恆、指斥鶯鶯

作者認爲鄭恆是「冤死」的，並由閻王爲其主持公道，指斥鶯鶯「違命背盟，私奔苟全」、「辱沒家聲」。這是肯定反面人物，卻貶抑了正面人物。

5、塑造迦葉尊者的宗教形象

〔註31〕全本關目如下：

卷之上目錄
1. 開場　2. 夏賞　3. 說法　4. 妄想　5. 自悟
6. 致嗔　7. 辯折　8. 面斥　9. 謬舉

卷之下目錄
10. 過化　11. 詭謀　12. 試眞　13. 冥怨　14. 妒災
15. 幽訟　16. 閱獄　17. 脫生　18. 醒悟　19. 豁化
20. 普證

迦葉尊者被塑造成是劇中人物身溺「欲海」中的一塊浮板。他給的一顆棗子，讓紅娘立地成佛，再藉由紅娘點化崔、張。通過虛幻的手法和宣布佛性對人性的勝利，來否定人性中的愛情。

結合以上五點，我們發現《西廂記》中崇高的愛情，至此已淪爲赤裸裸的肉欲；原先爲掙脫禮教束縛的精神與光采至此也已蕩然無存。作者苦心消除現實人生的情欲、泯滅人對情欲的追求。整個劇的基調可以說是站在佛教的立場對《西廂記》中原有的美好主題思想予以否定。

十、屠本畯《崔氏春秋補傳》

屠本畯，字田叔，別號「憨先生」。明萬曆間人。所作雜劇，僅知一種。《徐氏紅雨樓書目》、《祁氏讀書樓目錄》、《鳴野山房書目》並著錄，劇名或略作《崔氏春秋》。入《遠山堂劇品》之「雅品」，注明「北四折」。

《遠山堂劇品》謂此劇：「傳情者須在想像間，故離別之境，每多於合歡。實甫以〈驚夢〉終《西廂》，不欲境之盡也。至漢卿補五曲，已虞其盡矣。田叔再補〈出閣〉、〈催妝〉、〈迎奩〉、〈歸寧〉四曲，俱是合歡之境，故曲雖通元人之神，而情致終遜於譜離別者。」從折目觀之，可知場面必然非常熱鬧，且喜氣洋洋。

第三節　王實甫以外元明清三十四家《西廂記》改編本（中）

以下討論槃薖碩人《增改定本西廂記》、周公魯《錦西廂》、查繼佐《續西廂》、秦之鑑《翻西廂》、卓人月《新西廂》、碧蕉軒主人《不了緣》等六家改編本。

十一、槃薖碩人《增改定本西廂記》

槃薖碩人，一作薖軸碩人，﹝註32﹞據此別號及序中人稱「無用先生」，作者可能是一位不得志的隱士。或疑即《新刻徐筆峒先生批點西廂記》校刊者

﹝註32﹞右文堂藏版《聖歎先生批點增注第六才子書釋解》本〈凡例〉，列舉自董解元以來有關《西廂記》的作者、改編者、批注者姓名，中有「薖軸碩人」。

徐筆峒（徐奮鵬）。〔註33〕從改編者引用徐文長和李卓吾評本，以及插圖中魏之璜、董其昌等年代考察，約爲萬曆中後期至天啓年間人。

　　據蔣星煜表示：明天啓元年（西元 1621 年）刊本尚存，中國國家圖書館、上海圖書館各藏一部。前者下卷頁 48 以後的 5 頁半殘缺；後者僅存第三冊。兩者恰可拼成全璧。〔註34〕

　　此改編本在〈凡例〉中取義甚高、企圖心也大，如：

　　　　從來元本，皆分二十摺。茲從前後文事想玩，欲求其事圓而意接，

　　　　則或從元摺內分段，或另爲新增，演爲三十摺。〔註35〕

〔註33〕參見蔣星煜〈徐奮鵬及其校刻之評注本西廂記與演出本西廂記〉（收入《明刊本西廂記研究》），根據《增改定本西廂記》卷首〈詞壇清玩小引〉末署之「蕙中碩人譔語」及現流傳之《筆峒生新悟》（萬曆四十一年刻本）一書各卷卷首次行均題「碩人蕙中徐奮鵬自溟甫著」確認兩者實爲同一人。並據《詩經》、《毛詩注疏》、《詩集傳》及清光緒二年（西元 1876 年）纂修之《撫州府志》卷五十九《人物志・文苑傳》記載因《毛詩朱傳》一事幾遭不測之事件及晚年「無當世意」，推測別號之由來。若據改編本中所引評本及插圖完成年代，徐奮鵬生卒年月確實亦近槩蕙碩人，因據〈文苑傳〉中所載，徐氏之父國犀，爲嘉靖間明經選，而徐氏必更後，其年八十二卒，亦已是明末。

〔註34〕廣文書局印行本（西元 1982 年 8 月，初版）不知影印何刊本，除下卷頁 48 以後亦缺 5 頁半，卷首所附〈西廂定本序〉、〈玩西廂記評〉、〈刻西廂定本凡例〉皆有缺文，也沒有蔣氏所謂的〈詞壇清玩小引〉。

〔註35〕目錄如下：
首開場西廂總題

1.	張生登程	改擬	曲依原白增新
2.	崔氏旅嘆	改擬	曲依原白增新
3.	佛殿奇逢	仍舊	曲易訛白換新
4.	禪房假寓	仍舊	曲易訛白換新
5.	傳語會情	另增	曲白皆係新定
6.	墻角聯吟	仍舊	曲訂訛白增新
7.	齋壇鬧會	換局	曲微改白增新
8.	飛虎橫行	另增	曲白皆係新定
9.	感春幽嘆	改擬	曲微改白增新
10.	兵困求解	改擬	曲微改白增新
11.	馳書解圍	另增	曲白皆係新定
12.	移兵退賊	改擬	曲白皆係新定
13.	開筵請赴	仍舊	曲微改白換新
14.	杯酒違盟	換局	曲訂訛白增新
15.	琴心挑引	仍舊	曲訂訛白增新
16.	錦字傳情	仍舊	曲訂訛白增新
17.	妝臺窺簡	仍舊	曲訂訛白增新

元本實甫創調頗高，但間有未體貼處。如〈鬧道場〉一摺，合宅哀慘，而張生獨于老夫人前，直以私情之詞始終唱之。此果人情乎？果禮體乎？又如餞別之時，鶯生共于夫人僧人之前，直唱出許多綣戀私情，其于禮體安在？今皆另立機局，巧為脫活，而曲則依其原韻，善之善矣。至各摺中如此類者，皆如此正之，以成全雅。

元本白語，類皆詞陋味短，且帶穢俗之氣，蓋實甫亦工于曲，而因略于此耳。今並易以新卓之詞，整雅之調，綽有風味。至其關會情致處，間注以擔帶語。且諸所增間，又不失之於艱深，而皆明顯，可便于觀場者。

其中詞曲各句，只在打頭一二虛字，或轉接處一二虛字，斡旋文意。倘一字有礙，即一句難通；一句不通，即數語皆戾。即京本、閩本、徽本、元本、俗本，于此處各相矛盾。茲則遍查諸本，用其文意之通透無礙者。間有諸本字意皆礙，難以適從，則以意增裁，求為各協。

此中詞調原極清麗，且多含有神趣。特近來刻本，錯以陶陰豕亥，大失其初。而梨園家優人不通文義，其登臺演習，妄于曲中插入諢

18.	接書志喜	仍舊	曲訂訛白增新
19.	偷情阻興	換局	曲訂訛白增新
20.	問病通忱	換局	曲增補白更新
21.	月下佳期	換局	曲訂訛白更新
22.	縱情漏機	另增	曲白皆係新定
23.	知情許姻	換局	曲訂訛白換新
24.	長亭餞別	換局	曲訂訛白增新
25.	野宿驚夢	仍舊	曲訂訛白增新
26.	閒遊遣悶	另增	曲白皆係新定
27.	飛捷報鶯	仍舊	曲訂訛白增新
28.	接音志想	仍舊	曲改削白增換
29.	邨郎求配	仍舊	曲白皆易原本
30.	榮歸完成	仍舊	曲白皆略改原
附摺一摺漁翁夢		仍舊	曲微改白增新

並謂：以上自〈總題〉以及〈午夢〉，共三十二首。其中安頓作法，依原者皆曰「仍舊」。其有以原摺排易前後分段者曰「改撥」。其有摺中作法，原欠雅妥而茲換易其作法以求安于情理者曰「換局」。其有原諸本所無而新添加者曰「另增」。其有悉依舊曲而特更其訛字曰「訂訛」。其有曲中語段未妥而削實之者曰「微改」。其有白語易原本而加之者曰「增新」。其有摺位係原本所有；而曲白盡行改定者。則上註「仍舊」兩字；而下曰「皆易」。覽者於中細玩自辨，茲亦不能一一。

語，且諸醜態雜出。……茲一換而空之，庶成雅局。

底下即根據以上各條，配合增改實際情況、批語和前附序、評，檢討槃薖碩人理論與實際是否相符合？

1、「易局」和「另增」

凡書中注明「仍舊」、「改掇」者，情節無大變化。所謂「增改定本」，實際上指的是「換局」和「另增」。前者包括七、十四、十九、二十、二十一、二十三、二十四諸折；後者有五、八、十一、二十二、二十六等折。所謂換局即「原欠雅妥而茲換易其作法以求安于情理者」。如〈齋壇鬧會〉增入法本宣疏和散花場面，若為了烘托追薦氣氛，原本無可厚非，但此折重點在為崔張提供見面傳情的機會，講究如何散花，連張生、紅娘也來念唱散梅花、散桂花，於主線或主題都無幫助，何謂「安于情理」呢？又如〈偷情阻興〉、〈問病通忱〉、〈月下佳期〉，改成紅娘不滿鶯鶯瞞她私約張生，遂哄騙張生跳牆而入，隨即口喊捉賊，使兩人處境尷尬，才逼使鶯鶯賴簡。張生回房積鬱成病，老夫人往探被責以忘恩負義。後來崔張幽會，紅娘在送鶯鶯入張生臥房時，彼此竟大談起男女之事，諸如此類，是否比原著「雅妥」，值得懷疑？所謂「另增」乃是「原諸本所無而新添加者」，但〈傳語會情〉、〈飛虎橫行〉、〈馳書解圍〉、〈縱情漏機〉，實際上是原著本來就有的情節，不過略加拓展鋪陳而已，真正「另增」的只有〈閑遊遣悶〉一折，寫的是張生應考後，尚未發榜，由友人李謨陪同、鄭恆嚮導，作狹邪遊，遍訪諸名妓後，仍念念不忘鶯鶯。不知是否受陸采〈佻諢〉一折影響，遂生此想。表面上是寫張生之衷情，實際上是醜化了張生、也醜化了鶯鶯。在張生眼中，鶯鶯淪為風塵女子，所勝諸名妓乃其色相儀態。故「增改」之藝術成就並不高。

2、未能領悟戲曲三昧

作者責實甫創調未體貼處，竟然是劇中人物心事剖析的呈現形式，「換局」部分的改動，其實很多是這方面的調度，如〈知情許姻〉、〈長亭餞別〉。從這個角度來看，槃薖碩人此本增改本雖是為了演出需要而動手腳，卻適足於顯露他對中國古典戲曲藝術傳統並不熟悉，因為古典戲曲中的唱既可是出口的生活語言、也可以是未出口的內心獨白，即使是大段地唱，場上人也可充耳不聞、不必下場。若唱輒下場、避嫌，豈非徒勞演員；那麼所謂「檢場」一員，豈不是也上不得場面了？

3、版本觀念似嫌模糊

此本雖在校改上也花了很大的功夫，所根據版本多達廿餘種，〔註36〕然其對版本的概念似乎混雜不清。如將董解元本、王實甫本、陸天池本、李日華本相提並論，顯然把諸宮調、元雜劇、明傳奇混爲一談，並不可取。而所謂徐文長碧筠齋本、徐文長本，碧筠齋本是否指同一版本呢？而徐文長、李卓吾本當時各有六、五種以上，他所採的又是那一本？閩本、京本，以地方稱的也不只一種，所指爲何呢？至於古本、舊本；元本、原本；近本、俗本、坊本……等義易混攪的名稱，其涵義又各是什麼，作者都無一語解釋，如此一來，其學術價值反不如只採善本數種以爲校注藍本的王驥德校注本及凌濛初刻本。

4、增改之賓白並不足觀

基本上〈西廂定本序〉、〈玩西廂記評〉縱非編改者自爲，口吻意見亦酷似槃薖碩人本人，檢討時應可兩相補注、發明。如序中云：「白語，原本俱無足觀，則止用其意，而大變其詞。」核之目錄，亦可看出，曲文大都「依原」、「易訛」、「訂訛」、「微改」而已，白則不然，動輒「增新」、「換新」、「新定」、「更新」、「增換」、「增新」。作者十分傾倒王著曲文，故盡可能保留原貌，說白卻不然，往往以四六駢句易換原著生動口語，表現了一個封建文人對人民口頭語言的鄙視。而其改作自詡爲「以雅易俗」，實際上並不足觀。如〈墻角聯吟〉易「心中無限傷情事，盡在深深兩拜中」爲「風月天邊有，佳期世上無。滿懷幽怨事，都付一金爐。」，並沾沾自許「今易之，殊雅而幽。」本來精鍊、含蓄的兩句，反被拖拉成浮泛的四句，何雅幽之有？又〈兵困求解〉，在「不如將我獻與賊人，庶得保全一家性命。」夫人掩袂哭云之後硬加上駢對：「涕出女吳，齊景公之計窮矣；明妃和戎，漢天子之情慘然。」眉批內並解釋道：「『涕出女吳』，是鶯欲保全母親之意；『明妃和戎』，是鶯示不忍別生之意，微哉！妙哉！」入曲文中猶可，賓白作如此，但覺過分文縐縐而可厭。反不如原著中「孩兒有一計，想來只是將我與賊漢爲妻，庶可免一家兒性命。」之簡明乾脆。在第6點，我還要結合人物形象來看賓白之增新，其實並不雅致。

〔註36〕全書中提到的《西廂記》刊本共出現：元本、京本、閩本、徽本、俗本、北本、坊本、董解元本、陸天池本、李日華本、王實甫本、坊本、徐文長碧筠齋本、徐文長本、碧筠齋本、李卓吾本、舊本、閩中舊本、諸本、有本、近本、原本、古本等等。

5、校改有善、有不善

書中對文字的校改，有的改得不錯，有的就不甚高明，甚至誤解。改得好的例子，如〈飛捷報鶯〉〔耍孩兒・四煞〕：「憑欄處，聽江聲浩蕩，看山色參差。」眉批云：「舊本『憑欄視』，于下『聽』字『看』字不妥，查元本是『處』字」；〈墻角聯吟〉〔鬥鵪鶉〕：「月色橫空，花陰滿徑。」眉批云：「諸本俱『花陰滿庭』，園外無庭，古本『滿徑』更是。」聯吟場合是在普救寺花園，一般是不會有庭的，而且庭字平聲，用在這兒也不合律。改錯的也不少，如〈琴心挑引〉〔東原樂〕改「作誦」爲「作俑」；〈野宿驚夢〉〔喬牌兒〕改「爲人須爲徹」爲「爲人眞誠徹」，都誤解了原作之含意。也有想改卻不敢改的模稜例子，如〈榮歸完成〉〔沈醉東風〕：「將腹中愁恰待申訴，及至相逢一句也無。剛道個先生萬福。」眉批云：「元本『剛』字作『則』字，亦通。」理應改作「則」較通，作者卻又不敢逕去「剛」字、改爲「則」字。

6、人物形象的損害

從〈凡例〉中，我們可以一而再、再而三地感覺到改編者想努力地把《西廂記》改得『雅』致，〈玩西廂記評〉照理說是就其內容評得的結果，其云：「拘儒者謂《西廂記》第娃詞而已。然依優人口吻歌詠，妄肆增減，臺上備極諸醜態，以博傖父頑童之一笑，如是則謂之淫也亦宜。誠于明窗淨几，琴床燭影之間，與良朋知音者細按是曲，則風味固飄飄乎欲仙也，娃也乎哉！」又極力褒贊紅娘之俠骨義氣：「看《西廂》者，人但知觀生鶯，而不知觀紅孃。紅固女中之俠也。生鶯開合難易之機，寔操于紅手，而生鶯不知也。倘紅而帶冠佩劍之士，則不爲荊諸，即爲儀秦。」而事實上，適得其反，內中所改適足以見淫，及毀紅娘形象於一旦。本改編者對鶯鶯形象尚未有大改變而對張生、紅娘則多所敗損。如〈齋壇鬧會〉末尾，張生扯住紅娘，說：「諸人散了，無限的寂寥，那裡發付小生也。沒奈何，把你當個小姐用也罷！」紅娘：「啐！說那裡的話。」張生竟然還恬不知恥地抱住紅娘。又〈妝臺窺簡〉，紅娘窺視鶯鶯睡態，竟生淫思，替張生設想如何「按轡緩入細柳營，輕手暗折海棠花……。」〈月下佳期〉，紅娘竟向張生、鶯鶯求情：「只是此今紅娘置身無地，尚望小姐共靠所天。」張生云：「紅娘所言有理有情，小姐以爲何如？」，此外，〈傳語會情〉的琴童調戲紅娘、〈開筵請赴〉法聰、琴童將紅娘視爲玩物而爭風吃醋，在在對紅娘是一種侮辱，跟〈玩西廂記評〉中的溢美之詞簡直天壤。

7、弱化反傳統禮教之主題

書中特別突出崔張的互相愛重，如〈長亭餞別〉，崔張各自囑咐琴童紅娘好好調護關顧主人。〈接音志想〉，張生在長安接到鶯鶯寄來的物件，原著中只叫琴童一一收拾好，這裡則改成一一試行佩戴，入情入理。然而，因此多少掩蓋了崔張同老夫人之間的矛盾衝突；另一方面也突出了紅娘在崔張之間的媒介作用，增加許多說唱曲白，卻相對削弱了她對老夫人、鄭恆所表現的抗爭精神。〈玩西廂記評〉中所云：「王實甫著《西廂》，至〈草橋驚夢〉而止，其旨微矣。蓋從前迷戀，皆其心未醒處，是夢中也。逮至覺而曰『嬌滴滴玉人何處也？』則大夢一夕喚醒。空是色而色是空，天下事皆如此矣。關漢卿紐于俗套，必欲終以畫錦完娶，則王醒而關猶夢。」，否定了崔、張、紅娘為反抗傳統禮教勢力所做的一切努力，對原著的積極主題思想是一種弱化。殘缺的序文最末猶見「嘗謂男子堂堂七尺之軀，只一個婦人可以斷送。匹夫溺之，顛趾不保，英雄豪傑……。」重彈元稹「不妖其身，必妖于人」的女人禍水論，如果真是改編者自序或同意此一說法，這種迂腐思想無疑是倒退的。

最後，值得一提的是，〈玩西廂記評〉中把《西廂記》和《四書》、《五經》、《南華》相提並論、並謂《西廂記》不是淫書、斥優人之備極醜態，以及認為《西廂記》止於〈草橋驚夢〉，古今一大夢……等說法，在後來的金批《西廂記·讀法》中多有反映。批語角度（一個以「雅」，一個執「禮」）、批語口吻，及貶而未廢後四折的作法，對金聖歎也產生了一定程度的影響，這是顯而易見的。

十二、周公魯《錦西廂》

周公魯字公望，江蘇崑山人，約明崇禎元年（西元 1628 年）前後在世。〔註37〕《曲海總目提要》卷十一著錄；《曲錄》則據《傳奇彙考標目》，題作《翻西廂》，《錄曲餘談》亦然。今人多以為此本已佚，如傅惜華《明代傳奇全目》（西元 1958 年）謂：「傳奇作品，僅知一種，亦未見傳。」、莊一拂《古典戲曲存目彙考》（西元 1982 年 12 月）、楊淑娟《董解元西廂記研究》（西元 1989 年 5 月）、陳慶煌〈西廂記戲曲藝術對後世的影響〉（西元 1990 年 6 月）逕謂之已佚。西元 1985 年由上海古籍出版社出版的《古本戲曲叢刊》第五集，

〔註37〕譚正璧《中國文學家大辭典》、莊一拂《古典戲曲存目彙考》皆主此說。

已收入此本傳奇,為環翠山房集鈔本。共二十六齣,分上、下卷。〔註38〕

《曲海總目提要》云:

> 據〈會真記〉鶯鶯委身于人,張生往訪鶯鶯,作詩以絕之云:「自從消瘦減容光,萬轉千迴嬾下床。不為旁人羞不起,為郎憔悴卻羞郎。」他書又有云鶯鶯所嫁即鄭恆者。乃截草橋以後數折不用,言紅娘代鶯鶯以嫁于恆,其詩亦紅所作,而嫁名于鶯鶯者。翻改面目,錦簇花攢,故曰《錦西廂》也。

此書名之由來,或亦因面目翻改,故題《翻西廂》。

情節略云:張生應試,珙病甚不能作詩,遂以鶯鶯昔日所作完卷,試官賞其情致,終因疑為婦人之作,置之下第。鄭恆則反中狀元,並奉詔與鶯鶯完婚。鶯鶯以死自誓,不肯渝盟。紅娘自請代往,母女則潛往博陵。張聞鶯鶯再嫁,惘然自失,還宿草橋。孫飛虎妻伏虎女將痛夫為珙所害,欲殺之以甘心。圍普救寺時,珙已去,然得畫扇一柄,乃鶯鶯思念珙而畫以當面晤,倉促移家,誤墜屋角,為伏虎所得。伏虎悅其容,欲得之以為夫,卻誤擄琴童,夜醉失身,未及細察,無奈何委己事之,改琴童為「七絃大王」,教以武藝。張以表兄名義至鄭府求見鶯鶯,紅娘恐恆珙接洽,點破機關,乃易舊粧出見,責以遲歸,以致舊盟之渝,因出詩一首,稱乃鶯鶯所托,趣珙速別,遂入內不再見。張入京再試,復用前題,賦古風,大稱旨意,榮中狀元。會吐蕃入侵,奉命出征,被圍,幸賴七絃夫妻救援奏捷。並奏請追查崔鄭婚事,紅娘度不能隱,方說出真相,崔張遂得重圓,老夫人亦認紅娘為女,兩家皆大歡喜。

劇中張生文戰不利,往詣鄭所,蓋本之於〈鶯鶯傳〉,稍加翻改;中寫伏虎女將於西廂得張生畫像,則翻換自趙愚軒〈鶯鶯傳跋〉:「予丁卯春二月,啣命陝右,道出於蒲東普救之僧舍,所謂西廂者,有唐麗人崔氏女遺照在焉,

---

因命畫師陳居中繪摹。」至於白居易爲考官，蓋因白居易與元稹交好，而〈鶯鶯傳〉中張生又爲其自寓，因牽連及之，以供點染。關目安排甚巧，且取前人所捨〈鶯鶯傳〉後半，極力翻改，遂使至皆大歡喜。

十三、查繼佐《續西廂》

查繼佐，字伊璜，號東山；一字敬修，號與齋。浙江海寧人。明萬曆二十九年（西元 1601 年）生，清康熙十五年（西元 1676 年）卒。所製雜劇，現存《續西廂》一種，《重訂曲海目》、《曲考》、《曲目表》、《今樂考證》並著錄。此劇版本，現僅有《雜劇新編》三十四種本，第二十四卷。

情節略云：敘張生中舉後，有旨命張題詩，張生揣摹聖意，時出倉皇，遂以鶯鶯〈明月三五夜〉詩錄呈。朝旨頗加贊賞，然以爲該詩「體近閨詞，情參野合」，詰問究竟。張實奏與鶯鶯情事，且乞爲河中府尹，以便就近完婚，得到批准。下接鄭恆謊報張生入贅衛府，夫人欲以鶯鶯妻鄭，爲杜確所阻。轉而欲逼紅娘代嫁，紅亦不肯，遂至上吊。終於張生歸蒲，眞相大白。紅娘上吊被救，鄭恆則氣鬱身亡。朝旨亦到，鶯鶯封爲文淑夫人，紅娘許爲側室。〔註39〕

《曲海總目提要》云：

> 《續西廂》，近時人查繼佐撰。王實甫《西廂》，有關漢卿續四齣。此蓋彷彿其意爲之。尾聲云：「靠得會作賦的楊巨源，笑煞那續西廂的關漢卿淺。」其意似薄漢卿，欲駕而上之，時論未之許也。齣中云：張生中後，有旨命張題詩。題是〈明月三五夜〉，張即將鶯鶯所贈詩寫入。朝廷詰問，張具奏其事，且乞河中府尹，以便成婚。此作者撰撰新異處，共餘與漢卿關目多同。

作者確實有與漢卿角勝之意，然關目其實不出《西廂記》第五本，而所謂新異處，個人以爲亦非其所創，《錦西廂》第四齣〈考試〉、第十四齣〈賜元〉二齣即寫此事，先是主考官疑其「呀！這不像男子的口氣，不信道有這一筆好字，難道是個女子不成。想文情句理、文情句理，誰人拈弄，好似閨中佳詠。」後皇帝亦疑「再把文情詳解，渾似女兒姣情」，更召張生以問「西廂」出於何典，張生方誠惶誠恐答以實情。兩相對照，似相彷彿。

〔註39〕關目如下：

　　1. 應制填詞　　2. 因風託素　　3. 白馬堅盟　　4. 紫綃合玉

又，第一折眉批云：

> 世謂《西廂》後卷遜前而未有敢作者，此借應制填詞、止義誓死，
>
> 爲鶯紅生色，遂使全傳燁燁，其詞亦朴古，力追古人。

第三折眉批又云：

> 杜確是全劇大主盟，不可無曲；紅娘是全劇大護法，特須鄭重。

不知批者是誰？頗能道出作者用心所在。此本〈應制填詞〉，是在表鶯鶯之才情；止義誓死，則寫紅娘之俠義貞烈，確實是爲了使「鶯紅生色」。另，第三折批語似受容與堂刊李卓吾本、蕭鵬鴻刊陳眉公本《西廂記》第十四齣總批的影響：

> 紅娘是個牽頭，一發是個大座主。

突出紅娘的形象，是本劇的重點所在，故極力描寫紅娘，護持紅娘，終使其成爲側室，蓋作者疼愛紅娘所致。而讓杜確唱曲，鄭恆則始終以暗場處理，也是異於前人的作法。

本劇矛盾衝突，由崔張與老夫人之間，轉移到紅娘與老夫人之間，致使主題思想由反門閥婚姻一變爲主、奴之階級抗爭，最後賴杜確（官）、朝廷之力解決，以封誥團圓收煞，遂墮老套。

至於語詞是否朴古？能否力追元人，細味之，其好摭搼〈鶯鶯傳〉本事及典故入曲文，致顯生澀，尚差元人一截。

另，其門人劉振麟所編《東山外紀》云：

> 嘗以北《西廂》關漢卿續四齣，情旨略遜王本，爲更作四齣，而仍
>
> 其曲名。……論者皆以爲絕似實甫一書。

則溢美太過。

十四、秦之鑑《翻西廂》

秦之鑑，字尚明，武進人，崇禎癸未（西元 1643 年）進士。著有《翻西廂》、《賣相思》傳奇二種。《翻西廂》自序作於癸未花朝，有《古本戲曲叢刊》三集本，但叢刊三集總目卻誤題爲「周公魯著」，天一出版社則據卷首題爲「研雪子撰」，二卷，三十三齣。〔註40〕近人朱希祖〈翻西廂跋〉（西元 1927 年 3

〔註40〕關目如下：

卷上

1. 標榘	2. 睽遠	3. 傷亂	4. 移鎮	5. 詭譎
6. 齋鬧	7. 庵謁	8. 寇圍	9. 賺脫	10. 塗遇

月）則云：

> 此《翻西廂》，題古吳研雪子撰，不知其姓氏。謂「爲崔鄭洗垢，爲
> 世道持風化」。余讀清初沈謙《東江別集・南北曲》二卷中，有：「集
> 伯揆商霖，是日演余新劇《翻西廂》」北曲套數一篇。其〔耍孩兒〕
> 云：「俺將這《西廂》業案平反盡，費幾許移花鬥筍。止不過痛惜那
> 雙文，根究出微之漏網元因。」似此本《翻西廂》即爲謙所撰。惟
> 謙爲仁和臨平人，祖籍湖州武康，不可謂「古吳」，豈別有一《翻西
> 廂》耶？

朱氏之疑「別有一《翻西廂》」是對的，但其所跋之《翻西廂》卻非沈謙作，
也就是說研雪子不是沈謙，「古吳」是一關鍵詞，應當屬江蘇一帶，而沈謙乃
浙江人，今著錄其生平事蹟的方志，如《康熙仁和縣志》、《康熙浙江通志》、
《唐熙錢塘縣志》、《乾隆浙江通志》、《乾降杭州府志》、《民國杭州府志》亦
然。而《嘉靖丹徒縣志》卷三十二載有秦之鑑著「《翻西廂》、《賣相思》傳奇
二種。」丹徒屬江蘇，其他如《康熙常州府志》、《乾隆陽湖縣志》、《道光常
州府志》都是江蘇方志。另外，沈謙《翻西廂》的序文有流傳下來，知其劇
名《美唐風》（見十七），此又一證。以上兩點，或可證明今題「研雪子」撰
的《翻西廂》是秦之鑑所作。

其卷首自序〈翻西廂本意〉云：

> 按元稹作〈會眞記〉，王實甫遂演爲《西廂》傳奇，至今傳□□，謂
> 其事果眞。予嘗考稹爲姨母作墓誌，其母固爲鄭夫人，而所適永寧
> 尉鵬，又姓崔，則姓氏皆與〈會眞記〉合。記□崔張中表，蓋稹之
> 托名也。厥後，鵬卒于官，稹睍其遺孤女美而能文，乞姻于姨母。

11. 別櫬	12. 破賊	13. 圓寓	14. 逐奸	15. 琴感
16. 憶子	17. 聯吟			

卷下

18. 作記	19. 問病	20. 償孽	21. 祖餞	22. 奏典
23. 驚夢	24. 讀記	25. 緘鵬	26. 交達	27. 媚媾
28. 矢貞	29. 尼俠	30. 出師	31. 採眞	32. 病訣
33. 誅奸				

孫楷第《戲曲小說書錄解題》頁336，疑其尚缺一折寫崔鄭團圓，其云：「緣
此本只存三十三出，尚缺一出，不知其究竟，然鄭氏當畢婚而珙受辱，則可
揣想而知之也。」然下卷66頁b刻「下卷終」，似無可能再有一齣。

母媚鄭太常，莫之許，稹啣之□正此記以抒其恚憤，且冀崔鄭敗盟，復爲後□□□□□中淇水橫溢，土崩石出，則鄭太常□□□□□□□□□□□□所撰誌銘，盛稱夫人□□□□□□□□□□書，亦甚明矣。或者猶曰□□□□做傳奇故套，稹作記未嘗言之，秦給事所撰□□□之太過。何以知稹之書爲乞姻不遂，而故爲此誣謗之説也？余謂天下事有因理而求其跡者，亦可因跡而求其理。稹與崔，兄弟也：與鄭，亦兄弟也。藉令崔非令女，禮爲親者諱，稹固不得□言也，張亦何與于稹，豈有無故爲人作記，而反污兩中表之名節家風者乎？閨房鄙事又曖昧難知，稹當日鑿鑿條晰，果得之所見乎？抑得之所聞乎？若以爲已實爲之，張固托名也。稹嘗附宦，官後猶悔之。稹非不自愛者，乘至親喪亂而誘于弱女弟，此禽獸之行，稹愈不欲自白其污矣。況常人之情，私己者則悦，若崔果私稹，稹後即欲補過絕之，則亦已矣，極力毀之，豈人情也哉？藉曰：毀之非仇于乞姻，亦必有他故。予誠不得其解也。予考其跡如此，推其理又如此，故歷序當年誣謗始末，作爲《翻西廂》，爲崔鄭洗垢，爲世道持風化焉。

可知旨在爲《西廂記》中崔鄭翻案，替〈鶯鶯傳〉中的鶯鶯雪冤（傳中鄭恆一角尚未出現），並「爲世道持風化」。作者之所以相信〈會眞記〉乃元稹自寓，蓋據元稹所作〈姨母鄭氏墓誌〉及明代出土的秦貫纂〈滎陽鄭府君夫人博陵崔氏合祔墓誌銘〉，但今已考證後者疑點太多，不足證明其中「四德兼備」的博陵崔氏即〈會眞記〉中崔鶯鶯，其中鄭府君，名或作恆或作遇，若非有心附會，則屬巧合，〔註 41〕若我們再結合元稹其他賦鶯鶯詩詞，當可明白鶯鶯並非眞與元稹爲中表。

〔註41〕此自序雖有脱漏，然前人多所記載，一經核對，即可知所指爲何？如陳吳圜《曠園雜志》則載云：「唐鄭恆暨夫人崔氏鶯鶯合祔墓，在淇水之西北五十里，曰舊魏縣，蓋古之淇澳也。明成化間，淇水橫溢，土崩石出，秦給事貫所撰誌銘在焉。」此碑眞僞，王驥德《新校注古本西廂記》所附〈古本西廂記考〉、毛先舒《詩辨坻》、毛奇齡《論定西廂記》、章有謨《景船齋雜記》、畢沅《中州金石記》、楊復吉《夢闌瑣筆》、平步青《霞外攟屑》、俞樾《小浮梅閒話》、今人陳寅恪〈讀鶯鶯傳〉、蔣瑞藻《小説考證》等皆有考辨。學界已有共識，該石刻文字不足以證明什麼，如張人和〈如此「新證」不可取——崔鶯鶯鄭恆新證駁論〉，不過，近年仍有人持肯定態度，如葉程義〈從鄭恆夫人崔氏合祔志談石刻文學的價值〉。

接著，要討論的是作者如何翻改西廂故事，而這翻改之後的面貌又呈現什麼意義。首先，我們來看一下故事梗概：全劇以鄭恆爲主角，他奉父命攜信先到蒲關拜見父執杜確，然後往探鶯鶯母女。張珙與崔家爲中表，但因鄭恆得婚鶯鶯而己見拒，乃投賊寇孫飛虎爲參軍，誘使圍寺以求崔女，自己則在寺中潛當內奸。普救庵住持老尼法本，設計以寶貨賂孫，請緩兵三日即送出鶯鶯，再同歡郎潛往杜確處求援，途中恰遇鄭恆及杜軍五百人，師至，孫解圍去。鄭恆有功，遂被留寓庵中。張珙則事敗被逐出庵。鄭於庵中，聽琴、酬韻、驚夢等事皆移其身上。最可注意的是崔鄭隔牆贈答，崔和詩云：「兩地慇懃望，清光共一天。年年十二度，何用此回圓。」蓋慰藉鄭恆，謂婚期有待，不可有逾分之行。已而鄭上京應考，珙意不甘，乃撰〈會眞記〉鏤板行之，謂崔曾私於己，將以離間崔鄭。鄭父見其文大怒，致書崔夫人，絕此婚姻。張珙趁機央媒求婚，鶯鶯不從，刺血寫詩以見志。時鄭中進士，尼法本乃攜崔氏血詩赴京謁鄭。鄭微行至蒲，仍寓西廂，而鶯鶯怨切病篤將死，鄭遽呼之，因蘇。是時，飛虎猶擾河東，杜確復征之，誅虎、擒珙。

全劇基本立場在反對元稹〈鶯鶯傳〉、王實甫《西廂記》對崔、鄭的誣蔑。其視《西廂記》爲眞人眞事之史劇，此一觀點甚不可取，安知戲曲並非歷史，重要的是作者藉此表達了什麼？其主題思想並不是在誣謗鶯鶯與人苟合及鄭恆無賴詭詐，而是藉由崔張與老夫人之間的抗爭，表達其反傳統禮教與門閥制度的思想及有情人終成眷屬的理想。由於研雪子作劇的動機一意拘泥於史實，遂使本劇果眞是做到了「爲世道持風化」。

《翻西廂》基於反對《西廂記》的立場，凡原本所肯定的，一概加以醜化、誣蔑。從人物形象來討論最容易見出作者所持之風教觀念：

1、醜化張生

《西廂記》中的張生是一個「志誠種」，忠於愛情，雖帶點傻氣，卻是行事光明、反抗禮教的可愛書生；到了《翻西廂》中，作者如此形容張生：「情性騷如狗」、「生平最懷奸險，秉性絕愛淫邪。眼皮一轉，即生無限煙波，任他魑魅魍魎，自然甘拜下籌。身子一歪，便有漫天計較，縱饒牛鬼蛇神，終難逃其寸軌。以此狡猾之心，濟俺偷花之手，堪羨許多踢空弄影，尚然不算絕項才能，何況這些鑽穴踰牆，豈不是平常技藝」、「若說這些古怪新奇，小子儘可自居第一。獨恨這付鬚眉面孔，小子還要略略讓人。斑痕滿臉，分明是灑墨梅花；荒鬚連腮，好亦似臨風茅草。」非但純潔的心地髒了，風流俊俏的容貌也變了；

原本是出計退賊有功的人，此時卻是勾結飛虎、欲擄鶯鶯的內奸，最後張生被擒誅。這對於王實甫筆下的張生形象，不啻也是一種「誣蔑」。

2、肯定鄭恆

王實甫筆下的鄭恆在紅娘眼中只有嘲笑和批判的份；到了《翻西廂》，作者卻把鄭恆維護門第、遵從父命、確保門閥婚姻的一切行徑，歌詠成正義的表率。全劇並以鄭恆高中狀元，與鶯鶯成婚，實現父母之命爲結，無疑是對門閥制度下媒妁婚姻的肯定。

3、僵化鶯鶯

《西廂記》中逐步反抗母命的鶯鶯，此一叛逆形象至研雪子筆下已蕩然無存；隔牆吟詩，其詩意竟是二人共此明月不能一處，及終有團圓之日，不在此一時，儼然秉禮甚篤；也成了「笑不出聲，言不露齒」的淑女，及寫血書、示貞烈的節婦，她心中只以遵從父命、矢貞於鄭，才是她的本分和一生的幸福。這種嚴守傳統禮教的性格，那裡還是《西廂記》中有女懷春而唱「可正是人值殘春蒲郡東，門掩重關蕭寺中；花落水流紅，閒愁萬種，無語怨東風。」的多情鶯鶯。

由於作者對文藝作品的創作理念有了誤解，遂使其作品站到了正統儒家、維護傳統禮教的一邊。

十五、卓人月《新西廂》

卓人月，字珂月，又字蕊淵，別署江南月中人，浙江仁和人，明萬曆三十四年（西元 1606 年）生，崇禎九年（西元 1636 年）卒。〔註42〕與孟稱舜、袁于令、徐士俊交好。著有《蟾臺集》、《蕊淵集》和雜劇《花舫緣》，輯有《古今詞綜》。曾評點徐野君《春波影》雜劇，並爲郭璸《百寶箱》傳奇、孟稱舜

〔註42〕卓氏生卒年，據《戲曲研究》第六輯朱穎輝〈孟稱舜新考〉（頁210註2）云：「關於卓人月生卒年，近人著作中均不詳。但卓人月《蕊淵集》卷四，收有作者〈男兒三十歌〉一首，自注寫於『乙亥四月』，可見作者『乙亥』（即崇禎八年，公元 1635 年）爲三十歲，上推可知其生年爲 1606 年。而聞啓祥〈題卓珂月詩集〉云：『吾友蓮旬將搜輯珂月遺稿刻之……』，末署『丁丑春日河渚隱人聞啓祥書』（見《卓珂月先生合集》卷首），『丁丑』即崇禎十年，公元 1637 年。可知當年春卓已死。但黃宗羲《思舊錄》說：『卓人月，杭之塘栖人，早有時名。丙子（西元 1636 年）余兄弟以應試寓涌金門黃家庄，珂月夜過余，索酒與澤望棹舟湖中，笑聲震動兩岸，大聲如豹。』據此，卓可能死於 1636 年末。」

《殘唐再創》雜劇作序。據清人焦循《劇說》卷二記載，卓氏曾編過《新西廂》劇本。此劇現已失傳，諸家曲目中亦未見著錄，故不知是傳奇或雜劇。但作者自序，全文仍保留在明末衛泳編選，崇禎閶門書林張懋先刻本的《古今小品冰雪攜》及其著作《蟾臺集》中，《劇說》中亦節錄部分。今天我們要認識《新西廂》，除非發現刊本，否則恐怕只能從這篇自序推知。

　　雖然這是一篇作者的古典戲曲悲劇論的宣言，〔註43〕對我們了解《新西廂》的創作狀況卻大有幫助。現在，讓我們逐段來討論序文。首段云：

> 天下歡之日短而悲之日長，生之日短而死之日長，此定局也；且也歡必居悲前，死必在生後。今演劇者，必始于窮愁泣別，而終于團圞宴笑，似乎悲極得歡，而歡後更無悲也；死中得生，而生後更無死也。豈不大謬耶！

卓氏從生活的體認中，覺得人生經歷中的悲歡死生之定局，就時間長短比例是「歡之日短而悲之日長，生之日短而死之日長」。就其先後關係言，則是「歡必居悲前，死必在生後」。之所以作出如此的概括，正是有他所生活的時代、階級等廣泛、深刻之社會根源。於是，生活的基調就只能是悲劇的色彩，卓氏要求劇作家正視和尊重生活現實，要按照生活本來面貌來描述，因此他對於反其道而行的團圞宴笑之結局，認為是悖離現實的。然而，卓氏又滿足於戲劇只在於反映現實，因此他又說：

> 夫劇以風世，風莫大乎使人超然于悲歡而泊然于生死。生與歡，天之所以鴆人也；悲與死，天之所以玉人也。第如世之所演，當悲而猶不忘歡，處死而猶不忘生，是悲與死亦不足以玉人矣，又何風焉？又何風焉？

卓氏主張戲劇應教育人們「超然于悲歡，而泊然于生死。」但生與歡，何以鴆人？死與悲，如何玉人？在這段並未明說。不過，以下的文字我們卻看到了實例：

> 崔鶯鶯之事以悲終，霍小玉之事以死終，小說中如此者不可勝計。乃何以王實甫、湯若士之慧業而猶不能脫傳奇之窠臼耶？余讀其傳而慨然動世外之想，讀其劇而靡焉興俗內之懷，其為風與否，可知

〔註43〕參見陳多〈一部罕見的古典戲曲悲劇論著——卓人月氏新西廂序簡介〉（《曲苑》第二輯）、葉長海〈卓人月的悲劇觀〉（《中國戲劇學史稿》）、袁震宇〈卓人月的悲劇短文新西廂序〉（《明代文學批評史》）。

也。《紫釵記》猶與傳合，其不合者止復蘇一段耳；然猶存其意。《西廂》全不合傳。若王實甫所作，猶存其意；至關漢卿續之，則本意全失矣。余所以更作《新西廂》也，段落悉本〈會眞〉，而合之以崔、鄭墓碣，又旁證之以微之年譜。不敢與董、王、陸、李諸家爭衡，亦不敢蹈襲諸家片字。言之者無飾，聞之者足以嘆息。蓋崔之自言曰：「始亂之，終棄之，固其宜也。」而元之自言曰：「天之尤物，不妖其身，必妖于人。」合二語可以蔽斯傳矣。因其意而不失，則余之所爲風也。

由以上可知，生與歡之所以鳩人，乃在使人「興俗內之懷」；死與悲之所以玉人，乃在使人「動世外之想」。爲什麼傳、劇給人的感動如此不同呢？這得從它們結局的不同來談：〈霍小玉傳〉中的霍小玉對李益所求只是：「妾年始十八，君纔二十有二，迨君壯室之秋，猶有八歲。一生歡愛，願畢此期。然後妙選高門，以諧秦晉，亦未爲晚。妾便捨棄人事，剪髮披緇，夙昔之願，於此足矣。」可是李益不久即棄她別娶，令霍小玉長慟號哭數聲而絕；現在《紫釵記》使她不爲厲鬼，以擾李生，而反悶絕復蘇、劍合釵圓，夫婦團圓。這種結局會使人誤以爲霍小玉那種卑瑣的生活願望尚有可取、可羨之處，即所謂「興俗內之懷」，反倒不能記取霍小玉的悲慘命運，而去追求不可能實現的結局，替自己引來不幸。《西廂記》的「願普天下有情的都成了眷屬」的理想，固然值得肯定，但才子及第、奉旨成婚，不但把婚姻制度的合不合理之問題，轉移到才子能否中狀元與否上，使人勿略了門閥制度的可怕及現實的不可能，忘了張生棄擲鶯鶯，是時代的不幸，期望中狀元來改變現實，可能是一種麻醉自己的毒酒。所以卓氏強烈反對這種團圞宴笑的結局處理，在《春波影》的一則眉批，他就說：「文章不令人愁、不令人恨、不令人死，非文也。」因此，卓氏肯定傳奇所處理的「以悲終」，可以「風」人，即霍小玉的怨毒之深和必爲厲鬼以復仇的堅定決心，足以懲奸勵頑；鶯鶯的被拋棄，則可使人看清張生的醜行、無行，認識到門閥制度醜惡的本質。可知「世外之想」，並不等於看破紅塵、無貪無嗔，而是超然淡泊地將庸俗的生與歡之追求置之度外，行其所當行。於是，作者改編《新西廂》的原則，即是還原回〈會眞記〉的「以悲終」。作者雖「段落悉本〈會眞〉而合之以崔、鄭墓碣，又旁證之以微之年譜。」但他只是落實崔鶯鶯最後嫁給鄭恆，爲張生所棄這一事實而已。我想原本批語可以幫助我們了解卓氏此本確實意不在考據，批云：「若在他人

爲之，便是學究考訂氣。」而作者所謂可以蔽斯傳的二語，正說明本劇重點是在強調鶯鶯自認爲私訂終身是不容於天下的，她沒有投梭之拒，所以引來自獻之羞；而張生基於自身利益，必然以鶯鶯先配爲醜行、以要盟爲可欺。因此鶯鶯悲慘的下場一定是不可避免的「定局」，體現了卓氏的悲觀理論。而值得注意的是卓氏強調的是鶯鶯的不幸、悲慘，而非她的咎由自取，因此他指責《西廂》全不合傳，並非如《翻西廂》一類，利用合祔墓誌銘來斥《西廂》爲「誣陷不實之詞」。因此，卓氏有可能取張生忍情之說，卻不會如元稹一般，「許爲善補過者。」而只可能歸結爲張生薄倖負心，使鶯鶯成爲受害者，這是卓氏與衛道、禮教者不同的地方。

當然，作者以悲劇結局來改作，乃因其堅持的人生觀所致，這也使得他不能看出《西廂記》走向喜劇結局的積極意義。文末總批云：

> 海岸云：即就歡場演出苦諦，正是佛心度世。

確實說出了卓氏「劇以風世」的眞諦。

十六、碧蕉軒主人《不了緣》

碧蕉軒主人，姓字籍里不詳，戲曲作品僅存雜劇《不了緣》一種。《重訂曲海目》、《曲考》、《曲海總目提要》、《曲目考》、《今樂考證》、《曲錄》並著錄。流傳版本唯有清順治辛丑（西元 1661 年）鄒式金編《雜劇新編》三十四種本。

本事據〈鶯鶯傳〉後段原文，敘張生赴京趕考，不幸鎩羽而歸，誰料鶯鶯已配鄭恆，紅娘隨嫁，老夫人也搬去鄭府左近，空留殘破西廂。張生遂以表兄名義，至鄭府求見。鶯鶯托病不出，鄭恆留張生住宿。是夜，紅娘奉鶯鶯命往見張生，張生喜出望外，以爲歡會重演。紅娘責張生音信全杳，致失良姻，並交與鶯鶯所作「自從別後減容光」一詩，由是張生志絕，悵然而去。最後增出一折：敘隔日張生往訪法本。法本點化張生一番，張生省得，心已皈依。然法本告知：「張解元，看你隨問隨答，已見足具慧識。咳！可惜你情根未斷，三十年後，再當墮跡人間，與崔氏女完其夙因，這是後話，不必多講。則老僧今日又和你證了這段不了緣也。」餘音不盡。

《曲海總目提要》云：

> 所載鶯鶯事，據〈會眞記〉後段，崔已委身于人，張生以外兄求見，
> 崔賦詩與張云：「棄置今何道，當時且自親。還將舊來意，憐取眼前

人。」由是張生志絕。作者以爲此不了之緣也，故名曰「不了緣」云。劇中崔所嫁即鄭恆，是據《西廂記》中姓名，非〈會眞〉所有，鄭恆墓誌娶崔氏，應即是鶯。《西廂》各種，皆取與鶯完配，蓋據〈會眞〉前半而翻易其後半也。作者以後半乃實蹟，而《西廂》面目全改，遂成此數折，以鶯歸鄭恆，而崔張爲不了之緣。觀〈棄置〉一詩，有「憐取眼前人」之句，則是元稹已娶韋氏之後，其詞雖怨，而相戀之意殆猶有之，「不了緣」之名，蓋佛法所謂招因帶果，又添一重公案也。

可議者有數處：本劇雖據〈會眞〉後半而成，實際情節乃承《西廂記》第四本而來，觀第一齣張生上場自云：

> 小生張珙，字君瑞，西洛人也。向年寓居蒲東普救寺，與崔相國女鶯鶯，成就了好事，荏苒年餘，誰料老夫人背前盟，半途變卦，因此上去年今際，走馬長安，倏忽之間，不覺又殘秋時候了，咳！我想世間功名路窄，兒女情多，老夫人狠計難堪，俺小姐芳心可矢，怎下得拋撇前來，情史上可不道我薄倖了麼？這幾日間，整頓行裝，待往蒲東探往一番。

「崔相國女」的身分、老夫人賴婚、逼試，是《西廂記》才有的關目。又，作者是否以後半爲「實蹟」，而《西廂記》改得面目全非，才促使他「成此數折」，值得商榷。因爲作者並未把張生寫成〈鶯鶯傳〉中薄倖負心的人，也沒有大發忍情之說，而是以同情的筆調寫張、崔之間的不圓之悲，題目正名中有兩句「兩錯怨雙文恩斷，單相思君瑞情癡」，足見作者無意悉遵〈鶯鶯傳〉。至於劇中引〈棄置〉詩一事，根本子虛烏有，由此推測元稹已娶韋氏，更屬荒謬。因爲劇中所引明明是：

> 自從別後減容光，萬轉千迴懶下床。不爲旁人羞不起，爲郎憔悴卻羞郎。

而且只引此一首，而略去另一首。〔註44〕

　　此劇曲文淒麗感人，典故化入曲中，亦比查繼佐〈續西廂〉高明許多，

〔註44〕譚正璧〈王實甫以外二十七家西廂考〉亦謂鶯鶯所作是「棄置今何道」一首；陳慶煌〈西廂記戲曲藝術對後世的影響〉一文，有兩段提及，一段亦謂崔賦詩與張生的是〈棄置〉一詩，隔一段「其情節略爲……」則說是兩者都賦。蔣瑞藻《小說考證》亦不查而引入《曲海總目提要》說法。

絲毫不覺澀口。人物性格亦甚活現，如第二齣寫張生以中表求見，鶯鶯欲見張生又避之的矛盾掙扎：

> 小生（鄭恆）問旦（鶯鶯）介。旦：「奴家並沒有甚中表」。小旦（紅娘）：「呀！莫非是張家哥哥麼？」旦低首不語介。小生：「方纔小姐說，從沒有甚中表，如今又是那個張家哥。」旦：「我倒忘了，奴家母親，是他異派之從母，自幼隔絕，向年同寓普救寺，多曾會面來。」
>
> 小旦：「相公還不知道！向年蒲東兵變，若非張相公解圍，焉有今日？」
>
> 小生：「原來如此，卻是恩舅了，快有請！」旦欲迴避介。小生：「既係至戚，何妨相見。」旦：「奴家有些耐煩，且暫時迴避則個。」

後終托病堅持不出。

唯本劇描寫「雙文恩斷」、「君瑞情癡」，有意展現張生由癡情、執著到省覺、皈依的過程，而後卻又盪開一筆，謂此為不了之緣。不過，最終仍是想點化三十年後的張生歸根，故云：「猛回頭，年少拋人容易往，（爭如俺門呵）看金爐裊香，對蓮臺合掌，何必向邯鄲纏透利名韁。」，不就是說立地成佛，何必再要「一覺揚州枉斷腸，癡也波狂，莽生涯把風月擔」（第四折）呢？

第四節　王實甫以外元明清三十四家《西廂記》改編本（下）

以下討論沈謙《美唐風》（《翻西廂》）、葉時章《後西廂》、薛旦《後西廂》、周杲《竟西廂》、程端《西廂印》、韓錫胙《砭真記》、王基《西廂記後傳》、楊國賓《東廂記》、張錦《新西廂記》、高宗元《新增南西廂》、周聖懷《真西廂》、陳莘衡《正西廂》、石龐《後西廂》、湯世瀠《東廂記》、吳國榛《續西廂》、吳沃堯《白話西廂記》、成變春《真正新西廂》、《普救寺》等十八家改編本。

十七、沈謙《美唐風》（《翻西廂》）

沈謙，字去矜，號東江。浙江仁和人。明神宗萬曆四十八年（西元 1620年）正月生，清聖祖康熙九年（西元 1670 年）二月卒。雖以詩聞，為「西泠十子」之一，然據毛先舒為他寫的〈沈去矜墓誌銘〉云：「所著有傳奇若干卷」，故知也兼戲曲創作。歷來學者，如朱希祖〈翻西廂跋〉（見十四）、葉德均〈戲曲小說叢考〉多注意其著作《東江別集》卷四中呂〔粉蝶兒〕套題作：「集伯

搣商霖，是日演余新劇《翻西廂》北曲套數的這一個標題，但更值得注意的是，在作者的另一著作《東江集鈔》中提到另一個名爲《美唐風》的《西廂記》改編本，是否沈氏一人而有兩部改編本？不然，我以爲二者實爲同一劇作，請先看底下兩處談到《美唐風》創作的動機和旨趣，一是《東江集鈔》卷六〈美唐風傳奇序〉（自序）云：

> 元稹〈會眞記〉一書，僞托張生自述其醜。夫既亂之又彰之，復與楊巨源、李紳、白居易輩互相唱歎，而諸君亦恬不以爲異。後金董解元始因〈會眞〉創彈詞《西廂記》，而元人王實甫又塡以北曲，明李日華、陸天池輩翻爲南曲。歌館劇場，時時演作，浪兒佚婦，侈爲美談。雖採蘭贈藥之風不始於是，而此書之宣導，蓋亦侈焉。故李唐之風，至今未得泯也。頃因多暇，反其事而演之，冀以移風救敝，稍存古意。然《西廂》之入人，淪浹肌髓，恐非一舌所可救，且有大笑其迂闊者。然予鑒於往事爲世教憂，以詞陷之，即以詞振之。果能反世於古，士廉而女貞，使蟋蟀、杕杜之什交奏於耳，不亦美乎？因唐《教坊記》有曲名〈美唐風〉，遂以此名傳奇云。

又，同書卷七〈與李東琪書〉云：

> 日下方撰《美唐風》一詞，用反崔、張之案，以維世風。此雖小技，亦不欲空作。

作者創作的動機在於憂世風悩淫恣情，歌館劇場時時演作男女情事，有傷風化，遂「用反崔、張之案，以維世風」。

接著，再看《東江別集》中反映《翻西廂》內容及旨趣的北曲套數。其中〔耍孩兒〕曲云：

> 俺將這《西廂》業案平反盡，費幾許移花門筍。止不過痛惜那雙文，根究出微之漏網原因。則要蓋世間女子防沾露，普天下男兒盡閉門。
> 休再說閒愁悶，掃過了迎風白晝，迴避了待月黃昏。

〔滿庭芳〕曲則云：

> 似這等愁脂怨粉，卻也要存些風化，切不可玷辱家門。到這裡非非是是難欺混，但平心子細評論。

一如《美唐風》，也是打著正統的儒之旗號，只爲「存些風化」。而且講得更清楚，要將鶯鶯改寫成謹守禮教的女子，不可玷辱家門。認爲元稹以私忿醜化鶯鶯，故欲爲之翻案。惜未見傳本，不知鶯鶯是與張生抑鄭恆成婚。不過，

可以肯定的是，作者是反對男女私訂終身、幽會西廂的，從其要男子盡閉門，女子防沾露，以及否定鶯鶯原先一上場的「閒愁萬種」和後來邀約張生的情詩，即可知之。或許我們可以這麼說：「《翻西廂》」是就創作內容和手法而言；「《美唐風》」是就作品主題思想，亦即作者心中的理想而言。因此，一劇兩名是不相悖的。

十八、葉時章《後西廂》

葉時章，字稚斐，一字美章。江蘇吳縣人。《新傳奇品》著錄傳奇八種，不見此本。諸家曲目亦未見著錄，僅鄭振鐸《插圖本中國文學史》第六十四章云：「八本外，更有《後西廂》，相傳係時章先成八折，餘由朱雲從續成。然今亦未見。」考朱雲從劇目，諸家曲目亦未有此說，不知鄭氏所據爲何？不敢輕信，留待續考。

十九、薛旦《後西廂》

薛旦，字既揚，號訴然子，一作聽然子。〔註45〕原籍江蘇長洲人，清初遷居無錫。《新傳奇品》錄其傳奇六種；〔註46〕不見《後西廂》。但《今樂考證》「薛既揚十六種」著錄有《後西廂》。《曲考》、《曲海》、《曲錄》俱入無名氏。不見流傳。

二十、周昂《竟西廂》

周昂，字坦綸，號果庵，一號西疇老圃。江蘇崑山人。《竟西廂》一劇，

〔註45〕周妙中《清代戲曲史》頁 103 云：「他的傳奇《齊天樂》有殘存下卷的康熙四十九年（西元 1710 年）抄本，估計他在康熙四十九年尚在世。刊《燕游詩草》時，他至少應有二三十歲，故生年應在崇禎三年（西元 1630 年）以前。」

〔註46〕高奕《新傳奇品》著錄薛旦傳奇六種：「《書生顏》、《醉月緣》、《戰荊軻》、《蘆中人》、《昭君夢》、《狀元旗》。」今《昭君夢》仍存，收入鄭式金《雜劇三編》，知是雜劇，並非傳奇。又，趙景深《明清曲談》頁 175 推測：「《戰荊軻》似乎取材於《古今奇觀》中的〈羊角哀死戰荊軻〉，這一篇原見《清平山堂話本‧欹枕集》上卷，篇幅不多，情節很少，無法敷衍爲傳奇，《戰荊軻》雖沒有傳本，想來恐怕也是雜劇吧？《蘆中人》不過是伍員故事的一節，大概也無法鋪張，或許也是雜劇，不是傳奇。總之，不曾看見原書，只好存疑。」另，周妙中《清代戲曲史》頁 103，表示曾見到薛氏作品四種，即《續情燈》（二卷三十三齣）、《醉月緣》（二卷三十四齣）、《齊天樂》（二卷）、《昭君夢》（四折）。

《新傳奇品》、《曲考》、《曲海目》、《曲錄》、《今樂考證》並見著錄，王國維《錄曲餘談》則題爲《錦西廂》。未見流傳。

二一、程端《西廂印》

程端，字不詳，江蘇常熟人。所作《西廂印》僅《曲海總目提要》卷二十五著錄，云：「近時人程端所作也。」

因此本不見流傳，討論關目梗概、主題思想，只能根據《曲海總目提要》。按程端自敘云：「《西廂》，有生來第一神物也。嗣有演本，便失本來面目。嘗縱覽排場關節科諢，種種陋惡。一日讀〈會眞記〉，至終夕無一語，忽拋書狂叫曰：『是矣！是矣！』錄成，題曰《西廂印》。」知其創作動機是感於演本陋惡、失《西廂》本來面目；復受到〈會眞記〉啓發，而成《西廂印》。至於受到何種啓示，則不得而知。

關目梗概，據《曲海總目提要》云：「原本于王實甫、李日華二劇，而情節則其所自撰者居多。〈遞簡〉齣，以〈待月西廂下〉詩爲夢中所作，而紅娘私與張生。〈佳期〉齣，以爲紅娘代鶯鶯假合。此皆與本傳異。〈停喪〉齣，增一老院子，易法聰爲法充。〈寺警〉齣，紅娘請代，及張生自往蒲關，不用惠明。〈設詭〉齣，以爲鄭恆殺寄書之使而套其書。此皆與王實甫、李日華二劇異。」又云：「奪其妻而復殞其命，鄭恆之死，張乃太毒耶。看其聞信逞凶，鄭不失爲有血性男子。陰魂索命，果報昭然，鄭之死也瞑目。而後崔、張兩人，可以高枕白頭。」可知鄭恆之死乃是寄書使者的索命所致，而非懷愧自殺。

再根據劇前雜記，我們已可以約略窺知作者雖本王、李《西廂記》，而其實大大不同，不僅在關目上有所改作，主題思想亦有所異動。何以知之？有三：

1、西廂地點之移轉

〈雜記〉一連舉了好幾個例子，力證西廂不在普救寺中，而在其東別院之西。其云：

> 西廂者，鶯所居也，別院之西偏屋也。別院在普救寺東，不隸普救而附於普救。自李公垂歌有「門掩重關蕭寺中」，遂謂雙文寄居蕭寺，則惑甚矣。《西廂·解圍》齣，夫人云：「自今先生休在寺裡下，便移來家下書院裡安歇。」又〈拷紅篇〉云：「卻不合留請張生於書院。」則是普救之外別有書院明矣！其詞曰：「待月西廂下，迎風戶半開。拂牆花影動，疑是玉人來。」張喻其旨，因梯樹踰垣而達於西廂。又

夫人云：「因此俺就這西廂一座宅子安下。則是西廂爲鶯所居別院之
西偏屋明矣！偏屋傍牆之外即寺，〈假館篇〉所云：「離著東牆，只近
西廂」，是也。鶯處別院，而停喪則於普救。間有角門鎖斷以備祭祀。
〈傳情篇〉所云：「相國行祠，寄居蕭寺」是也。〈鬧簡篇〉謂張生「曉
夜將佳期盼，將東牆淹淚眼」，又「西廂待月等得更闌，著你跳東牆
女字邊干。」則是別院在普救寺東，不隸于普救而附于普救亦明矣。
角門爲張生逗緣，鎖斷爲崔氏遠嫌，乃西廂全部關鍵所在也。

極力開脫西廂隸于普救寺之內，目的其實就在「爲崔氏遠嫌」。「乃西廂全部
關鍵所在也。」一語雙關，既指形勢而言，也指創作主旨所在。

2、訾老夫人管教不夠嚴格

其云：

〈賴婚〉後，崔張名爲兄妹，實則路人，夫人宜倍加防範，顧得以
淫詞，招其黉夜深入，度雙文必無是事。

責老夫人，而爲鶯鶯脫罪。又：

生女以姦敗見計，人情大不堪之事，顧聽妮子數言，草草完配，此
必不然之說也。既以女字張矣，他日惑於鄭恆一偏之詞，便欲改適，
何不此時先作一活局耶？爲老夫人計，急宜砌斷角門，令法本促張
生赴試，得第歸來，從容議婚，未爲晚也。斯時生欲一見紅娘而不
可得，而又何送別之有。

挺身「爲老夫人計」，可見他覺得老夫人不夠老練、嚴格。

3、為鶯鶯脫嫌及鶯紅關係的互動

寫鶯鶯之動情實出無奈，其云：

奈〈待月西廂〉二十字，香沁普天下才人口頰矣，余再四沈吟，神
遊曩昔，見其於鬧齋之日，感其貌矣：聯吟之夕，感其才矣；解圍
感其恩；聽琴感其怨矣。容此多感，其必神情恍惚，形之夢寐，不
覺忽然溢而至於閑之外焉。

又云：

有以臨期反約，訾雙文薄情者。雙文本未嘗有約。張與紅直以想像
得之，若不正言斥責一番，此際便不可解。

又云：

雙文不潛出角門，其赴張書館，老母偕之去也，去而目擊生之病，

> 病且死，至此而不惻然動念，是與豺狼無異也。念之則思救之，救
> 之非以身不可，不得已而使侍兒解之。則疇昔之夜。所云「半推半
> 就又驚又愛」者，紅也，非鶯也。

強調鶯鶯的守禮、感恩，而抹去她主動追求自由婚姻的叛逆形象。

　　當然，這裡存在一個盲點，即〈雜記〉是作者自云，或他人附之。如果
是作者所云，則可據之言作者亦有意將鶯鶯塑造成秉禮的佳人，及將崔張私
會淡化或合理化；反之，則只能藉他人眼中說作者有可能具有此一傾向。不
過，個人推測，是作者自云的成分大些，因據作者自敘及這篇雜記看來，很
像金聖歎批《西廂記》中的〈讀法〉及評點文字。而作者年代又與金聖歎相
近，受其影響的機會是有可能的。〔註47〕底下即就二者文字、觀念相近者，
略作分析。金聖歎〈讀第六才子書西廂記法〉有一條云：

> 《西廂記》乃是如此神理，舊時見人教諸忤奴于紅氍毹上扮演之，
> 此大過也。

及折中批語亦多此類責語，可知金氏亦不滿演出之本。且同程氏一樣，視之
爲「神理」、「神物」。又，金氏在卷一卷首亦將西廂一地巧做解釋，其云：

> 西廂者，普救寺之西偏屋也，……普救寺有西廂，而是西廂之西又
> 有別院，別院不隸普救，而附于普救……故西廂者，普救寺之西偏
> 屋也，西廂之西，又有別院，則老夫人之停喪所也。

文字幾乎無別，其如此另闢一別院，用心宜同也。其訾老夫人封建得不夠徹
底，亦然。其開頭題目正名下即批云：

> 一部書十六章，而其第一章大筆特書曰「老夫人開春院」，罪老夫人
> 也。雖在別院，終爲客居，乃親口自命紅娘引小姐于庭前閒散心，
> 一念禽犢之思，遂至逗漏無邊春色。良賈深藏，當如是乎？厥後詐
> 許兩廊退賊愿婚，乃又悔之，而又不遣去之，而留之書房，而因以
> 失事，猶未減焉。

至於鶯鶯形象的重塑，因兩者所費筆墨、所採角度不甚相同，不擬舉例對照，
然其至矜持、至尊貴、至聰慧的秉禮相國小姐之身分則一。基於以上幾點，
雜記爲作者自爲可能性較大。

　　由於程氏所作未見流傳，雖知與聖歎居心相近，卻不知是否也同金氏一

〔註47〕金聖歎批《西廂記》是在順治十三年（西元 1656 年）。據譚正璧推測程端生
　　　　生卒年，爲「約公元 1692 年前後在世。」（見《中國文學家大辭典》頁 1428）。

樣，隻字必爭，以寄其「是矣！是矣！」之深意？此點雖待刊本出方知，但其讀〈會眞記〉，是否覺得紅娘乃「不令之婢」，故將踰牆之變和私會之羞移罪於紅娘，這一點或可隱約察覺。

二二、韓錫胙《砭眞記》

　　韓錫胙，字介屏，號湘巖，浙江青田人。清康熙五十五年（西元 1716 年）生，〔註48〕乾隆十二年（西元 1747 年）舉人。《砭眞記》弁首有裔孫震東題云：「吾族祖湘巖公，嘗遊少微山，愛其山川幽曠，自號爲少微山人。《砭眞記》，乃吾公游戲之筆爾。」此戲未見著錄，民國四年（西元 1915 年）有正書局排印本，署妙有山人；又有鉛印本，署少微山人。凡六齣，傳奇。書首自序作於乾隆二十九年（西元 1764 年）元夕，自言假托「芳魂入夢，幽恨重申，以〈踰牆〉之前，定爲以張易元；〈踰牆〉之後，定爲將無作有」爲改作大綱。情節略云：有眞人妙湛，不滿〈會眞記〉之尤物妖人、知過必改說，乃會同文昌、閻君，請到無垢女仙（崔鶯鶯），拘傳到原作者元稹，與鶯鶯對案，才眞相大白。張生實爲稹之自托，記中〈踰牆〉之後，全爲稹之所捏造。閻君大怒，欲將其送入拔舌地獄，妙湛眞人卻主張「令元稹之托生人世，做個極窮極通的秀士，一生蹭蹬，自將〈會眞記〉改正，注明因果，傳播儒林，俾人人覽之，可以覺悟。」稹之果投生爲張生，由富轉貧，餓死復生，乃悟前因，遂刺指血，一日書寫三張，遍貼天下名勝游人往來處，俾人人知之，然後功成行滿，仍得過富貴生活。

　　作者不徒翻《西廂》關目，也翻〈會眞記〉舊案，演勘元稹〈會眞記〉事。不唯爲崔氏訟冤（由其名「無垢」女仙，即可知作者之厚愛），也針砭處罰了元稹（張生）。基本上，作者相信元稹寫〈會眞記〉是爲了誣蔑鶯鶯，爲自己掩過，所以寫妙湛眞人不滿「尤物妖人、知過必改」二語，因此才有會勘情節。數百年以來，終於有人直接審判元稹，不齒於忍情說之惡趣，而罰

〔註48〕韓氏另有詩文集《滑疑集》八卷、《漁村記》傳奇及《南山法曲》雜劇。《滑疑集》有原刊本及同治年間處州府潘紹詒重刊本，據其卷四〈祝楊二希南內兄八十壽敘〉一文云：「先嚴于康熙丙申秋舉余」云云，故知生於康熙五十五年（西元 1716 年）。《滑疑集》中繫年最遲的年代爲乾隆四十年（西元 1775 年），已六十餘歲。卷八〈宋拓懷仁聖教序跋〉一文後有嘉靖戊辰（西元 1808 年）秦瀛的題語曰：「湘巖墓木久拱。」故知享年大約七十左右。說見嚴敦易遺著《元明清戲曲論集》頁 255。

其投生補過，還鶯鶯清白，這對原先充滿功利思想的元稹（張生），確實是一記針砭，從而肯定了鶯鶯追求愛情的一片癡心。若說此劇純粹「游戲之筆」，似嫌看輕其價值所在。

二三、王基《西廂記後傳》

王基，字太御，號梅庵逸叟，江蘇吳縣人。此劇唯見《西諦書目》集部下〈曲類〉著錄：「四卷，題梅庵逸叟撰，清袁枚評，蓮勺廬抄本，一冊。」現存光緒丁未年（西元 1907 年）上海書局石印本，封面題《後西廂傳》，扉頁另題爲《新輯繪圖後西廂記》，改編內容有待寓目。

二四、楊國賓《東廂記》

楊國賓，字號、里居、生平皆未詳。此劇《曲海目》、《曲考》、《今樂考證》並見著錄。但傳本未見。俞樾《茶香室叢鈔》卷十七云：「《曲海》載有楊國賓之《東廂記》，余未之見，所見有道光間琴城湯世瀠所撰之《東廂記》，未知同異如何也。」此劇在俞樾時代或已失傳。因題爲《東廂記》，演的是否爲西廂故事，尚可懷疑，唯湯作仍演崔張故事，亦不能證明此劇亦是。姑存目列此。

二五、張錦《新西廂記》

張錦，字菊知，山西晉陽人。今知有《新西廂》、《新琵琶》兩種。前者僅《西諦書目》著錄，清乾隆刊本，二冊，凡十六齣，已故鄭振鐸曾擬編入《古本戲曲叢刊》第六集。中國國家圖書館有藏本。今據湯世瀠《東廂記・復序》所云：「張菊知孝廉，晉陽才子也。栽花未幾，出塞爲元戎司篆曹，嘗另撰十六齣，名曰《新西廂記》。其前後離合，仍同舊本，而于崔張淫藝之處，極力翻改。」又據湯世瀠《東廂記》所引〈先輩駁語〉所引范秋塘《新西廂記》跋語：

> 己酉秋，訪菊知舊尹於埜齋，留余小飲。飲次，同閱高青疇所評《西廂記》，見其指摘崔張淫蕩之行，與余二人有同意與。快心人遇快心事，一時玉山雙倒，公倚醒而言曰：「青疇固能評，評之猶未盡，吾心將翻之，爲世道人心救。未匝月，而《新西廂記》脫稿」云云。

知劇成於乾隆己酉（西元 1789 年），〔註 49〕且對《西廂記》描寫崔張淫蕩之

〔註49〕嚴敦易推測：「惟范秋塘跋語中云及《新西廂》著作時日，爲己酉秋。《新西

行頗爲不滿，其翻改之動機乃在「爲世道人心救。」

又，從湯世瀠《東廂記》引其駁〈會眞記〉內容，知張氏不唯不滿《西廂記》男女之事，更不滿〈會眞記〉中鶯鶯之淫奔（斥之爲「青樓之婦」）及張生之負心、著文以彰崔醜（斥之如「禽獸之心」）等行徑。〔註50〕其中一段話頗值得注意：

> 凡記兒女之事也，必於世道人心有關焉，而後可以傳之久遠也。即
> 不然，或其情之眞摯死生，以之苟於其初，正於其終，如文君之歸
> 相如，紅拂之歸李靖，抑亦可爲「鴛鴦譜」中一段佳話也。

可知此劇爲了與世道人心有關，必會將鶯鶯寫成一秉禮佳人；又爲了使佳人「從一而終」，崔張必然終成眷屬，這是可以想見的。至於如何翻改，有待寓目。

二六、高宗元《新增南西廂》

高宗元，字伯揚，號求誨居士，浙江山陰人。《今樂考證》著錄《續琵琶》、

廂》的撰編時代應在《東廂記》前，道光辛卯之前的己酉爲乾隆五十四年，距作《東廂記》已逾四十年了。張菊知當已前故，故復序末尾說：『菊知先生有知，其將領我。』」（見〈湯世瀠的東廂記〉，收入《元明清戲曲論集》）譚正璧則謂「據〈駁語〉所引《新西廂》跋語知《新西廂》成於乾隆己酉（公元一七八九年），地點爲新疆伊犁。而作跋語的即是現被指實爲《再生緣》作者陳端生的丈夫范秋塘，據跋語所敍，知范此時爲四十四歲。」嚴氏既云己酉秋張菊知已作古，前面卻又說《新西廂》著作時日爲己酉秋，不加解釋此矛盾現象，不知其意何在？

〔註50〕 張氏駁〈會眞記〉曰：「若夫張生之見崔而因紅，而求非禮矣，而崔竟酬之以詞曰：『待月西廂下，迎風戶半開。拂牆花影動，疑是玉人來。』則直青樓之婦，聞佳客而欣欣者矣，是尙得謂之閨秀也哉？至其斂衾攜枕，托紅而至，雲雨荒唐，殊乖倫理。而張生賦〈會眞記詩〉後，更爲之朝隱而出，暮隱而入，爲時之久，幾及一月。夫何廉恥盡喪，忌憚全無之一至於斯也！迨後張居長安，崔寄以書，並贈玉環、茶碾諸物，而張發書於所知，使人咸知之張實負心人矣。而張反曰：『天之所命尤物也，不妖其身，必妖於人。使崔氏子遇合富貴，乘嬌寵，不爲雲爲雨，則爲蛟爲螭，吾不知其變化矣。昔殷之辛，周之幽，據萬乘之國，其勢甚厚，然而一女子敗之，潰其眾，屠其身，至今爲天下僇笑。予之德不足以勝妖孽，是用忍情。』夫即忍情，亦宜婉其詞以謝之，奈何不絕之於隱，而必絕之於著，以彰崔氏之惡也？且既絕矣，崔已委身於人矣，張亦有所娶矣，經其所居，復因其夫言於崔，求以外兄相見，則又何也？方以補過爲高，旋以蹈過爲甘，前後顛倒，初終翻覆，禽獸之心，不堪問矣！而元稹津津道之，斯吾之所不解者也。甚矣，元稹之妄也。」斥責之色，溢於言表。

《新增南西廂》、《增改玉簪》三種。今僅存《續琵琶》。今從《今樂考證》所引，知吳穀人（名錫麟，西元 1746～1818 年）為之序《續琵琶》，知高氏為乾隆、嘉靖年間人。從「新增南西廂」五字可知，是部對《南西廂》有所增添之作，只不知所據為何本，增改情況如何。

二七、周聖懷《眞西廂》

周聖懷，名號、里居、生平皆未詳。僅《今樂考證》著錄。今不見流傳。

二八、陳莘衡《正西廂》

陳莘衡，名號、里居、生平皆未詳。僅《今樂考證》著錄。今不見流傳。

二九、石龐《後西廂》

石龐，字晦村，一字天外，安徽太湖人。康熙間在世（見《昭代叢書別集・幽夢影序》），著有《天外談》。《傳奇彙考標目》別本補有此目，並於其下注云：「右之本均見《天外談》」；《今樂考證》卷十二國朝院本中亦著錄。今不見流傳。

三十、湯世瀠《東廂記》

湯世瀠，字洄川，別署鶴汀。生卒年不詳。江西南豐人。著有《四書解》、《學庸考》、《性論朱註辨》，合名《鶴汀初稿》，又撰《訓蒙雜字》。傳奇一種，有原刊本及申報館仿聚珍版排印本。另，《西諦書目》著錄，題為「《繪圖後西廂》四卷，清光緒二十年奎光閣石印本，四冊」。此劇四卷，每卷四齣，共十六齣，另有一首齣，為副末開場。題「琴城湯世瀠鶴汀填詞，古埠胡來照鑒空評點」。卷首濟寧居士序，署道光癸巳（西元 1833 年），自序則署道光辛卯（西元 1831 年），是此書編於道光十一年（西元 1831 年），刊行當在稍後。

在談湯氏改作之前，有必要了解這個人的性情襟抱，其著作都為解儒家經典，自不在話下，其視戲曲又為何呢？《東廂記》卷首附了不少作者的序文、按語，頗可反映作者的戲曲理念及襟抱。如：

〈先輩引訓〉成錫田先生〈序新西廂記〉其略曰：

……於是有大智慧者另尋方便法門，為眾生警聾振瞶，逢場作戲，

現身說法，此傳奇之所由來也。然必借大忠大孝、大奸大惡，有關勸懲者，方許登場獻技。聲音笑貌。盡態極妍。眞令觀者時而怒髮沖冠，時而破涕爲笑，雖婦孺亦鼓掌叫絕，而況略識之無，豈有不知迷途未遠者乎？則傳奇之有造於世非淺也。及世俗以梨園爲風流淵藪，強半演男女私情，目挑心招，淋漓盡致，俾乳臭兒童，情實方開，便作意導之漁色，是傳奇竟屬誨淫之書矣，將前人醒世婆心盡情抹卻。

他的按語有兩大段：

愚按：以上各條，皆先儒切要之論，其欲寓懲勸於傳奇，爲世道人心救不謀而合，皆可互相發明，惟成序「必借大忠大孝」數句，微有語病。經曰：「小人以小善爲無益而弗爲也，以小惡爲無傷而弗去也。故惡積而不可掩，罪大而不可解。」漢昭烈訓皇子亦曰：「勿以善小而不爲，勿以惡小而爲之。」實見道之言。今謂小善小惡爲無關懲勸，則秉燭斷袖之節，無足以風世，而偷香竊玉之流，又何足以爲戒哉！雖然語偶過當，而其心，固與人爲善之心。讀者勿以辭害意可也。

又按：梨園演劇，於男女褻狎之事，備極形容。先儒謂：不獨少年不檢之人情意飛蕩，即禮義自持者，亦未免津津有動，最爲人心風俗害。愚謂更不止此。夫男女之欲，至於津津有動，情意飛蕩，小則蕩檢踰閑，私奔苟合；大則瀆倫犯義、伐性傷生。蓋淫興勃發，不能自制，稍遇邪緣相湊，則乾柴烈火，無怪其燃；其或防閑頗密，邪緣不湊者，多鑿開混沌，朝夕自戕。甚至隱害相思，致成癆瘵，天下男女之少年短折者，不可勝紀，謂非寫淫詞演戲者害之耶。

其同意傳奇之來源爲先覺點化後覺，以及視戲曲之功用是在寓懲勸、救人心，內容則最好避免男女私事，諸如此種種論調，在卷首其他篇章，不一而足；幫他寫序的朋友李島、澹寧居士等，也是同聲一氣。

基於對戲曲有如此的認識，故其改作《東廂記》的動機是「爲救《西廂》之誨淫」、「此記原爲過淫善俗起見，非欲與作《西廂》者爭長也。」、「兼爲駁〈會眞記〉之不義。……記中詞曲賓白，於『悔過』二字著意，發明視恕，然聚置遺人惡名，爲補過者自當有別。」爲了達到這個目的，他加入因果說，「苟無果報昭彰，何以驚醒愚俗？」、「不然，貞淫別，則勸懲明，何必侈談

因果哉？」（以上引文見〈凡例〉）

本劇作者「惡《西廂》之誨淫，而惜其夢結之猶有可取也。」（〈自序〉），知情節從〈驚夢〉後敘起。命之曰「東」，乃「《西廂》結局，意在驚夢，續之則畫蛇添足。且東廂之人，雖與西廂相同，東廂之事，實與西廂相反。東者西之反，故目之以東，不必目之以續也。」（〈自序〉）

情節略云：張生應試落第羞歸，遂借寓城外大覺寺東廂，命琴童送家書至崔氏。是科，鄭恆反中狀元，往見伯母崔夫人，夫人擬悔張生之約，將鶯鶯轉配鄭恆，爲紅娘所力阻。孫飛虎妻芮如花，集殘卒嘯聚山林，慕張生才貌，夜入大覺寺求合，張生誆出室外避之。天官韋遜有女瓊華，議招新婿，適張生再試得中榜眼，前來拜謁，韋遂挽白居易、杜牧二人爲媒欲贅之爲婿，張以不肯負鶯鶯，堅辭之。並作書命琴童往迎崔氏母女來京。詎料芮如花發兵至寺劫張，誤獲琴童，攜之回山，並派人至博陵散布張生入贅韋府的謠言以爲報復。白馬將軍興師來剿，芮與琴童易裝而逃。鶯鶯不見張生來書，復聞已入贅韋府，遂潛往水月庵暫住，擬奉佛爲尼。夫人、紅娘不見鶯鶯，以爲憤而輕生，悲不能抑。張生得訊，痛哭遙祭。杜確征芮，如花逃往回紇，琴童得脫，仍赴博陵，過水月庵遇鶯鶯，告以張生遣迎之事，始知張生並未變心，遂歸見夫人，舉家同赴長安，相見釋然，互訴衷曲。成婚之日，韋吏部亦來道賀。終以紅娘爲側室；韋女則歸鄭恆。

其添改、用意，〈凡例〉中言之甚明，如：

> 崔張之事，傳聞異辭。度理揆情，自當以元積挾恨，誣崔爲斷。此曲據〈會眞記〉作案，而特翻其後事者，以《西廂》詞曲，膾炙人口，未易以筆舌爭，姑就其事引而伸之。誨淫之事，庶幾不辯而自無也。

> 所有新添腳色，惟鄭生、韋女，實崔、張之正配，藉作陪賓，以昭因果，至白、杜二公，雖有其人，不過偶借執柯，無關淑慝。此外皆子虛烏有。

> 韋女本名蕙叢，此記則更名瓊華，蓋張生舍崔娶韋，罪只在張，與韋女究屬無涉。故雖寫韋女適鄭以報張，姓則是而名則非，存厚道也。

其改作情況，雖在〈凡例〉中更有詳細縷析，然與《錦西廂》對照，似受《錦西廂》影響不淺。

作者一再表明此劇立場是遏淫善俗，行文中亦時露衛道、儒者之習氣，

觀其曲文則頗不雅馴，多涉淫穢，尤其〈拒色〉一齣，寫芮如花欲與張生求合，穢語連篇，與其卷首各文所云，背道而馳。作者〈先輩駁語〉曾謂金聖歎「罪不容誅」，〔註51〕自己卻墮金氏所謂之「文者見之謂之文，淫者見之謂之淫耳。」〔註52〕雖然作者一再謙稱：

　　　　僕於填詞，不特不工，且不甚諳然。（〈自序〉）

　　　　故賓白集句，穿插排場，盡屬拙作。（〈凡例〉）

朋友也爲其開脫：

　　　　若夫詞句之工，則本非湯君所尚。（〈李島序〉）

仍是理念與實踐相違。

三一、吳國榛《續西廂》

　　吳國榛，字聲孫，江蘇長洲人。生於清穆宗同治四年（西元 1865 年），卒於光緒十二年（西元 1886 年）。〔註53〕此戲未見著錄。莊一拂《古典戲曲存目彙考》卷八，謂今存《勤壁齋殘稿》本。爲四折雜劇，關目爲〈旅思〉、〈死別〉、〈悼亡〉、〈出家〉。且自記云：「少好音律，讀〈會眞記〉，頗覺張、崔不情，而有所憾。讀《西廂》，益覺太俗。蓋其所注意者，祇在團圓而已，不足爲張生補過。故填詞四套，知我罪我，不遑計耳云。」知其惋惜崔張各自婚娶，但又覺團圓則落入俗套，未能表現張生補過之誠意。作者蓋求合史實，不能將《西廂》人物視爲虛擬人物，故不滿張生之忍情，意欲使張生悔過、出家。從關目中推測，鶯鶯似乎身亡，才使得張生遁入空門，以悲終。

〔註51〕見〈先輩駁語〉：「愚按：崔、張誨淫之事，董、王之罪，浮於元稹；聖歎之罪，又浮於董、王，何也？元稹〈會眞〉一記，雖誑捏之首，然必通曉文義者，乃得悉其事跡，凡婦儒（宜作「孺」）之流，工農之屬，目不識丁，皆不與焉，其爲風俗人心害也尚淺。董、王乃相繼演爲院本，形容於舞榭歌場，然後男女老幼，智愚賢不肖，咸目擊而心動，罪加一等矣。猶有二三老成之士，詆其淫蕩，斥其浮誇。子弟之閱此書者，尚畏其父兄；婦女之觀此戲者，尚背其夫婿，廉恥未盡喪也。自聖歎目爲人人盡知，家家必有之事，以男女苟合與夫婦正配同類並觀，既譽其詞華，復牽以禪理，於是詆斥者爲迂士，贊誦者爲通儒，父兄且率子弟閱其書，夫婿且悍婦女觀其劇，傷風敗俗，莫此爲甚，聖歎眞罪不容誅者矣。」

〔註52〕見〈讀第六才子書西廂記法〉。

〔註53〕吳國榛生卒年據其子吳梅《瞿安日記》1886 年記云：「先君棄養，年止二十有二。」推算。此條資料引自《吳梅戲曲研究論文集》王衛民所編〈吳梅年譜〉。

不知是否受《東廂記・致祭感夢》一折之影響？

三二、吳沃堯《白話西廂記》

　　吳沃堯，字繭人，後改趼人，自號我佛山人，廣東南海人。生於清穆宗同治五年（西元 1866 年），卒於宣統二年（西元 1910 年）。《白話西廂記》不見著錄，見於魏紹昌編《吳趼人研究資料》。民國二十八年（西元 1939 年）《西廂記故事新編》作者蒼厂在〈前記〉中提到「還有清人的《白話西廂》」，不知是否指這本？

　　《白話西廂記》，十二回。生前從未刊行，稿本存崇明陳雪庵處，民國十年（西元 1921 年）十月才由上海國家圖書館出版單行本，首附陳幹青（雪庵）題識，陳仲子和戚飯牛兩序，并附錄隨園、曲園兩家《西廂》評語，金聖歎、楊鶴汀等考證文章。〔註54〕民國八十年（西元 1991 年）百花文藝出版社《中國近代小說大系》亦收錄。

　　第一回〈王實甫角藝妒紅樓　趼人氏揮毫成白話〉，敘王實甫與曹雪芹在玉皇大帝前角藝爭名，略帶玩笑口吻，有些「老王賣瓜，自賣自誇」的意思。但有一段話透露了這部《白話西廂記》是按王實甫《西廂記》改譯的：

> 不如把我（王實甫）這枝神通廣大無所不能的生花彩筆，賜給下界
> 的一個文人，叫他用這枝筆，把全部《西廂》，照著原意，翻做一部
> 白話小說……。

知《白話西廂記》與王實甫《西廂記》，僅文體有異。不過，第十二回回目為

〔註54〕關目如下：
1. 王實甫角藝妒紅樓　　趼人氏揮毫成白話
2. 游蘭若乍睹隔墻花　　儆梵宇先施門箔策
3. 月下焚香再餐秀色　　墻隅和韻初逗靈犀
4. 表孝心天女現全身　　飽饞眸書生償夙願
5. 煞風景招提來暴客　　尚俠義香積出奇人
6. 坐鎮雄關驚聞霮耗　　蕩除小丑喜遂良緣
7. 燕爾聯吟躊躇滿志　　突然變卦懊惱忘生
8. 指迷途慧婢解憐才　　識商音佳人悲失偶
9. 枕冷衾單病魔入骨　　雲翻雨覆點婢驚心
10. 通素心苦吟三五夜　　翻嬌臉膽落一雙人
11. 憐困頓二次遞情書　　喜團圓一朝成好事
12. 春光逗破叱燕瞋鶯　　幻夢驚回寒霜冷月
據序文及同書廣告，知吳沃堯尚有《白話牡丹亭》十六回，一冊，亦已出書。

〈春光逗破叱燕瞋鶯　幻夢驚回寒霜冷月〉，止於草橋驚夢，可見作者是主張王實甫只作四本而已，而以十一回（扣除第一回不算）寫十六折情事。通讀全本，除首回外，並無增補任何情節。

三三、成變春《眞正新西廂》

據阿英《晚清戲曲小說目‧晚清小說目》著錄：

> 成變春著。宣統庚戌（西元 1910 年）變記書局石印。二冊。

今不見流傳。

三四、《普救寺》

作者不詳。四出，屬弋陽腔演出本。昇平署鈔本，一冊。齊如山《百舍齋戲曲存書目》著錄。列在「同光間及其他」條下，確實年代不詳。

此外，尚有明李開先〈園林午夢〉院本，寫漁翁夢李亞仙與崔鶯鶯爭辯，連帶秋桂、紅娘也出場幫主子鬥嘴一事，與西廂故事無涉，故不討論。又，尚有清心鐵道人的《何必西廂》據黃周星《補張靈崔鶯合傳》本事而成；〔註 55〕雲間女史朱素仙的《繪眞記》，演雲間陸生事；〔註 56〕清末西湖長的《新西廂傳奇》係寫《聊齋志異》的胭脂獄事，〔註 57〕都非西廂故事，故也不算在內。至於所謂仿作，如鄭光祖《㑳梅香騙翰林風月》，前人已明白指出兩者關目的雷同；〔註 58〕無名氏《董秀英花月東牆記》，今人亦有共識，抄襲之跡甚明；〔註 59〕

〔註 55〕一名《梅花夢》，又名《十美圖》，是一部彈詞、唱本、演義、小說等不同形式的結晶體。有嘉慶庚申（西元 1800 年）小春申小春鐫，五桂堂本。

〔註 56〕《西諦書目》著錄兩種版本，即「《繪眞記》四十卷，題邀月樓主人撰，清嘉慶十七年（西元 1812 年）刊本，六冊，有圖。」、「《繪眞記》存三卷三十回，題邀月樓主人編，石印本，三冊，存卷二至四、第十一至四十回，有圖。」今蔡毅編著《中國古典戲曲序跋彙編》收入〈繪眞記自序〉及李繡虎〈繪眞記凡例〉。〈凡例〉中有一條云：「此書似襲《會眞記》之名，並無《會眞記》之事」。

〔註 57〕有宣統二年（西元 1910 年）改良小說社排印本。阿英《晚清戲曲小說目‧晚清戲曲目》著錄。又《戲曲研究》第六輯趙晉輯錄的〈戊戌變法前後至辛亥革命報刊發表的戲曲劇作編年〉將此傳奇繫在 1910 年。

〔註 58〕如明王世貞《藝苑卮言》云：「《㑳梅香》雖有佳處，而中多陳腐措大語；且套數出沒、賓白全剽《西廂》。」清梁廷枏《曲話》亦云：「《㑳梅香》如一本小《西廂》，前後關目、插科、打諢，皆一一照本模擬。」梁氏並列舉「照本模擬」之二十同。

〔註 59〕見鄭因百先生〈元劇作者質疑〉、嚴敦易〈東牆記〉等文。

又小說《警世通言》卷二十九之〈宿香亭張浩遇鶯鶯〉，究竟算不算改編本，其與〈鶯鶯傳〉雖有許多相似之處，但其來有自，只能說作者馮夢龍吸收了〈鶯鶯傳〉若干情節、詞語，而不能說是改編本。〔註60〕此類受「影響」卻又不是改編本的，牽涉問題更複雜，不易釐清影響程度深淺，暫不引入。元明清所見改編本，約以上三十四家。〔註61〕

至於現代改編本，數量也不少。然因大陸方面的改編本多不易蒐得，而港、臺方面雖已盡力蒐求，得二十一種，檢討起來，仍不夠全面，故待將來再另文探討。〔註62〕

〔註60〕邵曾祺編著《元明北雜劇總目考略》頁352「《鶯鶯牡丹記》條下〈考釋〉云：「宋劉斧《青瑣高議》別集有《張浩・花下與李氏結婚》條，皇都風月主人《綠窗新話》有《張浩私通李鶯鶯》，是同一故事，但《青瑣高議》裡女主角只稱爲李氏，無名，初次相遇的地點也無『宿香亭』之名。又《醉翁談錄》也寫到兩人私會相通爲止。馮夢龍《警世通言》有〈宿香亭張浩遇鶯鶯〉則合兩者爲一。〔明〕晁瑮（按：應爲瑮）《寶文堂書目》則有《宿香亭記》話本，今已佚。合以上諸書所載，頗疑此故事原出《青瑣高議》，其後演變補出人物姓名，如《醉翁談錄》所載。但《醉翁談錄》係故事的摘錄，漏抄或刪去後半，遂無結局。《宿香亭記》更是後出之本，已合二而一，馮夢龍可能即據該本轉載。宋元南戲有《張浩》（殘），大約也是此故事。明末清初顧苓有《宿香亭》傳奇（佚），則恐是根據《警世通言》所寫了。」可知自有其故事淵源。而呂欽揚〈鶯鶯傳與宿香亭〉一文則認爲：「姑不論〈宿香亭〉的情節好壞，有無破綻，很明顯的，這是一個《西廂》改編而成的故事。」似嫌過於武斷。

〔註61〕另外，安平秋、章培恆主編的《中國禁書大觀・四、清代禁書目錄》尚有〈西廂待月唱本〉（佚名）、《拷紅戲文》（佚名）、《拷紅唱本》（佚名）皆清坊刻本，據其說明5，知係清同治、光緒年間江蘇地區所禁小說、戲曲及彈詞唱本。因本章節暫不將彈詞部分列入討論，此三條資料，不明究屬何種體製，「唱本」有可能指的是「彈詞」，鑑於著錄資料太簡，對論題探討並無幫助，故一併割捨。而文中所敘三十四家，或亦可能有名爲「西廂」而非敘張生、鶯鶯情事者，則有待來日資料之發現以驗證之。

〔註62〕大陸地區地方戲曲劇本細目，可參看《西廂記鑑賞辭典》附錄〈三、地方戲曲劇本〉一覽表，共列入十五種劇種、二十五本改編劇本。臺、港方面，所附〈港、台版本〉如下：

書名	編著者	出版單位	附　注
中國古典戲劇選注		台・國家出版社	其中收入《西廂記》全本
待月西廂		香港・莊嚴出版社	

兩條皆有缺、誤。《中國古典戲劇選注》編注者爲曾師永義，只選了〈拷紅〉、〈長亭送別〉二折，並非全本，1983年12月，初版；《待月西廂》屬小說體改譯本，終於團圓，編著者爲陳桂芬，臺灣莊嚴出版社出版，1978年4月，

初版。擬補充數種（兒童讀本、純粹語體譯本除外），製表如下：

書　名	改編者	出版單位	出版年月	附　　注
紅娘	陳穀子	北京自強書局	1953 年	十一場，評劇本
六才子西廂記	邵羅輝導演、葉福盛編劇	都馬歌劇團	1955 年 6 月 22 日	筱明珠、陳麗玉、李美燕演出。爲首部十六釐米台語片。
西廂記	王月汀導演	邵氏電影公司	1963 年	凌波飾張君瑞，方盈飾崔鶯鶯，李菁飾紅娘，黃梅調電影，終於團圓。
西廂記	廖宗耀導演、鍾雷編劇	遠大電影公司	1964 年 2 月 27 日	白蘭、杜玉琴、小燕、矮仔財、小王、楊渭溪、曾芸演出。
孫飛虎搶親	姚一葦	現代文學社	1965 年	1975 年 3 月，收入《姚一葦戲劇六種》，華欣文化事業中心，話劇本。
擴大西廂記		王家出版社	1970 年 9 月	分驚豔、寺警、感應、悲歡四卷十六出，止於驚夢。新文豐出版社排印本同此（西元 1979 年 5 月）。
西廂記	池滿秋	大眾書局	1971 年 10 月	二十三回，小說本，有注釋。正文書局（西元 1976 年 7 月 1 日）、臺南東海出版社（西元 1977 年）、文國書局（西元 1980 年 12 月）、文鴻書局（西元 1984 年 9 月）同一版本。鐘文出版社據此稍異字句而已。終於團圓。
寺內	（港）劉以鬯	幼獅文化事業公司	1977 年 1 月	小說體，分十二卷，終於團圓，收入《寺內》。
西廂記演義	綺情樓主喻血輪	廣文書局	1980 年 3 月	十六章，小說演義本，終於驚夢。寫成於民國 7 年以前（說明一）。
西廂記故事新編	蒼厂	廣文書局	1980 年 3 月	不分回，小說語體本。止於長亭送別。寫成於民國 28 年 10 月 5 日。
西廂記	岳耀遠	臺灣省地方戲劇協進會、台北市地方戲劇協會	1980 年 6 月	廿一場，臺灣地方戲劇劇本，終於團圓。
拷紅		里仁書局	1980 年 7 月 30 日	收入《戲考》（《顧曲指南》）原第二十冊。又名〈拷打紅娘〉，折子劇。
長亭別	陳秀芳採編	臺灣省文獻委員會	1981 年 10 月	折子戲。北管手抄本。

第五節　諸改本的主題異動及相關問題

　　第一節已將《西廂記》在故事的淵源、轉化及形成過程中，主題的變化情形交代清楚，此不再重複。此處所指「諸改本」，是指王實甫以外元明清諸家改編本，諸改本之間並非一脈相承，有必要在分述後予以類分探討，而在探討「主題異動」此一問題的過程中，又會連帶發現一些相關問題，故在這兒一併處理。

　　上列三十四家《西廂記》，有輯本或版本流傳者，共計十七家；作品未見流傳，然而內容可以全考或略知一、二者，共計四家；既不見作品，而又完全不知內容梗概者，共計十三家。

鶯鶯酬柬	劉振魯輯	臺灣省文獻委員會	1982年12月	收入《當前臺灣所見各省戲曲選集》，粵劇折子戲本。
紅娘遞柬	劉振魯輯	臺灣省文獻委員會	1982年12月	收入《當前臺灣所見各省戲曲選集》，粵劇折子戲本。
西廂怨	劉振魯輯	臺灣省文獻委員會	1982年12月	收入《當前臺灣所見各省戲曲選集》，粵劇折子戲本。又名〈徘徊花上月〉。
西廂餘韻	百花亭主	自費出版	1983年3月5日	收入《平劇小品》，似改編《續西廂昇仙記》情節。(說明二)
西廂記	余慶華	桂冠圖書公司	1992年12月	編入古典新詮系列：中國十大喜劇（一）。小說體。
西廂故事	田暉東、楊月珍	漢欣文化事業公司	1994年7月	小說體。分驚豔、聽琴、賴簡、驚夢、榮歸五章。
西廂記	黎孟德等	巴蜀書社	1995年7月	小說體。配圖故事本，分二十一小節，收入《中國十大古典悲喜劇》下冊。
西廂記	林宗毅	三久出版社	1995年9月30日	小說體。分焚香拜月、琴弦寄恨、簡帖傳情、雲雨幽會、天賜團圓五卷。

說明一：據轟醉仁序署戊午夏五月，知此書成於戊午夏五月前；又轟氏序作者另一作品《蕙芳日記》署戊午四月朔日，該書卷首作者自云：「今春余由漢赴滬，於輪舟拾得日記一冊，字跡婉秀，知出女子手，冊面署蕙芳二字，想即作者芳名也。考其年月，似為民國六年。……」，廣文書局《中國近代小說史料彙編》序寫於民國六十九年（西元1980年）春月。戊午年在此之前，只有民國七年（西元1918年）、民國六十七年（西元1978年），最有可能者，宜推民國七年。

說明二：其本事云：「西廂待月，紅娘牽線，終成眷屬。張生深感紅娘辛勞，乃收為小星，以慰忠勤。豈料，崔夫人去世後，大小爭風喫醋，終日吵鬧，張生痛苦難安，後得浴塵和尚點化，言歸和好，相安無事矣！」

至於「俗曲」部分，可參看傅惜華《西廂記說唱集》、劉復、李家瑞編《中國俗曲總目稿》、中研院史語所傅斯年圖書館藏《俗曲總目》（參見附錄三）。

底下即大抵根據前兩項二十一家分類探討：〔註63〕

1、本事和曲文大都繼承《西廂記》者

包括《南西廂記》、《南調西廂記》、《增改定本西廂記》，這類最大特點是為了演出而編改，故情節添加者不多，所增都是為劑場面熱鬧、迎合庶民口味。對原作曲文予以保留，所增改者實際僅在賓白，就整體藝術而言，不夠精緻、嚴謹，主題思想、關目緊密、人物性格都有所削弱，最大功績保持演出、傳播之不墜。還有一種是將之改成通俗的案頭文學，即以小說或演義體寫成，如吳沃堯的《白話西廂記》，現代改編本更多，大抵上是為了適應、迎合一般大眾及時代文體而改。

2、本事同而別創新曲者

如《崔鶯鶯西廂記》，不過，僅就輯佚部分而言，恐怕也很難保證它沒有在關目上增改。〔註64〕但曲文都是新譜，倒是可以確定。此類較少，大概是《西廂記》曲之藝術太高，不易角勝之故。陸采《南西廂記》雖另鑄曲文，關目上亦不得不大肆增添割截，但勉強可算是這一類。

3、續第四本以後者

反映出人們對於第五本藝術成就的質疑，認為它是比不上前四本的，而自己的續作也難超越前四本，既然不滿意其結局，正好來續貂一番。《續西廂昇仙記》、《崔氏春秋補傳》、《錦西廂》、《續西廂》（查繼佐）、《不了緣》五本，續法不一，有的主題思想經此龍擺其尾，遂生扭轉，如《續西廂昇仙記》，以佛性戰勝人欲的勝利，否定人性中的愛情；有的是故作波瀾，如《錦西廂》；或想增加喜劇色彩，如《崔氏春秋補傳》；有的主題稍有異動，如《續西廂》，

〔註63〕這裡只標舉大類，且有的作品可分屬二或三類，故詳細情況，可參看前節各本之分析。附帶一提的是，《圍棋闖局》一折續的是《西廂記》第一本，難以入文中六大類，僅附註於此，不再單獨列一類。

〔註64〕陸侃如、馮沅君《南戲拾遺》頁116注中，云：「元傳奇《西廂記》似有下棋的關目，此與『晚進王生』的《圍棋闖局》有關。」但其所指的是錢南揚後來刪掉的〔梁州序〕一套曲，因為這套曲實際見於《南西廂記》。唯一可疑的是〔仙呂近詞〕〔河傳序〕中出現「棋內心」三字，全曲如下：「巴到西廂，把咱廝奚落，教我埋冤到今。驀地潛過牆陰，荒唐錯認定盤星。寂寞回歸何忍？怎想詩中藏機幸？全不省琴中恨，棋內心，把咱廝調引，使咱憔悴損。自迷做個無情鬼，落得甚？閻王行只得攀下您。問春花，又那曾辜負東君？」「棋內心」究竟是否同以月下聽琴情節入曲文一樣，亦把鶯紅弈棋比喻心之難省，或只是純粹是一個比喻詞而已，甚難取決。

從自由與媒妁婚姻轉移到主、奴階級之爭；有的雖承《西廂記》情節發展而來，卻移接了〈鶯鶯傳〉的結局，雖欲爲張、崔再續「不了之緣」，然而展現的是從癡情到「色即是空」的悟化過程，不免有否定愛情的傾向。由於是就結局而改，所以對許多承前四本而來的明暗線索、邏輯關係，並不能如原作者般瞭然於胸，所以針線不密是必然的現象。

4、以翻案為主者

有《翻西廂》、《美唐風》及《砭眞記》，這一組作品有明顯的考據癖，認爲元稹乞姻未遂，誣鶯鶯爲妖物禍水，王實甫復使鶯鶯陷於不貞、鄭恆流於無賴，完全是基於鶯鶯嫁給鄭恆這一莫名史實進行翻案，美其名是爲鶯鶯雪冤，所以鶯鶯與張生的關係重新調整，或讓鶯鶯嫁給鄭恆，或將逾牆之後一切情事誣爲子烏虛有，以維護鶯鶯清譽。這種改編，基本上已經使主題產生一百八十度異動，也轉移了主要衝突所在，如《砭眞記》中老夫人、紅娘皆無足輕重，若非人物、情節與原作尙有若干絲連，簡直可視之爲另一部作品。

5、以益於世道為標榜者

這類最多，且跨第三、第四類，他們都有否定崔、張愛情或壓抑人物追求愛情的熱情與渴望之傾向，有的站在佛家立場、有的站在儒家立場；有的明倉暗渡，有的在序跋中表明立場。以湯世瀠《東廂記》序跋觀之，實不只是作者一人作如是想而已，儼然是一個集團，對原先反媒妁婚姻及禮教束縛的《西廂記》而言，不啻是一股反對勢力。另，有程端《西廂印》則從西廂地點的移轉、罪責老夫人管教不夠嚴格及爲鶯鶯脫嫌等方面達到維護禮教的目的，後來的金聖歎批本與此本頗多相似之處。張錦《新西廂記》亦從鶯鶯形象的改塑著手，以達到益於世道之目的。

6、以悲劇理念進行改作者

所有改編本中，可知結局如何者，大都維持喜劇結局，僅無名氏《東廂記》寫鶯鶯亡逝、卓人月《新西廂記》事以悲結、碧蕉軒主人《不了緣》寫鶯鶯別嫁、吳國榛《續西廂》寫鶯鶯死亡、張生出家。細品之，《東廂記》僅有散齣，不知張生結局到底如何？《不了緣》全篇雖瀰漫感傷氣氛，但旨在描寫張生斬斷情根的心路歷程，《續西廂》意在使張生悔過，關目則頗近無名氏《東廂記》，皆不如卓人月是以悲劇理念創作一個純粹以悲終的作品。這在《西廂記》改編史上是相當突出的特例。

此外，從改編的既有現象中，可發現幾個值得探討的問題：

第一、前面第三項提到改作易犯針線不密的缺點，爲什麼呢？李漁《閒情偶寄》卷一〈密針線〉曾云：

> 編戲有如縫衣，其初則以完全者剪碎，其後又以剪碎者湊成，剪易碎，湊成難，湊成之工，全在針線緊密，一節偶疏，全篇之破綻出矣。每編一折，必須前顧數折，後顧數折，顧前者，欲其照映，顧後者，便於埋伏，照映埋伏，不止照映一人，埋伏一事，凡是此劇中有名之人，關涉之事，與前此後此所說之話，節節俱要想到，寧使想到而不用，勿使有用而忽之。

《西廂記》針線之密，非俗工可比。而此金針更非低手可度。改編者既不重新剪裁布料，又不將《西廂記》完全剪碎，而以不同花色的布料兩相湊合，織工又差，遂千紕百漏。

第二，改編本中許多是針對〈鶯鶯傳〉（〈會眞記〉）是元稹乞姻未遂，借以洩憤之作，扣緊是實有其事，遂有其作而發，不滿於此，而對《西廂記》進行改作，這裡牽涉到戲劇的「虛」與「實」，李漁同卷又提到〈審虛實〉，有一段話恰可用來作爲這問題的注腳，即《西廂記》究竟是不是「以實作虛」？而它所根據的〈鶯鶯傳〉是否是「以實作實」？李漁云：

> 傳奇無實，大半皆寓言耳。……若謂古事皆實，則《西廂》、《琵琶》，推爲曲中之祖；鶯鶯果嫁君瑞乎？蔡邕之餓莩其親，五娘之幹蠱其夫，見於何書？果有實據乎？孟子云：「盡信書，不知無書。」蓋指武成而言也。經史且然，矧雜劇乎？凡閱傳奇，而必考其事從何來，人居何地者，皆說夢之癡，人可以不答者也。

指出《西廂記》是「寓言」，是借古人事來虛寫，一如其他傳奇大半無實，而萬萬不在於誣飾鶯鶯或鄭恆，一些衛道人士如此轉移論題，無非是要轉移讀者的目光，宣揚他們的倫理道德觀念；不然就只能說他們目上生翳，不能看出《西廂記》的眞正價值所在，而墮「買櫝還珠」之譏。再進一步逆溯，《西廂記》既然意不在古人眞實事蹟上，那麼〈鶯鶯傳〉呢？它是元稹戀情的記載，雖就實而寫，卻已有損易緣飾，以張生代自己，就是有意掩飾，而他對鶯鶯所發表的忍情說，確實是一種誣飾，但鶯鶯嫁給誰，作者沒說；是否眞是張生（元稹）表妹？我覺得目前所可見的墓誌銘，都不能十足肯定鶯鶯是元稹表妹、嫁給了鄭恆，因此牽強附會《西廂記》或〈鶯鶯傳〉對鄭恆這個

人也進行了污蔑，若非別有用心，就是太拘泥不化，必欲從中按問曲直是非，反而顯似癡人前說不得夢了。

曾師永義〈戲劇的虛與實〉中云：

> 以實作虛：就是戲劇雖根據史傳雜說改編，但其關目情節有所剪裁和點染、人物性情有所刻畫和誇張，由此寄寓著作者所要表現的思想和旨趣。這一類作品在所謂「文人劇」中最多。因為一方面有所憑藉，一方面又可以酌意抒寫，所以易於結撰和發揮才情；也因此評價高的戲劇文學作品，往往見於此類。……〔註65〕

這段話後面還有舉例，雖未談及《西廂記》，其實已經指出了《西廂記》可看之處在於關目情節的剪裁和點染、人物性情的刻畫和塑造，以及作者寄寓的思想和旨趣。而非史傳雜說借來的「實」。

明人陳繼儒在他的〈題徐文長點改崑崙奴雜劇〉一文則就生活真實與藝術真實進行辯證：

> 雜劇戲，類禪門五家綱宗，最忌直犯本位。如《琵琶記》蔡中郎之牛丞相，《西廂》鶯鶯之張生，何嘗毫許與本傳相涉。自古詞場狡獪，偏要在真人前弄假，卻能使真人認假成真，偏要在癡人前說夢，卻能使癡人因夢得覺。〔註66〕

突出強調故事、人物的藝術虛構之重要性，指出了虛構的特定涵義是「使真人認假成真」、「癡人因夢得覺」。所以，創作或欣賞作品，「實」有時並不需要太執著。

第三，眾多改編本，有很多是斥《西廂記》為涉淫之作的，這不唯是改編本個人的處世態度所導引出的結語，實際上有其時代意義存在。《西廂記》歷來就被衛道人士視為「淫書」，列入禁書榜中，除了改編本序跋上所云可見，文集中亦多所反映，如清王宏撰《山志》卷四〈傳奇〉就提到：

> 佛家言拔舌地獄，果有之，則王實甫、關漢卿固當不免。〔註67〕

祁駿佳《遯翁隨筆》第二卷下亦云：

> 以斯知傳虛者，真當以千劫泥犁報之也。〔註68〕

〔註65〕收入《說戲曲》，頁23～30。

〔註66〕見《白石樵真稿》卷十九，引自《湯顯祖研究資料彙編》下，頁658～659。

〔註67〕引自王利器輯《元明清三代禁毀小說戲曲史料》，頁308〈王實甫關漢卿當墮拔舌地獄〉條。

〔註68〕同註67，頁309〈董關作鶯鶯傳奇當以千劫泥犁報之〉條。

以因果報應來愚民。也有直接以專制力量來壓制《西廂記》的流傳的，如《大清高宗純皇帝聖訓》卷二六三〈厚風俗〉三云：

> 乾隆十八年癸酉七月壬午，上諭內閣：滿洲習俗純樸，忠義稟乎天性，原不識所謂書籍。自我朝一統以來，始學漢文。皇祖聖祖仁皇帝欲不識漢文之人，通曉古事，於品行有益，曾將《五經》及《四子通鑑》等書，繙譯刊行。近有不肖之徒，並不繙譯正傳，反將《水滸》、《西廂記》等小說繙譯，使人閱看，誘以為惡。甚至以滿洲單字還音抄寫古詞者俱有。似此穢惡之書，非惟無益；而滿洲等習俗之偷，皆由於此。如愚民之惑於邪教，親近匪人者，概由看此惡書所致，於滿洲舊習，所關甚重，不可不嚴行禁止，將此交八旗大臣東三省將軍各駐防將軍大臣等，除官行刊刻舊有繙譯正書外，其私行繙寫并清字古詞，俱著查繳嚴禁，將現有者查出燒燬，再交提督從嚴查禁，將原板盡行燒燬。如有私自存留者，一經查出，朕惟該管大臣是問。〔註69〕

清人不只對漢人實行思想箝制，也對滿洲人進行愚民政策。在這之前，清廷並未意味到事情的嚴重性，請看清昭槤《嘯亭續錄》卷一〈翻書房〉寫道：

> 崇德初，文皇帝患國人不識漢字，罔知治體，乃命達文成公海，翻譯國語《四書》及《三國志》各一部，頒賜耆舊，以為臨政規範。及鼎定後，設翻書房於太和門西廊下，揀擇旗員中諳習清文者充之。……有戶曹郎中和素者，翻譯絕精，其翻《西廂記》、《金瓶梅》諸書，疏節字句，咸中繁肯，人皆爭頌焉。〔註70〕

《四書》講的是儒家思想，有助於皇權的鞏固，《三國志》中因有兵略價值及關羽忠君之思，〔註71〕所以加以翻譯。而《西廂記》除與《金瓶梅》同涉男女之事外，另含反傳統禮教與門閥制度之主題意旨，對傳統勢力當然有所警覺，不得不防。

而禁書是一種手段，改寫亦是一種手段。雖無文獻可證清廷明示對《西廂記》進行改編，但清廷確實曾利用此一手段進行偷天換日的勾當，《大清高

〔註69〕同注67，頁39〈乾隆十八年七月禁譯水滸西廂記〉條。

〔註70〕同注67，見〈前言〉頁16。

〔註71〕清王嵩儒《掌固零拾》卷一〈譯書〉寫道：「本朝未入關之先，以繙譯《三國演義》為兵略，故其崇拜關羽，其後有託為關神顯靈衛駕之說，屢加封號，廟祀遍天下。」引自注67該書，見〈前言〉頁17～18。

宗純皇帝聖訓》即云：

> 乾隆四十五年十一月乙酉，上諭軍機大臣等，前令各省將違礙字句
> 書籍，實力查繳，解京銷燬。現據各督撫等陸續解到者甚多。因思
> 演戲曲本內，亦未必無違礙之處，如明季國初之事，有關涉本朝字
> 句，自當一體飭查。至南宋與金朝關涉詞曲，外間劇本，往往有扮
> 演過當，以致失實者；流傳久遠，無識之徒，或至轉以劇本爲眞，
> 殊有關係，亦當一體飭查。此等劇本，大約聚於蘇揚等處，著傳諭
> 伊齡阿全德留心查察，有應刪改及抽徹者，務爲斟酌妥辦，並將查
> 出暨刪改抽徹之篇，一併黏籤解京呈覽。但須不動聲色，不可稍涉
> 張皇。〔註72〕

可見「刪改」可以使劇本主題產生異動。那麼第二節檢討各本時，有許多改
編者是於崔、張淫褻處，極力翻改，使之合於世道，合乎傳統倫理道德；有
的是有意識地削弱、歪曲《西廂記》的主題思想；有的是在更動關目、重塑
人物的過程弱化了主題思想。所以，《西廂記》的改編史，呈現的不僅是歷代
改編本才華的高下，關目的精不精采，更透露了衛道人士極力反攻的一面，
這必須放回歷史脈絡中看，其意義才會更明顯。

　　第四，雖說衛道人士始終想將《西廂記》翻改成乾乾淨淨毫不沾一點淫
褻的本子，可是戲曲是屬於民間的，沒有觀眾，戲曲根本就不具意義，因此，
編改者顯然處在一種說與寫之間的矛盾。歷來對《西廂記》崔張幽歡一折的
曲文都覺得太露，可是，幾乎任何一本改編本寫到這兒，口中訾議《西廂記》，
筆下卻更不雅馴。再者，雜劇衰微，傳奇代興，腳色的分化更細，於是原先
被濃縮的孫飛虎搶親場面，又從一折一楔子擴展成好幾折，甚至可以脫離主
線，只爲了給專門腳色各展身手，以及熱鬧場面；丑角淨角的突出，更使得
插科打諢的場面頻現，如鄭恆的戲分加重，琴、紅、和尚之間語涉淫穢的賓
白也不時穿插，促使觀眾一再游離出劇情，節奏不再緊湊，結構跟著鬆散下
來。這與《西廂記》每本各有一個主要衝突，五本又有一個完整的貫穿全劇
的基本衝突，環環相扣，已經大大不同了。也就是說，改編者對原作精華並
未好好咀嚼，而又存在理念與實踐相互矛盾的情況，甚者可能還要顧慮到演
出場所及效果。因此，一般來說，改編本的藝術成就並不高。不過，這情形
不必等改編本出現，早就見於各地方劇種的演出本中，時見迎合觀眾喜好的

〔註72〕同註67，頁45～46。

猥俗文辭，絮絮叨叨的說詞淡化了原先緊密結構所產生的氣氛。（如《玉谷新簧》、《怡春錦》所收散齣）。若以演出為考慮，若干不是以「維世道」為標準的改編本仍有其意義存在，畢竟元雜劇的體製在當時已不適於觀眾的口味，不得不重新改編。傳田章在〈萬曆版西廂記の系統とその性格〉一文中談到：

> 北劇之所以劣於南戲的原因之一，在於其唱者僅一人的單調處。如
> 《西廂記》，同前所述，已有四位唱者，若干的參唱及每折唱者交替
> 唱等改進，但每一折由一人貫穿來唱，對於習慣南戲的明代觀眾，
> 應仍是很痛苦的事。余滬東本雖是減少本來唱者的個別曲目，而增
> 加配角參唱數最多的版本，但也是受到原作詞章無法大規模改寫的
> 限制。如受音樂性的制約，使得曲詞在全盤的改寫上不得不有所保
> 留。（長安靜美同學譯）

姑不論傳田章據以論證的本子不是很理想（應選擇較早的徐士範本），就其分析是頗引人省思的，因為《西廂記》如果就原作損益仍無法演出時，勢必要有改編本應時而出，這是時勢所趨，避免不了的。

　　第五，卓人月的悲觀風世說就其本質而言，是規勸世人對腐敗的社會和苦難的人生不要有任何幻想和希冀，這對周圍的黑暗環境而言，無疑的，是一種消極的抗爭。然而更重要的是，他說：「若王實甫所作，猶存其意；至關漢卿續之，則本意全失矣。」這一說法，其實是突出了悲劇結局的審美效應，而《西廂記》作者屬誰及正續的問題，涉及到這劇本結局是悲劇或大團圓。當然，歷來討論到作者，並非都有這個自覺，如都穆《南濠詩話》云：

> 近時北詞以《西廂記》為首，俗傳作於關漢卿，或以為漢卿不竟其
> 詞，王實甫足之。

王世貞《曲藻》云：

> 《西廂》久傳為關漢卿撰，邇來乃有以為王實夫者。謂：「至郵亭夢
> 而止。」又云：「至『碧雲天，黃花地』而止，此後乃漢卿所補也。」
> 初以為好事者傳之妄。及閱《太和正音譜》，王實夫十三本，以《西
> 廂》為首，漢卿六十一首，不載《西廂》，則亦可據。

兩者並未意味到作者的問題與作品的悲或喜終有關。至徐復祚、祁彪佳時，將問題帶入更深一層的思考。徐復祚《三家村老委談》云：

> 《西廂記》後四出，定為關漢卿所補，其筆力迥出二手，且雅語、
> 俗語、措大語、白撰語層見疊出，至於「馬戶」、「尸巾」云云，則

真馬戶尸巾矣！且《西廂》之妙，正在草橋一夢，似假疑真，乍離
乍合，情盡而意無窮，何必金榜題名、洞房花燭而後乃愉快也？

「似假疑真，乍離乍合」是一種虛實相生的審美要求，末了認為大團圓的結
局不見得比悲劇來得好。又謂：

至于實甫之意，謂元微之通於姑之子，而託名張生，是不必核。

認為作品素材的真實毋庸多費精力考訂，重要的是「情盡而意無窮」。

祁彪佳《遠山堂劇品·雅品》評《崔氏春秋補傳》云：

傳情者，須在想像間，故別離之境，每多於合歡。實甫以〈驚夢〉
終《西廂》，不欲境之盡也。至漢卿補五曲，已虞其盡矣。田叔再補
〈出閣〉、〈催粧〉、〈迎奩〉、〈歸寧〉四曲，俱是合歡之境，故曲雖
逼元人之神，而情致終遜於譜離別者。

肯定悲劇比喜劇更有情致。

由以上可見，卓人月序中所提這一理念，在他之前已約略被談到，只是
未自覺地構成一個嚴肅的論題，它關係頗大，甚且被榮蕘碩人、金聖歎、潘
廷章等人加以發揮，認為人間離合悲歡，一夢而已。〔註73〕這種消極的人生
態度對《西廂記》積極的主題思想，顯然是有衝突、矛盾的。

由以上的初步分析中可知，《西廂記》改編所牽涉到的問題不僅包括創作
層面，還包括文化、思想方面的問題，不容等閒視之。不過，經過探討後，
覺得《西廂記》在文學史上的地位與價值，並不因此而消減，反而因綠葉之
托，而益顯光豔照人。在前言一開頭，我就說它是不朽的文學名著，經此對
比，以「不廢江河萬古流」，來稱譽這顆文學史上的明珠，應非溢美之辭吧！

〔註73〕《增改定本西廂記》第二十五折〈野宿驚夢〉批云：「通部《西廂》，說人情為
色所迷，是夢境，而此煞之，曰『玉人何處也。』是覺境。」金聖歎則在〈驚
夢〉折批有：「今夫天地，夢境也；眾生，夢魂也。無始以來，我不知其何年
齊入夢也；無終以後，我不知其何年同出夢也。」潘廷章在《西來意》所附〈西
廂說意〉中則云：「夫《西廂》始于佛空，終于夢覺，除是空則忽夢，夢則未
覺耳。當其空前無色也，覺後無緣也，則其間之為色與緣者，無窮期矣。然則
有生滅者暫，無生滅者常也。以有生滅心，求諸無生滅義，而使夢者皆覺之不
復夢，咸登大覺焉。此固西來之本意，而命《西廂》者所由托始也。」

第二論　《西廂記》版本所具之深層意義

本論，第一節敘述晚明《西廂記》傳刻的時代意義，大抵上關涉到以下各節子題的探討。第二節理出晚明形成的三大《西廂記》評點系統：鑑賞性、學術性、演出性。接著，即討論鑑賞性評點系統，此一系統包括兩組系列：徐文長、李卓吾等批本系列；及一個高峰：金聖歎批本《西廂記》。因前者對晚明思潮有極大之衝擊；而後者在戲曲批評史上的成就又非常特殊，故分列兩部分共三節探討。

第一節　晚明《西廂記》傳刻的時代意義

現知明刊本《西廂記》雜劇有六十多種，清刊本則超過百種（大半是金批本），這尚不包括戲曲選集中的散齣，如果也算進去，光晚明（萬曆至明末）就有七十多種明刊本《西廂記》（見附錄二），如果再加上《南西廂記》等改編本，總合起來的數量眞是驚人，而事實上，它被傳刻的數量遠不止這些，王驥德《新校注古本西廂記》自序即曾云：

> 餘刻紛紛，殆數十種，僅毗陵徐士範、秣稜金在衡、錫山顧玄緯三本稍稱彼善。

此序寫於萬曆四十二年（西元 1614 年），當時寓目者已數十種，而今知者，萬曆四十二年以前，僅得十二本，差距不小，可知總數必不止今日文獻所載者。有史以來，沒有任何一本劇本如此風行，如此具有魅力，它的傳刻，之於時代，究竟意謂著什麼呢？以下即分幾方面來談：

一、保留了大量的《西廂記》相關序跋

理論家需要自己的刊物發表自己的見解,但中國古代是否有如此的立論陣地呢?若把古人全部文稿,與已刊刻的專集相比,將會發現理論家是極缺乏這樣的立論陣地。於是,序跋成了他們理論的轉化形式。而且這種形式也滿足了他們大都缺乏完整圓滿理論見解體系的闡述方式。因此,許多可貴的理論建樹不再因零星散存於偶感雜論中隨歷史而煙消雲散。相反的,隨著戲曲劇本的流傳而流傳。

今天,我們還能看到萬曆以後那麼多關於《西廂記》的論述,有很多就是寄存於《西廂記》刊刻本上的;而從《錄鬼簿》的記載起到明代中葉以前,兩百多年的時光裡,雖然可見《太和正音譜》對王實甫創作風格下了「如花間美人」這樣的讚美,卻罕見其他的評論,而它的演出狀況亦不甚了了。這給《西廂記》的研究留下了一段難以填補的空白。反之,萬曆年間,印刷業發達,曲論也有了長足的進展,不再懼怕這段歷史的評價會灰飛煙滅。

如果,我們對序跋的定義採取廣義的說法,則除了指載於劇作、選本、論著前後,由作者或他人所寫之序跋外,舉凡題、敘、詠、弁言、引說、規約、贈言、問答、總評、凡例、本事、考證和讀法等直接針對該書、該劇的創作所寫的各種文體之文字,都包括在內。那麼,刊本對這些的保留功績又大了許多。相關的序跋資料也就益形豐富了。

二、是一部簡化了的《西廂記》批評史

歷來中國戲曲批評史的學科建設是從兩個方位著手的,一是古代戲曲批評家及其批評著作系列的排比來勾勒;一是對古代戲曲批評家及其批評著作予以理論層面上「類」的分別,作思想範疇系列的組合,兩種研究視角各有其合理性,前者是一種微觀積累,後者則是宏觀把握,但在某種程度上都忽略了中國古代戲曲批評的某些層面,即前面所言,有些批評者並無專著或成體系之理論,若以批評家及其著作為系列,則難以全面反映中國古代戲曲批評的原生狀態。而這些依附在作品上的序跋,則彌足了以上的缺憾,它們不僅涉及的問題,有關於作家、作品、創作過程、文學理念、表演、版本流傳等問題,也有從戲曲文學理論的某一具體問題,如人物的塑造、與社會政治的關係、「真」與「假」等發表己見的。這是戲曲理論批評家爭鳴的重要園地,反映了各個時期社會思潮、文藝思潮的一個重要側面。沿著這些相關序跋寫

作的時間順序，可以看出各個時期對《西廂記》的不同評價，描繪出《西廂記》所擁有的戲曲觀眾之美學效應的呈現，甚至觸及我國戲曲美學思想的共通性和一些最基本的發展脈絡。在一定意義上，這些序跋資料，甚且可以說是一部簡化了的《西廂記》批評史。

　　日人傅田章《明刊元雜劇西廂記目錄》的完成，基本上就採用了這份寶貴的遺產，而建構出明刊本《西廂記》的版本概況。從這個學術實例來看，《西廂記》傳刻的意義，不唯有它所處時代的現實意義，尚有其歷史的持續價值存在。

三、反映了市民心理的需求

　　人們在溫飽之餘，常會轉而求取其他需求的滿足，閱讀書籍，就是其中的一種轉移。身為商賈者，對人們的心理、物質需求必然是很敏感的，因此為了射利，選擇合於市民閱讀消遣的通俗文學，如戲曲、小說就應運風行了。從孝宗弘治本《新刊奇妙全相註釋西廂記》最末的牌記（實際是一則促銷廣告）所云：

> 嘗謂古人之歌詩，即今人之歌曲。歌曲雖所以吟詠人之性情，蕩滌人之心志，亦關于世道不淺矣。世治歌曲之者，猶多若《西廂》曲中之翹楚者也。況閭閻小巷，家傳人誦，作戲搬演，切須字句真正唱與圖應，然後可。今市井刊行，錯綜無倫，是雖登壟之意，殊不便人之觀，反失古制。本坊僅依經書重寫，繪圖參訂，編次大字魁本，唱與圖合。使寓于客邸，行于舟中，閒游坐客，得此一覽，始終歌唱，了然爽人心意。命鋟梓刊印，便于四方觀云。

所謂吟詠情性、蕩人心志，正一語道破人們心理層面的需求，至於關乎世道否？恐怕只是書商應時代風氣講的套語，惟恐《西廂記》中男女幽會之事被衛道者所指斥，蓋掩人耳目語。其追求唱與圖合，及行旅閒游中可賞閱歌唱，都是一種便於心理需求的供需。

　　到了嘉靖以後，尤其是萬曆時期，由於生產力的提高，社會分工的不斷發展，資本主義萌芽，促使工商業城市大量興起，經濟十分繁榮，社會上呈現一片驕奢淫佚的風氣。這時候，人們不必再為求溫暖而耗費全力，他們有了閒情追求雅致的精神生活。他們的需求，不是為了功名富貴，更超乎一切實際應用，只是為了文學上及心靈上的需求和慰藉而已，於是供給一般民眾需要的通俗讀物，尤其是戲曲、小說便大為流行。在生產結構的改變中，雕

版業受到刺激，也有了躍進式的發展，恰巧彌足人們的需求。這從許多書商獲利致富，家產竟積至百萬的例子來看，可以想見書本推銷量的龐大。《西廂記》版本激增，一方面顯示了它受歡迎的程度，一方面也反映了晚明商業的繁榮及雕版印刷的發達。更印證了做為當時代重要角色的新興市民階層，心理需求的層面為何了。

四、對時代思潮的衝擊

　　《西廂記》雖然被當時書商包裝得很商業氣息，附了許多詩詞之類相關或不相關的資料，更有名家的評點及插圖，十分精美。畢竟它除了形式美以外，還有不容忽視的內在美，尤其是它所寫的男女追求愛情及反傳統禮教的思想，不時會在人們內心引起激盪衝擊。而它對時代思潮的衝擊，有反面，也有正面，這可以從下面兩段引文了解到：

> 明葉盛《水東日記》卷二十一〈小說戲文〉云：
> 　今書坊相傳射利之徒，偽為小說雜著。南人喜談如漢小王光武、蔡
> 　伯喈邕、楊六使文廣；北人喜談如繼母大賢等事甚多。農工商販抄
> 　寫繪畫，家蓄而有之。癡騃女婦，尤所酷好。好事者因目為《女通
> 　鑒》有以也。甚則晉王休徵、宋呂文穆、王龜齡諸名賢，至百態誣
> 　飾，作為戲劇，以為佐酒樂客之具。有官者不以禁杜，士大夫不以
> 　為非，或者以警世之為而忍為推波助瀾者，亦有之矣。意者其亦出
> 　於輕薄子一時好惡之為，如《西廂記》、《碧雲騢》之類，流傳之久，
> 　遂以汎濫而莫之捄歟！

葉盛對王祥、呂蒙正、王十朋成為戲劇舞台上的人物深表不滿，指斥作者為「輕薄子」；基於此，葉氏亦同於一些《西廂》改編者（見前），認為《西廂記》對崔張之事亦屬誣飾。而對崔、張之為叛逆形象，則予以忽視。

　　然而，晚明有些進步的思想家還是看到了王著裡對傳統社會不滿的思想傾向，如李卓吾《雜說》云：

> 　予覽斯記，想見為人，當其時必有大不得意於君臣朋友之間者，故
> 　借夫婦離合因緣以發其端。

這種正、反面不同的評價——尤其是對「情」與「理」的爭論，晚明以後仍持續不斷，但有一點可以肯定的是《西廂記》言情的特色，在晚明是受到極度推崇和讚美、肯定的。其實，這情形從《紅樓夢》中，寶、黛對《西廂記》

的愛不釋手，和薛家姊妹對《西廂記》的避之唯恐不及，兩種態度中，已昭然若示。〔註1〕

縱使衛道人士對之詆毀無以復加者不斷，〔註2〕但一如葉盛莫可奈何之言「流傳之久，遂以汎濫而莫之捄歟！」，它的衝擊，是沛然莫之能禦的。

五、戲曲文學與版畫藝術的結合

由於社會上對於書籍閱讀的需要量擴大，遂刺激雕版手工業者不得不提高產量，競爭市場所致，連帶也不得不提高質量，使得雕版手工業更加專業化，各地的雕工競相發展，以致形成各種不同的風格，有其地區派別與特色。而此一時期，戲曲、小說等通俗讀物不僅受到廣大民眾的愛好，也擴展了版畫創作的園地，提供了版畫創作的新內容，對於深入細緻地刻畫人的思想感情，以及理想與願望，都起了啓發性的作用。而版畫藝術的輝煌成就，〔註3〕也加強了戲曲、小說在民間的影響力。

前面我們提到弘治本《西廂記》的廣告，就是戲曲文學與版畫藝術結合的例子。而《西廂記》不僅因為人們愛看，更由於它是長篇巨幅，近於傳奇，所以豐富曲折的情節更適於雕工們發揮技藝。有明一代，今所知六十餘種《西廂記》刊本，配有插圖的占了三分之一以上，〔註4〕正足以說明《西廂記》受

〔註1〕 如第二十三回〈西廂記妙詞通戲語　牡丹亭艷曲警芳心〉寫寶玉、黛玉對《西廂記》的喜愛；第四十回〈史太君兩宴大觀園　金鴛鴦三宣牙牌令〉寫寶釵勸黛玉不要看《西廂記》、《牡丹亭》；第五十一回〈薛小妹新編懷古詩　胡庸醫亂用虎狼藥〉，寫寶釵反對寶琴用《西廂記》、《牡丹亭》之典故做懷古絕句，而黛玉則不以為然。由此可見，寶玉、黛玉贊賞這兩部劇作，正是當時反對傳統禮教、要求婚姻自主的青年們之化身。而寶釵反對這兩部劇作，就成了正統派傳統衛道者們的發言人。他們之間的對立和衝突，概括反映了當時社會兩種對立思想的衝突，具有典型意義。

〔註2〕 可參閱王利器《元明清三代禁毀小說戲曲史料》。

〔註3〕 鄭振鐸〈中國版畫史略〉一文以「光芒萬丈的萬曆時代」稱譽此一時期版畫藝術的成就。

〔註4〕 明刊本有插圖者，有《新刊大字魁本全相參增奇妙註釋西廂記》（即弘治金臺岳家刊本）、《新刻考正古本大字出像釋義北西廂》（即少山堂刊本）、《重刻元本題評音釋西廂記》（即熊龍峰刊余瀘東本）、《重校北西廂記》（即繼志齋刊重校本）、《北西廂記》（即暉暉齋刊本）、《元本出相北西廂記》（即起鳳館刊王李合評本）、《李卓吾先生批評北西廂記》（即容與堂刊李卓吾本）、《重校北西廂記》（即三槐堂刊重校本）、《新校注古本西廂記》（即王伯良本）、《明何璧校本北西廂記》（即何璧本）、《新刊考正全像評釋北西廂記》（即文秀堂刊

人民歡迎、刻工青睞的程度。而畫家如唐寅、仇英、陳洪綬等人的加入，也使插圖的水準提高，與戲曲文學的結合更是相融無間。

兩者結合所體現的意義，可以有很多，其中最重要的有三點：

1、觀眾的願望

在這些插圖中，充分流露人們的理想與希望，形象地表現出對舊禮教勇敢的反抗與譏笑。像崔張幽歡的場面，畫面凝固他們片刻的擁抱為永恆，在古代社會中的衛道人士看來是頗不雅馴、流於輕佻的，但這正是作者對受舊禮教壓迫下的男女的一種同情，並且是對舊禮教無情約束的一種蔑視和反抗。不唯在情節上如此選擇插圖，在人物造型上，有進步思想傾向的更藉此表達他的叛逆性，如李告辰刻的《北西廂記》，陳洪綬畫的「鶯鶯像」，是大幅的，半袒肩胸，神情搖蕩，意態如中酒，既是最大膽的，也是最為美好的傑作，充分刻畫出鶯鶯身上散發的叛逆氣息。

2、情節內容的交代

有的是空間的交代，如〈驚豔〉一折的插圖，很多刊本都是將普救寺的全景、寺裡寺外、寺中佛殿、僧房、兩廂盡收尺幅之中；或是窗戶洞開，畫出房間的剖面圖來，不受空間的局限，讓人一覽無遺。或是對人物心情的交代，如《李卓吾先生批點西廂記真本》的「碧紗窗下畫了雙蛾」，描繪鶯鶯得知張生將至的消息，驚喜之餘，急急忙忙的梳妝打扮。臨窗照鏡、點畫蛾眉，動作輕快，一掃往日相思的愁容痴態。透過這幅插畫可體會出畫中女主角對愛情的憧憬和愉悅。也有對情節的交代，如《張深之先生正北西廂秘本》「驚夢」一幅，展現了張生因滿懷相思輾轉成眠，得鶯鶯入夢欲同赴京師，孰料又來了位軍曹，怒責張生私藏，欲強行帶走鶯鶯……。一目了然其內容為何。

本）、《元本出相西廂記》（即汪廷訥本）、《元本出相北西廂記》（即玩虎軒刊本）、《全像註釋重校北西廂記》（即羅懋登本）、《李卓吾批評合像北西廂記》（即游敬泉刊李卓吾本）、《重刻元本題評音釋西廂記》（即劉龍田刊余瀘東本）、《鼎鐫陳眉公先生批評西廂記》（即師儉堂陳繼儒評本）、《西廂記》（凌濛初刻本）、《西廂會真傳》（烏程凌氏刊朱墨藍三色套印本）、《新鐫繡像批評音釋王實甫北西廂真本》（即鄭國軒本）、《北西廂記》（即李延謨刊本）、《張深之先生正北西廂秘本》（即張深之本）、《李卓吾先生批點西廂記真本》（即天章閣刊李卓吾本）、《重刻訂正元本批評畫意北西廂記》（即虛受齋刊徐文長本）、仇文西廂本等二十餘種。其他已佚版本，或還有插圖附刻者，故比例實際可能更高一些。

3、畫面指照舞臺場面或效果處理

這是明代版畫的獨特風格，也是戲曲盛行之際，才湧現的一種版畫的藝術形成。從版畫中人物的距離與空間的深度，可以看出舞臺場面如何組織。又，畫面增飾的花紋圖案，有時並非毫無意義，而是為了舞臺效果而畫，如《張深之先生正北西廂秘本》「窺簡」一幅，屏風上的花鳥裝飾極為熱鬧華麗，即是用以襯托鶯鶯內心的欣喜，而鶯鶯背對紅娘、紅娘探頭、手織其口，也都是舞臺位置及動作的經營和模擬。此正是所謂「唱與圖合」。這種結合，無疑的，對兩者的發展都具有正面的意義。

六、提供了評點的對象

中國古代戲曲批評，在研究方法上有三大路線：一是承襲詩話、詞話的傳統，作隨想式的賞評或摘句批評，如王世貞《曲藻》、呂天成《曲品》；二是具有系統化的理論架構，如李漁的《閑情偶寄》；三是由章句評注而來的評點方式，這種體式與所批評的對象始終相互纏繞在一起，如金聖歎批《貫華堂第六才子書》，這是中國古代戲曲批評史研究中較不為人所探挖的領域。而它的重要性不僅在於它們是古代戲曲史上的一座座高峰，更重要的是它們自身以及對其所形成的評點系統中，大量積澱了戲曲藝術的許多重要質素，也就是說對這些作品的評點作一系統的梳理，可以憑藉其審美內核和藝術魅力來總結創作規律和戲曲理論批評。

《西廂記》傳刻本的大量湧現，提供、吸引了許多文人、戲曲家的評點。作品與批評鑑賞者之間具有極微妙的關係，《西廂記》或因批評鑑賞者置一辭而價增百倍，讀者益爭相搶購；批評鑑賞者雖應書商要求，染指這塊市場，卻也因此而藉以表達自己的戲劇觀、思想層面，從而結合作品所散發的主題意識，而鼓盪時代思潮。也就是說，對傳統禮教展開猛烈的抨擊，除了講學之外，刻書和評點是表達思想立場最普遍的形式和手段。也有的專注於學術層面，力求從《西廂記》見世的眾多風貌中，追求雜劇的內在質素及外在形式。或有的基於演出效果，表達一己的戲劇修養及見解，欲藉此提高《西廂記》演出的水準。更重要的是，這三個不同訴求的評點系統，都對中國古代戲曲理論史做出了極大的貢獻。使其跳離了明中葉以前將曲視為詩歌的一種之觀念，敘事性和演劇性受到注意和深化。

在戲曲批評史上，作為單一作品而引起如此廣大的注意與喜愛，《西廂記》

確實是一朵奇葩。而當某一作品個體成為戲曲批評家的共同審美對象時，審美客體也就廣泛積澱了批評主體的質素。這種融合主客體雙方特質的審美個體也就超越了自身，成為一新的藝術生命體。這是《西廂記》在評點史上所具的深刻意義。

以上六點，彼此之間是息息相關、同時兼具可察的文化現象。這時代的讀者是得天獨厚的，雕版印刷技術的發達，使他們能享受到這部曠世絕作的美麗風采、又有精美絕倫或渾樸生動的版畫相得益彰；批評家又何嘗不生逢其時呢？立論的陣地寬闊許多，他們的思想、見解不僅能充分表達，並能藉此牽動時代的動向，與時代脈動同呼吸。而這種出版界與文藝界在視野上取得一致的文化現象，遂使《西廂記》在中國戲曲傳刻史上創造了前所未有的奇蹟！

然而，它有其時代的良性影響及意義，卻又有不好的遺毒存在，這是不能不指出的。各種評點本的文字重合、觀點重複、真偽難辨，固然體現了批評界和出版界的不良傾向，但更嚴重的是，《西廂記》本身所具有的時代性固有意蘊和原生面目，在不斷的傳刻中，正不斷地喪失、不易辨識，體製上與傳奇也有某種程度的混淆，王驥德嘗謂：

> 《西廂》一為優人、俗子妄加竄易，又一為村學究謬施句解，遂成
> 千古煩冤。〔註5〕

凌濛初亦云：

> 此刻止欲為是曲洗冤。〔註6〕

所謂「冤」，指的就是《西廂記》在俗子庸工的篡易下失去故步。這也是出版界同文藝界該負起的罪責。

最後要談的是，《西廂記》的傳刻之所以有如此深刻的時代意義，也要拜躬逢其時之賜，這是一個重視戲曲、小說的時代，由此它可以儘量展現它的綽約丰姿，茲舉兩段文字，以明它與時代的「奇逢」，如李卓吾《焚書》卷三〈童心說〉所云：

> 詩何必古選？文何必先秦？降而為六朝，變而為近體，又變而為傳
> 奇，變而為院本，為雜劇，為《西廂記》，為《水滸傳》，為今之舉
> 子業，皆古今至文，不可得而時勢先後論也。

〔註5〕見王驥德《曲律‧雜論下》（《中國古典戲曲論著集成》四）。
〔註6〕見《西廂記五本‧凡例十則》（烏程凌氏刊本）。

《龍眠古人》一集後附有吳道新的一篇〈文論〉也曾說：

> 昔王季重謂古今文人，取左丘明、司馬遷、劉義慶、歐陽永叔、蘇
> 子瞻、王實甫、羅貫中、徐文長、湯若士，以其文皆寫生者也。袁
> 中郎謂案頭不可少之書：《葩經》、《左》、《國語》、《南華》、《離騷》、
> 《史記》、《世說》、《杜詩》、《韓》、《柳》、《歐》、《蘇》文、《西廂記》、
> 《牡丹亭》、《金瓶梅》，豈非以其書皆寫生之文哉！

在在說明了這是一個清醒覺察到戲曲、小說之價值的時代，同時也是戲曲創
作再度活躍，極待總結經驗，建設曲論的階段，遂使《西廂記》如千里馬遇
伯樂般，放足奔馳，散發出它不可思議的「無盡藏」。〔註7〕

第二節　晚明《西廂記》評點的發展及其與時代思潮的關係（上）

章學誠《校讎通義》卷一云：

> 評點之書，其源亦始鍾氏《詩品》、劉氏《文心》。然彼則有評無點，
> 且自出心裁，發揮道妙。又且離詩與文，而別自為書，信哉其能成
> 一家言矣！自學者因陋就簡，即古人之詩文，而漫為點識批評，庶
> 幾便於揣摩、誦習。

本節所謂「評點」本，恰好和章氏相反，必須即古人之戲曲予以「點識批評」，
「別自為書」的部分僅供補充、發明。而且因為探討的是對時代思潮影響的
問題，故著重在可明白其思想、觀念的評語，而非圈點上，不然將使「以意
逆志」的工夫難以進行。

此一命題，亦因探討篇幅過長，酌分（上）（下）二節。

一、評點在晚明的一大轉變

評點與印刷業和讀者群是分不開的，這現象不唯到明代才有反映，早在
宋末元初就已如此，葉德輝《書林清話》卷二中就曾談及：

〔註7〕《焚書》卷三〈雜說〉云：「中庭月下，木落秋空，寂寞書齋，獨自無賴，試
　　取〈琴心〉一彈再鼓，其無盡藏不可思議，工巧固可思也。」《大乘章義‧無
　　盡藏義》曰：「德廣難窮，名為無盡，無盡之德苞含曰藏。」此蓋取之以喻《西
　　廂記》藝術感染力之無窮。

> 刻本書之有圈點，始於宋中葉以後。岳珂《九經三傳沿革例》，有圈
> 點必校之語，此其明證也。……盧陵須溪劉辰翁批點皆有墨圈點注，
> 劉辰翁字會孟，一生評點之書甚多。同時方盧谷回，亦好評點唐宋
> 人說部詩集。坊估刻以射利，士林靡然向風。

因爲讀者需要，坊間才有可能刻以射利。到了明代，人民偏愛的讀物是小說、戲曲，當然這方面的評點比原先重詩文系統的評點是迥乎其趣的。爲什麼有這種轉變呢？

有一段話可以明顯反映出這轉變的關鍵，張雲章的〈古文關鍵序〉說：

> 觀其標抹評釋，亦偶以是教學者，乃舉一反三之意。且後卷論策爲
> 多，又取便於科學。

宋代以文取士，學文乃爲利祿之途，書商應萬千考生需求，便出版這類批注明白、示人門徑的「參考書」。明代呢？雖然程朱理學由於皇室的提倡重視，遂以泛濫，而且八股文盛行，科舉、利祿的原因依然存在。可是，晚明時，社會經濟繁榮、生產結構改變，有一批新的中產階級興起，他們並沒有仕途上躍龍門、爭出頭的壓力，不必多費心神在詩文經史的鑽研，閒暇之餘，他們要的當然不是呂祖謙《古文關鍵》、謝枋得《文章軌範》等古文範本，而是可以作爲消遣、安慰心靈的「小道」作品──小說、戲曲；所以，當時印刷業的刊印、文人的評點會染指於此。當然，晚明一批思想進步的學者、文人，如徐渭、李贄等，評點戲曲的目的，並不僅限於提供消遣讀物，而是有更良苦的用心，這在下面會談到。

二、晚明《西廂記》評點的發展

現存最早的《西廂記》評點本，要算是明萬曆八年（西元 1580 年）的徐士範刊本《重刻元本題評音釋西廂記》。〔註8〕它在《西廂記》評點的發展上，

〔註8〕 《西廂記》刻本，有三個所謂的「古本」，常在後世的評點本被提到，如徐渭〈西廂記題辭〉謂：「余于是恔諸解，並從碧筠齋本」、凌濛初刻本〈西廂記凡例〉云：「此刻遵周憲王元本。」毛西河《論定西廂記》提到：「『觀音現』，本是『現』字，朱石津改作『院』字，而天池、伯良皆從之。」「碧筠齋本」、「周憲王元本」、「朱石津本」已佚，雖對後來《西廂記》刊本影響甚大，但難以考訂它們是刻本或評點本，除校勘上爲人引用外，未見任何評點上的意見被舉出，故暫不列入評點本。又，現存《西廂記》評點本中，標有「元本」者，有《重刻元本題評音釋西廂記》、《三先生合評元本北西廂》，前者雖有徐士範、熊龍峰、劉龍田三種刊本，實只一種（後二種是徐士範本之重刻本），蔣星煜

其重要性在於奠定了《西廂記》評點的基本格局。它包括「題評」、「釋義大全」、「字音大全」三部分，後二者都屬於注疏方面，「題評」情況比較複雜，大概可以分成四類：（一）總評性質；（二）藝術特色評析；（三）糾正別人錯誤的評價；（四）釋義。結合以上各項內容而觀，大約有鑑賞性與學術性兩種特色，除了《槃薖碩人增改定本》是爲了演出外，都遵循此二大線索發展，各自構成極爲豐厚的評點系列。當然，這兩種特色的分別只是就大的傾向而言，其間相互交雜、滲透的情況依然時而可見。

　　這兩大系列，屬於鑑賞性評點系統的，包括王世貞、徐渭、李贄、湯顯祖、陳繼儒等人的評點本；學術性評點系統的，則以王驥德、凌濛初的校注本爲代表。前者對晚明思潮有一定程度的激盪，尤其是在對人性的自覺破執方面；後者則將《西廂記》的研究從通俗帶向學術，奠定、建立了「《西廂記》學」的研究格局。兩者都對《西廂記》做出了不可抹滅的貢獻，談得上是錦上添花。

三、鑑賞性評點系統的特色及其與時代思潮的關係

　　接著，要談的就是鑑賞性評點這一系統的特色。檢視的方法，採取以「人」爲主位，探討其評《西廂記》的總傾向，及其在評點發展絡脈上的地位。

（一）王世貞（西元 1526～1590 年）

　　王世貞，字元美，號鳳洲，又號弇州山人，太倉人。

　　現存王世貞評本的《西廂記》，僅王世貞、李贄合評的《元本出相北西廂記》，係萬曆三十八年（西元 1610 年）起鳳館刻本，是後人在王世貞死後二十年輯刻的。

　　傅田章認爲：

> 這一本大概是《重校北西廂記》再度改訂而成的版本。將志齋本與起鳳館刊本的〈凡例〉相比較，則可明顯發現，後者是直接按照前者文字改寫的。這些版本，大致說來校語與注釋之類的已經減少了，代之而起的批點及評語則增多，是它的特徵。……起鳳館刊本的眉批多有「王曰」或「李曰」的評語。關於這個王李合評，在凡例的末尾兩條雖有提到，〔註9〕但大概是坊梓主人的僞作。……「王曰」

〈論徐士範本西廂記〉（收入《明刊本西廂記研究》）已考證出「題評」乃明初人所爲。後者，明確將「合評」署於「元本」前，足見此刊本確屬明代評點。

〔註9〕〈凡例〉末尾兩條是：「鳳洲先生批評，先生揚扢風雅，聲金振玉，《藝苑巵

部分可見繼志齋刊本前面〈凡例〉所引王世貞《曲藻》中對《西廂記》曲文的評語。〔註10〕

傳田章指出繼志齋《重校北西廂記》和這本的關係,前者就是後者的底本,這個意見和蔣星煜〈元本出相北西廂記的王李合評本與神田喜一郎藏本〉一文「五、底本之探索」一節的結論一樣。〔註11〕再者,眉批中所謂的「王曰」、「李曰」,傳田章認爲是坊梓主人的僞作,但又提到「王曰」部分評語可以在王世貞《曲藻》中找到。蔣星煜對此也有探討,他對「李卓吾評語的可靠性」,認爲:

綜觀全書李卓吾批點文字,不乏可取者,但亦有可能并非出之於李卓吾之手,因爲與其他五種李卓吾評點本相對照,竟找不到任何共同之點。在李卓吾的其他著述中,例如《焚書》的〈雜說〉一文,也對《西廂記》有所論列,説:「《拜月》、《西廂》,化工也;《琵琶》,畫工也。」〈童心說〉認爲《西廂曲》、《水滸傳》都是「古今至文」。而在《元本出相北西廂記》的眉欄中,李卓吾評點文字也沒有涉及到這些方面。〔註12〕

對於「王曰」的可靠性,蔣氏似無反對意見,只提到:

三、將繼志齋刊本中〈總評〉恢復了王世貞的著作權,用「王曰」兩字作每則的開端,作爲眉評。并再增補了一部分王世貞的評語。

因此,雖然王世貞本人可能未在《西廂記》某一刊本上施予評點,但就這個刊本而言,「王曰」部分還是可信的。下面除了把《藝苑卮言》部分評語還原外,擇要配合其他批語闡釋王世貞對《西廂記》的評價。

在進入正題前,擬先說明一下《藝苑卮言》的成書年代:《藝苑卮言》是嘉靖三十六年(西元 1557 年),王世貞在青州任兵備時開始寫的,次年成書六卷,以後屢有增刪,嘉靖四十四年(西元 1565 年):「始脫稿,里中子不善秘,梓而行之。」(〈自序〉)隆慶六年(西元 1572 年),四十七歲時,又重新增補刪改,編定成正錄八卷,論詩文;附錄四卷,論詞、曲、書法、繪畫

言》中,點綴《西廂》百一,未張全錦。茲得之王氏家草。」、「卓吾李先生批評,先生品騭古今,一字足爲一史,具載《焚書》、《藏書》等編。《西廂》遺筆乃其遊戲三昧,近得之雪堂在笥。」

〔註10〕本段引文引自傳田章《明刊元雜劇西廂記目錄》頁 36,據長安靜美同學口譯整理。

〔註11〕收入《西廂記罕見版本考》,頁 119～161。也收入《中國戲曲史探微》,頁 130～149。

〔註12〕見〈元本出相北西廂記的王李合評本與神田喜一郎藏本〉。

等，歷時十六年。後人將論曲部分摘出，名爲《曲藻》。之所以探討這個，乃因王氏一生活動於文壇四十多年之久，著述宏富，亦多變化。晚年見解趨於平和，乃能「霜降水落，鑑空衡平，奏刀必中觚，發矢必中的，抓搔必中痛癢。」〔註13〕而《曲藻》卻是他中年左右的見解，仍有崇尚華采的傾向。

《曲藻》中有一條云：

> 吾吳中以南曲名者：祝京兆希哲、唐解元伯虎、鄭山人若庸。希哲能爲大套，富才情，而多駁雜。伯虎小詞翩翩有致。鄭所作《玉玦記》最佳，它未稱是。《明珠記》即《無雙傳》，陸天池采所成者，乃兄浚明給事助之，亦未盡善。張伯起《紅拂記》潔而俊，失在輕弱。梁伯龍《吳越春秋》滿而妥，間流冗長。陸教諭之裘散詞，有一二可觀。……其他未稱是。

文中論及祝希哲、陸采、張鳳翼、梁辰魚、陸之裘等吳中作家，除鄭、張、梁、陸是戲曲家外，其餘皆是散曲作家。由此，透露了王氏所品藻的是「曲」而非「戲」。再者，王氏推崇這些人中以鄭若庸《玉玦記》最佳，爲什麼呢？從南戲的發展中，它上承《香囊記》、《連環記》，下啓《明珠記》、《浣紗記》、《玉合記》等駢儷之風格。該劇填塞故實，幾同類書，歷來受指責不斷，極少上演。王氏卻以爲「最佳」，說明了王氏偏重案頭詞藻的傾向。這種態度，移之《西廂記》上亦然，其《曲藻》另一條云：

> 北曲故當以《西廂》壓卷。如曲中語：「雪浪拍長空，天際秋雲捲，竹索纜浮橋，水上蒼龍偃。」、「滋洛陽千種花，潤梁園萬頃田。」、「東風搖曳垂楊線，游絲牽惹桃花片，珠簾掩映芙蓉面。」、「法鼓金鐃，二月春雷響殿角；鐘聲佛號，半天風雨灑松梢。」、「不近喧譁，嫩綠池塘藏睡鴨；自然幽雅，淡黃楊柳帶栖鴉。」是駢儷中景語。「手掌兒裡奇擎，心坎兒裡溫存，眼皮兒上供養。」、「哭聲兒似鶯囀喬林，淚珠兒似露滴花稍。」、「繫春心情短柳絲長，隔花陰人遠天涯近。」、「香消了六朝金粉，瘦減了三楚精神。」、「玉容寂寞梨花朵，胭脂淺淡櫻桃顆。」是駢儷中情語。「他做了影兒裡情郎，我做了畫兒裡愛寵。」、「拄著拐幫閒鑽懶，縫合脣送暖偷寒。」、「昨夜箇熱臉兒對面搶白，今日箇冷句兒將人廝侵。」、「半推半就，又驚又愛。」是駢儷中諢語。「落紅滿地胭脂冷，夢裡成雙覺後單。」

〔註13〕見陳繼儒〈弇州讀書後序〉。

是單語中佳語。只此數條，他傳奇不能及。

王世貞推崇《西廂記》的地方，其實是就其詞藻、文采而言，認為語言的表現技巧，即可分出各劇之高下。不過，王氏不唯要求語言的藻飾，更進一步要求「景」與「情」的融合，在上面一段的引文中，兩者仍分開講，到了實際批評時，就相提並論了，如評第六齣〔耍孩兒〕曲：

> 情語中富麗語，能令人艷，能令人消。〔註14〕

評第七齣〔離亭宴帶歇拍煞〕曲：

> 梨花朵朵櫻桃顆，寂寞的情，熱鬧的語。

評第十六齣〔新水令〕曲：

> 慘離情半林黃葉，景外觀景，情處傷情。

認為語言的華采，可以繪景達情。然而王氏進一步要求這種加工雕琢，能由工入微，自然不犯痕跡。如評第四齣〔駐馬聽〕曲：

> 信口道出，自俳自偶。

評第十一齣〔新水令〕曲：

> 嫩綠睡鴨，淡黃棲鴉，麂損牡丹，抓住荼蘼，字字有聲有韻。半疑濃妝，半疑淡掃，華麗中自然大雅。

評第十八齣〔上小樓〕曲是：

> 俗語、謔語、經史語，裁為奇語，如天衣通身無縫。

王世貞注意到了《西廂記》的詩劇特點，卻忽略了戲曲之異於詩的一切特徵。雖然，《曲藻》中對《琵琶記》的評價中，注意到了其他特徵：

> 則誠所以冠絕諸劇者，不唯其琢句之工、使事之美而已，其體貼人情，委曲必盡；描寫物態，彷彿如生；問答之際，了不見扭造，所以佳耳。至於腔調微有未諧，譬如見鍾、王跡，不得其合處，當精思以求諧，不當執末以議本也。

反求其對《西廂記》的評點，像評第五齣〔後庭花〕曲：

> 一段自怨自艾之辭，僂指而數，道真卻假，道假卻真。

評同齣惠明唱詞云：

> 僧家豪傑之狀舌底調來，驃騎灌陽尤在不屑。

評第六齣〔醉春風〕曲：

〔註14〕見起鳳館刊本《元本出相北西廂記》，評語引自么書儀〈明人批評西廂記述評〉，下面凡引用到該刊本文字，皆引自么氏一文。

受用足三句正這妮子哆口情態。

注意到了人物形象的塑造和人物語言的個性化，但這仍舊是語言的技巧層面。

也就是說，王氏對《西廂記》的批評，用的其實是他論詩的那一套，也就是「以詩律曲」，從他採取傳統摘句批評的方法，將曲詞從劇的整體中碎拆下來，彷彿劇本只是曲詞匯萃而已，反墮入自己所謂的「執末」不知其「本」了。難怪王驥德《曲律》譏其：

> 《藝苑卮言》談詩談文，具有可采，而談曲多不中竅，何怪乎此道
> 之汶汶也！

究其原因，凌濛初《譚曲雜箚》認為是：

> 蓋其生嘉、隆間，正七子雄長之會，崇尚華靡。

王氏這種以詩律曲的批評方法，尚未跳脫傳統詩話的形式及範圍，顯示出戲曲評點發展初期與詩話批評相當程度的瓜葛。這種情形，在萬曆八年（西元 1580 年）的徐士範本《重刻元本題評音釋西廂記》上，仍常運用「駢儷中景語」、「駢儷中諢語」、「駢儷中情語」等術語來分析《西廂記》的文辭特色。《西廂記》評點脫離傳統論詩的批評方式，要到徐渭、李贄等人手上，才算真正獨立。不過，誠如傅田章所言：「這些版本，大致說來校語與注釋之類的已經減少，代之而起的批點及評語則增多，是它的特徵。」這對萬曆以後鑑賞性系統的評點本應是有所影響的。

（二）徐　渭（西元 1521～1593 年）

徐渭，初字文清，改字文長，號天池、青藤，別署田水月、清藤道士等，山陰人。

現知徐渭評本《西廂記》有七種，刊於萬曆年間的有《田水月山房北西廂藏本》及徐爾兼徐文長本，徐爾兼是徐文長的兒子，死後，該藏本隨之失傳；另有刊於崇禎四年（西元 1631 年）的《徐文長先生批評北西廂記》、崇禎年間的《重刻訂正元本批點畫意北西廂》、《新訂徐文長先生批點音釋北西廂》、《新刻徐文長公參訂西廂記》及《三先生合評元本北西廂》。各本批評文字並不一致，且真偽難辨。〔註15〕王驥德就曾解釋過：

〔註15〕參見蔣星煜〈六種徐文長本西廂記的真偽問題〉一文（收入《明刊本西廂記研究》，認為除了已佚的徐爾兼本以外，「我感到王驥德在《新校注古本西廂記》中所引用的『徐師新釋』這部分，實際上比所有的現存徐文長本還可靠一些。」但本節主要探討的是「鑑賞性評點系統」，而王驥德校注本中所取「十

人有以刻本投者，亦往往隨興偶疏數語上方，故本各不同，有彼此
矛盾，不相印合者。〔註16〕

王驥德師事徐文長，居僅隔一垣，常請教徐氏曲學問題，徐氏又曾口授王驥德《西廂記》及《琵琶記》，故王驥德所言應較可信。他又曾云：

余注自先生口授而外，於徐公子本，采入較多。〔註17〕

可見徐爾兼本也是較可採信的一種本子，可惜失傳了。今限於真偽尚難確定，蒐購、影印困難，僅以《重刻訂正元本批點畫意北西廂》、《三先生合評元本北西廂》二本評語為主，審慎舉例說明徐氏評本之特色。

前面我們提到，徐評本各本各異，甚且有矛盾之處，一方面或許是坊刻之偽託，一方面卻跟其評點態度及方法有關，即「隨興偶疏數語」。王驥德就曾針對這點說明：

天池先生解本不同，亦有任意率書不必合轍者，有前解未當，別本
更正者。大都先生之解，略以機趣洗發，逆志作者，至聲律故實，
未必詳審。〔註18〕

說明了徐氏評《西廂記》是「任意率書」，甚至「前解未當，別本更正」，著重的是「機趣」，忽略的是「聲律故實」，這種態度決定了他與王驥德在《西廂記》的批評上分道揚鑣，王氏重視的恰好是徐氏所不在意的，因此另開「學術性評點系統」一派。

所以我們不能太要求徐氏評論上有何架構、體系存在。不過，從王氏的

之二」的「徐師新釋」乃屬箋注性質，故無法以此本為論證底本，僅做輔助
說明用。另，有張新建〈徐文長本西廂記考〉一文（收入《徐渭論稿》），將
王驥德《新校注古本西廂記》中徐文長附解部分也算成一種版本，又謂徐氏
早年有暨陽刻本的評點本問世，此說蓋據王驥德校注本〈評語〉中「今暨陽
刻本，蓋先生初年庽略之筆，解多未確。」而來，故該文謂「已知徐文長《西
廂記》七種，合評本一種，附解本一種。徐文長早年批評的暨陽刻本和晚年
批評的家藏本（按：指徐爾兼本）均已佚失，現存五種版本。」其結論中復
指出：「徐公參訂本《西廂記》在曲文改定、詞語注釋、題評方面既不是以徐
文長本為底本，也沒有參照徐文長本改訂的痕跡，是個道地的偽徐本。徐公
參訂本的曲文、注釋、題評主要源於陳眉公本。」

〔註16〕譚帆〈論西廂記的評點系統〉謂此段文字出於《新校注古本西廂記·評語》，
誤，應為《新校注古本西廂記考·明徐渭和唐伯虎題崔氏真詩》後所繫的考
證文字。

〔註17〕見《新校注古本西廂記·評語》。

〔註18〕同註17。

師事徐氏的關係及取其新釋若干的作法上，可以明瞭徐文長本在《西廂記》評點上，仍帶有早期徐士範本那種題評、注釋夾雜的情況。一如王驥德所言，對於「聲律故實，未必詳審。」對元劇方言俚語的注疏，徐氏並不詳加考釋，純從鑒賞角度爲讀者勾稽一條坦途，因此有時不免失於草率，如〈母氏停婚〉〔得勝令〕曲「急攘攘因何，扢搭的把雙眉鎖納合」眉批云：

> 扢搭，即打結。〔註19〕

這種解釋即失之草率，它的意思應是形容動作很快，猶言一下子。〔註20〕

　　不過，有時候，徐評簡單明瞭，反而易爲讀者接受。如釋〈乘夜逾牆〉〔得勝令〕曲：「你是個折桂客，做了偷花漢，不想跳龍門，學騙馬。」眉批云：

> 北人謂哄婦人爲「騙馬」。〔註21〕

十分明白，一如我們今日仍俗稱女孩子爲「馬子」一般，「騙馬」即調哄、勾引婦女之意。王驥德則加以引經據典云：

> 《雍熙樂府》詠西廂〔小桃紅〕詞：「騙上如龍馬」，馬東籬《任風子》劇：「我騙土牆騰的跳過來」，可證。以「騙馬」對「跳龍門」，正猶上句以「偷花漢」對「折桂客」，上有「漢」字，其旨甚明。下止言「騙馬」，不過借字義以形容，謂大才而小用之耳。俗注謂哄婦人爲「騙馬」，不知何據。」〔註22〕

當然，以翻跨上馬的動作作「騙」，來譏嘲張生跳牆，有例可援，於理亦可通，然以對仗解，則「求之過深」。王氏對徐解猶客氣地說「不知何據」，但眉批卻云：「俗注之可恨以此。」；毛西河則逕謂是「杜撰」。〔註23〕

　　又，第二本楔子〔白鶴子〕曲：「著幾個小沙彌把幢幡寶蓋擎，壯行者將捍杖焚叉擔。您這壁列陣腳把眾僧安，我那里撞丁子般把賊兵探。」

　　徐渭即評云：

> 「把幢幡」、「將捍杖」及後「繡幡開」句，寺中原無兵器，焚叉、繡幡，卻是有的，急時將來作戰伐具，本有意味。俗改『杆棒』，改

〔註19〕見《重刻訂正元本批點畫意北西廂》。

〔註20〕也作「圪塔的」，如《單刀會》第一折〔金盞兒〕：「那漢酒中劣性顯英豪，圪塔的揪住寶帶，沒揣的舉起鋼刀。」、也作「乞答的」，如《豫讓吞炭》第四折〔堯民歌〕：「嗨！不想乞答的頓開金鎖走蛟龍。」

〔註21〕同註19。

〔註22〕見《新校注古本西廂記》卷三。

〔註23〕王驥德、毛西河皆稱此註爲「俗注」、「俗以爲」，顯然認爲非徐渭手筆，但徐評本真僞難辨，不知二者又有何據？

「繡幡」爲「繡旗」，殊失作者意。〔註24〕

從人物所處環境疏通文意，頗具新意。最可注意的是王驥德的注語：

> 〔白鶴子〕後二調，俗本次序顛倒，今從古本更定。「幡幢寶蓋」、「桿杖火叉」及後「繡幡開」句，寺中無兵杖，故各執所有，正作者用意處。俗本改爲「桿棒钁叉」、「繡旗」等，俱非。董詞，「或挈著切菜刀、捍麵杖，著綾幡做甲，把鉢盂做頭盔戴著頭上。」正本色語也。〔註25〕

明顯是採用徐氏的說法，又提到「本色語」，足見徐氏在解釋曲文時，也是還原到事物本來環境去，以求其本來面貌。

這種現象，說明了徐評本乃是一組以鑒賞爲主而非訓詁、考據的《西廂記》評點本。

由於徐渭本身是一位戲曲家，他有創作的經驗，因此較王世貞更能看出《西廂記》藝術的卓越成就所在，擺脫傳統摘句批評的範圍，從戲曲藝術特色分析，不僅帶領人們尋幽訪勝，更藉此闡揚一己的戲曲理念。最爲人所樂道、共知的即是《徐文長先生批評北西廂記》卷首的〈西廂記題辭〉云：

> 世事莫不有「本色」，有「相色」。本色猶俗言正身也，相色替身也。替身者，即書評中「婢作夫人，終覺羞澀」之謂也。婢作夫人者，欲塗抹成主母而多插帶，反掩其素之謂也。故余於此本中賤相色，貴本色。眾人嘖嘖者煦煦也。豈惟劇者，凡作者莫不如此。〔註26〕

徐渭要求在作品中不掩其素，將事物本來面目表現出來，這就是「本色」。如〈拒婚〉〔紫花兒序〕：「……當日三才始判，兩儀初分。乾坤，清者爲乾，濁者爲坤，人在中間相混。」徐謂即評云：「『三才』以下數語，卻迂板，且不似婢子語。」〔註27〕認爲這樣的語言出自快口點心的紅娘之口，既不符合身分，又顯得晦澀呆板，亦即不是「本色」、當行。他又說「豈惟劇者，凡作者莫不如此。」認爲任何一種文藝創作都要表現其「本色」，這就不單僅是語言方面的要求了，它更涉及作者的創作思想，對於表現對象的態度。更深一層來說，徐氏提出「本色」說，代表對戲曲藝術特質和創作規律的正視，還戲

〔註24〕見《田水月山房北西廂藏本》批語，引自張新建《徐渭論稿》頁143。
〔註25〕同註22。
〔註26〕亦見《徐文長佚草》卷一。
〔註27〕引自《新校注古本西廂記》卷五。

曲之本來面目，力斥了所謂「曲者詞之變」〔註28〕、「詩變而爲詞，詞變而爲
歌曲，則歌曲乃詩之流別。」〔註29〕的不當混淆。詩詞、曲雖有其密切之關
係，可以相互借鑑，卻終不得互相替代，三者各有其創作規律。在〈題昆侖
奴雜劇後〉中更進一步提出「宜俗宜眞」的創作標準：

> 梅叔《昆侖》劇已到鵲竿尖頭，直是弄把戲一好漢。尚可攛掇者，
> 直撒手一著耳。語入緊要處，不可著一毫脂粉，越俗越家常，越警
> 醒。此纔是好水碓，不雜一毫糠衣，眞本色。若於此一惡縮打扮，
> 便涉分該婆婆，猶作新婦少衣鬧趨，所在正不入老眼也。至散白與
> 整白不同，尤宜俗宜眞，不可著一文字，與扭捏一典故事，及截多
> 補少，促作整句。錦糊燈籠，玉鑲刀口，非不好看，討一毫明決，
> 不知落在何處矣。此皆本色不足，仗此小做作以媚人，而不知誤入
> 野狐，作嬌冶也。〔註30〕

徐渭對語言的要求是「本色」，也就是「俗」和「眞」，這種尚眞俗的觀念與
當時創作理論界所普遍關心的「絕假純眞」（李贄〈童心說〉）是相呼應的。

徐渭不唯崇眞尚俗，還重「情」之一字，如〈假館〉（內文作〈假寓〉）
評云：

> 假寓蕭寺，乃張生無聊極思。及見紅娘，不覺驚喜，遽爾涉謔；法
> 本不解此情，便鑿鑿認眞。既而要紅私語，亦是無聊情緒不能已已；
> 猶冀紅娘見憐，反被搶白，而此心終不灰冷，張生固是情癡。〔註31〕

又，〈倡和〉（內文作〈聯吟〉）評云：

> 崔家情思，不減張家，張則隨地撒撥，崔獨付之長吁者，此是女孩
> 家嬌羞態，不似秀才們老面皮也，情則一般深重。〔註32〕

從人物行止中逆溯其志，得出一樣「情」來。尤加注意者，爲〈琴挑〉這一
折的評語，云：

> 這琴定是神物，不然那得感動人心乃爾。〔註33〕

「琴」字與「情」字，一屬侵尋韻、一屬庚青韻，歷來作曲家侵尋、庚青兩

〔註28〕見王世貞《曲藻》。
〔註29〕見何良俊《曲論》。
〔註30〕見《徐文長佚草》卷二。
〔註31〕見《三先生合評元本北西廂》。
〔註32〕同註31。
〔註33〕同註31。

韻部每多糾葛，可見二字之音近自是當然。徐渭表面是誇讚琴在崔、張愛情上所占的分量很重，是張生通情愫於鶯鶯的媒介。然此物之神，非僅是它能以音感人，而且它從司馬相如以琴表鳳求凰之意開始，它就成了一種故事原型，累積了豐富的愛情故事，甚者，「琴」字根本就可以視之爲「情」之化身，其神通廣大，就是禮教勢力從中作梗，也可以飛星傳恨，固知是「神物」也。

　　進一步搜索徐渭詩文集中，知徐渭並不將「情」、「眞」二分，而是相依並存的，其〈選古今南北劇序〉即云：

> 人生墮地，便爲情使。聚沙作戲，拈葉止啼，情昉此已。迨終身涉
> 境觸事，夷拂悲愉，發爲詩文騷賦，璀璨偉麗，令人讀之喜而頤解，
> 憤而眥裂，哀而鼻酸，恍若與其人即席揮塵，嬉笑悼唁於數千百載
> 之上者，無也，摹情彌眞則動人彌易，傳世亦彌遠，而南北劇爲甚。
> 〔註34〕

這種重情尙眞的美學思想，對於擘開前後七子的擬古迷霧，和下啓公安性靈的提倡是有推波助瀾之功的。

　　徐渭評點《西廂記》尙有許多特色，如：

1、對人物心理的分析體貼入情，盡其委曲

　　如〈白馬解圍〉一折〔混江龍〕曲的「繫春心情短柳絲長，隔花陰人遠天涯近。」其批語云：

> 情本長，柳絲本短，人本近，天涯本遠。今日事無成，與張生無會
> 期，是情反短于柳絲，人反遠于天涯也。此怨恨之詞。〔註35〕

2、對紅娘形象的認識有所提升

　　如〈傳書〉評云：

> 讀「靈犀一點」，紅是大國手；讀「剪草除根」，紅是公直人，讀「賣
> 弄家私」，紅是清廉使客；讀「可憐見小子」，又是慈悲教主；讀「忒
> 聰明」數語，又是賞鑑家；讀「偷香手」數語，又是道學先生。總
> 之，是維摩天女隨地說法，隨處微心，今而後，余不敢以侍兒身目
> 紅娘矣。〔註36〕

因其如此，遂有不與之同世之嘆，〈巧辯〉即批云：

〔註34〕見《徐渭集》第四冊，補編。中華書局，1983年4月，1版1刷。
〔註35〕同註19。
〔註36〕同註31。

當時那得此俊婢，我生不復見此俊婢。〔註37〕

3、對關目安排的剖析十分深刻

如卷末所附〈駱金鄉與徐文長論草橋驚夢一篇〉的一段文字：

金鄉子云：「第一段如孤鴻別鶴，落寞淒愴；第二段如牛鬼蛇神，虛荒誕幻；第三段如夢蝶初回，晨雞乍覺，不勝其驚怨悲愁也。」文長公復書云：「向來尋常看過，今拈出『旅』、『夢』、『覺』三字，所謂『皷不桴不鳴』，今而後，當作一篇絕奇文字看去。」〔註38〕

4、注重演出效果

如第二本楔子〔賞花時〕二曲，題評即云：

起二句湊，後亦湊。此二套古本無，但前後白多，恐去之覺冷淡了，姑存之。

其書中所評大抵以鑑賞爲主，注解偶疏數語，但對後世影響卻都不小。而所謂影響大抵有：

1、重情尚眞的美學思想，對晚明文學思潮及創作有深刻之啓發。〔註39〕
2、鑑賞性的評點文字，不僅爲後人所借鏡，〔註40〕並使此一系統波瀾壯闊。
3、學術性的評點文字，指出了不少爲後來《西廂記》校注者所關心、聚訟不已的問題。〔註41〕

第三節　晚明《西廂記》評點的發展及其與時代思潮的關係（下）

本節承上節而來，繼續探討李贄、湯顯祖、陳繼儒三家評點本，並加以總結、分析。

〔註37〕同註31。
〔註38〕同註19。
〔註39〕同註19，據張新建〈徐文長西廂記考〉云，《田水月山房北西廂藏本》評語亦同。
〔註40〕如《西廂會眞傳》對「繫春心情短柳絲長，隔花陰人遠天涯近」的批語；對〈草橋驚夢〉一折的三則眉批，都明顯有移植改易徐文長評本的痕跡。
〔註41〕如對「你道是河中開府宰相家，我道是海南水月觀音院」中「院」究竟作「現」或「院」妥，歷來爭論不休。

（三）李　贄（西元 1527～1602 年）

李贄，字宏甫，號卓吾，別署溫陵居士、百泉居士，泉州晉江人。李贄筆下的評點，與他的哲學思想是分不開的，因此在探討李贄對《西廂記》所做的評點前，先交代他哲學思想的來源，前人多已指出其與王學、泰州學派的關係，證據翔實，茲不從頭贅述，僅舉李贄自己說過的一段話及隻字片語以見一斑：

> 余自幼倔強難化，不信學，不信道，不信仙、釋，以故見道人則惡，見僧則惡，見道學先生則尤惡。……不幸年甫四十，為友人李逢陽、徐用檢所誘，告我龍溪先生語，示我陽明先生書，乃知得道真人不死，實與真佛、真仙同。雖倔強，不得不信之矣。〔註42〕

足見王學對李贄思想上產生過深刻的影響。另外，李贄所言「穿衣吃飯，即是人倫物理」，〔註43〕相似於泰州學派王艮的「百姓日用條理處，即是聖人之條理處。」、「聖人之道，無異於百姓日用」〔註44〕將外在的天理納入個人之性情中。王艮又說：「天人一理，無大小焉。」〔註45〕泯除了天理高不可攀的姿態；李贄則進一步說：「夫私者，人之心也。人心有私，而後其心乃見。」〔註46〕、「夫天生一人，自有一人之用，不待取給于孔子而後足也。」〔註47〕主張「順其性不拂其能。」〔註48〕高度重視個體之生命價值。明白了李贄哲學思想的淵源及其基礎後，再來談他文學批評的思想基礎及實踐，就很清楚地看出他既縱身晚明尋求人性自覺的思潮，而又對此思潮有推波助瀾之功。

以李贄為名刊刻的小說、戲曲評點本不少，有許多被懷疑是別人手筆，如錢希言《戲瑕》卷三〈贗籍〉條云：

> 比來盛行溫陵李贄書，則有梁溪人葉陽開名書者，刻畫（按：疑為「書」或「畫」之誤）摹仿，次第勒成，托於溫陵之名以行。往袁小選、（按：「選」為「修」之誤）中郎嘗為余稱：『李氏《藏書》、《焚書》、《初潭集》、批點《北西廂》四部。』即中郎所見者亦止此而已。數年前

〔註42〕見《陽明先生道學抄》附〈陽明先生年譜後語〉。引自敏澤《中國美學思想史》第二卷，頁 633～634。
〔註43〕見《焚書》卷一〈答鄧石陽書〉。
〔註44〕見《王心齋全集》卷二〈語錄上〉。
〔註45〕見《王心齋全集》卷四〈雜著・孝箴〉。
〔註46〕見《藏書》卷三十二〈德業儒臣後論〉。
〔註47〕見《焚書》卷一〈答耿中丞〉。
〔註48〕見《焚書》卷三〈論政篇〉。

溫陵事敗，當路命毀其籍，吳中鋟藏，書板並廢。近年復大行，於是
有李宏父批點《水滸傳》、《三國志》、《西遊記》；《紅拂》、《明珠》、《玉
合》數種傳奇；及《皇明英烈傳》，並出葉筆，何關於李。

錢希言雖然認為《水滸傳》等書的評點蓋出自葉晝之手，卻未曾懷疑《西廂
記》李評本的可信度。王驥德《新校注古本西廂記‧評語》其條下注云：

頃俗子，復因《焚書》中，有評二傳（按：指《西廂》、《琵琶》）及
《拜月》、《紅拂》、《玉合》諸語，遂演為亂道，終帙點污，覓利瞽者。

究竟卓吾有無評點《西廂記》，在他自己給焦竑的信中提到這方面的事：

古今至人遺書抄寫批點得甚多，惜不能盡寄去請教兄；不知兄何日可
來此一披閱之。又恐弟死，書無交閣處，千難萬難捨不肯遽死者，亦
祇為不忍此數種書耳。有可交付處，即死自瞑目，不必待得奇士然後
瞑目也。《水滸傳》批點得甚快活人，《西廂》、《琵琶》塗抹改竄得更
妙。念世間無有讀得李氏所觀看的書者，況此閒乎！……〔註49〕

感慨溢於言表！又，袁中道也曾親眼目睹他批點的手稿：

夏道甫處見李龍湖（按：李贄的別號）批評《西廂》、《伯喈》，極其
細密，真讀書人。予等粗浮，只合斂衽下拜耳。〔註50〕

作者寫的信、弟子袁中道寫的文章都提到了，這件事自然不會假。

現今可知的李贄（卓吾）批點《西廂記》有《李卓吾先生批評北西廂記》
（容與堂本）、《李卓吾批評合像北西廂記》（游敬泉本）、《李卓吾先生批評西
廂記》（劉太華本）、《李卓吾先生批點西廂記真本》兩種（西陵天章閣本、浙
江圖書館藏本），〔註51〕以及合評本《元本出相北西廂記》（起鳳館本）、《三

〔註49〕見《續焚書》卷一〈與焦弱侯〉。

〔註50〕見《游居柿錄》卷六。

〔註51〕蔣星煜〈李卓吾批本西廂記的特徵、真偽與影響〉（收入《明刊本西廂記研究》）
一文云：「現在浙江圖書館收藏《李卓吾先生批點西廂記真本》一部，書名與
西陵天章閣本全同，但無牌記可查，不知何處所刻。題識、附錄和圖像則均
付之闕如，其版式與每齣總批則與西陵天章閣本有近似之處，但是多了天章
閣本沒有的眉批。是不是西陵天章閣的另一刻本呢？也很難說，因為此本第
二十齣目為〈衣錦還鄉〉，與西陵天章閣本的〈衣錦榮歸〉不一樣，反而與容
與堂本的齣目相同。……我懷疑浙江圖書館藏本還有刊載題識、插圖、牌記
的第一冊，現在這兩冊并非全璧，因為劇本已完整無缺，所以也沒有人認為
是殘本。」臺灣所藏也有三部，一收藏於國家圖書館，一收藏於傅斯年圖書
館，另一本由國家圖書館寄存故宮圖書館。國家圖書館藏本，扉頁刻有「西
陵天章閣藏版」，後二者未注明何種版本，僅登錄為明刊本。經比較版式，知

先生合評元本北西廂》（匯錦堂本）七種。

前面已提及合評本《元本出相北西廂記》中的「李曰」部分並不可靠；
而《李卓吾批評合像北西廂記》一種，經蔣星煜考證，結果是：

> 根據這個本子的任何情況來判斷，絕對不可能是什麼「李卓吾親手
> 筆」的批本，而是把繼志齋本和起鳳館本拼湊而成的一個假的李卓
> 吾批本。〔註52〕

又，劉太華本今不知藏於何處，故底下所據以論述的本子是容與堂本為
主〔註53〕、匯錦堂本為輔。〔註54〕至於天章閣本，有眉批、各齣總批的大陸

後二者為同一刊本，與國家圖書館藏本僅附錄、冊數不同。前者二卷五冊，
卷首所附排列順序為〈題卓老批點西廂記〉、圖二十一幅、〈西廂摘句骰譜〉、
〈目錄〉（分卷上、卷下分別列於第一、十一齣前）：後二者二卷六冊，卷首
所附排列順序為〈目錄〉（分卷上、卷下總集於此，不再分列第一、十一齣前）、
〈西廂摘句骰譜〉、〈錢塘夢〉、〈園林午夢〉、〈圍棋闖局〉、〈會眞記〉、圖二十
一幅。再細看，前者第五冊為殘本，止於〔太平令〕一曲，缺〔錦上花〕、〔么
篇〕、〔清江引〕、〔隨尾〕諸曲、題目正名及全劇總評，即缺五十七 b 及五十
八 a，後者則恰可補之，惜後者此兩個半頁屬殘頁，部分文字已缺。值得注意
的是，後二者與蔣星煜所提到的西陵天章閣本非常接近，所缺者有二：〈題卓
老批點西廂記〉序文及每齣總評。卷首附錄順序則略有不同，蔣氏以圖表，
由上往下為：〈會眞記〉、〈園林午夢〉、〈圍棋闖局〉、〈錢塘夢〉、〈西廂摘句骰
譜〉。蔣氏曾在文中表示：「天章閣本諸附錄中有『清遠道人湯顯祖若士甫輯』
的〈西廂摘句骰譜〉，這是其他明刊本《西廂記》所未收的，沈、湯合評本，
湯、李、徐合評本以及師儉堂本《湯海若先生批評西廂記》也都未收。」而
傅斯年圖書館藏本在二十一幅圖畫後的一段文字下蓋有「國立北平圖書館收
藏」朱文方印，如果蔣氏著錄無誤，則第十九齣齣目傅斯年圖書館藏本作〈衣
錦還鄉〉，又是一個不同處。另外，據蔣氏文，知大陸所藏本，一為三冊、一
為兩冊，與臺灣一為五冊、一為六冊不同。那麼西陵天章閣本就有四種了，
若依此種情況來看，蔣氏文中的一段話，顯然值得再做商榷，其云：「鄭振鐸
在《劫中得書記》（按：應為《劫中得書續記》）中談到《李卓吾先生批點西
廂記眞本》時說：『余舊藏此本一部，卷首圖像已被奪去。』又說：『孫助廉
得此殘本一冊，秘不示人，且已寄平。余聞之，力促其寄回，乃得歸余所有。
圖像原有二十幅（按：若含雙文小像，則為二十一幅），今僅存十幅有半。零
縑斷簡，彌見珍異！刊工為武林項南洲，亦當時名手之一。』他所得殘本缺
少卷首圖像，則顯然是第一冊，因第二、第三冊為劇本，其餘題識、圖像、
附錄都是在第一冊中的。」鄭氏舊藏本不見得就是蔣氏所寓目的兩本之一，
因為傅斯年、故宮兩圖書館藏本，二十一幅圖即被編入第二冊中。

〔註52〕見蔣星煜〈李卓吾批本西廂記的特徵、眞偽與影響〉。
〔註53〕雖未能複印到此一刊本，但傅田章《明刊元雜劇西廂記目錄》頁38全部引出
各齣齣末總批；蔣星煜一文（見註52）亦全部引出；蘇國榮〈李贄的「化工」說〉
（收入《中國劇詩美學風格》）一文亦引用多條，三者相互校用。

藏本未能寓目，故亦從缺。〔註55〕

傳田章分析這一時期的坊刻本，認為：

> 這一時期的坊刻本，一般說來，評語和圈點明顯增加，容與堂本更
> 特別，它將版本從來都有的釋義、字音、校語之類的統統刪去，只
> 記有評語。〔註56〕

蔣星煜參考這一段話，說得更清楚：

> 李卓吾對小說、戲曲的批本都是著眼於主題和人物的分析、曲文的
> 欣賞，從來不在訓詁學或音韻學上下什麼功夫，因此他從不對曲文
> 的典故出處作什麼注釋，也不對曲牌的組織作校訂，……〔註57〕

可知李卓吾的評點純粹是從鑑賞的角度出發，對鑑賞性評點系統影響很大。
然而，他與王世貞傳統詩話摘句式的批評，差別又在那？蔣星煜雖然約略提
到了，卻未實際配合他的文藝理論深入分析，以下即根據李卓吾現存《西廂
記》評語及著述爬梳他在《西廂記》評點史上的成就。

綜讀李卓吾所有評語，會發現和他美學思想上的「化工」說，有相互補
強之效，這在《焚書》卷三〈雜說〉，他就開宗明義地說：

> 《拜月》、《西廂》，化工也；《琵琶》，畫工也。夫所謂畫工者，以其
> 能奪天地之化工，而其孰知天地之無工乎？今夫天之所生，地之所
> 長，百卉具在，人見而愛之矣，至覓其工，了不可得，豈其智固不
> 能得之歟！要知造化無工，雖有神聖，亦不能識化工之所在，而其
> 誰能得之？由此觀之，畫工雖巧，已落二義矣。

所謂「化工」，就是如天地所生萬物之美一樣，出乎自然；講究人工雕琢的「畫
工」是難望其項背的。接著他又說：

> 追風逐電之足，決不在於牝牡驪黃之間；聲應氣求之夫，決不在於
> 尋行數墨之士；風行水上之文，決不在於一字一句之奇。若夫結構
> 之密，偶對之切；依於道理，合乎法度；首尾相應，虛實相生；種
> 種禪病皆所以語文，而皆不可以語於天下之至文也。

〔註54〕匯錦堂本李評部分，大半從容與堂本移植過來，文字全同者15條（僅數字不
　　　同，而文義仍同），略修改者3條。文中附注者，除非因一、二字不同而使文
　　　義有明顯差異，不然一律以相同看待。

〔註55〕此處指臺灣所藏兩種，皆無眉批及每齣總批。

〔註56〕見《明刊元雜劇西廂記目錄》頁59，長安靜美同學口譯。

〔註57〕見〈李卓吾批本西廂記的特徵、真偽與影響〉。

知李卓吾所追求的自然美是在形跡法度之外的，既不在字句、結構、偶對之間，也不在道理、法度之中。所謂「風行水上之文」，是蘇氏父子所共同提倡的，強調藝術創作乃是主、客體在一定機遇下互相遭際的產物，出於無營，出於不能不為、不得不止。這種觀念時時閃現在《西廂記》的評點上，如容與堂本第六齣總評：

> 文已到自在地步矣！

指的就是「風行水上之文」，這種自然無營的「天下至文」，是「鏡花水月」的「神品」，無跡可求，故第十齣總評先云：

> 嘗云吳道子、顧虎頭，只畫得有形象的；至如相思情狀，無形無象。
>
> 《西廂記》畫來的的逼真，躍躍欲有，吳道子、顧虎頭又退數十舍矣。
>
> 千古來第一神物，千古來第一神物。（匯錦堂本〈踰牆〉批語亦同）

復云：

> 《西廂》曲，文字如喉中退出來一般，不見有斧鑿痕、筆墨跡也。

無怪乎第七齣、第十六齣總批，讚嘆：

> 我欲贊一辭也不得。
>
> 文章至此，更無文矣！（匯錦堂本〈驚夢〉批語亦同）

這也就是第二十齣總批所說的：

> 讀他文字、精神尚在文字裡面，讀至《西廂》曲、《水滸傳》，便只
> 見精神，并不見文字。咦，異已哉！

談到這裡，有一個饒富趣味的問題值得探討，亦即匯錦堂本和容與堂本之間，有幾齣的評語並不相同，如匯錦堂本〈初筵〉一齣評語為：

> 此齣曲，如家常茶飯，不作意，不經心，信手拈來，無句不妙，所
> 以為化。

這條文字，容與堂本沒有。又〈琴挑〉一齣評語為：

> 無處不似畫，無語不入化。

容與堂本只有前句。

綜觀容與堂本所有評語，只有「神」字一再被提到，「化」字一次也沒有提到，反而是《焚書》中才有「化工」說。雖然李卓吾批本皆是李氏死後刊刻，但三先生合評本是後人輯刻，時代又晚，最有可能是移植容與堂本，而又據李氏著述部分重要命題改頭換面，增入評本中，以之射利。那麼李氏死後八年刊刻的容與堂本，是目前李評本最可靠的本子這一說法，也就更增幾分可信了。

言歸正傳，爲什麼李卓吾一再致意於這種出乎自然的「化工」說呢？筆者以爲這與他強調美的自由創造應以人性的自然發展爲前提，反對以外在的禮義對人性進行矯飾和扼殺的美學思想有關，其《焚書》卷三〈讀律膚說〉即云：

> 蓋聲色之來，發於性情，由乎自然，是可以牽合矯強而致乎？故自然發於情性，則自然止乎禮義，非情性之外復有禮義可止也。惟矯強乃失之，故以自然之爲美耳，又非於情性之外復有所謂自然而然也。

這種重視人性的自然表現，與傳統的封建禮教及其詩學綱領、要求內在情感之抒發，須以外在道德規範爲依據，大異其趣，甚且背道而馳。他認爲人之性情才是主體，故云：

> 夫既以聞見道理爲心矣，則所言者皆聞見道理之言，非童心自出之言也。言雖工，於我何與？豈非以假人言假言，而事假事文假文乎？蓋其人既假，則無所不假矣。〔註58〕

那麼，屏除聞見道理的心，就是李贄所謂的「童心」，何謂「童心」？其云：

> 夫童心者，眞心也。若以童心爲不可，是以眞心爲不可也。夫童心者，絕假純眞，最初一念之本心也。若失卻童心，便失卻眞心；失卻眞心，便失卻眞人。人而非眞，全不復有初矣。〔註59〕

但李贄所謂的「最初一念之本心」，並非是生理學上的意義，而是感時發己、不憤則不作的眞實感情，故其云：

> 且夫世之眞能文者，比其初皆非有意於爲文也。其胸中有如許無狀可怪之事，其喉間有如許欲吐而不敢吐之物，其口頭又時時有許多欲語而莫可所以告語之處，蓄極積久，勢不能遏。一旦見景生情，觸目興嘆；奪他人之酒杯，澆自己之壘塊；訴心中之不平，感數奇於千載。〔註60〕

在我國古典美學中，有感而發、託物言志、言情的美學觀發軔甚早，已成傳統。而要求以文學發抒不容於世的個性情感，將創作視爲尋求心靈自由、解放的途徑，復強調感情抒發之痛快淋漓，卻是極爲罕見的。李贄這種創作表現理論，

〔註58〕見《焚書》卷三〈童心說〉。
〔註59〕同註58。
〔註60〕見《焚書》卷三〈雜說〉。

實質上體現了與社會、傳統規範對立的個人情感要求掙脫束縛以獲自由的浪漫精神。所以，他才會認為王實甫是「當其時必有大不得意於君臣朋友之間者，故借夫婦離合因緣以發其端。」因為他看到了王實甫那個時代傳統道德對人性的壓抑與迫害，同他所處的時代是一樣的，因此李氏正是藉由肯定王氏的發憤之作，以肯定人性解放的合理性，是順乎自然、順乎人性的。

　　蔣星煜說李氏批評是「著眼於主題和人物的分析、曲文的欣賞」。因此，談完了主題，接著就談「人物」。第十一齣總評云：

　　　　此時若便成交，則張非才子，鶯非佳人，是一對淫亂之人了，與紅

　　　　何異。有此一阻，寫畫兩人光景，鶯之嬌態，張之怯狀，千古如見。

　　　　何物文人技至此乎？（匯錦堂本〈踰墻〉批評文字略有不同）〔註61〕

從人物性格談情節的進展，這對於後來金聖歎將鶯鶯烘托成又嬌稚、又矜貴、又多情、又靈慧的千金小姐的批改原則有很大的啟發。

　　第五齣總評云：

　　　　描寫惠明處，令人色壯。（匯錦堂本〈解圍〉批語同）

談的是人物的塑造及藝術感染力。

　　第二齣總批：

　　　　無端一見，瞥爾生情，便打下許多預先帳，卻是無謂，卻是可笑。

　　　　秀才們窮饞餓想，種種如此，到底做上了。所謂有志者事竟成也。（匯

　　　　錦堂本〈假館〉批語同）

著重張生的「情」重，並以「有志者事竟成」評之，頗能道中作者「願天下有情的都成了眷屬」之理想，就張生抗爭到底的決心與努力，這樣的評語也頗相符。

　　又第十五齣總評為：

　　　　描寫盡情。

　　匯錦堂本〈送別〉批評為：

　　　　盡情描寫，故描寫盡情。

就長亭送別一折曲文來講，李氏所下的評語，十分的當。鶯、張二人的唱曲中字字是情、句句是淚，全折情景交輝，可說是達到了藝術的化境。不過，

─────────────

〔註61〕匯錦堂本作：「此時即便成合，則崔、張是一對淫亂之人，非佳人才子矣。有
　　　　此一阻，寫出張生怯狀，崔子嬌態，千古如生，何物文人，技至此乎？」「非
　　　　佳人才子矣」一句比「與紅何異」較為妥當。

李氏文學理論中，對「情」的闡發有限，恰好給了湯顯祖留下大片的暢言餘地。

第二十齣總評：

> 不得鄭恆來一攪，反覺得沒興趣。（匯錦堂本〈榮歸〉批語同）

講的是關目方面的故生波折。

其中也談到了創作手法的運用，頗能道出《西廂記》藝術手法的高妙，如第十齣總評：

> 《西廂》文字一味以摹索爲工，如鶯張情事，則從紅口中摹索之，老夫人與鶯意中事則從張口中摹索之，且鶯張及老夫人未必實有此事也。的是鏡花水月，神品！神品！

第九齣總評談的一樣是創作技法的經驗總結。至於曲文方面，前面已經談到如「風行水上之文」，另外，明白揭示曲文特色的有第十齣的總批，云：

> 白易直，《西廂》之白能婉；曲易婉，《西廂》之曲能直。

其他如注意到紅娘的重要性，認爲「是個牽頭，一發是個大座主。」〔註 62〕及認爲「寄物都是寄人」、「見物都是見人」〔註 63〕（兩本皆同）突出以物喻情的象徵手法等等，都是「長康點睛」、「無有不切中關鍵，開豁心胸，發我慧性者。」〔註 64〕

李氏對戲曲的見解並不止此，他還針對《琵琶記》、《紅拂記》、《玉合記》、《拜月亭》等發表過卓見，唯此在探討《西廂記》評點特色，不擬擴大討論。

最後，要談的是，一段與徐渭批語有異曲同工之妙的話，即《焚書》卷五〈琴賦〉對「琴」的解釋：

> 《白虎通》曰：「琴者禁也。禁人邪惡，歸於正道，故謂之琴。」余謂：琴者心也，琴者吟也，所以吟其心也。……心殊則手殊，手殊則聲殊，何莫非自然者，而謂手不能二聲可乎？而謂彼聲自然，此聲不出於自然可乎？……蓋自然之道，得心應手，其妙固若此也。

李贄將琴視爲心靈的自由吟唱及情感的自然流露，對傳統禮教音樂觀而言，是極有力的反駁。這與徐渭將「琴」與「情」等同的批語，同樣是一種要求

〔註 62〕容與堂本第十四齣總批。

〔註 63〕容與堂本第十七、八齣總批；匯錦堂本〈報捷〉（內文作〈捷報〉）、〈緘愁〉批語。

〔註 64〕天章閣本〈題卓老批點西廂記〉序文。

人性自由的呼聲。

從以上的分析，知道李卓吾雖然延續了王世貞著重文學評析的傳統，但卻擺脫了傳統詩文形式的批評，而對屬於戲曲藝術的敘事性質素頗多關注，不再尋章摘句，分剖摛搉，而是從劇本整體的和諧入手探討作品，不再僅限於曲文的欣賞，還包括人物形象、情節結構、主題思想等的賞析。當然，半鱗一爪的評語，難免流於籠統；而且有的意見後人講得更清楚。〔註65〕然而，李卓吾的評點，體現了明人對《西廂記》價值的正確認識，這一點是毫無疑義的，他非但把《西廂記》舉為「天下之至文」，與《六經》、《論語》、《孟子》並列，還藉著評點，注入了他的進步思想，難怪其「千難萬難捨不肯遽死者，亦祇為不忍此數種書耳。」為了尋求人性的自由，他評點了這「天下之至文」，讓它流傳、影響，在今天所能留存下來的《西廂記》評點本中，如《鼎鐫陳眉公先生批評西廂記》、《硃訂西廂記》（即孫月峰評本）、《新刻魏仲雪先生批點西廂記》等，都還可以看到明顯照搬或略為改動李氏評語的痕跡，足見其影響之大。

（四）湯顯祖（西元 1550～1616 年）

湯顯祖，字義仍，號若士、海若，別署清遠道人，江西臨川人。現存《西廂記》評本，湯顯祖評點的有《湯海若先生批評西廂記》、《西廂會真傳》、《三先生合評元本北西廂》，前二者已經學者考證，實非出自湯氏手筆，〔註66〕故不予列入討論，僅以後者為主，參照湯氏其他著述申論。又，湯氏還對《董西廂》、《續西廂昇仙記》評點，後者「評語鄙俗不堪，決非湯顯祖所評。」〔註67〕故必要時僅引前者為輔證。另外，還有《玉茗堂批訂董西廂》，疑點甚多，故捨而

〔註65〕如容與堂本第九齣總評：「曲自妙處，盡在紅口中，摹索兩家，兩家反不實有，實際神矣！」第十齣又重彈此調；魏仲雪本則談了李卓吾未曾言及的人物關係，云：「生慧不如鶯，鶯巧不如紅；故生被鶯擒了神魂，鶯被紅持了線索。」到了金聖歎時，人物論談得更是深入。

〔註66〕見蔣星煜〈湯顯祖評本西廂記是偽裝的李卓吾本〉（收入《明刊本西廂記研究》），本文後來略施修改為〈師儉堂刊湯顯祖評點本西廂記與李卓吾評點本西廂記之關係〉（收入《西廂記罕見版本考》），指出《湯海若先生批評西廂記》批評文字非出湯氏手筆。蔣氏另有〈西廂會真傳是沈璟、湯顯祖的合評本麼？〉（收入《明刊本西廂記研究》）、〈再論西廂會真傳為閔刻閔評本——答張人和同志〉（收入《中國戲曲史探微》）、張人和有〈西廂會真傳湯顯祖沈璟評辨偽〉、〈西廂會真傳為閔評說質疑——與蔣星煜先生商榷〉，雖對真正批評者有所爭議，卻一致認為評語非湯氏手筆。

〔註67〕見張人和〈西廂會真傳湯顯祖沈璟評辨偽〉註 19。

不論。〔註68〕

　　首先，值得注意的是湯氏的思想背景，他曾從泰州學派的羅汝芳讀書，並受到李贄思想深刻的影響，〔註69〕和當時著名僧人眞可（達觀）有密切交往。〔註70〕這在《玉茗堂尺牘·答管東溟》信中有提到：

> 如明德先生者，時在吾心眼中矣。見以可上人之雄，聽以李百泉之傑，尋其吐屬，如獲美劍。〔註71〕

明德先生即其師羅汝芳，可上人和李百泉就是達觀禪師和李贄。那麼湯顯祖自言「寧爲狂狷，毋爲鄉愿」〔註72〕的個性，也就很容易明白此乃出於以類相求的結果。

　　綜觀湯氏所有批語，「情」字凡五見，分散在四齣中，除〈初筵〉一齣「虛描宴中情事」之「情事」作「情況」解外，其他三齣，應是作「主觀情感」，亦即「情思」解，今列之如下：

〈奇逢〉批語：

> 鶯也、紅也、張也，都是積世情種子，故佛地乍逢，各各關情如火，若聰和尚，便是門外漢矣。

〈解圍〉批評：

> 兩下只一味害相思，到此便沒趣味，突忽地孫彪出頭一攪，惠明當場一轟，便助崔、張幾十分情興。

〈琴挑〉批語：

> 一曲瑤琴，一聲回去，愁慘慘，牽動崔孃百種情窩，若無好姐姐樹此奇勳，幾乎埋怨殺老娘狠毒。

〔註68〕見徐朔方〈玉茗堂批訂董西廂辨僞〉。

〔註69〕萬曆三十年（西元 1602 年）李卓吾從通州被逮捕到北京，是年三月十六日於獄中自殺，湯顯祖得到這個消息，既悲且忿，寫了一首《嘆卓老》（見上海古籍出版社《湯顯祖集·詩文集》卷十五）：「自是精靈愛出家，缽頭何必向京華？知教笑舞臨刀杖，爛醉諸天雨雜花。」沈際飛評第三句云：「似卓老。」不唯是哲學、文藝思想與李氏一致，連文章詩歌之風格亦多近似之處，足見受其影響之深。

〔註70〕萬曆三十一年（西元 1603 年）達觀禪師亦因政治迫害死於獄中，湯氏作有〈西哭三首〉悼之，見《湯顯祖集·詩文集》卷十五。

〔註71〕見《湯顯祖集·詩文集》卷四十四。

〔註72〕見《湯顯祖集·詩文集》卷三十二〈合奇序〉。

指出鶯、紅、張三人乃「積世情種子」，崔張的活動只為「情」一字，遂牽出萬縷相思、愁慘難挨，所有其他出場人物，包括瑤琴在內，都只是為助成他們的終成眷屬。這種總結全劇為「情」之一字的評語，令我們想到湯氏的曠世絕作《牡丹亭》，卷首的題詞便如此寫著：

> 天下女子有情，寧有如杜麗娘者乎？夢其人即病，病即彌連，至手畫形容傳於世而後死。死三年矣，復能溟莫中求得其所夢者而生。如麗娘者，乃可謂之有情人耳。情不知所起，一往而深，生者可以死，死可以生。生而不可與死，死而不可復生者，皆非情之至也。夢中之情，何必非真，天下豈少夢中人耶。必因薦枕而成親，待挂冠而為密者，皆形骸之論也。

杜麗娘這種一往情深，不甘受傳統禮教的束縛，竭力追求獨立自主的幸福婚姻之精神是湯氏所肯定、欣賞的，而崔、張為情所苦，同心爭取幸福的精神，也是湯氏所贊賞的，因為沒能經得起考驗的愛情，一如湯氏所云「生而不可與死，死而不可復生者，皆非情之至也。」這是湯氏就其一己之創作理念與經驗總結出來的，而《西廂記》是既成作品，當然不能以夢、以死、以生之過程要求之，但其一波三折，亦終使皇天不負癡心人，也算得上是「情之至」。

如果我們再深入探討，將會發現「情」是湯氏美學思想中一個極重要的命題。而且他一生都與此一命題糾纏，甩之不去，晚年還不勝感慨地說：

> 歲之與我甲寅者再矣。吾猶在此為情作使，劬於伎劇。為情轉易，信於痎瘧。時自悲憫，而力不能去。〔註73〕

為何湯氏如此執著於「情」呢？推究其因，乃其所處是一「滅才情而尊吏法」的「有法之天下」〔註74〕這種根源於現實生活與性情的衝突，使他不得不起而以情抗理。

〈寄達觀〉云：

> 情有者理必無，理有者情必無，真是一刀兩斷語。使我奉教以來，神氣頓王。諦視久之，並理亦無，世界身器，且奈之何。……邇來情事，達師應憐我。白太傅、蘇長公終是為情使耳。〔註75〕

〔註73〕見《湯顯祖集‧詩文集》卷三十六〈續棲賢蓮社求友文〉。該文作於萬曆四十二年（西元1614年），六十五歲。

〔註74〕見《湯顯祖集‧詩文集》卷三十四〈青蓮閣記〉。

〔註75〕見《湯顯祖集‧詩文集》卷四十五。

這條資料最足以顯示湯氏與達觀在觀點上的根本歧異。從語氣上看，「情有者理必無，理有者情必無」，應是達觀語，但《紫柏老人集》並未見，只在〈皮孟鹿門子問答〉一文見到達觀討論情與理關係的論點。其云：

> 大概立言者根于理不根于情，雖聖人復出，惡能駁我？若根于情不根于理，此所謂自駁，寧煩人駁歟！夫何故？理無我而情有我故也。無我，則自心寂然；有我，則自心汨然。寂然，則感而遂通天下之故；汨然，則自心先渾，亦如水渾，不見天影也，況能通天下之故哉！聖人知理之與情如此，故不以情通天下，而以理通之也。〔註76〕

達觀以理破情、情理兩者截然對立、非此則彼的立場極為明確。湯氏雖未明言不以為然，但「諦視久之，並理亦無」，輕輕一轉，就把達觀情理不兩立、以理破情的偏執性帶出，繼而表明自己獨衷於情的立場，且此立場實出不得已，乃是擺脫不了情的牽纏。措詞雖婉，語意卻十分堅定，深情如湯，說了下列的話，也就不值得驚訝了：

> 今昔異時，行於其時者三：理爾、勢爾、情爾。以此乘天下之吉凶，決萬物之成毀。作者以效其為，而言者以立其辨，皆是物也。事固有理至而勢違，勢合而情反，情在而理亡，故雖自古名世建立，常有精微要眇不可告語人者。史氏雖材，常隨其通博奇詭之趣，言所欲言，是故記而不倫，論而少衷。何也？當其時，三者不獲并露而周施，況後時而言，溢此遺彼，固然矣。嗟夫！是非者理也，重輕者勢也，愛惡者情也。三者無窮，言亦無窮。〔註77〕

湯氏獨具慧眼，指出情、理、勢的矛盾對立由來已久，並指出情、理、勢三者的實際內涵，那麼我們再結合〈題辭〉最末一段所云：

> 嗟夫，人世之事，非人世所可盡。自非通人，恆以理相格耳。第云理之所必無，安知情之所必有邪。

湯氏謂情之內涵為愛惡；理之內涵為是非。但這一對概念的相異主要不是指戲曲藝術偏於抒情或偏於說理之創作傾向的不同，而是就其所有之具體歷史內涵而言，是具體要求自由獨立的人性、人情與壓抑個性、情感的舊規範之間的對立。那麼，何謂「以理相格」，意旨也就相當明顯，即拿當時理學家、傳統禮教制約下的特定準則為是非，來壓抑人們情感中愛恨喜惡的自由表

〔註76〕見《紫柏老人集》卷二十五。引自夏寫時〈論湯顯祖的創作歷程和理論追求〉。
〔註77〕見《湯顯祖集・詩文集》卷五十〈沈氏弋說序〉。

現，甚至予以滅絕，這對於崇尚眞實感情表現的湯氏是無法忍受的，因此構成了他的「情」論。

正因爲湯顯祖處處以「情」著論，故每多與人相左，如陳繼儒〈批點牡丹亭題詞〉就提到他與羅汝芳的根本分歧點在：

> 張新建相國嘗語湯臨川云：「以君之辯才，握塵而登皋比，何渠出濂、洛、關、閩下？而逗漏于碧簫紅牙隊間，將無爲青青子衿所笑！」
> 臨川曰：「某與吾師終日共講學，而人不解也。師講性，某講情。」
> 張公無以應。〔註78〕

說明了湯顯祖雖淵源於泰州學派，卻另闢新徑。

正由於「情」這個命題在湯氏文學理念中特別突出，不僅認爲「世總爲情，情生詩歌」，〔註79〕也認爲戲劇的起源來自人類與生俱有的「情」，其云：

> 人生而有情，思歡怒愁，感於幽微，流乎嘯歌，形諸動搖。或一往而盡，或積日而不能自休。蓋自鳳凰鳥歌以至巴渝夷鬼，無不能舞能歌，以靈機自相轉活，而況吾人。奇哉清源師，演古先神聖八能千唱之節，而爲此道。初止爨弄參鶻，後稍爲末泥三姑旦等雜劇傳奇。長者折至半百，短者折才四耳。〔註80〕

然而，反觀湯氏所處之天下，乃「有法之天下」，是「以理相格」的現實世界，又如何從情中源出戲劇呢？湯氏在現實與理想之間搭起了一座橋梁，他說：

> 因情成夢，因夢成戲。〔註81〕

在現實的世界中，情與理的矛盾是確實存在著，而情並非眞正具有超自然的神力，情在具體的社會環境中必然會遇到許多不可克服的阻力。所以，只有在夢中才能任情自由，不須計較合理原則的；惟其不合理，理對情的約束在夢中才會化爲烏有，於是夢幻便成爲劇作家表現情的一種手段。湯氏提出了這個由情到夢，再由夢到戲的程式，其中情是動因，生出夢來，而在夢的展開中演化成戲，這是他從「有法之天下」暗渡到「有情之天下」的棧道。亦即他不在現實中找尋自己的理想王國，而是藉由夢幻，在超越現實世界的另一塊土地上，實現個性生命的美滿，將情與理的對立轉化爲理想與現實的分

〔註78〕見清初竹林堂輯刻玉茗堂四種曲所收本之《還魂記》。引自吳毓華編《中國古代戲曲序跋集》。
〔註79〕見《湯顯祖集·詩文集》卷三十一〈耳伯麻姑遊詩序〉。
〔註80〕見《湯顯祖集·詩文集》卷三十四〈宜黃縣戲神清源師廟記〉。
〔註81〕見《湯顯祖集·詩文集》卷四十七〈復甘義麓〉。

裂。這種追求理想、批判且超越現實的思想已明顯帶有浪漫美學的傾向。這個程式，更說明了一個重要的創作規律，即戲曲的創作是在情感的推動下，充分運用想像，在似夢非夢的構思中，演化出一系列的故事情節來。這種運用想像突破事理、物理的限制，以求得情感抒發的酣暢淋漓，是言情說在創作方法上的開拓。

除此之外，湯顯祖論文「以意趣神色為主」，〔註82〕其中對「趣」的講求，在《西廂記》的批語中有所反映，如前面提到的〈解圍〉一齣，又如〈停婚〉一齣批語云：

> 此齣夫人不變一卦，締婚後，趣味渾如嚼蠟，安能譜出許多佳況哉？
>
> 故知文章不變不奇，不宕不逸。

注意到了作品趣味的生動和關目的靈活。在〈初筵〉一齣中雖未拈出「趣」字，然講求劇情的前後照映、抑揚頓挫，也是「趣」的表現，其云：

> 先將請宴一齣，虛描宴中情事，後齣停婚，只消儘摹乍喜乍驚之狀。
>
> 有此齣，後齣便省多少支離，此詞家安頓法，不可不知。

這些觸及戲劇情節安排的問題、看法，是早期王世貞所忽略的。正因為湯氏著重個人情感的表達，相對的，他也能深入指出劇中人物隱微的情感，突出其鮮明的個性特徵。請看下面五齣批語：

〈倡和〉（〈聯吟〉）云：

> 張生痴絕，鶯娘媚絕，紅娘慧絕。

〈傳書〉云：

> 紅娘委實是大座主，張生合該稱紅為老老師，自稱為小門生。恐今之稱老師，稱門生者，未必如紅娘惓惓接引，白白無私也。

〈踰墻〉云：

> 看這懦秀才做事，俾我黯然悶殺，恨不得將紅娘克做張生，把嬌滴滴的香美娘扢扎幫便倒地也。

〈問病〉云：

> 紅娘的是個精細人，只因昨夜虛套，賺煞窮神，故今日當場並不敢下一實信語。

〔註82〕見《湯顯祖集・詩文集》卷四十七〈答呂姜山〉。

〈巧辯〉云：

　　清白家風，都是這乞婆弄壞，更說那個辱沒家譜，恨不撲殺老狐。

對張生以「痴絕」形容，頗能傳達他的風魔模樣，而罵他「懦秀才」，則顯得張生「憨厚」，更妙的是湯氏「恨不得將紅娘克做張生」，這種對照，立刻凸顯出紅娘的「慧絕」、「精細」，而指出紅娘為「大座主」、「白白無私」，都是頗能掌握腳色的重要性及個性特徵。鶯鶯形容以「媚絕」、「嬌滴滴的香美娘」以及情窩百種難測（見前所引），真叫人愛其嬌媚又恨其矜持多假。至於老夫人的個性，湯氏以「老狐」形容之，真是活畫出她老謀深算的個性，而「家譜」二字，也一語道中老夫人念念不忘的就是這個；從中作梗，阻礙崔張結合的也是這「家譜」。把人物塑造看成是戲曲創作的一大要素，是對戲曲本質認識的深化，因為戲曲不同於詩詞，不僅在於表現眼前之景、胸中之情，而且必須「因事以造形，隨物而賦像」，表現出形形色色的人物及各式各樣的遭遇，因此一切都要透過劇中人物來演化。因此，這一認識上的飛躍與湯氏的主情說是密不可分的。

　　綜觀全劇批語，無一語涉及音律上的討論，這與他一貫說法一致，他曾說過：

　　凡文以意趣神色為主，四者到時，或有麗詞俊音可用，爾時能一一
　　顧九宮四聲否？如必按字摸聲，即有窒滯迸拽之苦，恐不能成句矣。

充分表明了他在創作中不受拘束的自由個性及浪漫精神。這種重情感表現而略於音律計較的精神，也體現在他的〈董解元西廂題辭〉中，其云：

　　余於聲律之聲，瞠乎未入其室也。《書》曰：「詩言志，歌永言，聲
　　依永，律合聲。」志也者，情也。先民所謂發乎情，止乎禮義者，
　　是也。嗟呼，萬物之情各有其志。董以董之情而索崔、張之情於花
　　月徘徊之間，余亦以余之情而索董之情於筆墨煙波之際。董之發乎
　　情也，鏗金戛石，可以如抗而如墜。余之發乎情也，宴酣嘯傲，可
　　以以翱而以翔。然則余於定律合聲處，雖於古人未之逮焉，而至如
　　《書》之所稱為言為永者，殆庶幾其近之矣。〔註83〕

〔註83〕　見《湯顯祖集・詩文集》卷五十補遺。亦有學者懷疑此序的真實性，如袁
　　　　　震宇、劉明今《明代文學批評史》頁653註1云：「明刊《湯顯祖評董解元
　　　　　西廂》卷首有此〈題辭〉，或係偽託。或其中論『情』，大體符合湯顯祖的
　　　　　見解。」

綜合以上所言，可以得知湯氏不唯在創作時秉持真實情感的自然流露，也同樣將這個原則貫徹在批評、鑑賞之中。而湯氏的主情說在晚明被茅元儀、茅暎、沈際飛、孟稱舜等人繼承、發展，推動了對戲曲本質認識的深化，促使戲曲理論研究的焦點轉向人物的塑造，並開拓了一條新的創作路徑，即利用夢幻的形成，達到現實與浪漫的巧妙融合。

（五）陳繼儒（西元 1558～1639 年）

陳繼儒，字仲醇，號眉公、麋公，華亭人。曾評點《琵琶記》、《西廂記》、《幽閨記》、《紅拂記》、《玉簪記》、《繡襦記》等，所作評點，頗受讀者歡迎。今陳眉公評本《西廂記》，僅《鼎鐫陳眉公先生批評西廂記》一種。不過，陳評本既非純鑑賞性，也非純學術性評點本，它包括「釋義」、「字音」、「題評」三部分，〔註84〕承繼了徐士範刊本的批評格式，並未偏重那一方面。因其在晚明亦甚具聲名，評點本影響也不小，這裡茲就其「題評」部分討論。

「題評」部分又可分「眉批」、「每齣總評」和「全劇總評」，學術界對這些評語之真實性尚有爭議，但未提出確切證據，〔註85〕故仍以此三部分、並配合陳氏其他序跋、評論，闡論他對《西廂記》的認識與評價。

首先要指出的是，這個本子也有李卓吾批本的影子和痕跡，觀點若相符合，如以下四齣評點與容與堂本的李卓吾評本並沒有什麼不同：

陳眉公本第十四齣云：

　　紅娘是個牽頭，一發是個大座主。

　　與容與堂本一字不差。

陳眉公本第十八齣云：

　　見物如見鶯，描盡得遠書景趣。

〔註84〕傳田章《明刊元雜劇西廂記目錄》頁 48 云：「這本子的釋義 2 卷，若與萬曆20 年刊本的熊龍峰刊余瀘東本比較校合的話，項目和文言都有相當的增減，明顯可以看出是添削同一版本而成的。尤其不會被認為是出於陳繼儒之筆。」（長安靜美同學口譯）蔣星煜〈陳眉公評本西廂記的學術價值〉則同徐士範本比較，也得出釋義條目簡化的傾向。

〔註85〕傳田章《明刊元雜劇西廂記目錄》頁 48 又云：「若非偽託，則是陳繼儒 50歲時批點的產物。」（長安靜美同學口譯）蓋據鄭振鐸於「北《西廂記》展覽會」上的推測——萬曆年間（西元 1614 年？），但仍認為「不知所據為何？」

容與堂本云：

> 妙！妙！見物都是見人來。

陳眉公本第十九齣云：

> 護張生甚尖利，罵鄭恆忒狠毒。

容與堂本云：

> 紅娘爲何如此護著張生。疑心、疑心。

陳眉公本第二十齣云：

> 總結處精密工緻，出鄭恆來更有興趣。

容與堂本云：

> 不得鄭恆來一攪，反覺得沒興趣。

觀點很明顯是一致的，甚且有略加改造之嫌。不過，從其全劇總評所云：

> 卓老謂《西廂記》是化工筆，以人力不及而其巧至也。付物肖形，
> 奇花萬狀。摹情佈景，風流百端。空庭月下，葉落秋空。反覆歌詠，
> 不覺凡塵都死，神魂若知所之。卓老果會讀書。

知陳眉公對李卓吾十分敬佩，引用李氏說法，也是想當然耳的事。就連這段讚佩之詞，也是化用李氏〈雜說〉的結尾：

> 倘爾不信，中庭月下，木落秋空，寂寞書齋，獨自無賴，試取〈琴
> 心〉一彈再鼓，其無盡藏不可思議，工巧固可思也。嗚呼，若彼作
> 者，吾安能見之歟！

這種巧合並非偶然，說明了兩者之間有某種微妙的承繼關係。如果再仔細比對，陳評本各齣總評自出機杼的地方幾乎沒有，完全籠照在李卓吾的觀點下，〔註86〕有新意的反而是眉批部分。以下即據眉批及相關序跋、評論申論。

陳眉公也認爲《西廂記》寫「情」極爲成功，故其在評《玉簪記》時，即指出：

> 傳情不及《西廂》，妝景不及《拜月》，而傳情妝景又不離《西廂》、

〔註86〕 較有創見的僅第十二齣〈倩紅問病〉批云：「眞病遇良醫良藥，雖未曾服，而十病減九矣！」以「藥」作爲人物之間關係的比喻，稍後有金聖歎的〈讀第六才子書西廂記法〉，講得更細更妙，其云：「譬如藥，則張生是病，雙文是藥，紅娘是藥之炮製。有此許多炮製，便令藥往就病，病來就藥也。其餘如夫人等，算只是炮製時所用之薑、醋、酒、蜜等物。」

《拜月》。〔註87〕

但值得注意的是陳眉公對「情」的看法並不像湯顯祖是將「情」、「性」對立（見前所引湯顯祖、張新建之辯論部分），而是有意將兩者調和，在〈牡丹亭題詞〉中，他又說：

> 夫乾坤首載乎《易》，鄭衛不刪於《詩》，非情也乎哉！不若臨川老人括男女之思而托之於夢。夢覺索夢，夢不可得，則至人與愚人同矣；情覺索情，情不可得，則太上與吾輩同矣。化夢還覺，化情歸性，雖善談名理者，其孰能與於斯！張長公、次公曰：「善，不作此觀，大丈夫七尺腰領，畢竟畢殺五欲甕中。」臨川有靈，未免叫屈。

陳繼儒一方面強調劇中之情乃是「男女之思」，並引用儒家經典以論證其合理性。卻又提出「化情歸性」，有意將湯氏的「講情」和張氏的「講性」折衷調和起來。這或許有屈於相國權勢而不得不迎合的成分。然而這論曲的觀點之複雜性在他對《西廂記》卷首所附〈會真記〉的評語上也有所反映。他在「鄭厚張之德甚，因飾饌以命張中堂坐之……今俾以仁兄禮奉見，冀所以報恩也。」上批曰：「老乞婆自己開門接賊」。在張生「昨日一席間，幾不自持……。」上批曰：「不苟合者，竟如此耶！」並認為張生是「以紙筆掠人，煞強戈兵致亂，于文士更勝莽賊。」對於鶯鶯則斥之曰：「大妖似貞」、「以亂易亂固不可，若用鄙靡之詞，禁人非禮之動，以淫止淫可乎？」總評並咒之曰：「當時若被賊擄去，做個有頭有尾的壓寨夫人，也勝似做半截張秀才賊腳賊首的妻子。」對崔、張的批判極為嚴厲，認為他們的行止都是不符合傳統禮教的。從這裡正反映了他與徐、李、湯等人的歧異處所在。

又，他說：

> 《西廂》、《琵琶》俱是傳神文字，然讀《西廂》，令人解頤；讀《琵琶》，令人鼻酸，從頭到尾，無一句快活語。〔註88〕《西廂》、《琵琶》譬之畫圖，《西廂》是一幅著色牡丹，《琵琶》是一幅水墨梅花；《西廂》是一幅豔妝美人，《琵琶》是一幅白衣大士。〔註89〕

前者注意到《西廂記》的喜劇色彩；後者道出《西廂記》的語言風格趨向華

〔註87〕見《陳眉公先生批評玉簪記》第二齣總批。
〔註88〕見《陳眉公先生批評琵琶記》劇末總評。
〔註89〕見《成裕堂繪像第七才子書琵琶記》卷一。

采之美，承續了《太和正音譜》中「如花間美人」的說法。

至於眉批部分，觀點雖然瑣碎，卻每多可取之見，其特色大略有二：

1、人物心理的揭示及個性的刻畫十分深刻

這一點是陳眉公眉批最大的特色，揭示角度甚多，如第一齣〈佛殿奇逢〉〔賞花時〕么篇上批曰：「一聲鶯囀出牆來，惹起無限春色。」將暗伏鶯鶯心中對愛情的渴望，比喻得十分貼切；同齣〔賺煞〕上批云：「至今遍身酥麻起來」，把張生為那「臨去秋波那一轉」所風魔的心理感受、甚至生理反應也一併道出。第四齣〈齋壇鬧會〉批張生「眼飽心不飽」，也是傳神之語。第六齣〈紅娘請宴〉在張生「夜來老夫人說著紅娘來請我，卻怎生不見來，我打扮著等他，皂角也使了兩三個，水也換了兩三桶……。」上批云：「舌頭已在酒筵上了。」活畫出張生的焦急、熱切。又同齣張生云「小生客中無鏡，敢煩小娘子看小生一看，如何？」批曰：「紅娘眼中有鏡」點出張生的聰明，因為他知道和鶯鶯朝夕相處的紅娘一定能掌握鶯鶯的審美觀點。又，〈堂前巧辯〉寫老夫人發現鶯鶯近幾日「語言恍惚，顏色倍加，腰肢體態，比向日不同，莫不做下來了麼？」上批云：「善相法」。言簡有力，掌握到老夫人老於世故的性格。

2、紅娘的重要地位更為突出

第十四齣〈堂前巧辯〉是紅娘發揮演技的一齣，她代表崔、張這一邊，向封建勢力代表的老夫人宣戰，獲得大勝，陳眉公連批曰：「忠臣、忠臣」、「蘇張舌、孫吳籌」、「一本《西廂》全出這女胸中搬演出，口中描寫出，大才、大膽、大忠、大識。」充分肯定紅娘的膽識、機智、熱心，這在徐、李、湯他們筆下，僅止於「牽頭」、「大座主」而已，就此點而言，不能不說陳氏是「慧眼識英雄」。

此外，零零星星還有關於主題的點醒，如第一齣〈佛殿奇逢〉〔柳葉兒〕上批云：

　　春色滿園關不住。

關於情節的剪裁，如第十七齣〈泥金報捷〉云：

　　脫去考試事甚超卓。

總而言之，知道陳繼儒的批評，除汲取李卓吾的觀點外，在眉批上也充分展現了自己的見解，在人物性格、情節結構、主題意旨等方面，批評的角度比王世貞要開闊些，但仍缺乏體系。在對主情說的繼承與發展上，他有調和的傾向，與徐、李、湯等人存在根本上的歧異，這是不能不指出的。

　　雖然陳眉公以山人自居，隱居小崑山，但其名「傾動寰宇」，「行部薦舉無虛牘，天子亦聞其名，屢奉詔徵用。」〔註90〕甚至有借重其名刊刻贗本以求利的事情發生，〔註91〕足見其影響力亦復不小。

小　結

　　評點，本是一種寓文學批評於指點讀書、作文法門之中的批評方法，和指導應考士子而評選的墨卷範文有深刻的淵源；因此，它和科舉制藝的八股章法難分難解。但明代評點之學的領域，非但由詩文擴展到當時的新興文體小說和戲曲的批評方面，肯定了小說和戲曲的地位，而且目的已超出了原先的科舉制藝之層面。如《西廂記》的評點史，就開展了三大支流：鑑賞性、學術性、演出性，目的絕不是為考生而服務的，也非科考應用所能涵蓋的。而在對鑑賞性評點系統所做的詩論中，我們看到《西廂記》受到學者王世貞的贊譽、思想家李贄的推重、戲曲家徐渭和湯顯祖以及山人陳繼儒的關注，他們的批評與賞鑑包括宗旨意趣的探究、人物的品評、結構的剖析、語言特色的賞析等等，從早先王世貞的傳統詩詞藝術觀點進步到對戲曲藝術特質的認識，代表戲曲地位的肯定及研究觀點的確立。

　　然而，以眉批和各齣總評的形式進行批評，在篇幅上卻大大限制了他們觀點的闡析及發揮。鑑賞性評點系統這一脈，在晚明時代，很奇怪的，並沒有一個本子採取學術性評點系統的方式，將評語如「釋義」、「字音」一樣集中在最後一卷。雖然各齣後亦繫有評語，但都似乎只是補白，未能長篇大論，淋漓發揮，故評語都十分精簡，又缺乏體系，這局面要到金聖歎出來才打破。所幸的是這些評點本《西廂記》的相關序跋、文章，補足了評點者意猶未盡的缺憾，結合這二者，我們就可以貫串評點者的戲曲美學思想。

　　從徐渭、李贄、湯顯祖這一系列評點本中，我們看到了兩方面的意蘊及特色：一是劇本文學理論的建立與闡發，如「化工說」、藝術形象的評析、戲曲語言和結構的賞評等。一是在「情」與「理」的對立衝突中突出、肯定「情」的力量，對《西廂記》所體現、流露的「情」給予極高的評價。前者使《西廂記》這部作品被作為曲論建設的基礎；後者，以情反理、以真反偽等觀念

〔註90〕見錢謙益《列朝詩集小傳》丁集下。
〔註91〕見西陵天章閣本《李卓吾先生批點西廂記真本》卷首〈題卓老批點西廂記〉
　　　　云：「如假卓老、假文長、假眉公，種種諸刻，盛行不諱。」

則是明代中葉進步思想的重要內容，那種對人的正常、合理感情之肯定和強調，以及對阻礙這種感情的傳統倫理觀念之否定，實質上帶動了時代的思潮，影響了明代袁中郎等人所倡導的思想革新與文學革新運動，兩者有著某種程度的內在聯繫。

　　這股文學思潮，代表著文學個性的覺醒，它和當時的整個時代思潮，即資本主義的萌芽、市民階層的壯大與政治覺醒、反對傳統理學、個性自由的要求是相融相合的。《西廂記》以它的藝術典型和時代意義，成爲晚明這批狂人、達人、豪傑呼風喚雨的法器，影響之大，是任何一部元雜劇都難望其項背的。

第四節　金聖歎批改《西廂記》的功過及其「分解」說與戲曲分節的關係

　　討論金批《西廂記》的文章不少，不唯稱譽其批語鞭辟入裡，亦多有褒其曲文改得好，不過，也有人目之爲「竄改」而予以斥責。這其間就有一個問題浮現，所謂「改」，是改得好或壞？改的程度有多少？這是有比較才能顯現出來的。但問題是今存所有《西廂記》，根本無任何兩本是完全相同的。若拿現存時代最早的弘治本與金批本相對照，幾乎是兩部書了。因此，我們又如何能判斷金聖歎對《西廂記》做了多少更改呢？改得好不好更是難說。

　　爲免做無謂的比較，我們首先必須找出金批本的底本來，爲什麼呢？因爲不如此做，勢必張冠李戴，在學術研究上，非但立論不能成立，反而倒打自己一耙。舉個例子來說，即可明白它的重要性。

　　如徐立、陳瑜所著《文壇怪傑金聖歎》就犯了這樣的錯誤，其云：

> 我們將王西廂和金西廂試作一些比較。

> 〈借廂〉一折，張生撞見紅娘，有一大段對白，王西廂是這樣子寫的：

> 　　末　　云：敢問小姐常出來嗎？

> 　　紅怒云：先生是讀書君子，孟子曰：「男女授受不親，禮也。」君子「瓜田不納履，李下不整冠」。道不得個「非禮勿視，非禮勿聽，非禮勿言，非禮勿動。」俺夫人治家嚴肅，有冰霜之摶（按：應爲「操」），內無應門五尺之童，年至十二三者，非呼召不敢輕入中堂。向日鶯鶯潛出閨房，夫人窺之，

召立鶯鶯于庭下，責之曰：汝爲女子，不告而出閨門，倘遇遊客，小僧私視，豈不自恥。鶯立謝而言曰：今當改過從新，毋敢再犯。是他親女，尚然如此，何況以下侍妾乎？先生習先王之道，尊周公之禮，不干己事，何故用心？早是妾身，可以容恕，若夫人知其事呵，決無干休。今后得問的問。不得問的休胡說！

金本西廂改爲這樣：

張生迎揖云：小娘子拜揖。

紅　云：先生萬福。

張生云：小娘子莫非鶯鶯小姐的侍妾紅娘乎？

紅　云：我便是，何勞動問。

張生云：小生有句話敢說麼？

紅　云：言出如箭，不可亂發，一入人耳，有力難拔。有話但說不妨。

張生云：小生姓張，名琪（按：應爲琪）字君瑞，本貫西洛人氏，年方二十三歲，正月十七日子時建生，並未曾娶妻。

紅　云：誰問你來，我又不是算命先生，要你那生年月日何用？

張生云：再問紅娘，小姐常出來麼？

紅怒云：出來便怎麼，先生是讀書君子，道不得個非禮勿言，非禮勿動。俺老夫人治家嚴肅，凜若冰霜，即三尺童子，非奉呼喚，不敢輒入中堂。先生絕無瓜葛，何得如此。早是妾前，可以容恕，若夫人知道，豈便干休。今后當問的便問，不當問的休得胡問。紅娘下。

兩相比較，金本中的紅娘口中詩云子曰少了，把責鶯鶯的情節去掉了。這樣刪改是有道理的。首先，第一章的第一個題目就叫「老夫人開春宴」，而第一章就大筆特書「老夫人開春院」，照聖歎意思是「罪夫人也」。而正是這次鶯鶯在前庭散心，驀然撞見張生，所以「潛出閨房」云云，于事實不符，而且紅娘在生人面前也不必囉嗦這一大篇子。其次，王本西廂的對白，掉書袋太多，不合紅娘不識字人的口吻，改后的科白通俗得多，也有趣得多，很符合紅娘「潑辣」「爽快」的性格。

之所以長篇引出徐、陳二氏的文字，是因為這當中尚有許多可再商榷之處。首先，做比較時，兩段文字所引的起訖居然不等，不能不說是一項疏忽。其次，作者所謂的「王西廂」究指何本，也沒有說明。經本人大略查對，大概是凌濛初刻本，但其中又有一二字相異，故推測作者極可能是迻引今人王季思校本，因兩相比對，除手民誤植兩字外，其餘一字不易。又，作者所謂刪改得有道理之第一項理由所提到的「老夫人開春宴」，今存《西廂記》各種版本，「開」字也有做「閑」、「閒」、「閉」的，而做「開」者，除了金批本外，只有崇禎十二年己卯（西元 1639 年）的《張深之先生正北西廂秘本》，所以作者據以立論的「王西廂」似乎又無一定底本。但可以肯定的是，作者所引不會是張深之本的文字，因為徐、陳二氏如果知道這段引文張深之本做何種風貌，那麼他們就不至於謬讚金聖歎刪改得有道理。

我們拿張深之本的文字再對照金批本的這段文字，基本上是相同的，差異最大的只有下面這一句：

> 紅：有話但說。

少了「言出如箭，不可亂發，一入人耳，有力難拔。」及「不妨」，加上「開」字的相同，金聖歎極有可能是以張深之本為底本的。如果是，就這一段文字而言，他反而沒有「刪改」，而是「添改」。

其實，這種因缺乏版本概念導致錯誤評價的情形，並非今人才有，清梁廷枏《曲話》卷五首條即云：

> 金聖歎強作解事，取《西廂記》而割裂之，《西廂》至此為一大厄；又以意為更改，尤屬鹵莽。……〈酬韻〉云：「隔牆兒酬和到天明，方信道惺惺自古惜惺惺。」改為「便是惺惺惜惺惺」。又：「便是鐵石人，鐵石人也動情。」刪去疊「鐵石人」三字。〈寺警〉……又：「果若有出師的表文、嚇蠻的書信，但願你筆尖兒橫掃了五千人。」改為「他真有出師的表文、下燕的書信，只他這筆尖兒敢橫掃五千人。」……

梁氏所舉例子，有一些是和張深之本完全一樣的，既然金批本之前的本子已如此，就不能說這些都是金聖歎改的；當然也不能斷然說就是張深之本更動的，因為它之前說不定還有本子也做這樣。稍後的王季烈《螾廬曲談》卷二〈論作曲〉第五章〈論詞藻四聲及襯字〉所舉五個例子，基本上抄自梁氏《曲話》，其中仍然誤把〈酬韻〉一例的過錯推在金氏身上，這是冤枉了金聖歎。

從以上的例子看來，底本的確立應是研究金批本功過價值的第一步驟。

一、金批《西廂記》底本的探索方法

要在現存明刊本《西廂記》找出最近金聖歎採用的底本，看似茫無頭緒，其實不難。明刊本《西廂記》各本間雖無曲文完全相同的兩個本子，卻可以從劇本體例上的差異，大略釐出四大類：

甲、保持元人雜劇體例

即一本四折，四折之外，偶加楔子。每本均用題目、正名各兩句，以概括全劇情節，如凌濛初本。

乙、體例上一定程度地有所南戲、傳奇化

按具體情況又可區分為兩種類型：

（一）既保存元人雜劇一本四折的體例，同時也保存了題目、正名（或部分保存）。一本四折也有稱為一本四套或一本四齣，甚至分成一、二、三、四，根本不標「折」、「套」、「齣」。楔子基本上不存在，被併入四折之中，再者，這類刊本又採用傳奇每齣均標目的形式，有標四字的，也有標兩字的。如《重刻訂正元本批點畫意北西廂》、《新校注古本西廂記》、《張深之先生正北西廂秘本》等都屬這一類。

（二）這一類既不保存一本四折、題目正名，也不用傳奇每齣四字或兩字標目的形式。而採折衷辦法，將全劇分為五卷，每卷則分別用四字標目，如弘治岳刻本。

丙、體例上最大程度南戲、傳奇化

不僅全劇逕分為二十齣或二十一折，均各以四字標目，題目正名全都略去不用。〔註92〕這類版本為數最多，如徐士範本、熊龍峰本、劉龍田本、繼志齋本。

丁、僅有曲文而無賓白、科介

如《雍熙樂府》本、仇文合璧本均是。〔註93〕

〔註92〕屠隆校正本《西廂記》不分本而分成二十一折，卻又均不標目，題目正名的痕跡也不明顯，在明刊本《西廂記》中相當特殊。

〔註93〕蔣星煜〈明刊本西廂記版本系統的探索〉（收入《西廂記考證》）製表如下，可參考。

從體例上看，可以明顯看出金批本是屬於乙之（一）這一類。誠如傅曉航〈金批西廂的底本問題〉一文中按云：

> 張校本並非不可知的「秘本」，經過勘比可知它的底本即是徐渭的畫意本，而與王校本又有某些近似之處。這樣在第一類刊本中，從徐渭畫意本、王校本、張校本直至金批本，自成一個系列。但張校本

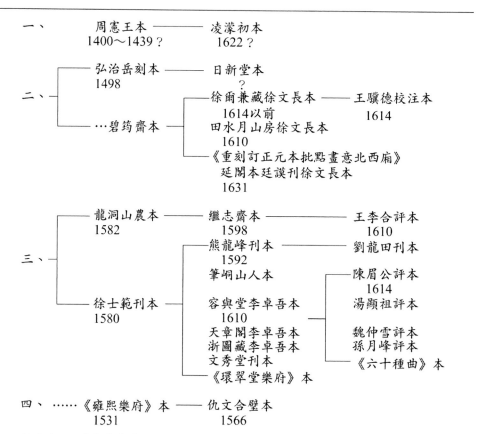

作者自云：「本表存在兩個缺陷：一、若干版本已失傳或流至海外。二、還有十多種，主要是在萬曆後期到明末的那些版本未能納入表內。」本節正文中之分類與蔣氏稍異，不過，大原則一樣，只在四大類中細項分合不同而已。另外，之前有傅田章分（一）場上系統：主要包括《新刻校正古本大字出像釋義北西廂》（少山堂本）、《重刻元本題評音釋西廂記》（熊龍峰本、劉龍田本兩種）；（二）案頭系統：（1）「重校」類：主要包括《重校北西廂記》（三槐堂本、無窮圖書館藏本、繼志齋本三種）、《李卓吾批評合像北西廂記》（游敬泉刻本）；（2）評點類：主要包括《元本出相北西廂記》（起鳳館本）、《鼎鐫陳眉公先生批評西廂記》（師儉堂本）、《李卓吾先生批評西廂記》（指天章閣本）。如此分法，很有問題，如場上系統是否全專為演出需要而刊刻，值得商榷。（參見傅田章〈萬曆版西廂記の系統とその性格〉，長安靜美同學譯）。

是一種經過不少名家如孟稱舜、陳洪綬、沈自徵等人「參訂」的改
訂本。張深之在《秘本西廂略則》中曾明確地提出他「刪」、「改」、
「正」的原則：「詞有正譜合弦也，其習俗訛煩者刪」；「字義錯謬，
諸本莫考者改」；「曲白混淆者正」。唯其是一種改訂本，它的許多方
面獨與金批本相同或近似，更可以證實它與金批本的繼承關係。在
很大程度上可以認爲它是金批西廂的底本。〔註94〕

傅氏的推斷沒有錯，稍後蔣氏也得出同樣結論，兩者所舉證據非常明確，在
此不敢與之爭美，不過，筆者要冒昧指出二位前賢在論證角度、取樣上，似
可相互借鑑融合。傅氏從五方面，肯定所得的結論：「第一，『題目總名』、『題
目正名』和各折的標題，排列方式是一致的。」；「第二，金批本與張校本的
曲牌名目和曲牌的排列基本相同，而與王校本、凌刻本相異之處甚多。」；「第
三，而在道白方面金批本獨與張校本相同之處甚多，即或有些不同，也可以
清楚地看到金批本是在張校本的基礎上增刪的。」；「第四，各刊本唱詞之間
的差異都是比較小的，但在這一方面金批本和張批本相同或近似，而與其它
刊本相異之處，也不難看到。」；「第五，金批本則全部使用人物名稱，與張
校本基本相同，而與弘治本、凌刻本大異，它們主要是使用行當名稱。」傅
氏爲了證明第三點，則取了金批本、張深之本、凌濛初刻本做比較。蔣氏除
了從曲文的比勘上著手，也對所採做比勘的各版本之第四、八、十二、十六、
二十齣（折）結束用何曲牌進行對照。而蔣氏爲了找出金批本的底本，也就
弘治岳刻本、徐士範本、仇文合璧本、《西廂會眞傳》、張深之本、金批《西
廂》各本採樣比較。

　　兩者都得出一樣的結論，即金批本與張深之本最爲相近。〔註95〕我們可
以發現傅氏比較面較廣，但比勘本較少，僅取甲、乙之（一）兩類而已，所
以第五項理由就顯得勉強，因爲早在萬曆初，繼志齋本、徐士範本、熊龍峰
本都是逕稱爲夫人、鶯鶯、張生、紅娘的；稍後的劉龍田本、汪廷訥環翠堂

〔註94〕傅氏只分三大類，「一類是保留元雜劇特色較多的刊本」、「一類是形式上已經
　　　　傳奇化了的刊本」，「再一類是既保留了元雜劇若干特點，又有若干傳奇化傾
　　　　向的『混合型』刊本」。
〔註95〕傅曉航語氣較委婉地說：「按上述勘比核查，金聖歎刪改《西廂記》時，雖然
　　　　可能參照了包括凌濛初刻本在內的其它一些刊本，但是我們有理由認爲金批
　　　　《西廂》的底本，有極大的可能性是《張深之正北西廂秘本》。」蔣氏則肯定
　　　　地說：「根據以上情況，《金批西廂》以張深之本爲底本已無疑義。」

本、李卓吾本（五種）、師儉堂湯顯祖評本、師儉堂陳眉公評本、徐奮鵬筆峒山房本等全都是如此，不能以王、凌二本不是這樣就遽下斷語。蔣氏比較面較窄，但比勘本較多，單單少了甲類，不過，若要從體例、曲文上的比較得出金批本與張深之本最爲相近的結論，便顯得不夠嚴密。假若，蔣氏能再多採用凌刻本一種版本以爲比勘，整個命題的求證會較完美。也就是說，結合傅、蔣二氏的研究方法和角度，當可使求證過程更爲嚴密、結論更爲可信。

因此，我們得出一個結論，即探索金批《西廂記》底本的方法與步驟，是先假設底本是屬於四大類的其中一類，然後經過比勘、推論，得出乙之（一）類可能性最大，再從中逐一比勘求證，相信求得的底本會更準確、可信。

二、金聖歎批改《西廂記》的內在模式

蔣星煜〈金聖歎對西廂記的體例作過革新嗎？〉一文最末云：

> 弄清楚金聖歎究竟對《西廂記》的體例作了什麼改動之前，不宜急於贊揚或批判。這樣，會使他代人受過或掠人之美，從而根本違反了「有比較才能鑑別」的原則。

同樣的，若不明瞭金氏所採用的底本，貿然予以褒貶，會使其中的功過張冠李戴，反成一筆爛帳。

清楚了金批《西廂記》採用的底本，那麼評斷金氏的得失也就有所憑依了。不過，除了比較兩者外，對與張深之本不同之處是否是金氏所改，也必須略作考索。這裡不擬全面敘錄金聖歎與各本的不同處，篇幅不允許，而且易流於蕪雜、沒有系統，所要指出的最重要一點是：金氏對《西廂記》的刪改，不是片言隻字的改動，而是做了全面的增刪，這種大規模的刪改，他有較完整的意圖與理論爲指導，只要我們經過一番比勘，發現金氏的評點和刪改有密切之聯繫，也就是說：他評點《西廂記》的理論原則，就是他刪改《西廂記》的指導思想。

在談金氏批改《西廂記》的功過前，必須明瞭其批評的內在模式。進入論題前，先舉一些例子分析。在《西廂記》第一折〈驚豔〉，夫人引鶯鶯、紅娘、歡郎上場說的一大段話中，有一句金批本是這麼寫的：「因此上有這寺西邊一座另造宅子足可安下。」張校本爲「因此上在這寺西廂一座宅子安下。」其他本子也都將崔家的住處納入寺中，金氏則認爲混居寺中不妥，所以做了改動。又，同折崔夫人唱完〔賞花時〕後說了一段話，金批本作：「今日暮春天氣，好生困

人。紅娘，你看前邊庭院無人，和小姐閑散心立一回去。」張深之本作：「今日暮春天氣，好生困人。紅娘，你看佛殿上沒人燒香呵！和小姐閑散心一遭去。」其他本子閑散的允許範圍都在佛殿上，只有金氏特別嚴格只許在庭院而已。為什麼在這地方斤斤計較兩字之差呢？這段話後，金氏批云：

> 于第一章大書曰「老夫開春院」，雖曰罪老夫人之辭，然其實作者乃是巧護雙文。蓋雙文不到前庭，即何故為游客誤見？然雙文到前庭而非奉慈母暫假，即何以解于女子不出閨門之明訓乎？故此處閑閑一白，乃是生出一部書來之根。既伏解元所以得見雙文之由，又明雙文真是相府千金秉禮小姐。蓋作者之用心苦到如此。近世忤奴乃云雙文直至佛殿，我睹之而恨恨焉！

很清楚地看到金氏改動的意圖是使其符合雙文相府千金秉禮小姐的身分。那麼他接著在張生撞見鶯鶯前後，於「似嚦嚦鶯聲花外囀」後插入（鶯鶯云）：「紅娘，我看母親去。」，「似垂柳在晚風前」後，刪去（紅云）：「那壁有人，喒家去來。」及〔旦回顧覷末下〕之舞臺指示，添上：「鶯鶯引紅娘下。」之舞臺指示，變成鶯鶯甫上庭院，即念母心切，自動提出回房的要求，眼中根本無張生，完全是張生「如蠶吐絲，自縛自悶。」鶯鶯乃是既孝順又秉禮之佳人。

　　單單第一折就已做了如此細微的改動，這種改動有其一定意圖和一貫性，絕非隨意塗改。在金氏的觀念裡，所謂佳人才子是不能踰禮的，他在〈琴心〉前評中云：

> 先王制禮，萬萬世不可毀也。《禮》曰：外言不敢或入于閫，內言不敢或出于閫，斯兩言者，無有照鑑，如臨鬼神；童而聞之，至死而不容犯也。夫才子之愛佳人則愛，而才子之愛先王則又愛者，是乃才子之所以為才子。佳人之愛才子則愛，而佳人之畏禮則又畏者，是乃佳人之所以為佳人也。

如果不守禮又會如何呢？他接著又說：

> 然而雖有才子佳人，必聽之于父母，必先之以媒妁。棗栗段脩，敬以將之；鄉黨僚友，酒以告之。非是，則父母國人先賤之；非是，則孝子慈孫終羞之。何則？徒惡其無禮也。

然而，王實甫筆下的鶯鶯並沒有這麼做，豈非羞賤至極？於是，金氏為了愛護他筆下的鶯鶯，不得不進行全面改動，而有所謂的「三漸」，表明〈鬧齋〉時，鶯鶯始見張生，〈寺警〉時，鶯鶯始與張生相關，〈後候〉時，鶯鶯始許

張生定情，之前全是張生個人的單相思，因為「夫男先乎女，固亦世之恆禮也。(〈驚豔〉批語)；也將五便三計的最後一計改由老夫人提出，以明其有婚約在前，故她和張生的幽會將名正言順，罪在老夫人，不在他們。也就是說金聖歎把王實甫所寫的「情」之化身，竄改為「禮」的化身。有一句話的改動，最能說明這種天壤之差，即將〈酬韻〉一折鶯鶯燒夜香，祝禱三願，張生聽了且長吁以後，有白云：

> 小姐倚欄長歎，似有動情之意。

被金氏改為：

> 小姐，你心中如何有此倚欄長歎也。

金聖歎在以「先王之禮」的衡量下，是不容許鶯鶯動情的。也就在這個觀念作崇下，金聖歎的批改展現一個重要的理論層次，即中國古典戲曲人物本就有「類型化」的傾向，而王實甫筆下的人物卻突破了此一限制，具有豐富的展延性性格，成為個性化的人物形象（參見緒論第四節）。然而，金聖歎在《西廂記》的評點和刪改中，其性格論卻又慢慢地從個性化向類型化回歸，我們從聖歎評析的藝術形象群體中，鶯鶯、張生、老夫人等似乎都作為一種「類型化」的人物在我們眼前閃現，鶯鶯只能是秉禮的千金小姐、張生則是多情的俊俏才子、老夫人則是刻板的相國夫人，他們自始至終，有心理矛盾、思想衝突，卻無性格發展，尤其是鶯鶯，始終處在被動的地位，對愛情的追求並不如原著熱情、主動。

為什麼金氏執著於《西廂記》人物的類型化呢？筆者以為這跟他的性格論是離不開的，他認為人物的塑造可從「心」、「地」、「體」三者入手，〈賴婚〉總批，他說：

> 蓋事只一事也，情只一情也，理只一理也，……然事一事，情一情，理一理，而彼發言之人，與夫發言之人之心，與夫發言之人之體，與夫發言之人之地，乃實有其不同焉。有言之而正者，又有言之而反者；有言之而婉者，又有言之而激者；有言之而盡者，又有言之而半者……觀其發於何人之口，人即分為何人之言，雖其故與今之故不同，然而發言之人之不可不辨，此亦其一大明驗也。

此段批文雖主要針對該折由誰主唱的問題，從「心」、「地」、「體」三方面進行考察。然而，完滿的人物性格卻就是從「心」、「地」、「體」三方面多重塑造而成的，所謂「心」即指人物行動的心理依據，簡言之就是「意志」；所謂

「地」，即指人物所處的環境；所謂「體」，即指人物的身分。這三者的關係是相互制約的，「心」是人物行動的內在動力，但必須受到人物身分及所處客觀環境的制約，只有這樣，才能體現其行為的合理性。而這種合理性的制約關係一旦與他所秉持的「先王之禮」相扣合，則類型化的傾向勢在必然，因為人物的意志、行動被納入禮的倫理關係中，都必須受到禮的制約，而這種制約模式乃成了人物塑造的考慮衡量條件，因此，當人物形象的內容意蘊及其表現不符合這個模式時，他就不得不進行修改。

　　除了儒學的影響外，金聖歎也汲取了佛學的某些觀念為其創作論。金氏《語錄纂》云：

> 今人以手拍桌，隨拍得響，響從十方四面來，借手桌因緣而成響。其實手著桌處一些子地，并無有響，故響響不絕。人身，眾緣和合而成，中間并無些子是我，愚夫婦妄認有我，猶妄認手桌相著處有響也。惟無有我，故生生不窮。大千微塵，以不守自性故，不做定一法。不做定一法，故無所不有。無所不有，故響是大千本事，只是以手桌為機關，非手桌能生響也。

佛教認為大千世界不是實有，而是假有，一切事物之現象各有其因和緣，也就是說它們沒有自性，不是客觀獨立之實體，乃依因緣而產生假有，如《大智度論》所說的「諸法眾緣和合，故有」、「眾緣若有若無，則無有法」。同樣，金氏以手拍桌成響為喻，形象化說明宇宙萬有之虛幻不實，但複雜多樣，這些都是因緣生法下的產物。金氏的這種「假有」觀不時也運用到評點上，如〈驚夢〉一齣，認為「新水令」一節是「入夢之因」，〔步步嬌〕一節是「入夢之緣」，〔落梅風〕一節是「入夢之所借」，並云：「佛言：三法和合也，則一切法生矣。」

　　這種「假有」觀，在〈讀法〉中早被揭示，金氏一再強調「《西廂記》其實只是一字」、《西廂記》是何一字？《西廂記》是一『無』字。」也就是說，「假有」成了《西廂記》情節結構的內在意蘊，它的創作過程就是「因緣生法」的手法運用。〈後候〉總評即據此發揮，其云：

> 若夫《西廂》之為文一十六篇，則吾實得而言之矣：有生有掃，「生」如生葉生花，「掃」如掃花掃葉。何謂「生」？何謂「掃」？何謂「生如生葉生花」？何謂「掃如掃花掃葉」？今夫一切世間太虛空中本無有事，而忽然有之，如方春本無有葉與花，而忽然有葉有花，曰

「生」。既而一切世間妄想顛倒有若干事而忽然還無，如殘春花落即
掃花，窮秋葉落即掃葉，曰「掃」。然則如《西廂》，何謂「生」？
何謂「掃」？最前〈驚豔〉一篇謂之「生」，最後〈哭宴〉一篇謂之
「掃」。蓋〈驚豔〉已前無有《西廂》。無有《西廂》，則是太虛空也。
若〈哭宴〉已後亦復無有《西廂》。無有《西廂》，則仍太虛空也。
此其最大之章法。……又有「空寫」一篇。空寫者，一部大書，無
數文字，七曲八折，千頭萬緒，至此而一無所用。……此亦不知于
何年月日發願動手造得一書，而即于此年此月此日立地快然其便裂
壞，如最後〈驚夢〉之一篇是也。凡此皆所謂《西廂》之文十六篇，
吾實得而言之者也。謂之十六篇可也，謂之一篇可也，謂之百千萬
億文字總持悉歸于是可也，謂之空無點墨可也。

《西廂記》在金氏筆下成了由空入空的作品，而這種由空入空的過程，正是因
緣生滅所造成的，一切的情節安排，如其所謂「此來」、「彼來」、「三漸」、「三
得」、「二近」、「三縱」等都是爲了體現這內在的因果關係。那麼，金聖歎爲何
力主《西廂記》的後四折爲他人所續，除了從藝術的完美考慮外，〔註96〕筆者
以爲與他的假有觀實有更密切的關連。

更重要的是，聖歎彌綸群言，竟將佛學的假有觀與儒家的倫理觀接通血
脈，造成相當特殊的文學創作思想，其云：

施耐庵以一心所運，而一百八人各自入妙者，無他，十年格物而一
朝物格，斯以一筆而寫百千萬人，固不以爲難也。……格物之法，
以忠恕爲門。何謂忠？天下因緣生法，故忠不必學而至於忠，天下
自然，無法不忠。火亦忠，眼亦忠，故吾之見忠；鐘忠，耳忠，故
聞無不忠。吾既忠，則人亦忠，盜賊亦忠，犬鼠亦忠。盜賊犬鼠無
不忠者，所謂恕也。夫然後物格，夫然後能盡人之性，而可以贊化
育，參天地。今世之人，吾知之，是先不知因緣生法。不知因緣生
法，則不知忠。不知忠，烏知恕哉？……忠恕，量萬物之斗斛也；
因緣生法，裁世界之刀尺也。施耐庵左手握如是斗斛，右手持如是

〔註96〕金氏認爲前十六篇如「天仙化人」，後四折乃「螺螄蚌蛤」（〈捷報〉總評）。
又以爲鶯鶯乃「古今以來，人人心頭之無價寶器」，而鄭恆此一「惡物」的
出現，適足以累及於鶯鶯。（〈爭豔〉總評）這些都是從藝術的完美方面考
慮的。

　　刀尺，而僅乃敍一百八人之性情、氣質、形狀、聲口者，是猶小試
　　其端也。若其文章，字有子法，句有句法，章有章法，部有部法。
　　〔註97〕

「格物」在理學家來說本是指窮究事物之理，移之寫作，也許可以說是：「作
家要想創作出具有高度審美價值的文學作品，他就必須長期地深入生活，以
『格』的積極主動態度來對待生活，以期達到對生活的認識、了解和熟悉，
這就是『十年格物』。」〔註98〕其實不然，金氏的意思並非這樣，他強調的是
主體心靈的修養，主體心靈只要懂得「因緣生法」的道理，「就可以不必學而
至於忠」。而金氏解釋「忠恕」既與朱熹的「盡己之謂忠，推己之謂恕」相異，
也非「是說人的內心世界有怎樣的思維活動，一定會通過他的言行表現出來
的。而作家就應通過一個人的外在表現，推至他的內心世界，這樣塑造出來
的人物形象，就會是血肉豐滿的。」〔註99〕其實金氏對「忠恕」之內在意蘊
的解釋，完全是陽奉朱說而其實陰違之。這可從《水滸傳》第四十二回的總
評中得到旁證：

　　率我之喜怒哀樂自然誠於中，形於外，謂之忠；知家國、天下之人
　　率其喜怒哀樂無不自然誠於中，形於外，謂之恕。知喜怒哀樂無我
　　無人無不自然誠於中，形於外，謂之格物。

很明顯，自然誠於中，形於外，就是「忠」，可見「忠」是不學而至的；推己
及人，而知其他人事亦莫不如此，爲「恕」，這不是陽奉朱說而陰違之嗎？因
此，可以說在格物──忠恕──物格的過程中，「因緣生法」乃爲其文字總持。
而不唯施耐庵懂得箇中訣竅，實乃金氏自己「左手握如是斗斛」、「右手持如
是刀尺」，亦即是改頭換面後的儒學與佛學思想來批評他眼前的天下至文。

　　綜括以上所論，知金聖歎以儒家的「先王之禮」對藝術形象的塑造加以
制約，並以佛家的「因緣生法」推展情節事件及人物行爲。這種批評內在模
式常常引導金氏走向極端，當批評對象的內容意蘊及其表現不符合此一內在
模式時，他就忍不住要加以修改。也因有此限制，使他不能眞正認識到王實
甫的創作意圖及作品所透露出的積極主題思想。他在〈驚豔〉〔賞花時〕〔後

〔註97〕　見金批《水滸傳》序三。
〔註98〕　見梅慶吉〈金聖歎美學思想體系初探〉，承自劉大杰《中國文學發展史》的說
　　　　　法：「所謂『十年格物而一朝物格』，就是說一位作家要經過長期的學習、體
　　　　　會和探索，才能通達人情物理。」
〔註99〕　同註98。

篇批云:「已上〔賞花時〕二曲,不是《西廂》一色筆墨,想是後人所添也。」而這兩支曲子正爲鶯鶯、老夫人之間的對立拉開序幕,金氏竟諉之後人所添,不能不說是未能正視王實甫的創作意圖所在。當然,以同情的態度了解金氏文字背後的美學思想底蘊,便不忍對其苛責,何況金氏早在〈序二曰:留贈後人〉中說過:

> 我眞不知作《西廂記》者之初心其果如是,其果不如是也。設其果如是,謂之今日始見《西廂記》可;設其果不如是,謂之前日久見《西廂記》,今日又別見聖歎《西廂記》可。

〈讀法〉中亦云:

> 聖歎批《西廂記》是聖歎文字,不是《西廂記》文字。

也就是說,我們可以將王作、金批《西廂記》,看做是兩部作品來讀,各有其藝術特色與成就。

三、金聖歎批改《西廂記》的功過

雖然金聖歎在〈讀法〉中明言:

> 聖歎《西廂記》,只貴眼照古人,不敢多讓。至於前後著語,悉是口授小史,任其自寫,并不更曾點竄一遍,所以文字多有不當意處。蓋一來雖是聖歎天性貪懶,二來實是《西廂》本文珠玉在上,便教聖歎點竄殺,終復成何用?普天下後世,幸恕僕不當意處,看僕眼照古人處。

申明對原著的尊重,「只貴眼照古人」,不敢妄自點竄;檢視書中所批處,明注他刪改的地方也只有幾處,好像他做的工作只是批點,至於刪改,偶施而已。其實,這個說法是經不起比勘的,凡是他斥責「忏奴」、「傖父」、「俗本」竄改之處,或是他大加贊賞的地方,大都是經過他改動、刪削後的。這也印證了筆者前面所講的:「他評點《西廂記》的理論原則,就是他刪改《西廂記》的指導思想。」而許多學者在討論金氏批改《西廂記》的功過時,每多分刪改和評點兩方面進行評述,遂造成刪改的過失近乎反動式的竄改;評點的功績卻在中國戲曲理論史上大放異彩,做出了截然不同的評價,這對金氏來說,既責之過深也難免溢美,因此,本節著重在結合刪改和評點予以總體觀察,言簡意賅地指出金氏的功和過。

首先,對金批《西廂記》進行研究和批評的,要算是小金聖歎三歲的李

漁。李漁談到金批本的地方，雖然只有四條，意見卻頗爲中肯，這裡就以他的意見爲線，串聯其他評論者的意見，使金批本的得失都可隨之發現。

李漁在《閒情偶寄》卷一〈詞曲部・詞采第二〉中「忌填塞」條云：

> 施耐庵之《水滸》，王實甫之《西廂》，世人盡作戲文、小說看，金聖歎特標其名曰：「五才子書」、「六才子書」者，其意何居？蓋憤天下之小視其道，不知爲古今絕大文章，故作此等驚人語以標其目，噫，知言哉！

把金聖歎擺進了明中葉以來的時代風潮之中，就呼籲和強調戲曲應有的地位而言，金聖歎這種對傳統文學觀的反撥，與徐渭、李卓吾、湯顯祖諸公是一脈相承的。李漁又在《閑情偶寄》卷三〈填詞餘論〉中指出：

> 自有《西廂》以迄于今，四百餘載，推《西廂》爲填詞第一者，不知幾千萬人，而能歷指其所以爲第一之故者，獨出一金聖歎。是作《西廂》者之心，四百餘年未死，而今死矣。不特作《西廂》者心死，凡千古上下操觚立言者之心，無不死矣。

指出了金聖歎的評點，能夠探究作者之心，發掘作品中所涵蘊的和作家所寄託的深層情感，並歷指其藝術成就和總結創作規律，這對徐渭、李卓吾等人的感悟式、不成體系的批點而言，是評點發展的一個高峰。但這種出於評者主觀的細密推演過程，也顯示了不可避免的弊病，因此，李漁在〈填詞餘論〉中也指出：

> 聖歎之評《西廂》，其長在密，其短在拘。拘即密之已甚者也。無一句一字不逆溯其源，而求其命意之所在，是則密矣。然亦知作者于此，有出于有心，有不必出于有心者乎？心之所至，筆亦至焉，是人之所能爲也。若夫筆之所至，心亦至焉，則人不能盡主之矣，且有心不欲然，而筆使之然，若有鬼物主持其間者，此等文字，尚可謂之有意乎哉！

李漁以密和拘概括金批的得失，很能一語中的，但闡發其間的微妙關係時，失之玄奧，且未能明白指出金批之所以密、拘，其實是源於因緣生法的內在模式，講求嚴密的因果關係，也就是一字一句其來有自，其發展又勢在必行，才形成了密之過甚，而流於拘。筆者更以爲，金氏不只在評點上如此，在刪改曲文、賓白，塑造人物形象、安排情節發展上莫不如此，他有改得更爲細膩的地方，也有失之拘緊的地方。更甚者，在總結創作規律時，依然存在著

「拘」的短處。這點《此宜閣增訂金批西廂》的批者周昂在〈寺警〉一齣的眉批上就已做過分析，指出：

> 〈寺警〉一齣先寫雙文懷人。雙文之慕張生不自〈酬韻〉始，不自〈鬧齋〉始，實是前番聞張不曾娶妻之語生根。蓋張固奇想，雙文特留心，繼之以吟詩，及知其才之美，又繼之以附齋，而見其貌之颺。雙文自是念茲在茲矣。不先不後，敘在〈寺警〉之前，亦是當然次第，無他謬巧，而擬之曰「移堂就樹」，擬之曰「月度迴廊」，是亦不可已乎？

> 凡男女苟合，不惟男悅女，亦且女悅男，雙文於張生自酬和以後久矣，……況齋期親見其丰采，實足動人乎！此即無「解圍」一事，禁不住幽期密約，許婚而悔，亦故作曲筆以爲波折，愚者每以雙文失身於張生，爲伊母許婚之故，當知心頭之一滴血，喉頭之一寸氣，早屬之張生乎？……「月度迴廊」名則善矣，其法與《西廂》之〈寺警〉奚涉焉？

前面我談到過金氏對崔、張愛情關係的認識，是認爲鶯鶯主要是以一個秉禮的佳人、相國千金的身分出現，因此，在亦批亦改的過程中，鶯鶯始終處於被動狀態，她對張生愛情的抉擇與接受，都是在父母之命、媒妁之言的合體前提下付諸行動的，而金氏拈出一些創作規律，無非也是配合這些改動而發的。周昂力斥其拘，雖只是就「法」而言，實乃觸及其內在模式，極有見地。

李漁〈填詞餘論〉尚有一段評語，屢爲後人汲引，即：

> 聖歎所評，乃文人把玩之《西廂》，非優人搬弄之《西廂》也。文字之三昧，聖歎已得之；優人搬弄之三昧，聖歎猶有待焉。如其至今不死，自撰新詞幾部，由淺及深，自生而熟，則又當自火其書，而別出一番詮解。甚矣，此道之難言也。

文字之三昧指的是戲曲的文學性，優人搬弄之三昧，指的是戲曲的演劇性，從前者到後者，代表了戲曲藝術的二度創造。李漁是站在同情金氏的立場上發言的，他肯定金聖歎在中國文學批評史上對敘事文學理論所做出的貢獻，因爲明代中期以前，人們常把戲曲與詩詞視爲一脈相通的藝術樣式，故而在戲曲批評中帶有濃厚的詩化傾向，卻忽略了敘事文學中性格與結構爲主的美學思想。金聖歎的貢獻在於他十分強調性格與結構爲中心的敘事美學。可惜的是，他卻又模糊了敘事文學戲曲和小說的界線，沒能將兩者的審美特色予

以明確界定。

　　於是眾矢之的皆指責其「以文律曲」，如前面提到梁廷枏所說的：

　　　金聖歎強作解事，取《西廂記》而割裂之，《西廂》至此為一大厄，
　　　又以意為更改，尤屬鹵莽。

吳梅《奢摩他室曲話》中也是持同樣意見，其云：

　　　《西廂》之工，夫人而知，至其布置之妙，昔人多所未論，惟為金
　　　采所塗竄，又為之強分章節，支離割裂，而分局布子之法，遂不得
　　　見，此亦實甫之一厄也。

再舉兩例，如周昂《此宜閣增訂金批西廂·前候》一折眉批云：

　　　〔青哥兒〕末第二句上四下三七字句，用平韻，故原本「我只說昨
　　　夜彈琴的那人兒」，「我只說」、「的」，四襯字，餘皆實字，「兒」字
　　　係韻，今聖歎去了「兒」字，是少一韻，破此調之本體矣。吾安能
　　　為金先生諱哉！

吳蘭修《桐華閣本西廂記》卷首〈附論十則〉首條云：

　　　客曰：金氏分節無當乎？曰：曲有宮律，〔仙呂〕之與〔中呂〕，〔雙
　　　調〕之與〔越調〕，不相犯也。〔起調〕之與〔尾聲〕，〔換頭〕之與
　　　〔歇拍〕，不相亂也，今使歌者截一曲之半以為前曲之〔歇拍〕，又
　　　截一曲之半以為後曲之〔換頭〕，則聽者皆知其失調矣。

四者皆從曲學角度指出金氏的過失，且都著重在其改竄；有的還同時指出金
氏運用「分解說」評點《西廂記》，是割裂、支離曲文的謬舉，至於是不是真
的這樣，因牽涉層面較深，留等下節專門探討，僅先就其曲學上的過失來談。
其實，以曲學的標準看金批《西廂記》是責之過深的，畢竟金氏批改《西廂
記》的要旨並不在曲學上，他只是想藉之抒發和表達自己的思想意蘊和藝術
觀點，同時指引讀者游覽《西廂記》之勝景，也就是〈讀法〉中說的「鴛鴦
既繡出，金針亦盡度。」

　　從以上所論，知所有批評金批《西廂記》者，仍以李漁的意見較為中肯，
同時也較具同情心與包融性，只是李漁似乎未意識到金批《西廂記》的「密」
與「拘」之長、短處，同時涵括刪改與評點兩部分，皆統攝於其內在模式——
因緣生法。其得與失皆源此而來，如果以曲學律之，恐難與金氏論點相契合。

四、「分解」說與戲曲分節的關係

金聖歎運用「分解」律詩的手法評點《西廂記》，這一說法並非青木正兒最先提出來的，前面提到梁廷枏批評「金聖歎強作解事，取《西廂記》而割裂之」、吳梅謂之「強分章節，支離割裂」、吳蘭修〈附論十則〉中「客曰：金氏分節無當乎？」的「分節」等，講的都是「分解」說的弊病，只是未名之爲「分解」而已。不過，青木正兒跟他們不同的是，他並非以責備的口吻數說金氏的不是，反而是以贊賞的字詞加諸金氏身上，認爲「把一折即一篇劃分爲若干節，詳細地觀察其描寫法，這手段卻很巧妙，確實不愧爲詩的分解說倡導者。」

要說明的是，本節雖贊成青木正兒這看法，卻不取他對「分解」的解釋，其云：

> 詩的分解原始於漢、魏、晉的樂府（樂歌）。所謂「解」是樂曲的一章，原係音樂用語。〔註100〕

根本誤解了金聖歎分解的原意。而青木正兒之所以會有這種誤會，《四庫全書總目》批評《而庵說唐詩》的意見，恰可反映這個現象：

> 其說悠繆支離，皆不可訓。至於分解之說始於樂府。如〈陌上桑〉等篇所註一解、二解、三解字，尚不拘句數，晉魏所歌古辭如〈白頭吟〉、〈塘上行〉等篇乃註「四句爲一解」，所謂「古歌以四句爲一解，儉歌爲一句爲一解」是也，然所說乃歌之節奏，非詩之格律。增與金人瑞遊，取其《唐才子書》之說，以分解之說，施於律詩，穿鑿附會，尤失古人之意。〔註101〕

兩者都未從金氏著述中去找「分解」的意涵和解釋，以致不能與金氏取得相契合的效應。《四庫全書總目》既然已意識到「所說乃歌之節奏，非詩之格律。」卻未進一步查明金氏〈答徐翼雲學龍〉時即已明白表示：「承問唐律詩之律字，此爲法律之律，非音律之律也。……必若混言此或音律之律，則凡屬聲詩，孰無音律，而顧專其稱於近體八句也哉。」〔註102〕可見金氏所謂「分解」，並非就音律而言，那麼《四庫全書總目》的批評也就成了無的放矢。至於青木正兒反其道說：「將這種分解法不僅用於樂府，也試用於古今體詩，這就是金聖歎的分解說。」也是一種誤會。

〔註100〕兩段引文分別見楊鐵嬰譯《清代文學評論史》頁219、頁39。
〔註101〕見《四庫全書總目》卷一九四，集部，總集類，存目四。
〔註102〕見金雍集撰《魚庭聞貫》。

　　什麼才是金聖歎口中言之再三的「分解說」呢？在批本《西廂記》中他沒有提到，必須從其批詩的方法說起。聖歎〈與徐子能增〉中提到：

　　　　「解」之爲字，出《莊子・養生主篇》所謂「解牛」者也。彼唐律
　　　　詩者有間也，而弟子分之者無厚也。以弟子無厚，入唐律詩之有間，
　　　　猶牛之謋然其已解也。〔註103〕

《莊子・養生主篇》是如此描寫庖丁解牛的：「臣以神遇而不以目視，官知止而神欲行。依乎天理，批大郤，導大窾，因其固然。技經肯綮之未嘗，而況大軱乎。」說明庖丁的解牛是順著牛的天然生理結構下刀去解，也就是找其「間」處入以「無厚」，而這種操「無厚」的要訣是思想在先，動作隨後的。確實，金聖歎在分解時所持的態度也是「以神遇而不以目視」的，其〈與陸大生燕哲〉云：

　　　　分解不是武斷古人文字，務宜虛心平氣，仰觀俯察，待之以敬，行
　　　　之以忠，設使有一絲毫不出於古人之心田者，矢死不可以攙入也。
　　　　直須如此用心，然竊恐時時與古尚隔一間道。〔註104〕

金氏的分解態度是謹慎的，是經過長期觀察、體會，用心去解析的。而金氏指導我們入手的「間」處，經與庖丁解牛的過程相比照，知是指詩的章法、結構，一如牛的天然生理結構。這個觀點在《魚庭聞貫》中又被提及：

　　　　律詩在八句五十六字中間空道中。若止看其八句五十六字，則只得
　　　　八句五十六字。〔註105〕

把律詩同庖丁刀下的「牛」對等起來，更可知指的是章法、結構。而金氏所認爲的「中間空道」又是怎樣的章法、結構呢？其〈與韓貫華〉書云：

　　　　律詩一起、一承、一轉、一合，只是四句，每句只用七字，視之甚
　　　　似平平無異，然其中間則有崎嶇曲折，苦辣甜酸，其難萬狀，蓋曾
　　　　不聽人提筆濡墨伸腕便書者也。〔註106〕

〈示顧祖頌、孫聞、韓寶昶、魏雲〉一書亦云：

　　　　詩與文雖是兩樣體，卻是一樣法。一樣法者，起承轉合也。除起承
　　　　轉合，更無文法。除起承轉合，亦更無詩法也。〔註107〕

〔註103〕同註102。
〔註104〕此條注曰「杜詩紙背」上蒐集而來的。
〔註105〕同註102。
〔註106〕同註102。
〔註107〕見金聖歎《杜詩解》卷一〈贈李白〉題下小註。

也就是說「分解」是為了使結構、章法分明，告訴讀者起承轉合之妙，領略其崎嶇曲折、苦辣甜酸，也就是明律詩之律法，從而使讀者也懂得作詩，故其云：

> 唐人詩，多以四句為一解。故雖律詩，亦必作二解。若長篇，則或至作數十解。夫人未有解數不識而尚能為詩者也。如此篇（〈贈李白〉）第一解，曲盡東都醜態；第二解，姑作解釋；第三解，決勸其行。分作三解，文字便有起有轉，有承有結。從此雖多至萬言，無不如線貫花，一串固佳，逐朵又妙。自非然者，便更無處用其手法也。〔註108〕

明言詩經分解，文字便有起承轉合之妙。可見其「分解」說是就其章法、結構而言，應無疑義。再者，要探討的是，「分解」說會不會造成詩的支離破碎？尤侗曾如此譏之：

> 吾鄉金聖歎，以聰明穿鑿書史，狂放不羈……，往見聖歎選唐律，竟將前四句為一絕，後四句為一絕，細加注解。予訝之曰：「唐詩何罪？腰斬之也。」此雖戲言，遂成聖歎身後之懺。〔註109〕

金聖歎本人除了曾申明「分解不是武斷古人文字」及一再闡明律詩一二、三四、五六、七八句之間的關係（見《魚庭聞貫》）外，這裡想指出一個金氏似乎自覺到卻未拈出的一種「解」之意蘊。

他在《唱經堂古詩解》第二十首的批語裡說到：

> 然孔子曰：「辭達而已矣。」此句為作詩文總訣。夫「達」者，非明白曉暢之謂，如衢之諸路悉通者曰達；水道之彼此引注者亦曰達。故古人用筆，一筆必作數十筆用，如一篇之勢，前引後牽；一句之力，下推上挽。後首之發龍處，即是前首之結穴處；上文之納流處，即是下文之興波處。東穿西透，左顧右盼，究竟支分流別，而不離乎宗。非但逐首分拆不開，亦且逐語移置不得，惟達故極神變，亦惟達故極嚴整也。夫古人錦繡如海，不獨韻言為然。然誠有有心人，由把杓以觀全濤，始知徒襲著作之名可已也，而細學著作之法，則決不可已也。

這段文字說明了作品中，小至一句，大至一篇都得「下推上挽」、「前引後牽」，

〔註108〕見尤侗《艮齋雜說》，引自《文壇怪傑金聖歎》頁182～183。
〔註109〕同註102。

彼此關涉，極爲嚴整。講的是「達」這個文學觀念。而恰巧的是《莊子・秋水篇》中形容莊子的「道」：「且彼方跐黃泉而登大皇，無南無北，奭然四解，淪於不測。」林雲銘《莊子因》注曰：「四解，四達也。」「解」可以作「達」解，因此筆者認爲金氏「分解」的最終目的，亦「辭達而已」。

〈與叔祖正士佶〉信中，他又說：

> 七言律詩八七五十六字，便是五十六座星辰。一座一座皆有自家職
> 掌，一座一座又有大家聯絡。〔註110〕

〈與顧掌丸〉中亦云：

> 分解而後知唐人律體之嚴，直是一字不可得添，一字不可得減也。
> 〔註111〕

更小至一字，彼此都得相互聯絡。至此，我們可以肯定金氏並沒有腰斬唐律，而是「解分而詩合」，以矯「世人之溷解，解合而詩分。」〔註112〕

再來，要談的是《西廂記》的批點，金氏同樣也運用了「分解」手法，他認爲「詩與文雖是兩樣體，卻是一樣法。」、「雖多至萬言，無不如線貫花」都是有起承轉合之「間」可分可解。戲曲雖與詩與文有別，但依聖歎之說推演及其視戲曲與小說幾乎無異的觀念看來，戲曲亦可當成敘事文體來分解，當無疑義。

首先，我們在〈讀法〉中找到一條，是說：

> 一部書，有如許纏纏洋洋無數文字，便須看其如許纏纏洋洋是何文
> 字，從何處來，到何處去，如何直行，如何打曲，如何放開，如何
> 捏聚，何處公行，何處偷過，何處慢搖，何處飛渡。

教人去領略「其中間則有崎嶇曲折」，亦即起承轉合。〈讀法〉又云：

> 譬如文字，則雙文是題目，張生是文字，紅娘是文字之起承轉合。
> 有此許多起承轉合，便令題目透出文字、文字透入題目也。其餘如
> 夫人等，算只是文字中間所用之乎者也等字。

這種論調，在一定程度上受到八股文重視題目與起承轉合的啓示，故其「分解」說與八股文實有分不開的淵源。又其戲曲，分「節」批之的形式，實際上也是「分解」說的運用，雖未明說，卻可以找到印證，如〈驚豔〉第十五

〔註110〕同註102。
〔註111〕見金聖歎《杜詩解》卷三〈秋興八首〉別批。
〔註112〕同註102。

節批云：

> 右第十五節。寫張生從別院門前覆身入寺，見寺中庭軒花柳，日影
> 春光，依然如故，與上第四節文字作呼應。所謂第四節入三昧，此
> 節出三昧也。入得去，出得來，謂之好文字。殺得入去，殺得出來，
> 謂之好健兒。入得定去，出得定來，謂之好菩薩。若前不知入去，
> 後不知出來者，禪家謂之肚皮中鼓粥飯氣也。

以入定出定比喻情節的呼應，這說法與〈答西堂總持法師〉中提到「分解」
說的比喻相似，其云：

> 法師常說比丘入定相貌，弟子目今與唐律詩分解，恰恰正如其事。
> 蓋比丘入定，必須奮迅而入，出則必須安庠而出。今律詩之一二正
> 是其奮迅，三四正是其深住定中，五六正是其安庠求出，七八正是
> 其已出定來也。蓋一二如不奮迅，即三四決不得住定中；乃五六如
> 不安庠求出，即七八亦更無從出之處。弟子目今所以只說得兩句話，
> 兩句話者，一句是一二必要奮迅而入，一句是五六必要安庠而出。
> 〔註113〕

說的是一二句關係三四句，五六句照應七八句，講的也是結構、章法上的問
題。再者，聖歎也注意到《西廂記》是一個完整的個體，「謂之十六篇可也，
謂之一篇可也，謂之百千萬億文字總持悉歸於是可也，謂之空無點墨可也。」
在節中的分析中，他也透露了這個觀點，如〈寺警〉第六節批云：「看他上文，
凡用無數層折，無數跌頓，眞乃一篇只是一句。」雖然他的文學理念存在著
「假有觀」的限制，整部《西廂記》被他染上由空入空的色彩，然不能否認
的一個事實是，在運用批評方法時，金氏套用了「分解」說。所不同者，戲
曲中分的是「節」，而不用「解」稱。

　金聖歎節數的分法沒有一定，一般以一曲作爲一節，偶有合二曲爲一節。
有時結合二節爲「前」、「後」節比較，益見其分析之細密，如〈賴婚〉第八、
第九節合批云：

> 此一把盞，看他一反一覆，寫成如此兩節。前節向他人疼解元，後
> 節向解元疼解元。前節分明玉手遮護解元，直將藏之深深帳中，幾
> 於風吹亦痛。後節分明身擁解元并坐深深帳中，通夜玉手與之按摩
> 也。

〔註113〕見梁廷枏《曲話》卷五。

將鶯鶯的心思分析到極細膩的地步，批語亦極具形象化，使人直如親眼目睹其玉手遮護、身擁并坐、通夜按摩。也很多是一支曲牌分成數節來分析的，甚至前一支曲牌後面若干句與後一支曲牌合爲一節，割裂曲牌的情況非常嚴重，受到曲學家們嚴厲的抨擊，如梁廷枏即云：

> 其實聖歎以文律曲，故每於襯字刪繁就簡，而不知其腔拍之不協。

> 至一牌畫分數節，拘腐最爲可厭。

就曲牌結構而言，這種分節法是忽略了戲曲的音樂性與唱者的存在，妨礙了演出者做工唱曲和觀眾審美效應的連續性。不過，前面已辨明聖歎是從「文」的角度評析《西廂記》的藝術內核，並未從「劇」的角度認識到戲曲的獨特質素，他增添的所謂「舞臺指示」，其實不能說是意識到了演員在舞臺上的動作表情，而只能說是小說人物表情、動作的提示。再者，要辨明的是，金聖歎分的「節」與戲曲演出的「場」是不同的兩個概念。作爲古典戲曲演出的「場」，主要是通過腳色上下場來變換場子（但也不排斥採用其他經濟而又巧妙的方法，不讓腳色下場，卻使場子的變換既快又緊湊聯貫）。而金氏的「節」乃是就文意，分析人物心理及動作，可以多達十幾二十節，反觀場面的變換，也只不過兩、三場，故可知金氏絕非從「劇」的角度分節。因此，我們只能就文的角度切入，與其欣賞眼光契合，那麼他運用「分節」說來分析《西廂記》，無非是想比前人更爲縝密細微地將鶯鶯繡成的過程及針線的穿引展示給讀者看，亦即將其如何「前引後牽」、「下推上挽」、「東穿西透」、「左顧右盼」的「神變」筆法一一指出，求「達」而已。一如其所拈出的「極微」說，他把《西廂記》的極微處「那輾」至「無量由延」，[註114]並總結許多寶貴的創作規律，實已突破徐渭、李卓吾諸公感悟式的評點形式。

結論——二論總結及「《西廂記》學」的展望

　　本章首先要說的是，在資料的蒐集及閱讀、分析上，由於比較全面，基本上重蹈別人覆轍的機率，也就大大降低。唯受限於自己的外文能力，外文資料借鑑得仍嫌不夠，如久保得二的《西廂記研究》（西元 1925 年）博士論文、田中謙二的《西廂記版本之研究》（西元 1948 年）、傳田章的《西廂記諸本的研究》（西元 1957 年）碩士論文等都沒來得及參考。復因客觀環境的限制，有的資料無法取得，雖一再苛責別人未能查回原書，自己仍不免轉引間接資料，如容與堂本《李卓吾先生批評北西廂記》就未見到原本。不過，為求謹慎，雖退而求其次，仍採用了三種以上的引文相互校用，或許錯誤會減低不少。

　　由於論前檢討了前輩時賢的研究成果，清楚觀及《西廂記》學的發展餘地，避免了過度重複研究及學術能力的浪費，希望這種針對開墾不足之地進行播耕的嘗試，能為學術成果的收成有一分催化的作用，若能，那可真是我意想不到的欣喜！

　　以下分兩部分，第一節就本論文所討論的兩個問題進行總結；第二節則就學術研究的過程與結果，對未來「《西廂記》學」的發展，提出個人的看法。

第一節　二論總結

　　總結二論要旨，依然分兩方面來談：

一、《西廂記》之淵源、改編和主題異動

（一）西廂故事的淵源，一般認為來自元稹的〈鶯鶯傳〉，本文則上推至司馬相如、卓文君故事的流傳，並比較了〈鶯鶯傳〉與《史記》的〈司馬相如列傳〉，發現兩者確實有若干點若相符合。據而發現司馬相如、卓文君的故事，始終影響著《董西廂》、《西廂記》的創作。

（二）繼而探討西廂故事從轉化到形成的過程。故事發展到宋代秦觀的〈調笑轉踏〉、毛滂的〈調笑轉踏〉，限於體裁的制約，都沒有超越〈鶯鶯傳〉的格局。直至趙令畤的〈商調・蝶戀花〉，才彌補了上述兩曲內容和形式都較簡單的缺憾，且在糾正原傳奇「尤物妖人」、「女人禍水」的迂腐觀念比前兩者更進一步，對張生的「忍情說」予以否定的評價。

（三）董解元《西廂記》繼往開來，既將篇幅大大擴充，又將趙令畤的不滿變為實際情節，在主題思想、矛盾衝突、人物形象、故事結局四方面進行改造，把悲劇故事變成了喜劇故事，藝術成就相當高，唯主題思想有所局限、人物性格不夠完美、情節設計不夠妥當。至王實甫一出，在董解元的基礎上，將崔張故事進一步完善豐富，並全面深化發展，達到臻於化境的藝術成就。

（四）在譚正璧〈王實甫以外二十七家西廂考〉的研究基礎上，除對原二十七家更深入探討外，並據新資料補入七家（原譚氏將崔時佩、李日華所作《南西廂記》分列二家，本文則撇開作者懸案，暫併為一家，故實際新補八家，標目為三十四家），為目前學界挖掘出《西廂記》改編本家數最多的一篇，所探討的作品時間長度達六百年左右。

（五）對內容可以全考或作品略知一二及有輯本或版本流傳的二十一家改編本分類探討，清楚看到諸改本之主題異動情形，尤其是在統治勢力、衛道人士對《西廂記》進行禁考翻續的動機方面有深刻的揭示。〔註1〕並從主題異動的分析中，復發現針線密不密、戲劇的虛與實、刪改與主題異動的關係、

〔註1〕戴不凡〈第六才子書發覆〉（收入《論崔鶯鶯》）一文談到封建階級對《西廂記》的態度，除了也談到禁止演出、考證史實、續第五本、翻改本事外，還談到「罵」這一項。附錄於此，可供參考。其云：「如弘治本卷首的〔滿庭芳〕，就大罵《西廂記》的作者『沒有朱文公的肚腸』，罵他『不明性理，專弄風騷』，『拔舌罪死後難饒』。《納書楹曲譜》所收的〈崔鶯鶯〉古典一首，其實質也是罵；不過，它是借著劇中人來罵王實甫罷了。要知道連禁令也不能杜絕《西廂記》的流傳，任何惡罵，當然更難奏效。這些惡罵，恰恰也只能暴露封建階級對《西廂記》的無可奈何的心情而已。」

改編理念與實際相互矛盾的情況及《西廂記》正續問題與悲劇或喜劇結局的互動等問題，這些問題的發現與嘗試解析，都是前輩時賢忽略或做得不夠的地方。

二、《西廂記》版本所具之深層意義

（一）將《西廂記》傳刻本的湧現現象置之時代的脈絡中觀察，清楚看出它在晚明時期具有極爲深刻的意義，絕非孤立的刊刻現象而已，其時代意義約有數端：（1）保留了大量的《西廂記》相關序跋；（2）是一部簡化了的《西廂記》批評史；（3）反映了市民心理的需求；（4）對時代思潮的衝擊；（5）戲曲文學與版畫藝術的結合；（6）提供了評點的對象。六項息息相關，使《西廂記》在中國戲曲傳刻史上締造了前所未有的奇蹟！

（二）指出評點在晚明的一大轉變，是有脫離科舉考試、功名利祿的需求之傾向。並將《西廂記》評點劃分成兩大系統，即（1）鑑賞性評點系統：包括王世貞、徐渭、李贄、湯顯祖、陳繼儒等人的評點本；（2）學術性評點系統：以王驥德、凌濛初的校注本爲代表。至於演出性需要的評點本，晚明時，只有《槃薖碩人增改定本》一種。

（三）通過評點本的探討，可以了解到對版本的研究，除了版式的敘錄外，應多注意其內容所涵的深層意義及其傳刻的時代意義。從這一歷史縱線觀之，清楚看出對傳統文學的反撥是明中葉以來瀰漫在文壇上的一股時代風潮，從徐渭、李卓吾、湯顯祖諸公，一直到明末清初的金聖歎（還包括沒討論到的李漁，不過，李氏沒有評點《西廂記》），對戲曲的呼籲和強調，基本上促成了戲曲觀念的演進，於是對戲曲藝術的認識已跳脫出傳統詩藝的框範之中，而對戲曲藝術的自身特質予以極大之關注。然因此一脈鑑賞性系統的評點，其中徐、李、湯倡導的人性自由與金氏評點的要旨，存在著根本上的歧異，故釐而分論之。

（四）在探討金聖歎批改《西廂記》的功過時，本節首先掌握了金批本的底本爲張深之本，避免了學界因忽視文獻學的重要性，而使金聖歎代人受過或掠人之美。繼而尋索出其批《西廂記》的內在模式，是以儒家的「先王之禮」對藝術形象的塑造加以制約，並以佛家的「因緣生法」推展情節事件及人物行爲。由後者而衍生出批評刪改上的「密」與「拘」，對金氏批改《西廂記》的功過採取了較爲同情的角度，而對李漁批評金氏的意見也有進一步

的推闡與補充。

（五）最後，探討金氏「分解」說與戲曲分節的關係。對金氏的「分解」說進一步深化研究，發現其「解」有更深一層的意蘊，即與「辭達而已」的「達」字是可以相通的，揭示了金氏似乎自覺到卻未指出的理念。從而由詩之「分解」說進而過渡探尋戲曲的「分節」說，發現兩者有所淵源相關，並據此又印證了金氏是從文的角度評析《西廂記》的藝術內涵，主要成就在於人物性格及情節結構的分析。

第二節　「《西廂記》學」的展望

在緒論「第六節《西廂記》的研究及總檢討」中，以及二論之末在檢討推論之餘，其實約略已提到今後的發展方向，如：

（一）尋求更新、更詳實確切的文獻資料，突破作者懸案的瓶頸。

（二）將金批《西廂記》納入整個《西廂記》評點系統或中國戲曲曲論系統來檢討和定位。

（三）熔合曲論與序跋於一爐，探討《西廂記》的「觀眾學」，亦即美感效應。

（四）《西廂記》改編本（甚至仿作）、俗曲等方面，無分古代、現代，都需再做整理與深化研究。

（五）繼續運用現代批評的眼光或比較文學的方法，替「《西廂記》學」開出一條新的途徑。

（六）版本的深化研究，如評點系統，鑑賞性、學術性和演出性三大系統可似再進行個別或連鎖研究。

除此之外，筆者就一己研究過程中所遇到的困境及感想，也一併在此表明，既是建言，也是對臺灣學界未來研究的展望：

（一）人才的培養及後繼研究

就臺灣而言，以《西廂記》為研究論題的碩士論文，在民國八十一年以前只有四本，博士論文一篇也沒有。前者，目前仍有相關論文發表的僅陳慶煌一人，而其研究論文皆是其碩士論文的進一步擴充，未有新的論題出現。可知人才的培養是《西廂記》學發展的基本動力，沒有研究人才，則一切學術成果皆屬空想；而更重要的是鼓勵這些人才持續性研究，使研究能夠深化

或避免人才的浪費與懸置。

（二）研究環境的開放

某些方面的研究資料不易取得，尤其是大陸的研究成果。這些研究成果如果不能及時借鑑，則研究眼光及成績勢必受到嚴重限制，這也是多年來臺灣在《西廂記》學上始終坐井觀天、毫無突破性進展的癥結所在。國內圖書館，公藏的大陸圖書雖已逐步放鬆管制，然仍設限影印比例，造成研究上的不便。而「供參考用，請勿翻印」的戳記，正足以說明其對研究學者的不信任與不願研究資料廣為流傳利用的心態，不免落人「因噎廢食」之譏。

（三）研究論題的擇新

幾十年來，碩士論文或單篇論文，始終在《西廂記》版本的敘錄、人物的塑造、辭藻音律的藝術成就等方面打轉，陳陳相因，未免浪費人才，如何就《西廂記》學可發展的餘地進行研究，是促進研究水平提高的關鍵。再者以「問題」為主，避免墮入鋪敘、整理的表面工夫，創發性的研究論文相信會增加不少。

（四）《西廂記》版本集成的編纂

《西廂記》版本散見各地（各國），匯集印出現存所有《西廂記》版本實是當務之急，如此必能解決不少研究上的困境，如僅見著錄條目而不能目睹真本，只能下一初步猜測的尷尬也就能避免了。而且許多大膽的假設都因此有求證的可能性，一方面可以破除錯誤的臆測，一方面也可以落實一些具有灼見的假設或將問題的探討導向更深一層。〔註2〕不然，金批《西廂記》評價

〔註2〕如蔣星煜〈明刊文秀堂本西廂記考略〉（收入《西廂記考證》）首云：「和孫鑛、槃薖碩人他們的刊本一樣，晚明『金閶十乘樓梓』文秀堂編訂的《西廂記》是一種『繡像音注西伯合刻本』，『西』指《西廂記》，『伯』指蔡伯喈。文秀堂也同時音注了《琵琶記》的。這一種繡像音注西伯合刻本，稱謂相當混亂。卷端稱《校正全像注釋北西廂記評林》。在目錄之後，正文開始之前又題作《新刊考正全像評釋北西廂記》，也有用簡稱之處。我所看到的是曾由山西介休侯氏因學齋所藏的北京圖書館所藏善本，卷端下方有題署：

　　　　白阜　　　肩雲逸叟　　　校
　　　　金陵　　　文秀堂　　　　梓

因此，究竟是『金閶十乘樓梓』？還是『金陵文秀堂梓』？還有加以辨明的必要。我以為前者見之於扉頁，十分可能是翻刻者所增添。原刻初印應該仍舊是金陵文秀堂。日本傳田章氏在其所著《明刊元雜劇西廂記目錄》一書中，將此書列為第二十九種，稱之為文秀堂刊本，是可以成立的。據目前所知情況，臺灣亦藏有此書，是否有題署作『金閶十乘樓』的扉頁？不得而知。如無，更可

的張冠李戴，將一再重蹈覆轍。大陸陸續有善本影印或重排出版，〔註3〕臺灣
則有故宮博物院、世界書局、廣文書局、新文豐出版公司等出版。但與今存
《西廂記》版本總數相比，印行比例仍然太低。〔註4〕再者，影印發行，不唯
可以減輕研究人員財力上的負擔，〔註5〕也可以保證印刷傳真的品質與效果
（現在一般影印機無法完美處理發黃的古書版面）。另外，改編本或外文譯本
也可以考慮編成《西廂記》改編本或外文譯本集成。

（五）活化石及文物的採集

利用現代科技，紀錄各劇種演出實況及文物的蒐集保存，並可發行 DVD、
CD、專刊。另外，一提的是，民國八十一年二月間電視節目「連環泡」播出
的《新西廂記》，唐突古人，敗壞原著，一無是處的噱頭作法，應予以同聲唾
棄、甚至指責，我們要的是在尊重原著的前提下，有所發揮或創新的改編及
演出。

以證明我認爲金閶十乘樓非原刻初印者而爲翻刻者的推新。」臺灣所藏本無扉
頁，故無『金閶十乘樓梓』之題署。不過，值得注意的是，仔細核對蔣氏文章
所引、敘錄的資料，每多不合，如臺灣藏本，每齣並無插圖，附錄總數也非十
二種，如果以殘本解釋，那麼蔣氏的推測也會因此而動搖，因爲扉頁也可能佚
失。所以版本的彙集，愈多愈能將問題探討得更深一層。

〔註3〕 如《仇文合璧西廂會眞記》（文明書局，西元 1924 年）；《古典戲曲叢刊初集》
（文學古籍刊行社，西元 1954 年）收入《新刊奇妙全相註釋西廂記》（弘治
本）、《元本題評音釋西廂記》（劉龍田本）、《張深之先生正北西廂秘本》三種；
《暖紅室彙刻西廂記》（江蘇人民出版社，西元 1960 年）收入明閔齊伋刻本
《董西廂》、明凌濛初即空觀原刻本《西廂記》雜劇，還彙輯了有關《西廂記》
的本事、南戲改編本和各種校注釋義，計十三種作爲附錄；《明何璧校本北西
廂記》（上海古籍出版社，西元 1961 年）；《槃薖碩人增改定本西廂記》（中華
書局上海編輯所，西元 1963 年）等較罕見版本。

〔註4〕 世界書局出版的是弘治本（西元 1961 年 2 月，初版）；廣文書局出版的是《槃
薖碩人增改定本西廂記》（西元 1982 年 8 月，初版）、《暖紅室刻王關北西廂
記》（西元 1982 年 8 月，初版）；新文豐出版公司出版的是《增像第六才子書》
（西元 1979 年 10 月，初版，據光緒己丑仲春月上澣上海鴻寶齋石印本影印），
四者皆影印自大陸藏本。臺灣自印版本僅故宮博物院影印的《古本校注西廂
記》（王伯良本）。

〔註5〕 以故宮博物院出版的《明代版畫叢刊》（西元 1988 年 6 月，初版）收明代版
畫書籍十種來說，定價 2500 元，特價期間曾打折到 1250 元，平均一本 125
元。以其中《古本校注西廂記》而言，頁數達 310 頁（含 a、b 兩面），若以
影印一張 5 元計算，花費達 1550 元，財力負擔升高十倍以上，且收藏不易、
效果又差，最重要的是善本影印又有不得超過三分之一的規定。經此比照，
就可看出善本的影印發行對學術界的貢獻比藏之名山還要大。

（六）俗曲的整理

中研院史語所傅斯年圖書館所藏的一批極豐富、珍貴的俗曲資料，自民國六十二年曾師永義主持的「分類編目中研院史語所所藏俗文學資料工作小組」，歷經兩年，初步完成分類編目後，未再有相關單位進行後續工作，而都是研究學者自行入寶山就己需挖掘。由於拍攝成微卷者有限，原本又不許影印，手抄既廢時又失真易誤，非常不便。致使曾師永義早在民國六十七年時的疾呼：「由於這批資料多半搜自民間，紙質粗劣，蠹蝕頗甚，保全之道，恐怕應當是儘速刊印流佈，或按類陸續刊行，或擇取精要先予付梓，藉此亦可以將國寶之光廣爲照耀，而學者欣悅之情，必不下於敦煌文獻與也是園劇本之再現人間。」〔註6〕落空。筆者利用課餘，複印微卷、手抄原本，歷時一年，財力負擔既重（微卷複印一張 5 元），抄錄又廢時，至今仍未完全就《西廂記》部分完成抄錄、整理工作。可見付梓刊行，才是嘉惠研究學者的最直接福音。

（七）研究資料的彙編

可分三大類進行：（1）摘出歷代有關《西廂記》研究的論述，或談及而未做評論的隻言片語，都可彙編在一起；（2）《西廂記》新著的彙集，可編爲《西廂記》學叢刊；（3）單篇論文的彙整：可知筆者附錄一所附，將已發表論文分類分輯出版，除重排鉛印外，亦可仿照大陸中國人民大學書報資料中心「複印報刊資料」的方式，稍做必要校對，即可影印行世，相信可以節省較多的時間和人力。

（八）研究機構的成立

大陸 1988 年春成立《西廂記》研究會，〔註7〕臺灣也應即時成立研究小組或學會組織，以及研究室，進行研究計畫，定期出版期刊，使研究心得得以交流，並可考慮出版《西廂記辭典》。大陸雖已出版《西廂記鑑賞辭典》，但是以「鑑賞」爲主，面對學術界研究的廣泛需要，畢竟是不夠的。或進行會評會注會校本，大陸已出版的集評校注、集解本，所收版本太少，仍嫌未臻理想，雖因各本體例或同或異，但曲文絕大部分相同，可以分幾種系統進

〔註6〕 見〈中央研院院所藏俗文學資料的分類整理和編目〉一文最末一段（《說俗文學》頁 10）。
〔註7〕 蔣星煜〈西廂記研究的深化與開拓——西廂記考證‧後記〉云：「張稼夫、王季思、吳曉鈴、姚奠中諸位同志和我所發起的《西廂記》研究會也將於今春（按西元 1988 年）山西普救寺修復工程竣工時宣告成立。」

行。相信只要結合各地版本、研究人才，假以時日，還是可以完成的。

（九）例行學術會議的召開

大陸 1987 年 9 月 9 日在北京召開過一次，臺灣則一次也沒有。爲慮及定期研究的長期發展，與其不定期舉行學術討論會，不如定期召開例行學術會議，才不致使此理想曇花一現。

（十）校注本的檢討

長期以來流行的校注本一直是王季思、吳曉鈴的校注本，尤其是前者，引起學者熱烈討論（見附錄一第八項《西廂記》研究），多年來不斷有學者提出疑義、建言，似已到了全面檢討、尋求下一本更好的校注本的時候了。

（十一）出版資料的流傳與館藏

前面談到的，有幾項都涉及到研究資料的編輯與出版，可以想像，有的是大部頭的出版品，非個人財力所能負擔，因此各地、各大專院校圖書館應至少各添購兩套，一套開放複印，一套供閱覽用。若只有大型圖書館，如國家圖書館或故宮圖書館才有收藏，非但不能達到資料廣爲流傳的目的，對北部地區以外的學者，利用上也非常不便。

綜括上述所言，第一部分的六點，可以說是未來研究尚可開拓深化的領域；第二部分的十一項，是就臺灣研究狀況較切身的問題而言，說是未來研究方向，不如說是未來工作目標，雖談不上是高瞻遠矚，但應不失爲較落實可行的建議，而且出自筆者個人的肺腑之言，希望眞能得到共鳴！

附錄一 《西廂記》研究論著索引彙整

說　明

1. 排列順序，按出版、發表年月或期數先後，不詳者，一律置於該類最末。
2. 有「△」記號者，俱爲作者所曾寓目；「○」者，見他人文章引用；無記號者，即見某種目錄索引而尚未蒐集到；「？」表示該條資料尚有疑點。
3. 有「△」記號者，蓋本人、曾師永義藏書所有或以下圖書館可以尋著：國家圖書館期刊室及漢學資料中心、臺大文學院聯合圖書館及研究生圖書館、清大人社院圖書分館、中研院史研所傅斯年圖書館、近史所圖書館及文哲所圖書室等。
4. 「臺」表臺灣學者或在臺灣發表者，但翻印、盜印者，確知非在臺者所撰，則仍表原發表地；「港」則表香港；無注明者表大陸。
5. 單篇論文，後來收入專著中者，不再一一註明。若干論文因不及查回原發表刊物，姑且以所收專著或論文集注明。
6. 因各刊物開數不同或報紙所占版面大小不一，故暫不注明起訖頁碼、版別。
7. 本索引以《西廂記鑑賞辭典》所附〈西廂記研究資料索引〉爲底本，除更正錯誤、刪除重複和誤收達 50 餘條之外，並重新分類，增收條目達五百餘條。

一、專　著

（一）研究論文

△《西廂記和白蛇傳》，（黃裳），平明出版社，1953 年。

△《從鶯鶯傳到西廂記》，（王季思），上海古典文學出版社，1955 年。

△《西廂記分析》，（周天），上海古典文學出版社，1956 年 11 月，1 版 1 刷。

○《西廂記簡說》，（霍松林），作家出版社，1957 年。

△《元明清戲曲研究論文集》，作家出版社，1957 年 7 月，1 版 1 刷（收有 11 篇）。

△《論崔鶯鶯》，（戴不凡），上海文藝出版社，1963 年 10 月，1 版 1 刷。

△《金聖歎傳》，（陳登原），太平書局，1963 年 4 月，港。

○《西廂記研究》，（黃兆漢），香港大學中文學士論文，1966 年，港。

△《金聖歎的文學批評考述》，（陳萬益），臺大中文碩士論文，1973 年 5 月，臺。

△《西廂記考述》，（陳慶煌），政大中文碩士論文，1974 年 5 月，臺。

△《南北西廂記比較》，（叢靜文），臺灣商務印書館，1976 年 7 月，初版。

△《西廂述評》，（霍松林），陝西人民出版社，1982 年 5 月，1 版 1 刷。

《西廂記人物論》，（林燕妮），香港大學哲學碩士論文，1982 年，港。

△《明刊本西廂記研究》，（蔣星煜），中國戲劇出版社，1982 年 7 月，1 版 1 刷。

△《中國戲曲史鉤沈》，（蔣星煜），中州書畫社，1982 年 9 月，1 版 1 刷（收有 6 篇）。

△《西廂論稿》，（段啓明），四川人民出版社，1982 年 10 月，1 版 1 刷。

○《西廂記藝術談》，（吳國欽），廣東人民出版社，1983 年。

△《董西廂和王西廂》，（孫遜），上海古籍出版社，1983 年 8 月，1 版 1 刷。

△《西廂記罕見版本考》，（蔣星煜），東京不二出版株式會社，1984 年 10 月 20 日，1 刷。

△《五大名劇論·西廂記論》，（董每戡），人民文學出版社，1984 年 12 月，1 版 1 刷。

△《元雜劇論集》（下），（李修生、李眞渝、侯光復編），百花文藝出版社，1985 年 5 月，1 版 1 刷（收有 10 篇）。

△《西廂記故事的演變——以鶯鶯傳、董西廂、王西廂爲例》，（湯璧如），輔大中文碩士論文，1985 年 5 月，臺。

△《中國戲曲史探微》，（蔣星煜），齊魯書社，1985 年 12 月，1 版 1 刷（收有 12 篇）。

△《西廂記淺說》，（張燕瑾），百花文藝出版社，1986 年 3 月，1 版 1 刷。

△《西廂記之版本及其藝術成就》，（曾瓊蓮），師大中文碩士論文，1986 年 5 月，臺。

△《文壇怪傑金聖歎》，（徐立、陳瑜），湖南教育出版社，1987 年 11 月，1 版 1 刷。

△《金瓶梅與金聖歎》，（高明誠），水牛出版社，1988 年 7 月 30 日，初版，臺。

△《西廂記考證》，（蔣星煜），上海古籍出版社，1988 年 8 月，1 版 1 刷。

△《董解元西廂記研究》，（楊淑娟），東吳中文碩士論文，1989 年 5 月，臺。

△《西廂記曲譜研究》，（謝朝鐘），九宮文化出版社，1990 年，臺。

△《王實甫及其西廂記》，（王萬莊），時代文藝出版社，1990 年 4 月，1 版 1 刷。

△《西廂記鑑賞辭典》，（賀新輝、朱捷編著），中國婦女出版社，1990 年 5 月，1 版 1 刷。

△《金聖歎評改西廂記研究》，（陳淑滿），高雄師大國文碩士論文，1991 年 5 月，臺。

△《董王合刊本西廂記研究論文集》，（汪志勇編），復文圖書出版社，1991 年 6 月，初版，臺。

△《西廂記六論》，（牧惠），大川出版社，1992 年 5 月，初版，臺。

○《西廂記的戲曲藝術——以全劇考證及藝事成就爲主》，（陳慶煌），文史哲出版社，1992 年 6 月，代印，臺。

△《西廂記新論》，（寒聲、賀新輝、范彪編），中國戲劇出版社，1992 年 8 月，1 版 1 刷。

△《金聖歎與中國戲曲批評》，（譚帆），華東師範大學出版社，1992 年 10 月，1 版 1 刷。

△《金聖歎小說理論與戲劇理論》，（郭瑞），中國文聯出版公司，1992 年 10 月，1 版 1 刷。

△《西廂之戀——才子佳人文學的典範》，（姚力芸），山西教育出版社，1994 年 4 月，1 版 1 刷。

△《西廂記諸宮調的說唱及創作技巧》，（沈杏霜），逢甲中文碩士論文，1996 年 6 月，臺。

（二）校注本、校點本

○《西廂五劇注》，（王季思校注），浙江龍泉龍吟書屋，1944 年。

○《集評校注西廂記》，（王季思集評校注），上海開明書店，1948 年。

△《西廂記》，（王季思校注），新文藝出版社，1954 年 6 月，1 版。

△《西廂記》，（吳曉鈴校注），作家出版社，1954 年。

○《西廂記新注》，（張燕瑾、彌松頤注），江西人民出版社，1980 年 7 月，
  1 版 1 刷。

△《西廂記通俗注釋》，（祝肇年、蔡運長注釋），雲南人民出版社，1983 年
  8 月，1 版 1 刷。

△《貫華堂第六才子書西廂記》，（傅曉航校點），甘肅人民出版社，1985 年。

△《貫華堂第六才子書西廂記》，（曹方人、周錫山校點），江蘇古籍出版社，
  1985 年 9 月，1 版 1 刷。

△《金聖歎批本西廂記》，（張國光校注），上海古籍出版社，1986 年 4 月，
  1 版 1 刷。

△《集評校注西廂記》，（王季思校注、張人和集評），上海古籍出版社，1987
  年 4 月，1 版 1 刷。

△《西廂記》，（陳慶煌導讀），金楓出版有限公司，1988 年 4 月，初版，臺。

△《西廂記集解》，（傅曉航編輯校點），甘肅人民出版社，1989 年 12 月，1
  版 1 刷。

△《西廂記》，（張雪靜校注），山西人民出版社，1992 年 11 月，1 版 1 刷。

△《西廂記選譯》，（王立言譯注），巴蜀書社，1994 年 7 月，1 版 1 刷。

△《西廂記》，（張燕瑾校注），人民文學出版社，1994 年 12 月，1 版，1995
  年 10 月，1 刷。

二、作者問題

（一）王實甫作

（1）生平考證與鉤沈：

△《元曲六大家略傳》，（譚正璧），古典文學出版社，1957 年 2 月，1 版 1
  刷。

△〈關於元曲家的兩個問題——答覆一位朋友的來信〉，（馮沅君），《文史

哲》，1957 年 7 月。

△〈王實甫生平的探索——王實甫退隱散套跋〉，（馮沅君），《文學研究》，1957 年 7 月。

△〈王實甫年代新探〉，（戴不凡），《戴不凡戲曲論文集》，浙江人民出版社，1982 年 2 月，1 版 1 刷。

△〈王實甫身世述臆〉（上）（中）（下），（朱君億），《東方雜誌》復刊第十二卷第 8～10 期，1979 年 2～4 月，臺。

△〈元代曲家同姓名考〉，（葉德均），《戲曲小說叢考》，中華書局，1979 年 5 月，1 版 1 刷。

△《元曲家考略》，（孫楷第），上海古籍出版社，1981 年 11 月，1 版 1 刷。

△〈元曲家脞談記論〉，（么書儀），《戲曲研究》，第十八輯，1986 年 4 月。

△〈王實甫西廂記完成於金代說剖析——評戴不凡王實甫年代新探〉，（蔣星煜），《西廂記考證》，見專著。

△〈關於劉將孫送王實甫詩〉，（周續賡），《北京師範學院學報》，1989 年 2 月。

△〈瀟灑傲王侯，高抄起經綸手〉，（門巋），《元曲百家縱論》，教育科學出版社，1990 年 2 月，1 版 1 刷。

△〈關於王實甫〉，（李毓珍），《山西大學學報》，1991 年 2 月。

（2）王作《西廂記》

△〈關於西廂記的作者〉，（賈天慈），《逸經》24 期，1937 年 2 月。

△〈校注西廂記前言〉，（吳曉鈴），香港中華書局，1954 年 12 月。

○〈關漢卿作品考〉，（邵曾祺），《光明日報》，1957 年 4 月 28 日。

△〈關於西廂記的作者問題〉，（王季思），《文匯報》，1961 年 3 月 29 日。

△〈關於西廂記作者問題的進一步探討〉，（王季思），《光明日報》，1961 年 7 月 9 日。

△〈關漢卿作或續作西廂說溯源〉，（譚正璧），《學術月刊》，1962 年 4 月。

△〈慎作翻案文章〉，（王康），《中央副刊》，1965 年 10 月 17 日，臺。

△《元曲六大家》，（王忠林、應裕康），東大圖書有限公司，1977 年 2 月，初版，臺。

△〈關於元曲的通信〉，（王季思、羅忼烈），《學術研究》，1979 年 4 月，大陸、港。

△〈王實甫〉，（許威漢、范能船），《歷代著名作家簡介》，河南人民出版社，1982 年 8 月。

△〈西廂記作者問題辨正〉，（趙景深），《中國戲曲初考》，中州書畫社，1983 年 8 月，1 版 1 刷。〔註 1〕

△〈論西廂記作者及第五本問題〉，（周續賡），《中國古代戲曲論集》，1986 年 4 月，1 版 1 刷。

△〈西廂記作者問題的商榷〉，（錢南揚），《南京大學學報》，1985 年 4 月。

△〈西廂記作者新探〉，（陳慶煌），《漢學研究》，第七卷第 1 期，1989 年 6 月，臺。

△〈王實甫生平、作品推考〉，（劉蔭柏），《戲曲研究》第三十三輯，1990 年 6 月。

△〈關漢卿　附王實甫〉，（馬美信），《十大戲曲家》，上海古籍出版社，1990 年 7 月，1 版 1 刷。

△〈王實甫〉，（鄧紹基），《中國古代戲曲家評傳》，中州古籍出版社，1992 年 7 月，1 版 1 刷。

（二）關漢卿作

△〈再論關漢卿——關漢卿與西廂記問題〉，（楊晦），《北京大學學報》，1958 年 3 月。

△〈西廂記作者關王二說辨析〉，（董如龍），《學術季刊》，1985 年 2 月。

△〈伍仁村人談西廂記〉，《河北日報》，1985 年 6 月 18 日。

△〈西廂記應爲關漢卿所作〉，（吳金夫），《西北大學學報》，1985 年 4 月。

（三）王作關續

△《插圖本中國文學史》（三），（鄭振鐸），作家出版社，1957 年 12 月。

△〈西廂記作者問題與文學價值〉（上）（下），（張永明），《中央日報》，1966 年 2 月 9～10 日，臺。

△〈再談西廂記作者問題〉，（張永明），《暢流》第三十五卷第 11 期，1967 年 7 月 16 日。

〔註 1〕趙氏一文開頭云：「最近看到《逸經》第十九、二十四、三十四各期魏復前、賈天慈、退翁諸家對於《西廂記》作者問題的討論，頗想來插幾句嘴。」可知發表或撰成時間應遠在《中國戲曲初考》出版前，距魏氏等三人文章不久。

△〈從明刊本西廂記考證其原作者〉，（蔣星煜），《戲曲研究》第五輯，1982年4月。

△〈西廂記二題〉，（陳賡平），《蘭州大學學報》，1984年3月。

△〈西廂記作者考——西廂記作者關、王二說辨析之再辨析〉，（蔣星煜），《西廂記考證》，見專著。

（四）關作王修或王補〔註2〕

△〈雜劇西廂記作者新探〉，（孔繁信），《東岳論叢》，1988年4月。

（五）關漢卿作董珏續

△〈西廂記著作人氏考正〉，（魏復前），《逸經》19期，1936年12月。

△〈對於賈天慈先生意見的商討〉，（魏復前），《逸經》24期，1937年2月。

△〈西廂記的作者是誰？〉，（蔡丹冶），《中央日報》，1965年10月14日，臺。

（六）元末無名氏作

△〈西廂記雜劇作者質疑〉，（周妙中），《文學遺產》增刊第五輯，1957年12月。

△〈西廂記作者新考〉，（鄭騫），《幼獅學誌》，第十一卷第4期，1973年12月，臺。

△〈南北西廂比較序〉，（鄧綏寧），《南北西廂記比較》，見專著，臺。

（七）元後期作家集體創作

△〈關於西廂記的創作時代及其作者〉，（陳中凡），《江海學刊》，1960年2月。

△〈關於西廂記雜劇的作者問題——對楊晦同志「關著王續」說的商榷〉，（陳中凡），《光明日報》，1961年1月29日。

△〈陳中凡講關於西廂的作者問題〉，（文藝研究動態），《文匯報》，1961年4月26日。

△〈再談西廂記的作者問題〉，（陳中凡），《光明日報》，1961年4月30日。

△〈關於西廂記作者問題的再進一步探討〉，（陳中凡），《光明日報》，1961年10月22日。

〔註2〕本應有關作王續一說，然今人未見主此說者，故未立目。

（八）第五本作者問題

　　△〈西廂記第五本關續說辨妄〉，（馬玉銘），《文學》第二卷第 6 期，1934
　　年 6 月。

　　△〈西廂記第五本非王實甫所作〉，（藍凡），《復旦大學學報》，1983 年 4 月。
　　〈論西廂記第五本〉，（林文山），《福建論壇》，1986 年 6 月。
　　〈也談西廂第五本〉，（張守基），《濟南師專學報》，1987 年 1 月。

　　△〈西廂記第五本不是王實甫之作〉，（蔡運長），《戲曲藝術》，1988 年 4 月。

（九）其　他〔註3〕

　　〈元曲二集的四個作家　（王實甫、白仁甫、高文秀及晚進王生）〉，（周
　　作仁），《書報展望》第一卷第 4 期，1936 年 2 月。

　　? 〈對西廂記作者問題的幾個意見〉，（侯鏡昶）。

　　〈也談西廂記作者問題——向陳中凡先生請教〉，（張清華），《天津日報》，
　　1961 年 8 月 16 日。

　　〈淡妝濃抹總相宜——談關漢卿、王實甫〉，（文卓），《遼寧日報》，1962
　　年 12 月 21 日。

　　? 〈西廂記作者考證〉，（復乾），《華僑日報》，1965 年 6 月 25 日，港。

　　〈西廂記作者及其文學價值〉，（雨霖），《藝文誌》，第 101 期，1974 年 2
　　月。

　　〈王實甫和他的西廂記〉，（伍悅），《戲劇創作》，1980 年 2 月。

　　〈王實甫與西廂記〉，（計文蔚），《戲文》，1982 年 4 月。

　　〈西廂記「王作關續說」辨偽〉，（胡緒偉），《荊州師專學報》，1986 年 4
　　月。

三、綜　論

　　△〈王實甫西廂記〉，（吳梅），《小說林》第九冊，《奢摩他室曲話》，1907
　　年。

　　△〈西廂藝術上之批判與其作者之性格〉，（郭沫若），《文藝論集》，1921 年。
　　〈西廂記底演變〉，（傅永孝），《學風》第二卷第 10 期，1932 年 12 月。

　　△〈讀西廂記後〉，（劉修業），《讀書月刊》（北平圖書館）第二卷第 6～7

〔註 3〕 本類非指有其他不同意見，乃因未能寓目，不敢妄臆其該歸入何種主張。

期，1933 年 3～4 月。

△〈讀西廂記〉，（朱宗英），《文理》，第 1 期，1934 年 10 月。

〈西廂記的故事沿革及其他〉，（歸晨因），《華北日報》（每日文藝）第 128 期，1935 年 4 月 10 日。

△〈王實甫西廂記〉，（楊家駱），《中國文學百科全書》第二冊，中國學典出版社，1937 年 8 月，初版（上海），1969 年 4 月，四版，臺。

〈關於西廂記〉，（何劍薰），《西南文藝》，1953 年 5 月。

〈論西廂記〉，（徐朔方），《光明日報》，1954 年 5 月 10 日。

△〈西廂記敘說〉，（王季思），《人民文學》，1955 年 9 月。

△〈論西廂記〉，（宋之的），《人民文學》，1955 年 10 月。

△〈王實甫的西廂記〉，（宋漢濯），《文藝學習》，1956 年 6 月。

？〈談王實甫的西廂記〉，（文林），《文壇》第 141 期，1956 年 12 月，臺。

△〈王德信〉，（吳一飛），《中國文學史論集》（三），中華文化出版社，1958 年 7 月，臺。

△〈談西廂記〉，（吳強），《中央日報》，1959 年 2 月 27～28 日，臺。

〈西廂記三論〉，（古典文學教研組宋元小組），《山東大學學報》，1961 年 1 月。

〈試論王實甫的西廂記〉，（張銓錫），《新建設》，1965 年 3 月。

△〈談西廂〉，（徐道麟），《中央日報》，1970 年 7 月 14～15 日，臺。

〈千古絕唱「西廂」──西廂記〉，（王止峻），《中外雜誌》第十四卷第 5 期，1973 年 11 月，臺。

△〈西廂記的評價〉，（段彩華），《新文藝》第 213 期，1973 年 12 月。

△〈王實甫的西廂記〉，（杜若），《臺肥月刊》，第十五卷第 2 期，1974 年 2 月，臺。

〈西廂記的題材、人物及其他〉，（陳美林），《南京師院學報》，1978 年 3 月。

△〈西廂記的成就與影響〉，（黃麗貞），《中華文化復興月刊》第十二卷第 7 期，1979 年，臺。

〈王實甫的西廂記〉，（思嚴），《海洋文藝》，1979 年 9 月，港。

△〈西廂記天下奪魁〉，（吳國欽），《中國戲曲史漫話》，上海文藝出版社，1980 年 6 月，1 版 1 刷。

△〈西廂記〉，（魏凱、陰通三、石林），《中國文學古籍選介》，山西教育出版社，1981 年 12 月，1 版。

△〈王實甫〉，（王季思），《百科知識》，1982 年 6 月。

△〈西廂記後記〉，（王季思），《中國十大古典喜劇集》，上海文藝出版社，1982 年 12 月，1 版。

〈王實甫和愛情喜劇西廂記〉，（霍松林），《陝西教育》，1983 年 5 月。

△〈王實甫〉，（王季思），《中國大百科全書・戲曲・曲藝》，中國大百科全書出版社，1983 年 8 月，1 版。

△〈西廂記的文學與愛情〉（上、下），（李漺鋆），《中華文藝》第二十六卷第 3、5 期，1983 年 11 月；1984 年 1 月，臺。

△〈西廂記——元人雜劇的代表作〉，（徐調孚），《中國文學名著講話》，中華書局，1984 年 5 月，1 版 1 刷。

〈西廂記講授綱要〉，（祝肇年），《戲劇學習》，1985 年 1 月。

〈西廂記的形成及其藝術特色〉，（劉維俊），《鞍山師專學報》，1985 年 2 月。

〈王實甫〉，（王季思、黃秉澤），《中國歷代著名文學家評傳》第四卷，山東教育出版社，1985 年 5 月，1 版 1 刷。

△〈王實甫・西廂記〉，（聶石樵），《中國古典文學名著解題》，中華書局，1985 年 5 月，1 版 1 刷。

〈試論王實甫西廂記的獨特地位〉，（陳少欽），《集美師專學報》，1986 年 1 月。

〈深廣的超越——西廂記新探之一〉，（陳少欽），《泉州師專學報》，1986 年 2 月。

△〈王實甫〉，（么書儀），《中國大百科全書・中國文學 II》，中國大百科全書出版社，1986 年 11 月，1 版。

△〈西廂記〉，（張庚、郭漢城），《中國戲曲通史》（1），丹青圖書有限公司，1987 年 8 月 30 日，3 版。

〈詞章風韻，天下奪魁的西廂記〉，（馬國權），《語文學習與研究》，1988 年 12 月。

△〈西廂記的歷史光波〉，（王季思），《文藝研究》，1989 年 4 月。

△〈西廂記〉，（〔美〕劉若愚著、王鎮遠譯），《中國文學藝術精華》，黃山

書社，1989 年 8 月，1 版 1 刷。

△〈優美的抒情喜劇——王實甫西廂記〉，（顏長珂），《古代戲曲名作縱橫談》，知識出版社，1990 年 7 月，1 版 1 刷。

△〈西廂記〉，（江俊緒、徐培均），《中國古典名劇鑑賞辭典》，上海古籍出版社，1990 年 12 月，1 版 1 刷。

？〈抒情優美的愛情喜劇西廂記〉，（鍾林斌），《中國古典戲曲名著簡論》。

△〈王實甫與西廂記〉，（潘兆明），《古代文學家傳記》，中華書局，1992 年 8 月，1 版 1 刷。

四、版　本

〈西廂劇本考〉，（傅惜華），《坦途》2 期，1927 年 11 月。〔註 4〕

△〈西廂記的本來面目是怎樣的〉，（西諦），《清華周刊》第三十七卷第 9～10 期，1932 年 5 月。

△〈輯雍熙樂府本西廂記序〉，（孫楷第），《圖書館學季刊》第七卷第 1 期，1933 年 3 月。

△〈跋重刻元本題評音釋西廂記〉，（鄭振鐸），《大公報》文藝副刊第 7 期，1933 年。

△〈明代戲曲刊行者表補〉，（趙景深），日本《書志學》第七卷第二號，1936 年。

〈繼志齋刻本重校北西廂記〉，（憶堂），《中央日報》，圖書評論周刊第 3 期，1937 年 6 月 4 日，臺。

〈古西廂〉，（王玉章），《通俗文學》第 38 期，1947 年 7 月。

△〈評新版西廂記的版本和注釋〉，（霍松林），《文學遺產》增刊第 1 期，1955 年。

〈一九四八年出版的西廂記〉，（谷蒢），《新民晚報》，1958 年 1 月 2 日。

△〈西廂記齣目考〉，（羅錦堂），《大陸雜誌》，第十七卷第 1 期，1958 年 7 月，臺。

△〈明何璧校本北西廂記跋〉，（趙景深），《戲曲筆談》，1961 年 4 月。

〈北西廂記罕見版本影印出版〉，（丁元），《新民晚報》，1961 年 9 月 6 日。

〔註 4〕傅氏另著有《元代雜劇全目》一書，亦列有《西廂記》版本目錄，因未見《坦途》2 期，姑當成一種，不另立條目。

△〈新發現的何璧校本北西廂記〉，（張心逸），《江海學刊》，1961 年 11 月。

〈新發現的何本北西廂記〉，（江文），《光明日報》，1961 年 12 月 2 日。

△〈槃薖碩人增改定本西廂記初讀零記〉，（葉餘），《文物》，1962 年 1 月。

？〈新發現的明何璧校本北西廂記〉，《文匯報》，1962 年 1 月 3 日。

△〈書元人所見羅貫中水滸傳和王實甫西廂記──關於中國小說、戲曲史的二三事〉，（周屯），《江海學刊》，1962 年 7 月。

△〈西廂記定本後記〉，（王季思），《光明日報》，1963 年 4 月 7 日。

〈省圖書館發現一部明刻李卓吾本西廂記〉，《河南日報》，1964 年 12 月 18 日。

〈略評熊式一之西廂記校訂本〉，（范佐光），《香港大學中文學會年刊》，1968 年，港。

△〈西廂記及其英譯兩種〉，（周永輝），《花蓮師專學報》第 4 期，1972 年 6 月，臺。

△〈三先生合評元本北西廂附元稹會眞記〉，（張棣華），《中央圖書館館刊》第七卷第 2 期，1974 年 9 月，臺。

△〈西廂記〉，（張棣華），《中央圖書館館刊》第七卷第 2 期，1974 年 9 月，臺。

△〈西廂會眞記二部〉，（張棣華），《中央圖書館館刊》第七卷第 2 期，1974 年 9 月，臺。

△〈李卓吾先生批點西廂記眞本二部〉，（張棣華），《中央圖書館館刊》第七卷第 2 期，1974 年 9 月，臺。

△〈重刻訂正元本批點畫意北西廂記附元稹會眞記〉，（張棣華），《中央圖書館館刊》第七卷第 2 期，1974 年 9 月，臺。

△〈第六才子書二部〉，（張棣華），《中央圖書館館刊》第七卷第 2 期，1974 年 9 月，臺。

△〈新刻魏仲雪先生批點西廂記〉，（張棣華），《中央圖書館館刊》第七卷第 2 期，1974 年 9 月，臺。

△〈新校注古本西廂記〉，（張棣華），《中央圖書館館刊》第七卷第 2 期，1974 年 9 月，臺。

△〈鼎鐫陳眉公先生批評西廂記附釋義、蒲東詩、錢塘夢〉，（張棣華），《中央圖書館館刊》第七卷第 2 期，1974 年 9 月，臺。

△〈滿漢西廂記〉，（張棣華），《中央圖書館館刊》第七卷第 2 期，1974 年 9 月，臺。

△〈樓外樓訂正妥註第六才子書〉，（張棣華），《中央圖書館館刊》第七卷第 2 期，1974 年 12 月，臺。

△〈評介賴恬昌等編譯：西廂記〉，（潘銘燊），《中國文化研究所學報》第七卷第 2 期，1974 年 12 月，臺。

△〈跋劉龍田本西廂記〉，（鄭騫），《書和人》第 316 期，1977 年 7 月 9 日，臺。

△〈館藏的西廂記〉，（秦明），《中央日報》，1978 年 8 月 23 日，臺。

△〈館藏多色套印的西廂記〉，（秦明），《中央日報》，1978 年 9 月 6 日，臺。

△〈明刊本西廂記的古本、元本問題——兼談新發現的徐士範刊本〉，（蔣星煜），《學術月刊》，1979 年 3 月。

△〈何璧與明何璧本西廂記〉，（蔣星煜），《廈門大學學報》，1979 年 4 月。

△〈槃薖碩人增改定本西廂記跋〉，（王季思），《玉輪軒曲論》，中華書局，1980 年。

△〈弘治本西廂記的體例及岳刻問題〉，（蔣星煜），《文史》第 9 輯，1980 年。

△〈從佛教文獻論證「南海水月觀音現」——明刊本西廂記偶拾之一〉，（蔣星煜），《中國古典文學論業》，吉林人民出版社，1980 年。

△〈評徐士範本西廂記——明版各本西廂記的一個比較研究〉，（蔣星煜），《中華文史論叢》，1980 年 1 月。

△〈顧玄緯本西廂記與李梗本西廂記〉，（蔣星煜），《上海師專學報》，1980 年 1 月。

△〈新發現的最早西廂記殘葉〉，（蔣星煜），《群眾論叢》第 1 期，1980 年 1 月 5 日。

△〈明刊六種徐文長本西廂記的眞僞問題〉，（蔣星煜），《杭州大學學報》，1980 年 2 月。

△〈凌刻西廂記與閔刻西廂記〉，（蔣星煜），《揚州師院學報》，1980 年 4 月。

△〈徐士範刊本西廂記對明代題評音釋本的影響〉，（蔣星煜），《南京師院學報》，1980 年 4 月。

△〈德譯本西廂記〉，（龔維英），《上海戲劇》，1980 年 5 月。

△〈日本對明刊本西廂記的版本研究〉,(蔣星煜),《讀書》,1980 年 8 月。

△〈張深之本西廂記與徐文長本、王驥德本的血緣關係〉,(蔣星煜),《古典文學論叢》第一輯,齊魯書社,1980 年 8 月,1 版 1 刷。

△〈王實甫以外二十七家西廂考〉,(譚正璧),《文獻》第七輯,1981 年 1 月。

△〈明代上饒余瀘東氏生平之探索及其校正本西廂記的來龍去脈〉,(蔣星煜),《江西師院學報》,1981 年 2 月。

△〈西廂會眞傳湯顯祖沈璟評辨僞〉,(張人和),《社會科學戰線》,1981 年 2 月。

△〈徐奮鵬校刊的評注本西廂記和演出本西廂記〉,(蔣星煜),《戲劇藝術》,1981 年 3 月。

△〈關於寶黛所讀的十六齣本西廂記〉,(蔣星煜),《紅樓夢學刊》,1981 年 3 月。

△〈西廂記的外文譯本和滿蒙文譯本〉,(王麗娜),《文學遺產》,1981 年 3 月。

△〈西廂記受南戲傳奇影響之跡象〉,(蔣星煜),《徐州師院學報》,1981 年 4 月。

△〈李卓吾批本西廂記的特徵、眞僞和影響〉,(蔣星煜),《戲曲研究》第四輯,1982 年。

△〈西廂記稱崔氏春秋非自程巨源始〉,(張人和),《社會科學戰線》,1982 年 1 月。

△〈師儉堂刊湯顯祖本西廂記與李卓吾本的關係〉,(蔣星煜),《戲劇學習》,1982 年 1 月。

△〈西廂記徐本、屠本評釋〉,(蔣星煜),《中華文史論叢》,1982 年 2 月。

△〈西廂記的日文譯本〉,(蔣星煜),《文學遺產》,1982 年 3 月。

△〈西廂會眞傳爲閔評說質疑──與蔣星煜先生商榷〉,(張人和),《社會科學戰線》,1982 年 4 月。

△〈評明版西廂會眞傳〉,(羅忼烈),《詞曲論稿》,木鐸出版社,1982 年 6 月,初版,港。

△〈明刊羊城佑卿評釋本西廂記──一種獨特的徐文長本西廂記〉,(蔣星煜),《戲劇藝術資料》,1982 年 7 月。

△〈明容與堂刊本李卓吾西廂記對孫月峰本、魏仲雪本之影響〉，（蔣星煜），《中國戲曲史鈎沈》，見專著。

△〈稱西廂記為春秋或關氏春秋說〉，（蔣星煜），《中國戲曲史鈎沈》，見專著。

△〈屠隆對西廂記所作校正的依據和得失〉，（蔣星煜），《中國戲曲史鈎沈》，見專著。

△〈重刻訂正元本批點畫意北西廂考〉，（蔣星煜），《中國戲曲史鈎沈》，見專著。

△〈新編校正西廂記殘葉的發現〉，（段洣恆），《戲曲研究》第七輯，1982年12月。

△〈西廂記齣目演變與簡化的過程〉，（蔣星煜），《戲曲藝術》，1983年2月，增刊。

△〈北西廂弦索譜遺音絕響重現人間〉，（周凡夫），《中國音樂》，1983年4月。

△〈論朱素臣校訂本西廂記演劇〉，（蔣星煜），《文學遺產》，1983年4月。

△〈琵琶本西廂記考——對日本久保得二、傳田章二氏研究西廂記的一點補正〉，（蔣星煜），《學林漫錄》，1983年7月。

△〈清道光年間嶺南的北曲演唱本西廂記——吳蘭修桐華閣本西廂記論略〉，（蔣星煜），《戲劇藝術資料》，1983年9月。

△〈春院欣聞閉不閑——双梠掇瑣之五〉，（吳曉鈴），《光明日報》，1983年9月27日。

△〈劫中得書記‧硃訂西廂記〉，（鄭振鐸），《西諦書話》，三聯書店，1983年10月，1版1刷。

△〈劫中得書記‧李卓吾先生批點西廂記眞本〉，（鄭振鐸），《西諦書話》，同上。

△〈戲劇史上現實主義與反現實主義爭鬥的一個側面——評續西廂昇仙記和翻西廂〉，（鍾林斌），《中國戲劇年鑑1983》，1983年12月。

△〈談新編校正西廂記殘葉的價值〉，（周續賡），《文學遺產》，1984年1月。

△〈元本出相北西廂記的王、李合評本與神田喜一郎藏本〉，（蔣星煜），《中華文史論叢》，1984年1月。

△〈論西廂會眞傳為閔刻閔評本——與羅忼烈、張人和兩先生商榷〉，（蔣

星煜），《戲曲藝術》，1984 年 1 月。

△〈再論西廂會眞傳爲閔刻閔評本──答張人和同志〉，（蔣星煜），《戲曲藝術》，1984 年 1 月。

△〈明代休寧程巨源的崔氏春秋序──一篇具體而微的西廂記概論〉，（蔣星煜），《藝譚》，1984 年 3 月。

△〈西廂記稱春秋考〉，（蔣星煜），《晉陽學刊》，1984 年 5 月。

△〈董西廂・西廂記・錦西廂・不了緣〉（四篇），（蔣瑞藻），《小說考證》，上海古籍出版社，1984 年 7 月，1 版 1 刷。

△〈周昂對西廂記的研究及其對金批的再批評〉，（蔣星煜），《中國古典文學論叢》第 2 輯，人民文學出版社，1985 年。

△〈汪廷訥校環翠堂樂府本西廂記〉，（蔣星煜），《藝譚》，1985 年 1 月。

〈西廂記有多少版本〉，（東耳），《解放日報》，1985 年 2 月 14 日。

△〈評槃薖碩人西廂定本的校訂和增訂──敬質王季思先生〉，（蔣星煜），《社會科學戰線》，1985 年 2 月。

△〈徐士範本西廂記的齣目〉，（張人和），《社會科學戰線》，1985 年 2 月。

△〈弘治本西廂記刊於何年〉，（王堅），《社會科學戰線》，1985 年 2 月。

△〈西廂記版本二考〉，（蔣星煜），《揚州師院學報》，1985 年 3 月。

△〈毛奇齡對西廂記本來面目的探索──毛西河論定西廂記所作校注的依據〉，（蔣星煜），《河北學刊》，1985 年 3 月。

○〈西廂記的明刊本和地方戲劇本〉，（楊煥育），《西廂》，1985 年 4 月。

△〈明初刊本西廂記殘葉〉，（路工），《訪書見聞錄》，上海古籍出版社，1985 年 8 月，1 版 1 刷。

△〈金聖歎對西廂記的體例作過革新嗎？〉，（蔣星煜），《中國戲曲史探微》，見專著。

△〈田水月山房北西廂與重訂元本批點畫意北西廂之關係〉，（張新建），《文獻》，1986 年 2 月。

△〈徐士範本西廂記並非孤本〉，（張人和），《文獻》，1986 年 4 月。

△〈傅田章對西廂記版本學的貢獻──評明刊元雜劇西廂記目錄〉，（蔣星煜），《曲苑》第二輯，1986 年 5 月。

△〈徐士範本西廂記的孤本善本問題──兼答張人和同志〉，（蔣星煜），《中華戲曲》第 2 輯，1986 年 10 月。

△〈明刊西廂記的插圖與作者雜錄〉，（蔣星煜），《戲曲研究》第十六輯，1986 年 11 月。

△〈西廂記的版本和體例〉，（張人和），《文史》第 26 輯，1986 年。

△〈清代初年西廂記批評的新形式——關於醉心篇的幾個問題〉，（蔣星煜），《華東師範大學學報》，1987 年 6 月。

△〈海外戲曲孤本風月錦囊的新發現〉，（彭飛、朱建明），《上海藝術家》，1988 年 2 月。

〈也談徐渭評本北西廂〉，（王鋼），《文獻》，1988 年 3 月。

△〈你娘、紅娘，槃薖碩人本西廂記——答蔣星煜先生〉，（張人和），《山西師大學報》，1988 年 3 月。

△〈流失到海外的藝術瑰寶：聯邦德國科隆博物館珍藏明代采繪西廂記述評〉，（蔣星煜），《上海藝術家》，1988 年 11～12 月。

△〈封岳研究西廂記的豐碩成果——含章館西廂記的評校〉，（蔣星煜），《上海師範大學學報》，1989 年 2 月。

△〈徐文長西廂記題辭眞僞辨〉，（張新建），《南京大學學報》，1989 年 4 月。

△〈六十種曲校點者的自由——謹以此文紀念鄭振鐸師和葉聖陶老人〉，（吳曉鈴），《河北學刊》，1990 年 1 月。〔註 5〕

△〈凌濛初刻西廂記凡例〉，（顧頡剛），《顧頡剛讀書筆記》第四卷，聯經出版事業公司，1990 年 1 月，初版，臺。

△〈西廂記目錄〉，（顧頡剛），同上。

△〈關、王、馬、白名劇在國外〉，（王麗娜），《河北師院學報》，1990 年 2 月。

△〈徐文長本西廂記考〉，（張新建），《徐謂論稿》，文化藝術出版社，1990 年 9 月，1 版 1 刷。

△〈雍熙樂府本西廂的輯錄與校訂——評孫楷第《西廂記曲文・序》〉，（蔣星煜），《山西師大學報》第十八卷第 1 期，1991 年 1 月。

△〈北西廂古本校定者陳實庵〉，（柯愈春），《文獻》，1991 年 2 月。

△〈一個鮮爲人知的清鈔本西廂記〉，（張新健），《西廂記》，中州古籍出版社，1993 年 9 月，1 版 1 刷。

〔註 5〕吳氏一文，另有附錄一〈蔣星煜先生的汲古閣六十種曲及其北西廂第六節三種排印本〉、附錄二〈校點六十種曲例言〉、附錄三〈現存六十種曲初印本小說〉。

△〈徐文長本西廂記簡說〉，同上。

△〈簡說徐文長的西廂記題解〉，同上。

△〈簡說碧筠齋本西廂記〉，同上。

△〈簡說田水月山本與批畫意本〉，同上。

△〈簡說新刻徐文長公參訂本西廂記〉，同上。

五、主題思想

〈西廂記之社會意義〉，（馬玉銘），《國聞週報》第十一卷第 25 期，1934年 6 月。

△〈論西廂記的現實性〉，（程以中），《大公報》，1952 年 8 月 2 日。

〈論西廂記的主題與結尾——關於西廂記的討論〉，（吳曉鈴），《大公報》，1952 年 8 月 16 日。

〈給愛情故事注入時代精神——重讀王實甫西廂記〉，（求真），《廣西日報》，1978 年 9 月 24 日。

？〈關於西廂記愛情主題的探討〉，（夏虹），《黑龍江大學學報》，1979 年 4月。

△〈王實甫雜劇西廂記反封建主題的發展和深化〉，（蘇興），《社會科學戰線》，1980 年 1 月。

△〈西廂記人民性新探〉，（朱華麗），《韶關師專學報》，1980 年 1 月。

△〈從鳳求凰到西廂記——兼談如何評價古典文學的愛情作品〉，（王季思），《文學遺產》，1980 年 1 月。

〈西廂記的歷史意義及其時代局限〉，（馬美信），《邊塞》，1980 年 1 月。

△〈西廂記發覆〉，（董每戡），《中山大學學報》，1980 年 2 月。

△〈試論王實甫的流傳及影響〉，（金寧芬），《群眾論叢》，1980 年 3 月。

△〈從鶯鶯傳到西廂記〉，（吳國欽），《中國戲曲史漫話》，上海文藝出版社，1980 年 6 月，1 版 1 刷。

△〈創造性的改編——從鶯鶯傳到西廂記的情節典型化和主題提煉〉，（寧宗一），《古典文學論叢》第 2 輯，陝西人民出版社，1982 年。

〈爭取婚姻自由的藝術形象——簡介元雜劇西廂記〉，（靳鍾），《藝叢》，1982 年 2 月。

〈論西廂記的宗教批判〉，（朱彤），《北方論叢》，1982 年 5 月。

〈西廂記故事的歷史演變〉，（金循華、萬玉蘭），《課外學習》，1986 年 1
月。

〈王實甫西廂記的愛情婚姻觀〉，（徐煉），《湘潭大學學報增刊》，1987 年
3 月。

△〈略論西廂記中兩種價值觀念的衝突〉，（毛忠賢），《宜春師專學報》，1987
年 3 月。

△〈元雜劇中反掠奪婚姻的思潮──兼及西廂記的「寺警」和「爭豔」〉，（王
毅），《江漢論壇》，1988 年 7 月。

〈王實甫雜劇中的倫理思想〉，（莊關然），《道德與文明》，1989 年 1 月。

△〈論西廂記系統的文化內涵〉，（賀光速），《湖北大學學報》，1989 年 2 月。

〈願天下有情的都成了眷屬──讀王實甫西廂記的愛情描寫〉，（岩泉），
《山西成人教育》，1989 年 4〜5 月。

△〈西廂記的歷史意義〉，（張燕瑾），《河北學刊》，1990 年 5 月。

△〈西廂記對性禁區的沖激及其世界意義〉，（蔣星煜），《藝術界》，1991 年
4 月。

〈西廂記的題材淵源與王實甫的世界觀〉，（李水清），《文學研究與批判
集刊》第 1 輯。

六、藝術特色

（一）人物形象

？〈鶯鶯的氣質〉，（方籍），《雜誌》第十五卷第 4 期，1945 年 7 月。

〈論張珙和鶯鶯的舞台造型〉，（章崈），《大公報》，1952 年 6 月 14 日。

〈要尋得鶯鶯的心〉，（袁雪芬），《文匯報》，1957 年 1 月 12 日。

〈紅娘精神與賈桂思想〉，（賀新輝），《山西青年報》，1958 年 7 月 2 日。

△〈鶯鶯的歷史局限性與階級局限性──論紅娘的作用與西廂記的結尾〉，
（朱素君），《文匯報》，1959 年 3 月 11 日。

△〈鶯鶯和紅娘〉，（何純），《文匯報》，1959 年 3 月 12 日。

△〈崔鶯鶯與秦香蓮〉，（聞亦步），《文匯報》，1959 年 3 月 5 日。

△〈試談鶯鶯在西廂記裡的地位〉，（邵炘），《文學遺產》增刊第七輯，1959
年 12 月。

△〈崔鶯鶯的假意兒與王實甫的局限性〉，（沐陽），《文藝報》，1962 年 8 月。

〈惠明禮贊〉，（三層樓客），《羊城晚報》，1962 年 11 月 24 日。

〈論崔鶯鶯〉，（南薰），《文學評論》，1964 年 4 月。

△〈崔鶯鶯〉，（易君左），《中國百美圖》，1973 年 7 月 1 日，三版，臺。

〈善寫男女心理的王實甫〉，（林宗霖），《勵進》第 335 期，1974 年 1 月，臺。

〈何來意惹情牽──西廂記主人公登場淺析〉，（郁華），《戲劇界》，1980 年 2 月。

〈雜劇西廂記的人物描寫〉，（辛人），《藝譚》，1980 年 3 月。

〈恐俺小姐有許多假處哩──西廂記鬧簡、賴簡中的鶯鶯的喜劇形象〉，（洪雲），《廣州文藝》，1980 年 6 月。

〈離魂倩女假假眞眞──西廂記崔鶯鶯心理活動的描寫〉，（雷生），《江蘇戲劇》，1980 年 11 月。

？〈論崔鶯鶯〉，（傅治同），邵陽師專《教與學》，1981 年 1～2 月。

△〈論西廂記的人物〉，（張人和），《古典文學論叢》第二輯，齊魯書社，1981 年。

△〈如何看待西廂記中的才子佳人〉，（霍松林），《文藝報》，1981 年 11 月。

△〈西廂三幻人物性格辨〉，（段啓明），《西南師院學報》，1982 年 2 月。

△〈恐俺小姐有許多假處──談西廂記中鶯鶯的作假〉，（傅治同），《名作欣賞》，1982 年 2 月。

〈人物心理描寫及其他──評西廂記〉，（潘征起），《戲劇叢刊》，1982 年 2 月。

〈田西廂人物論〉，（馬焯榮），《藝譚》，1982 年 3 月。

△〈西廂記的矛盾衝突與紅娘的位置〉，（蔣星煜），《明刊本西廂記研究》，見專著。

〈紅娘三題──讀書札記〉，（陶士華），《佳木斯師專學報》，1983 年 1 月。

△〈談紅娘形象的複雜性〉，（么書儀），《戲曲藝術》，1983 年 2 月增刊。

△〈開拓人物的精神美──談王西廂對紅娘形象的再創造〉，（寧宗一），《元雜劇鑑賞集》，人民文學出版社，1983 年 6 月，1 版 1 刷。

〈天下奪魁，貴在寫心──談西廂記人物心理描寫〉，（岳少峰），《教學與科研》，1984 年 2 月。

〈佛門弟子的破戒──談西廂記中僧人的描寫〉，（劉福善），《寫作學習》，

1984 年 2 月。

〈論張生崔鶯鶯的愛情的思想基礎及其它〉，（張傳良），《常德師專學報》，
1984 年 5 月。

〈西廂記人物小談〉，（阿晚），《電大學刊》，1984 年 6 月。

〈眞善美的和諧統一體──西廂記崔鶯鶯小議〉，（黃世才），《韓山師專
學報》，1985 年 1 月。

? 〈試談紅娘在西廂記情節結構中的地位和作用〉，（王立），《固原師專學
報》，1985 年 1 月。

〈紅娘如何成爲千古不朽的藝術形象〉，（陳新偉），《鞍山師專學報》，1985
年 1 月。

〈論鶯鶯變卦的情感依據〉，（正如），《華東師大學報》，1985 年 2 月。

〈試論紅娘形象的塑造和流變〉，（何書置），《零陵師專學報》，1985 年 2
月。

△〈論古代戲曲心理過程的描寫〉，（周寅賓），《文學遺產》，1985 年 3 月。

△〈高歌卑賤者的勝利──西廂記拷紅賞析〉，（王季思），《文史知識》，1985
年 3 月。

〈論老夫人〉，（林文山），《山西師大學報》，1985 年 4 月。

△〈論張生〉，（林文山），《河北師範學院》，1986 年 1 月。

〈論崔鶯鶯〉，（林文山），《汕頭大學學報》，1986 年 1 月。

〈狠毒的慈母──淺談西廂記的老夫人〉，（李雲飛），《呼蘭師專學報》，
1986 年 1 月。

△〈筆底處處蕩心聲──談西廂記的人物心理描寫〉，（宋戈），《遼寧大學
學報》，1986 年 4 月。

〈從審美效果上寫美──略論王實甫描寫崔鶯鶯的美〉，（袁啓明、張粵
民），《語文學習》，1986 年 4 月。

△〈論紅娘〉，（林文山），《學術研究》，1986 年 6 月。

〈鶯鶯是眞金百煉的藝術形象──西廂三幻幾組同名形象傳承關係的研
究之二〉，（陳新偉），《韓山師專學報》，1987 年 1 月。

〈略論崔鶯鶯的性格結構〉，（華耀祥），《揚州教育學院學報》，1987 年 2
月。

△〈論知識素養在鶯鶯形象塑造中的作用〉，（秦效成），《安徽教育學院學

報》，1987 年 3 月。

〈論紅娘〉，（王在都等），《黑龍江教育學院學報》，1987 年 4 月。

〈文章士‧旐旎人──張生〉，（李簡），《古典文學知識，1987 年 4 月。

〈張生、鶯鶯和紅娘〉，（李廣柏），《元明清文學攬勝》，湖北教育出版社，1987 年。

〈不朽的藝術形象──紅娘──王實甫西廂記淺深〉，（江迪生），《楚天劇論》，1988 年 3～4 月。

△ 〈論琴童在西廂記中之地位〉，（蔣星煜），《河北學刊》，1988 年 5 月。

〈紅娘鶯鶯及其他〉，（姜超），《語文學刊》，1988 年 6 月。

〈崔鶯鶯的愛情追求〉，（么書儀），《古典文學知識》，1988 年 6 月。

〈論西廂記的人物心理描寫〉，（張曉西），《東疆學刊》，1989 年 12 月。

△ 〈從董王西廂的比較中，看張生的形象塑造〉，（蔡運長），《戲曲藝術》，1990 年 1 月。

△ 〈給普天下有情人以巨大的鼓舞力量──談西廂記中崔鶯鶯的形象〉，（張元國），《江漢論壇》，1990 年 11 月。

△ 〈紅娘的膨化、越位、回歸和變奏〉，（蔣星煜），《河北學刊》，1991 年 3 月。

△ 〈西廂記喜劇性格的刻畫〉，（周國雄），《中國十大古典喜劇論》，暨南大學出版社，1991 年 6 月，1 版 1 刷。

（二）藝術特色、情節結構、折子鑑賞

〈西廂記長亭送別折的面面觀〉，（祝九），《中國青年》，第一卷第 3 期，1940 年 3 月。

△ 〈讀西廂記哭宴〉，（俞平伯），《文學集刊》第 1 輯，1944 年 4 月。

△ 〈續談西廂記哭宴〉，（俞平伯），《文學集刊》第 2 輯，1944 年 4 月。

△ 〈驚夢比私奔合理〉，（靳山），《大公報》，1952 年 8 月 2 日。

△ 〈從鶯鶯性格發展看私奔可以結束〉，（影人），《大公報》，1952 年 8 月 2 日。

〈贊成用驚夢結束〉，（姜丕烈），《大公報》，1952 年 9 月 6 日。

〈綜論西廂記的結尾〉（上），（墨易），《大公報》，1952 年 9 月 27 日。

〈綜論西廂記的結尾〉（下），（墨易），《大公報》，1952 年 10 月 11 日。

△ 〈讀西廂記隨筆〉，（陳凡），《劇本》，1954 年 1 月。

○〈論西廂記〉，（徐朔方），《光明日報》，1954 年 5 月 10 日。

△〈對讀西廂記隨筆的商榷〉，（陳朗），《劇本》，1954 年 12 月。

△〈答對讀西廂記隨筆的商榷〉，（陳凡），《劇本》，1954 年 12 月。

△〈西廂記・長亭送別〉，（秦效侃），《語文學習》，1955 年 5 月。

　〈長亭送別〉，（方本炎），《人民文學》，1956 年 12 月。

　〈談西廂記的幾種結尾〉，（熊韓江），《福建日報》，1957 年 6 月 9 日。

　〈王實甫：長亭送別〉，（李震一），《古典文學作品分析》，湖南人民出版社，1958 年。

　〈談西廂記論崔張結局〉，（孟超），《新文化報》，1959 年 1 月 28 日。

△〈從西廂記的結尾談起〉，（王多青），《文匯報》，1959 年 2 月 3 日。

　〈談西廂記的結局及其他〉，（張守法），《新文化報》，1959 年 2 月 7 日。

△〈論鶯鶯私奔及其他〉，（曲六乙），《文匯報》，1959 年 3 月 3 日。

○〈西廂結尾之我見〉，（王爾齡），《新文化報》，1959 年 3 月 4 日。

△〈鶯鶯不宜起舞——也談西廂結尾〉，（姜銘），《文匯報》，1959 年 3 月 12 日。

△〈不能一概而論——關於鶯鶯私奔問題與典六乙同志商榷〉，（王爾齡），《文匯報》，1959 年 3 月 15 日。

△〈鶯鶯可以私奔——也談西廂記的結尾〉，（張家英），《文匯報》，1959 年 3 月 28 日。

　〈論西廂記的藝術特色〉，（伍六及），《北京大學學報》，1962 年 5 月。

△〈關於劇詩〉，（張庚），1962 年 5 月 9 日，（收入《張庚戲劇論文集（1959 ～1965）》，文化藝術出版社，西元 1984 年 5 月，1 版 1 刷。）

△〈再談劇詩——在中國劇協舉辦的第一期話劇作者學習、創作研究會上的發言〉，（張庚），1963 年 2 月。

△〈西廂記〉，（叢靜文），《元代戀愛劇十種技巧研究》，臺灣商務印書館，1978 年 11 月，初版，臺。

△〈論西廂記的藝術特色〉，（蕭善因），《吉林大學學報》，1979 年 6 月。

　〈衝突、性格、情節——漫談西廂記的戲劇衝突〉，（宋靖宗），《延安大學學報》，1979 年 1 月。

　〈讀西廂記長亭送別折〉，（溫廣義），《語言文學》，1980 年 1 月。

　〈衝突、性格、情節——漫談西廂記的戲劇衝突（續）〉，（宋靖宗），《延

安大學學報》，1980 年 1 月。

△〈西廂記的結尾是歪曲了歷史的眞實嗎？〉，（王維國），《河北大學學報》，1980 年 3 月。

△〈西廂記的喜劇成分〉，（張淑香），《元雜劇中的愛情與社會》，大安出版社，1980 年 4 月，臺。

△〈西廂記的喜劇特色〉，（顏長珂），《戲曲研究》第二輯，1980 年。

△〈論西廂記的高潮懸念及動作〉，（段啓明），《西南師院學報》，1981 年 1 月。

〈西廂記的諷刺藝術〉，（周桂峰），《淮陰師專學報》，1981 年 1 月。

△〈從西廂記談大團圓〉，（劉蔭柏），《復旦學報》，1981 年 2 月。

？〈西廂記的大團圓結局歪曲了歷史眞實嗎？〉，（？），《文藝理論研究》，1981 年 2 月。

〈西廂記藝術談〉，（吳國欽），《戲劇藝術資料》，1981 年 5 月 6 日。

△〈情境交輝——讀西廂記・長亭隨感〉，（祝肇年），《陝西戲劇》，1981 年 7 月。

〈小議西廂記・長亭送別〉，（張雲生），《唐山師專學報》，1982 年 1 月。

〈眼睛的妙用——讀西廂記隨筆〉，（祝肇年），《劇壇》，1982 年 1 月。

〈略談西廂記的情和景〉，（劉福善），《寫作學習》，1982 年 1 月。

△〈試談西廂記中的鬧簡、賴簡的原因〉，（趙軍元），《喀什師範學院學報》，1982 年 1 月。

〈寓情於景，情景交融——讀西廂記・長亭送別兩段曲詞〉，（星漢），《戲劇創作》，1982 年 3 月。

〈化腐朽爲神奇——淺談西廂記的推陳出新〉，（姚奇），《戲劇叢刊》，1982 年 3 月。

〈景色・表情・動作・心理——西廂記・長亭送別中三支曲子的分析〉，（唐永德），《北京藝術》，1982 年 4 月。

？〈針線緊密，情景交融——西廂記短長亭勘別酒賞析〉，（徐鳳生等），《語文學習》，1982 年 6 月。

〈通過甲的眼睛爲乙畫像——讀西廂記一得〉，（許來渠），《河北戲劇》，1982 年 8 月。

〈因人見境，因境見人——西廂記學習札記〉，（萬鷹），《河北戲劇》，1982

年 9 月。

〈西廂記藝術瑣談〉，（潘知常），《戲曲藝術》，1983 增刊。

〈崔張結局辨〉，（董上德），《中山大學研究生學刊》，1983 年 1 月。

△〈西廂記戲劇性論〉，（平海南），《戲劇藝術》，1983 年 2 月。

〈王實甫西廂記喜劇結尾的必然性〉，（張天龍），內蒙古師院，《語文學刊》，1983 年 3 月。

〈西廂記賴簡探微〉，（王星琦、陸沈西），《中山大學研究生學刊》，1983 年 3 月。

○〈西廂記喜劇特色淺探〉，（周維培），《藝譚》，1983 年 3 月。

〈西廂記長亭送別時間糾謬一辨〉，（卜健），《戲劇學習》，1983 年 4 月。

〈鶯鶯不曾賴簡〉，（王星琦、陸沈西），《藝譚》，1983 年 4 月。

△〈西廂記藝術談小引〉，（王季思），《南國戲劇》，1983 年 6 月。

△〈西廂記是不是喜劇？〉，（方正耀），《讀書》，1983 年 12 月。

? 〈淺談鬧簡顯示的真和美〉，（張志明），《荊州師專學報》，1984 年 1 月。

〈淺談西廂記中鬧簡、賴簡的原因〉，（趙軍元），《喀什師院學報》，1984 年 1 月。

〈發微闡妙，淋漓盡致——析西廂記的贈物〉，（姚奇），《戲劇叢刊》，1984 年 1 月。

△〈元人雜劇的喜劇風格〉，（王星琦），《南京師大學報》，1984 年 1 月。

〈道是無情卻有情——試論西廂記的結尾〉，（謝曉蘇），《成都大學學報》，1984 年 2 月。

〈西廂記情節節奏探微〉，（魯恩宏），《河南戲劇》，1984 年 2 月。

〈西廂記的藝術美〉，（韓登庸），內蒙古師院，《語文學刊》，1984 年 2 月。

〈花團錦簇，曲折多姿——賞析西廂記鬧簡一場戲〉，（夏中），《福建戲劇》，1984 年 3 月。

〈長亭送別時間糾謬再辨——兼答祝爾康同志〉，（卜鍵），《戲劇學習》，1984 年 4 月。

〈西廂記長亭送別時間無謬辨——與卜健同志商榷〉，（祝爾康），《戲劇學習》，1984 年 3 月。

〈西廂記·長亭送別折曲辭意境〉，（李萍），《語言教學與研究》，1984 年 4 月。

〈口不言，心自省——西廂記·聯吟賞析〉，（譚源材），《群眾藝術》，1984年5月。

〈摹聲繪色，狀物傳情——談西廂記的摹繪技巧〉，（周植榮），《南國戲劇》，1984年5月。

〈戲劇情節的斷想——讀王實甫西廂記有感〉，（錢傳簪），《長江戲劇》，1984年5月。

△〈論西廂記的藝術結構〉，（陳慶煌），《中央日報》，1984年5月31日，臺。

〈西廂記的結構藝術〉，（萬治明），《內蒙古日報》，1984年10月7日。

〈略談西廂記的藝術特色〉，（齊森華），《文科月刊》，1985年1月。

〈淺析西廂記情節構思的藝術特點〉，（石澤鎰），《電大文科園地》，1985年1月。

〈一波三折，妙趣橫生——西廂記鬧簡賞析〉，（滕振國），《江西戲劇》，1985年2月。

〈差強人意，未可厚非——西廂記第五本及團圓結局之我見〉，（溫人傑），《教學與管理》，1985年3月。

△〈論南西廂的敘述性〉，（平海南），《戲曲藝術》，1985年3月。

〈書簡的藝術：西廂記諸本一個情節的不同處理〉，（顏慧雲），《地方戲藝術》，1985年4月。

〈西廂記的戲劇衝突〉，（吳功正），《新劇作》，1985年6月。

〈西廂記賴簡的突轉藝術〉，（沈繼常等），《南通師專學報》，1986年2月。

〈從長亭送別看王西廂對董西廂的繼承和創新〉，（裴憲森），《貴州文史學刊》，1986年3月。

〈張生性格特徵辨析〉，（王安庭），《山西師大學報》，1986年4月。

〈試論崔鶯鶯的性心理軌跡及其文化內涵〉，（莊美之），《名作欣賞》，1986年4月。

△〈論西廂記的藝術特色〉，（范文發），《戲曲研究》，1986年7月。

〈西廂記喜劇性格刻畫的奧秘〉，（周國雄等），《中國文學研究》，1987年1月。

△〈堂前巧辯的構思及西廂記的高潮問題〉，（蔣星煜），《藝術百家》，1987年2月。

〈鬧簡賴簡實質商兌〉，（吳政），《河北師專學報》，1987 年 4 月。

〈西廂記的戲劇性〉，（李廣柏），《元明清文學攬勝》，湖北教育出版社，1987 年。

〈從西廂記長亭送別看元雜劇的民族特色〉，（周丕宏），《大學文科園地》，1987 年 4 月。

〈淺談王西廂的結構藝術〉，（紫栗），《徽州師專學報》，1988 年 1 月。

〈西廂記的藝術特色〉，（齊森華），《文科月刊》，1988 年 3 月。

△〈西廂記‧長亭送別〉，（四川省教育學院系統中國古代文學教研會），巴蜀書社，1988 年 4 月，1 版 1 刷。

△《元曲鑑賞辭典》，（賀新輝主編），中國婦女出版社，1988 年 5 月，1 版，1989 年 9 月，2 刷。〔註6〕

△〈滿懷眷念情，一曲離恨歌──西廂記‧長亭送別賞析〉，（徐應佩、周溶泉），《古典文學名篇賞析》（2），木鐸出版社，1988 年 9 月，初版。

〈滿目淒淒皆秋色　怎當一腔離人情──兼及西廂記的「寺警」和「爭豔」〉，（王毅），《江漢論壇》，1988 年 7 月。

△《元雜劇賞析》，（《西廂記》共選三折），（陳大海），廣西教育出版社，1989 年 12 月，1 版 1 刷。

△〈峰迴路轉，曲盡幽微──讀王實甫西廂記‧賴簡〉，（季苗），《中國古典文學導讀》初旭主編，遼寧教育出版社，1990 年 6 月，1 版 1 刷。

△〈霜林紅葉淚點點，離情別緒恨悠悠──西廂記‧長亭送別藝術三題〉，（初旭），《中國古典文學導讀》，同上。

△《元曲鑑賞辭典》，（蔣星煜主編），上海辭書出版社，1990 年 7 月，1 版 1 刷。

〈舞台上的喜劇，現實生活中的悲劇──讀西廂記筆記三篇〉，（方平），《文藝論叢》第 12 輯。

〈關於西廂記的結局與語言運用問題〉，（孫英傑），《文學研究與批判集刊》第 1 輯。

〈張生為什麼跳墻──西廂記賞析舉隅〉，（黃天驥），《冷暖集》。

〈長亭送別淺析〉，（唐永德），《閱讀與欣賞》，（古代文學部分）第三輯。

〔註 6〕即臺灣地球出版社出版之《元曲新賞》。共十五冊。1992 年 1 月，1 版。

（三）語言藝術

〈西廂記語言藝術三題〉,（李大珂）,《安徽戲劇》,1979 年 3 月。

〈談西廂記的語言藝術〉,（徐應佩、周溶泉）,《陝西戲劇》,1980 年 2 月。

〈西廂記語言運用的技巧〉,（宋綿有）,《南開大學學報》,1980 年 4 月。

〈西廂記語言札記〉,（張燕瑾）,《古典文學論叢》第三輯,陝西人民出版社,1982 年。

〈西廂記修辭格舉隅〉,（王齊明）,《江西師院南昌分院學報》,1982 年 2 月。

〈「江山各有才人出,各領風騷數百年」——論西廂記的文采〉,（劉靖安）,《湘潭師專學報》,1982 年 3 月。

△〈西廂記中的內蒙河套方言〉,（常虹）,《文學遺產》,1982 年 4 月。

〈談劉龍田本西廂記的韻白〉,（單乃真）,《鞍山師專學報》,1983 年。

〈西廂記曲辭中詩詞典故的運用〉,（許榮生）,《青海師專學報》,1983 年。

？〈青出於藍而勝於藍——王實甫西廂記語言藝術探索之一〉,（張粵民、袁啓明）,《常德師專學報》,1983 年 2 月。

〈妙筆傳情,天下奪魁——淺談西廂記中詩歌的作用〉,（別廷峰）,《承德師專學報》,1983 年 3 月。

△〈咀嚼不盡,愈久愈新——西廂記的詩劇風格及其表現手法〉,（張燕瑾）,《曲苑》第一輯,江蘇古籍出版社,1984 年 7 月。

〈西廂記曲辭中的修辭範例〉,（王宏偉）,《青海師院學報》,1984 年 1 月。

〈聲口逼肖繪鶯鶯——談西廂記長亭送別的語言藝術〉,（王群等）,《戲文》,1984 年 1 月。

〈試論西廂記對前人名劇的妙用〉,（孫龍驤）,《青島師專學報》,1984 年 1 月。

〈曲起覓知音——西廂記的琴音描寫〉,（福善）,《寫作學習》,1984 年 1 月。

〈西廂記的語言藝術〉,（吳功正）,《新劇作》,1984 年 2 月。

〈論王西廂寫景狀物的語言藝術〉,（張粵民、袁啓明）,《湖南師專學報》,1984 年 3 月。

〈西廂記語言的藝術魅力〉,（王良惠）,《佳木斯師專學報》,1984 年 3 月。

？〈西廂記中疊詞的巧用及其他〉,（袁啓明、張粵民）,《名作欣賞》,1984

年 5 月。

〈元雜劇語言藝術風格的一個變奏──讀西廂記〉，（詹錦隆），《雲南教育學院學報》，1985 年 1 月。

〈充滿風趣的戲曲語言──略論西廂記紅娘的語言藝術〉，（袁啓明等），《戲劇叢刊》，1985 年 2 月。

〈竟似古人尋我──王西廂廣引成句入曲的語言藝術〉，（袁啓明），《名作欣賞》，1985 年 2 月。

〈西廂詞的聲色態〉，（賈客），《語文園地》，1985 年 9 月。

〈芳蕤馥馥・青條森森──西廂記第三本第二折鬧簡的語言藝術〉，（王洪光），《語文園地》，1986 年 3 月。

〈西廂記語言的動作性〉，（朱桓夫），《戲劇》，1986 年 4 月。

〈選擇，提煉──小談西廂記中的疊音詞〉，（匡裕群），《岳陽師專雲夢學刊》，1986 年增刊。

〈西廂記語言藝術簡論〉，（陳玉蘭），《西北民族學院學報》，1987 年 2 月。

〈「如花間美人」的王實甫之詞〉，（李廣柏），《元明清戲曲攬勝》，湖北教育出版社，1987 年。

△〈西廂記第一折如何示鶯鶯之美──容貌美、形體美、姿態美、風度美……〉，（蔣星煜），《名作欣賞》，1988 年 2 月。

〈談談西廂記中韻文的繼承與發展〉，（蔡運長），《民族藝林》，1988 年 3 月。

△〈淺談西廂記的語言藝術〉，（黃兆漢），《詞曲論集》，光明圖書公司，1990 年 9 月，1 版，港。

（四）改編、演出問題

△〈從拷紅說起〉，（阿英），《劇藝日札》，上海晨光出版公司，1951 年 1 月 25 日。

〈怎樣正確處理西廂記的演出〉，（戲改座談會），《文匯報》，1952 年 5 月 10 日。

〈關於越劇西廂記的演出〉，（軍委總政文工團），《文匯報》，1952 年 5 月 11 日。

〈亂修亂改的越劇西廂記〉，（白城），《文匯報》，1952 年 5 月 11 日。

〈西廂記在莫斯科的演出〉，（阮襄），《光明日報》，1952 年 6 月 14 日。

〈評越劇西廂記的改編工作〉，（戴不凡），《人民周報》第 48 期，1952 年。

△〈論西廂記及其改編〉，（林涵表），《戲曲研究》，1957 年 1 月。

〈談西廂記的幾種結局〉，（熊韓江），《福建日報》，1957 年 6 月 9 日。

〈寫在重演西廂記的時候〉，（徐玉蘭），《解放日報》，1957 年 10 月 3 日。

△〈對論西廂記及其改編的意見〉，（碧波），《戲曲研究》，1958 年 1 月。

△〈作者的答覆〉，（林涵表），《戲曲研究》，1958 年 1 月。

〈看新改編本西廂記〉，（白融），《新文化報》，1959 年 1 月 28 日。

〈從田漢西廂記的改編談鶯鶯性格及結尾處理〉，（俞琳），《戲劇研究》，1959 年 5 月。

〈西廂記評彈初稿完成〉，《解放日報》，1962 年 1 月 21 日。

〈從贛劇西廂記的兩場戲談起〉，（汪自強），《星火》，1962 年 3 月。

〈繼承遺產發展更新——改編西廂記還魂記等劇的幾點體會〉，（石凌鶴），《光明日報》，1962 年 5 月 9 日。

〈遺音三日繞屋梁——看贛劇青陽腔西廂記〉，（阮章竟），《人民日報》，1962 年 5 月 29 日。

〈贛劇西廂記的結尾和鶯鶯的性格〉，（林涵表），《解放日報》，1962 年 6 月 19 日。

〈從抒情詩到詩劇——青陽腔西廂記改編道路探索〉，（沈嶢），《文匯報》，1962 年 6 月 22 日。

△〈改編傳統劇目的實例之一：京劇西廂記〉，（趙聰），《中國大陸的戲曲改革》，香港中文大學，1969 年 8 月，初版，港。

△〈評述王實甫改編的西廂雜劇〉，（柳無忌），《幼獅月刊》第四十八卷第 1 期，1978 年 7 月 1 日，臺。

△〈姚一葦戲劇中的語言、思想與結構〉，（黃美序），《中外文學》第七卷第 7 期，1978 年 12 月 1 日，臺。

△〈由會真記到孫飛虎搶親〉，（許心怡），《中國戲劇集刊》第 1 期，中國文化學院戲劇學系中國戲劇組，1978 年 12 月，臺。

△〈談西廂記的小說、戲曲、電影〉，（魯稚子），《書評書目》第 79 期，1979 年 11 月，臺。

〈談西廂記中的一段唱（附：曲譜）——演員手記〉，（張君秋），《人民戲劇》，1980 年 1 月。

〈撩人欲醉——看宋長榮演紅娘〉,(聶石樵),《中國古典文學名著解題》,
中國青年出版社,1980 年。

？〈從西廂記看劇本改編〉,(王曉家),《戲曲藝術》,1982 年 1 月。

△〈典雅清麗的詩劇西廂記——記袁雪芬扮演崔鶯鶯〉,(章力揮、高義龍),
《戲曲研究》,1982 年 12 月。

△〈田漢改編西廂記的成就〉,(馬焯榮),《戲曲研究》第七輯,1982 年 12
月。

〈西廂記的藝術成就及推陳出新〉,(馬少波),元代文學研究會報告,1982
年 12 月。

△〈談崑曲西廂記的改編〉,(畢丁),《戲曲研究》,1983 年 2 月。

〈賦古以新、寓奇於平——喜看崑曲新本西廂記〉,(時弢),《戲劇界》,
1983 年 2 月。

〈推陳出新重實踐——看上海崑劇團演出有感〉,(馬少波),《光明日報》,
1983 年 2 月。

〈試論田西廂的得失〉,(張粵民、張啓明),《戲劇學習》,1983 年 2 月。

△〈李紫貴導演崑劇西廂記學習札記〉,(秦肖玉),《戲劇報》,1983 年 3 月。

△〈幽蘭一枝溢清芬——評新編崑曲西廂記〉,(史乘),《戲曲研究》,1983
年 3 月。

△〈改編西廂記的設想與實踐〉,(馬少波),《文藝研究》,1983 年 2 月。

〈崑曲西廂記的新意〉,(宋大聲),《北京藝術》,1983 年 4 月。

△〈成如容易卻艱辛——漫談西廂記崑劇本的改編〉,(沈玉成),《戲劇報》,
1983 年 4 月。

△〈崑聲初奏北西廂〉,(傅雪漪),《戲劇報》,1983 年 6 月。

〈評新編西廂記後傳及其演出〉,(黎輝),《河南戲劇》,1983 年 6 月。

△〈改舊與出新——談馬少波改編的西廂記〉,(王季思),《劇本》,1983 年
10 月。

〈田漢同志與京劇西廂記〉,(張君秋),《戲劇電影報》,1983 年 12 月 25
日。

△〈演西廂,改西廂〉,(閻立品文;閻立仁整理),《戲曲藝術》,1984 年 2
月。

〈可厭的西廂腔〉,(陸萼庭),《戲劇電影報》,1984 年 4 月 22 日。

△〈紅娘演出一千場後記〉，（宋長榮），《戲劇報》，1984 年 6 月。

〈劉長瑜與活紅娘〉，（佳虎、東流、年鼎），《新華日報》，1984 年 6 月 8 日。

△〈袁雪芬在西廂記中的長短句唱腔〉，（李梅六），《戲劇報》，1984 年 7 月。

△〈我演唱紅娘——兼談民族唱法的我見〉，（常香玉），《音樂藝術》，1985 年 1 月。

△〈北崑西廂記邊緣談〉，（蔣星煜），《中華戲曲》第一輯，1986 年。

〈哀婉纏綿話長亭——從長亭送別看西廂記曲辭藝術特色〉，（趙越），《中夏藝術》，1986 年 3 月。

△〈試論馬少波 1982 年的三個劇作〉，（劉東升、王世勛），《中華戲曲》第二輯，1986 年 10 月。

〈如果王實甫看了這個西廂記〉，（解璽璋），《戲劇電影報》，1987 年 3 月 8 日。

〈進一步，退兩步〉，（解璽璋），《戲劇電影報》，1987 年 4 月 12 日。

〈談馬少波西廂記的改編與排練與實踐〉，（傅雪漪），《戲劇叢刊》，1988 年 5 月。

〈兩岸同胞共譜西廂記——記大陸與臺灣藝術家合演歌劇西廂記〉，（劉志康），《人民日報》，1988 年 11 月 11 日。

△〈田漢和周信芳〉，（洪欣），《上海藝術家》，1988 年 11～12 月。

△〈論崔張故事的再創造——兼評大陸和港台的三個改編本〉，（許翼心、王小雷），《河北師院學報》，1990 年 2 月。

△〈田漢改編西廂記始末〉（上）（下），（黎之彥），《中國戲劇》，1991 年 1～2 月。

〈少華山與西廂記：談傳統劇目的改編〉，（甄光俊），《天津日報》，1991 年 2 月 4 日。

△〈陸采〉，（朱建明），《中國古代戲曲家評傳》，中州古籍出版社，1992 年 7 月，1 版 1 刷。

△〈李日華〉，同上。

七、金批西廂記

△〈金聖歎論「才子」〉，（方孝岳），《中國文學批評》，1936 年，世界書局，

臺。

〈金聖歎與王實甫‧西廂記〉，（李葳君），《新苗》第 16 期，1937 年 4 月。

△〈金聖歎〉，（朱東潤），《中國文學批評史大綱》，開明書店，1944 年 1 月，初版，臺。

〈讀金批西廂記〉，（李九魁），《文藝生活》第一卷第 2 期，1946 年 5 月。

〈此宜閣增訂金批西廂記〉，（萬曼），《申‧俗文學》第 41 期，1949 年 9 月。

△〈金聖歎批改西廂記的反動意圖〉，（霍松林），《光明日報》，1955 年 5 月 27 日。

〈金聖歎與西廂記〉，（陳紀瀅），《東海》，1957 年 3 月。

△〈金人瑞〉，（楊宗珍），《中國文學史論集》（4），中華文化出版社，1958 年 4 月，初版，臺。

△〈才名千古不沈淪──談李溫陵與金聖歎〉（上）（中）（下），（胖僧），《暢流》第二十卷第 5、7、8 期，1959 年 10 月 16 日～11 月 16 日，臺。

〈談金聖歎的批改水滸和西廂〉，（金兆梓），《新建設》，1962 年 1 月。

△〈怎樣評價金人瑞的文學評論──兼談金批西廂記〉，（祝肇年），《文學遺產》增刊第 9 輯，1962 年 6 月。

〈金聖歎的文學批評〉，（劉大杰、章培恒），《中華文史論叢》第三輯，1963 年 5 月。

〈對金批西廂記的我見〉，（段茂南），《光明日報》，1966 年 3 月 6 日。

△〈談王實甫著金聖歎批西廂記〉，（張易克），《中國文選》第 40 期，1970 年 8 月 1 日，臺。

△〈談金聖歎式的批評〉，（陳香），《書評書目》第 11 期，1974 年 3 月 1 日，臺。

△〈金批西廂記讀後〉，（姚垚），《中外文學》第三卷第 2 期，1974 年 7 月 1 日，臺。

△〈論金聖歎的批評方法〉（上）（中）（下）（續完），（陳香），《書評書目》第 17～20 期，1974 年 9 月 1 日～12 月 1 日，臺。

△〈論金批水滸和西廂的兩個問題〉，（陳萬益），《中華文化復興月刊》第九卷第 5 期，1976 年 5 月，臺。

△〈有比較才能鑒別──金西廂優於王西廂之我見〉，（張國光），《文學評

論叢刊》，1979 年 3 月。

△〈從第六才子書看金聖歎的文藝觀〉，（江巨榮），《古代文學理論研究》第 2 輯，1980 年。

△〈傑出的古典戲劇評論家金聖歎──金本西廂記批文新評〉，（張國光），《古代文學理論研究》第 3 輯，1981 年 2 月。

△〈論金聖歎評改西廂〉，（林文山），《社會科學研究》，1981 年 5 月。

△〈金聖歎評點貫華堂第六才子書西廂記〉，（聶石樵），《中國古典名著解題》，中國青年出版社，1982 年 6 月，1 版 1 刷。

△〈論批評家金聖歎〉，（滕云），《古典小說戲曲探藝錄》，天津人民出版社，1982 年 9 月。

△〈月度回廊法──古典戲曲劇作淺釋之五〉，（謝明），《新劇作》，1983 年 2 月。

△〈移堂就樹法──古典戲曲劇作淺釋之六〉，（謝明），《新劇作》，1983 年 3 月。

〈出之或然，入以必然──從金西廂看金聖歎戲劇觀的一個矛盾〉，（鄧喬彬），《藝譚》，1983 年 4 月。

△〈金聖歎〉，（張健），《明清文學批評》，國家書店有限公司，1983 年 7 月，初版。

〈金聖歎論戲劇衝突〉，（金登才），《戲劇論叢》，1984 年 1 月。

○〈獨上瑤台十二重──論金聖歎評點西廂記的貢獻〉，（劉闓），《青海民族學院學報》，1984 年 2 月。

△〈難道還不應為金聖歎平反？──讀何滿子同志貶金聖歎的新作及其舊著駁議〉，（張國光），《中南民族學院學報》，1984 年 3 月。

△〈那輾──中國古代文學創作的重要藝術手法〉，（林文山），《學術研究》，1984 年 3 月。

〈金聖歎論那輾〉，（葛楚英），《孝感師專學報》，1985 年 1 月。

△〈金聖歎評點西廂記的戲劇藝術觀〉，（周書文），《北京師院學報》，1985 年 2 月。

△〈評金西廂〉（上）（下），（林文山），《戲曲藝術》，1985 年 3～4 月。

〈境中人‧人中境──淺析金聖歎論西廂記的語言〉，（金登才），《戲文》，1985 年 4 月。

△〈金批第六才子書發覆〉，（齊森華），《曲論探勝》，華東師範大學出版社，1985 年 4 月，1 版 1 刷。

△〈月度回廊〉，（林文山），《文藝研究》，1985 年 4 月。

〈戲曲理論發展史上的突破性貢獻——第六才子書述評之一〉，（馬必勝），《蘇州大學學報》，1985 年 4 月。

△〈金聖歎〉，（何滿子），《中國歷代著名文學家評傳》第五卷，山東教育出版社，1985 年 4 月，1 版 1 刷。

〈金聖歎論戲劇人物語言個性化〉，（謝柏良），《文科月刊》，1985 年 5 月。

〈金聖歎的戲曲評點淺探〉，（齊森華），《大學文科園地》，1985 年 5 月。

△〈略談金聖歎的戲曲美學思想——金批本西廂記校注札記〉，（張之中），《中華戲曲》第 1 輯，1986。

〈愛佳人則愛·愛先王則又愛——試論金聖歎評點西廂記的矛盾心理〉，（廖可斌），《中國文學研究》，1986 年 1 月。

△〈金聖歎刪改西廂記的得失〉，（傅曉航），《戲劇：中央戲劇學院學報》，1986 年 3 月。

〈金批西廂簡論〉，（傅曉航），《地方戲藝術》，1986 年 4 月。

△〈金聖歎的西廂記批評〉，（葉長海），《戲曲論叢》第一輯，甘肅人民出版社，1986 年 5 月，1 版 1 刷。

〈文情激蕩·旖旎呈彩——金聖歎評西廂記的語言藝術〉，（鍾法），《學術論壇》，1986 年 5 月。

△〈金聖歎戲曲文學創作論的邏輯結構〉，（譚帆），《學術月刊》，1986 年 6 月。

△〈金聖歎評西廂記的寫作技巧〉，（傅曉航），《中華戲曲》第二輯，1986 年 10 月。

△〈金批西廂諸刊本紀略〉，（傅曉航），《戲曲研究》第二十輯，1986 年 11 月。

△〈金聖歎戲曲人物理論爭議〉，（譚帆），《文學遺產》，1987 年 2 月。

〈金聖歎研究的又一成果——讀張國光校注的《金聖歎批本西廂記》〉，（祝風梧），《湖北大學學報》，1987 年 5 月。

△〈怎樣評價金聖歎〉，（小羊），《解放日報》，1987 年 7 月 2 日。

△〈我國古代戲曲修辭論的奇葩——金聖歎的評點修辭〉，（宗廷虎），《語

言教學與研究》，1988 年 3 月。

△〈論金批西廂的敘事理論〉，（劉靖安），《衡陽師專學報》，1989 年 1 月。

△〈金批西廂的底本問題〉，（傅曉航），《文獻》，1989 年 3 月。

△〈金聖歎論創作心理──金批西廂讀書札記之一〉，（陳竹），《華中師範大學學報》，1989 年 5 月。

△〈金聖歎小說戲曲評點理論的文藝心理學價值〉，（佘德餘），《北方論叢》，1989 年 6 月。

△〈金聖歎與紅樓夢脂批〉，（季稚躍），《紅樓夢學刊》，1990 年 1 月。

△〈論金聖歎的悲劇美學思想〉，（鄒世毅），《藝術百家》，1990 年 1 月。

△〈清代金批西廂研究概覽〉，（譚帆），《戲劇藝術》，1990 年 2 月。

△〈金聖歎美學思想體系初探〉，（梅慶吉），《晉陽學刊》，1990 年 2 月。

△〈金批西廂底本之探索──兼評金西廂優於王西廂之說〉，（蔣星煜），《河北學刊》，1990 年 3 月。

△〈論金聖歎批本西廂記〉，（江興祐），《浙江學刊》，1990 年 3 月。

△〈金聖歎評點西廂記筆法縷析〉，（鍾法），《學術論壇》，1991 年 2 月。

？〈特別重視小說戲曲評論的金聖歎〉，（黃緯堂），《中國歷代文藝理論家》，木鐸出版社，臺。

△〈領異標新，別開生面──略談金聖歎對戲曲理論的貢獻〉，（齊森華），《古代文學理論研究》第 10 輯。

△〈何以金聖歎不以西廂記為淫書〉，（賴雅靜），？，臺。

八、《西廂記》研究

（一）箋注解證

〈釋奇擎〉，（李松筠），《讀書週刊》，第 82 期，1937 年 1 月 7 日。

〈西廂五劇注〉，（子振），《文潮月刊》第三卷第 1 期，1947 年 5 月。

〈西廂五劇注補正〉，（王季思），《申‧俗文學》第 74 期，1947 年 12 月。

〈西廂五劇注語法舉例〉，（王季思），《申‧俗文學》第 54 期，1948 年 2 月。

〈評陳志憲西廂記箋證〉，（王季思），《申‧俗文學》，1948 年 3 月。

○〈關於古典文學作品出版工作問題〉，（康生），《戲劇論叢》，1958 年 8 月。

△〈長亭送別選註〉，（方祖燊），《古今文選》第 338 期，1958 年 11 月 16

日。

〈談西廂記的詞語解釋〉，（張心逸），《中國語文》，1959 年 4 月。

〈整理西廂記異體字的幾點經驗〉，（王季思），《光明日報》，1961 年 9 月 5 日。

〈第四次西廂記校改本補記〉，（王季思），《安徽大學學報》，1978 年 2 月。

? 〈關於西廂記校注中的幾個問題──敬與王季思先生商榷〉，（許幼珊），《黑龍江大學學報》，1979 年 4 月。

△〈王季思、吳曉鈴兩種西廂記注〉，（聶石樵），《中國古典文學名著解題》，中國青年出版社，1980 年 6 月，1 版 1 刷。

△〈關於「綠依依牆高柳半遮」〉，（喬天），《社會科學輯刊》，1981 年 1 月。

△〈談談西廂記新注〉，（君山），《世界圖書 A 輯》，1981 年 7 月。

△〈西廂記六字三韻語誤引辨證〉，（張人和），《文學遺產》，1982 年 1 月。

〈且說「棄擲今何道」──西廂記探微〉，（李協軍），《昆明師院學報》，1982 年 2 月。

〈也談「棄擲今何道」〉，（于德馨），《昆明師院學報》，1982 年 4 月。

△〈西廂記新注注釋商榷〉，（王萬莊），《文學遺產》，1982 年 4 月。

△〈顫不刺的〉，（嚴敦易），《元明清戲曲論集》，中州書畫社，1982 年 8 月。

△〈集評校注西廂記前記〉，（王季思），《戲曲研究》第七輯，1982 年 12 月。

〈評王季思先生的西廂記注釋〉，（王學奇），《語文研究》，1983 年 1 月。

〈「顫不刺」再解〉，（劉溶），《中州學刊》，1983 年 2 月。

△〈也談西廂記的注釋〉，（彌松頤、張燕瑾），《文學遺產》，1983 年 4 月。

△〈崔鶯鶯待月西廂記〉，（選〈拷紅〉、〈長亭送別〉二折），（曾永義），《中國古典戲劇選注》，國家出版社，1983 年 12 月，初版，臺。

△〈「好教賢聖打」一解〉，（謝人吾），《人文雜誌》，1984 年 1 月。

〈對西廂記幾則注釋的看法〉，（康邁千），《河北學刊》，1984 年 1 月。

△〈「顫不刺」為美玉、美女考──讀明刊西廂記偶拾之二〉，（蔣星煜），《揚州師院學報》，1984 年 4 月。

〈再評王季思先生的西廂記注釋〉，（王學奇），《天津教育學院學報》，1985 年 2 月。

〈「行監坐守」辨──西廂一議〉，（傅義），《宜春師專學報》，1985 年 2 月。

△〈西廂記異文四考〉，（蔣星煜），《中華文史論叢》，1985 年 3 月。

〈西廂記方言十三解〉，（趙曉茂），《河北師大學報》，1985 年 4 月。

〈西廂記王注獻疑〉，（呂鴻運），《廣西師範大學學報》，1988 年 1 月。

△〈莫把「紅娘」作「你娘」〉，（蔣星煜），《山西師大學報》，1988 年 1 月。

△〈老夫人閉春院考釋〉，（蔣星煜），《河北師範學報》，1989 年 2 月。

△〈王注西廂記詞語再探〉，（盧甲文），《殷都學刊》，1989 年 4 月。

△〈就西廂記中方言注釋與王季思先生商榷〉，（刑文英、趙小茂），《河北大學學報》，1991 年 3 月。

△〈西廂記中「大」讀「墮」音考〉，（王雪樵），《文獻》，1991 年 4 月。

（二）研究與考證

△〈西廂記的批評與考證〉，（張友鸞），《小說月報》第 17 卷號外，1927 年 6 月。

△〈西廂記的考證問題〉，（謝康），《小說月報》第 17 卷號外，1927 年 6 月。

？〈西廂研究〉，（李仰南），《夜光》第 1～3 期，1931 年 10～12 月、1932 年 1 月。

〈西廂記研究〉，（周越然），《文藝世紀》第一卷第 1 期，1944 年 9 月。

〈關於西廂記和有關西廂記的評論〉，（劉秉義），《山西師院學報》，1957 年 1 月。

○〈翻西廂、錦西廂辨〉，（周紹良），《光明日報》，1962 年 5 月 26 日。

△〈論崔鶯鶯書評〉，（南薰），《文學評論》，1964 年 4 月。

〈西廂記評論中存在的問題〉，（李漢秋），《光明日報》，1964 年 8 月 23 日。

△〈續西廂作者問題識疑〉，（羅忼烈），《東方》第 18 期，（中國小說戲曲研究專號），1968 年 3 月，港。

△〈關於叢靜文「南北西廂記比較」〉，（鄧綏寧），《中華日報》，1976 年 8 月 23 日，臺。

？〈魯迅論中國古典文學：西廂記〉，（廈門大學中文系），福建人民出版社，1979 年 10 月。

〈西廂記考證〉，（楊振雄），《大成》第 84 期，1980 年 11 月 1 日。

〈駁康生關於西廂記研究的幾點謬論〉，（喬天），《大連師專學報》，1981 年 1 月。

△〈沈迷西廂三十年——論明刊本西廂記後記〉，（蔣星煜），《隨筆》，1981年1月8。

△〈久保得二及其中國戲曲研究〉，（張杰），《戲曲研究》第六輯，1982年7月。

△〈西廂曲論辨誤〉，（張人和），《東北師大學報》，1983年4月。
　〈崔鶯鶯、鄭恆新證〉，（李鐵城），《河南戲劇》，1983年4月。

△〈明人批評西廂記述評〉，（么書儀），《中國古典文學論叢》第一輯，人民文學出版社，1984年。

△〈如此新證不可取——崔鶯鶯鄭恆新證駁論〉，（張人和），《光明日報》，1984年1月24日。
　〈西廂記研究綜述〉，（朱桓夫），《文學研究動態》，1984年9月。

△〈西廂記研究與中日文化交流——西廂記罕見版本考・自序〉，（蔣星煜），《戲劇界》，1985年2月。

△〈案頭之曲辨析〉，（蔣星煜），《光明日報》，1986年7月1日。

△〈「西學」在搖籃中叫嚷〉，（蔣星煜），《上海戲劇》，1987年6月。

△〈近年來西廂記研究綜述〉，（周續賡），《文史知識》，1988年2月。

△〈論西廂記的評點系統〉，（譚帆），《戲劇藝術》，1988年3月。

△〈田中謙二對元雜劇的翻譯注釋與研究〉，（蔣星煜），《河北學刊》，1989年1月。

△〈評張人和集評校注西廂記〉，（蔣星煜），《戲劇藝術》，1989年2月。

△〈研究西廂記的一個歷程〉，（蔣星煜），《藝術百家》，1989年10月。

△〈蔣星煜的西廂記研究〉，（趙山林），《上海藝術家》，1989年3月。
　〈析蔣星煜先生的西廂記研究〉，（譚帆），《安徽新戲》，1989年4月。

△〈王季思戲曲研究成果初探〉，（蕭德明），《文藝研究》，1989年5月。

△〈從鄭恆夫人崔氏合祔志談石刻文學的價值〉，（葉程義），《文史哲雜誌》六卷2～3期，1980年1月，臺。

△〈西廂記新探述評〉，（林宗毅），《中國文學研究》第8期，1994年5月，臺。

九、雜　論

　〈讀西廂記偶筆〉，（楊澹廬），《中華小說界》第二卷第7期，1915年7

月。

○〈北西廂記展覽會〉，（容媛），《燕京學報》第 12 期，1932 年 12 月。

△〈從新聞立場看西廂記〉，（潘霖），《中央日報》，1949 年 3 月 15 日，臺。

△〈試談西廂記的清理〉，（張江東），《大公報》，1952 年 7 月 26 日。

△〈讀西廂記隨筆〉，（陳凡），《劇本》，1954 年 1 月。

○〈談西廂記木刻插圖〉，（彥涵），《美術》，1954 年 6 月，北京人民美術出版社。

？〈談王實甫的西廂記〉，（文林），《文壇》第 141 期，1956 年 12 月。

〈西廂記專家康生這個人〉，（華袞），《春秋》第 63 期，1960 年 2 月 16 日。

△〈西廂記的故事〉，（寧遠），《小說新話》，1961 年 1 月，港。

〈重刊元本西廂記插圖〉，《河北美術》，1962 年 6 月。

〈戲劇與史實——談西廂記戲外瑣傳〉，（王立忠），《中原文獻》第九卷第 6 期，1977 年 6 月，臺。

△〈王實甫西廂記的由來〉，（秦明），《中央日報》，1978 年 7 月 19 日，臺。

〈與柳無忌教授談西廂〉，（邱秀文），《時報周刊》第 54 期，1978 年 12 月 10 日，臺。

△〈王實甫西廂記的文學價值〉，（秦明），《中央日報》，1978 年 7 月 26 日，臺。

〈張生爲什麼跳墻——西廂記賞析舉隅〉，（黃天驥），《南國戲劇》，1980 年 3 月。

〈賈寶玉讚美過的好文章——西廂記〉，（徐濤），《湖北日報》，1979 年 10 月 14 日。

〈西廂記淵源〉，（楊振雄等），《大世界》，1980 年 4 月。

〈情眞語透——讀西廂雜感〉，（祝肇年），《長江戲劇》，1981 年 3 月。

〈舞台上的喜劇，現實生活上的悲劇——讀西廂記筆記三篇〉，（方平），《文藝論叢》第 12 輯，1981 年 1 月。

△〈我對於王實甫西廂記的五點看法〉，（趙景深），《讀書》，1981 年 4 月。

〈從西廂記談起〉，（長弓島），《黑龍江戲劇》，1981 年 4 月。

〈欣賞西廂記〉，（吳國欽），《南國戲劇》，1981 年 6 月。

〈讀王實甫西廂記瑣記〉，（丁一），《黔陽師專·教與學》，1982 年 1 月。

〈西廂記三題〉，（古今），《聊城師院學報》，1982 年 2 月。

△〈西廂故事的來龍去脈〉，（戚宜君），《中華文藝》第二十四卷第 1 期，1982 年 9 月，臺。

△〈唐人傳奇與後代戲劇〉，（譚正璧、譚尋），《文獻》第十三輯，1982 年 9 月。

〈漫談西廂記的讀法〉，（陳多），《黑龍江戲劇》，1983 年 2 月。

〈西廂故事溯源小議──讀世說新語札記〉，（馬寶豐、郭孝儒），《山西師院學報》，1983 年 2 月。

〈西廂記教學札記〉，（張自新），《唐山師專學報》，1983 年 3 月。

〈普救寺與西廂記〉，（高世瑜），《旅行家》，1983 年 4 月。

△〈西廂記帶姓之由來〉，（蔣星煜），《戲曲研究》，1983 年 6 月。

〈西廂記論叢〉，（張人和），《中山大學學報》，1983 年 7 月。

〈西廂記與春秋經〉，（俞爲民），《江蘇戲劇》，1983 年 10 月。

〈西廂記二題〉，（陳賡平），《蘭州大學學報》，1984 年 3 月。

△〈陳老蓮彩筆畫鶯鶯〉，（蔣星煜），《海石花》，1984 年 4 月。

〈普救寺・西廂記・紅娘〉，（賀新輝），《山水・風情・人物》，中國展望出版社，1985 年。

〈西廂記中的一個法律問題〉，（柳志），《重慶師院學報》，1985 年 1 月。

〈關於西廂記的普救寺〉，（龔維英），《當代戲劇》，1985 年 8 月。

〈紅娘一曲高天下──荀派名旦宋長榮二三事〉，（余愛海），《河北日報》，1986 年 1 月 1 日。

△〈西廂記酒令〉，（周作人），《知堂書話》，（鍾叔河編），岳麓書社，1986 年 4 月，1 版 1 刷。

△〈一部罕見的古典戲曲悲劇論著──卓人月氏新西廂序簡介〉，（陳多），《曲苑》第二輯，1986 年 5 月。

〈小土孩到活紅娘──著名京劇男旦宋長榮傳奇〉，（郭曉林、徐凌雲），《影劇月報》，1987 年 2 月。

? 〈一件珍貴的戲曲文物〉，（仝毅），《戲友》，1987 年 4 月。

〈讀西廂札記〉，（孫學明），《杭州師範學院學報》，1988 年 1 月。

△〈西廂記之西廂考〉，（蔣星煜），《中華戲曲》第五輯，1988 年。

△〈王實甫因何用明月三五夜其詩而略其題〉，（蔣星煜），《河北師院學報》，

1990 年 2 月。

△〈西廂記七事〉，（吳曉鈴），《藝術界》，1990 年 11 月。

△〈明月三五夜題解〉，（蔣星煜），《文史知識》，1991 年 2 月。

△〈普救寺鶯鶯塔〉，（韓德昌），《人民日報：海外報》，1991 年 3 月 1 日。

△〈西廂記──拷紅〉，（顧思敏），《蝴蝶夢》創刊號，1991 年 5 月 16 日，臺。

十、比較研究

〈董西廂與王西廂之比較〉，（作舟），北京《益世報》，1926 年 5 月 4～14 日。

△〈讀西廂記與 Romeo and Juliet──中西戲劇基本觀念之不同〉，（堯子），《光華半月刊》第四卷第 1 期，1935 年 10 月。

△〈讀西廂記與 Romeo and Juliet──中西作者描寫人物之不同〉，（堯子），《光華半月刊》第四卷第 3 期，1935 年 11 月。

〈元代四折以上雜劇西廂記與西游記〉，（苦水），《中法大學月刊》第十卷第 5 期，1937 年 3 月。

〈西廂記與西游記〉，（顧隨），《中法大學月刊》第十卷第 5 期，1937 年 3 月。

〈東墻記與西廂記〉，（隋樹森），《文史雜誌》第二卷第 5～6 期，1942 年 6 月。

〈西廂與琵琶〉，（周越然），《風雨談》1 期，1943 年 4 月。

〈董西廂和王西廂〉，（傅懋勉），《人文科學雜誌》，1957 年 2 月。

△〈東牆記〉，（嚴敦易），《元劇斟疑》，中華書局，1960 年 5 月，1 版 1 刷。〔註7〕

〈鶯鶯傳與西廂記〉，（徐泉聲），《東吳》第九卷第 4 期，1967 年 6 月，臺。

△〈熊式一──英譯西廂記新序〉，（夏志清），《純文學》第三卷第 6 期，1968 年 6 月，臺。

△〈西廂記與席麗絲蒂娜之比較研究〉，（劉啓分），《嘉義師專學報》第 4

〔註 7〕 這篇文章花很大的篇幅比例說明現存《東牆記》關目與《西廂記》雷同。

期，1973 年 5 月，臺。

△〈論男主角之愛情與悲劇──西廂記與席麗絲蒂娜之比較研究之三〉，（劉啓分），《嘉義師專學報》第 5 期，1974 年 5 月，臺。

△〈論紅娘與席娘──西廂記與 La Celestina〉，（劉啓分），《中外文學》第六卷第 5 期，1977 年 10 月 1 日，臺。

△〈與王西廂合稱雙璧的董解元西廂記〉，（柳無忌），《幼獅學誌》第十四卷第 3～4 期，1977 年 12 月，臺。

△〈董西廂和王西廂〉，（張明華），《書林》，1979 年 2 月。

△〈論西廂三幻──鶯鶯傳──董西廂──王西廂〉，（段啓明），《西南師院學報》，1980 年 2 月。

△〈西廂記、牡丹亭和紅樓夢〉，（徐扶明），《紅樓夢研究集刊》第 6 輯，1981 年 2 月 8 日。

〈王實甫和湯顯祖血淚寫戲曲〉，（壽生），《藝譚》，1981 年 3 月。

△〈元明愛情團圓劇的思想框架〉，（李元貞），《中外文學》第十卷第 1 期，1981 年 6 月，臺。

〈從董西廂到王西廂〉，（蕭源錦），《戲劇界》第 17 期，1981 年 10 月 5 日。

？〈獨創放異彩──牡丹亭與西廂記比較〉，（齊裕焜），《名作欣賞》，1982 年 1 月。

〈吳曉鈴談西廂記、金瓶梅及中國俗文學〉，（潘捷），《明報月刊》，1982 年 1 月，港。

△〈紅樓夢對西廂記的借鑑〉，（蔣星煜），《藝譚》，1982 年 3 月。

〈塞萊斯娜和西廂記中婦女形象比較〉，（遠浩一），《外國語》，1982 年 3 月。

〈東墻記與西廂記〉，（于克平），《文苑縱橫談》第 4 期，1982 年 10 月。

△〈紅樓夢與西廂記〉，（李夢生），《紅樓夢學刊》，1983 年 1 月。

△〈「蒲東寺懷古詩」謎底試探〉，（斯偉），《紅樓夢學刊》，1983 年 1 月。

〈簡析「維洛那二紳士」和西廂記裡幾段心理描寫〉，（王諾），《宜昌師專學報》，1983 年 1 月。

△〈從西廂記、牡丹亭看桃花扇中愛情主題的發展〉，（平西），《武漢大學學報》，1983 年 2 月。

? 〈在繼承中創新──董西廂和王西廂的長亭送別〉,(傅義),《宜春師專學報》,1983 年 2 月,《名作欣賞》,1984 年 4 月。

〈比較王西廂與董西廂的長亭送別〉,(曾憲森),《玉林師專學報》,1983 年 2～3 月合刊。

△〈敘述技巧與語言功能──讀「奧卡桑與尼克麗」和「董西廂」〉,(彭秀貞),《中外文學》第十一卷第 12 期,1983 年 5 月 1 日,臺。

△〈「奧卡桑與尼克麗」和「董西廂諸宮調」裡的韻散交互運用和詩功能〉,(吳若芬),《中外文學》第十一卷第 12 期,1983 年 5 月 1 日,臺。

〈驚夢、離魂、游陰──西廂記、倩女離魂、牡丹亭浪漫主義創作方法初探〉,(徐鳳生),《江蘇戲劇》,1983 年 11 月。

○〈倩女離魂是西廂記的反動嗎?〉,(姜志信),《河北師範學報》,1984 年 2 月。

△〈驚人的相似,深刻的差異──從兩段相似的戲劇獨白所想到的西廂記和羅密歐與朱麗葉比較研究〉,(方非),《光明日報》,1984 年 2 月 4 日。

〈西廂記和羅密歐與朱麗葉的繼承與創新〉,(吳金韜),《寧波師院學報》,1984 年 3 月。

〈同是寫送別,語言各千秋──長亭送別與元帝送妃語言淺析〉,(韓軍),《天津師專學報》,1984 年 3 月。

△〈湯顯祖與西廂記──有關崔鶯鶯、杜麗娘比較研究的一些看法〉,(蔣星煜),《江西師範大學學報》,1984 年 3 月。

〈在繼承中創新──比析董西廂和王西廂的長亭送別〉,(傅義),《名作欣賞》,1984 年 4 月。

△〈簡論日本近代的中國戲曲研究〉,(張杰),《戲曲研究》,1984 年 8 月。

〈崔鶯鶯杜麗娘之比較〉,(鄒自振),《撫州師專學報》,1985 年 1 月。

〈羅密歐與朱麗葉和西廂記創作上的異同現象〉,(吳金韜),《中國比較文學》,浙江文藝出版社,1985 年 1 月。

△〈北有西廂,南有拜月──談南戲拜月亭記〉,(俞紀東),《文史知識》,1985 年 2 月。

〈董西廂和王西廂語言風格比較〉,(賈慶申),《許昌師專學報》,1985 年 2 月。

△〈從西廂記、㑇梅香中賴簡談起〉,(劉蔭柏),《河北師院學報》,1985 年

3 月。

△〈從董解元西廂記到王實甫西廂記〉，（曹聚仁），《聽濤室劇話》，中國戲劇出版社，1985 年 4 月，1 版 1 刷。

△〈平劇中的小戲——打櫻桃與西廂記〉，（吳家璧），《民俗曲藝》第 36 期，1985 年 7 月，臺。

△〈論西廂故事的劇情演變——以董、王兩西廂為中心〉，（陳慶煌），《中央日報》，1985 年 5 月 9 日，臺。

〈羅密歐與茱麗葉和西廂記的比較〉，（桑敏健），《杭州大學學報》，1986 年 1 月。

〈西廂記對金瓶梅的影響——兼談金瓶梅的作者問題〉，（蔣星煜），《華東師範大學學報》，1986 年 1 月。

〈拜月亭與西廂記思想性之比較——兼談關漢卿、王實甫的愛情婚姻觀〉，（關四平），《綏化師專學報》，1986 年 1 月。

〈從崔鶯鶯、杜麗娘到林黛玉〉，（黃進），《汕頭大學學報》，1986 年 2 月。

〈從長亭送別看王西廂對董西廂的繼承和創新〉，（曾憲森），《貴州文史叢刊》，1986 年 3 月。

〈盛開在天各一方的春葩——西廂記、羅密歐與茱麗葉的人生透視和民族性差異〉，（岸波），《西北民族學院學報》，1986 年 4 月。

△〈李開先與金瓶梅中有關西廂記之描寫——金瓶梅作者考的一項重要參證〉，（卜鍵），《戲劇：中央戲劇學院學報》，1986 年 4 月。

△〈一部承前啟後的愛情悲劇——嬌紅記和元代四大愛情劇的比較分析〉，（蕭善因、張全太），《中華戲曲》第二輯，1986 年 10 月。

△〈飛蟲與紅娘〉，（趙雲雁），《民俗曲藝》第 44 期，1986 年 11 月，臺。

△〈戲曲小說十才子書考〉，（王樹偉），《河北師院學報》，1987 年 1 月。

△〈也談金瓶梅與西廂記——與蔣星煜先生商榷〉，（周鈞韜），《華東師範大學學報》，1987 年 2 月。

〈崔鶯鶯和杜麗娘〉，（馬樹園），《太原師專學報》，1987 年 2 月。

〈論金西廂對紅樓夢的影響〉，（林文山），《紅樓夢學刊》，1987 年 2 月。

△〈明清劇壇評點之學的源流〉，（吳新雷），《藝術百家》，1987 年 4 月。

△〈董西廂・王西廂・南西廂〉，（孚若），《古典文學知識》，1987 年 4 月。

△〈從驚夢到離魂——試論倩女離魂對西廂記的繼承與發展〉，（歐陽光），

《文史知識》，1987 年 4 月。

△〈試論鶯鶯傳、董西廂、王西廂中的婚宦矛盾〉，（陳良海），《貴州文史叢刊》，1988 年 1 月。

△〈西廂記聖藥王與蘇東坡春夜〉，（蔣星煜），《文史知識》，1988 年 2 月。

〈崔鶯鶯與杜麗娘〉，（王德威），《河北大學學報》，1988 年 4 月。

△〈羅密歐與朱麗葉和西廂記劇作上的同異現象〉，（吳金韜），《中國比較文學》，（東方比較文學專輯），1988 年，總第 7 期。

△〈金聖歎與金瓶梅〉，（高明誠），水牛出版社，1988 年 7 月 30 日，臺。

△〈金聖歎的小說、戲曲批評〉，（徐壽凱），《中國古代藝文思想漫話》，木鐸出版社，1988 年 9 月，初版。

〈一掬悲傷淚，傾訴兩樣情──西廂記和羅密歐的比較分析〉，（方溢華），《廣州師院學報》，1989 年 2 月。

〈西廂記與漢宮秋離別場面之比較〉，（周曉痴），《大舞台》，1989 年 3 月。

△〈從西廂記等四部名著看元明清戲劇愛情觀念的演變和發展〉，（王開初），《戲劇評論》，1989 年 6 月。

△〈太平多暇與董、王西廂的產生〉，（陳美林），《河北師院學報》，1990 年 2 月。

△〈從鶯鶯傳到西廂記看才子佳人戲劇模式的形成〉（提要），（朱昆槐），《河北師院學報》，1990 年 2 月，臺。

△〈以詩療疾的愛侶〉，（何天傑），中華書局（香港）有限公司，《聊齋的幻幻眞眞》，1990 年 7 月，初版。

△〈董西廂與王西廂的比較〉，（黃兆漢），《詞曲論集》，光明圖書公司，1990 年 9 月，1 版，港。

△〈百煉鋼化爲繞指柔──金批水滸與西廂記比較研究〉，（高小康），《陰山學刊》，1991 年 2 月。

△〈元四大愛情劇婚姻觀辨析〉，（余岢），《齊魯學刊》，1991 年 2 月。

△〈從鶯鶯傳到西廂記論中國悲喜劇的發展〉，（朱昆槐），《書目季刊》第二十五卷第 1 期，1991 年 6 月，臺。

△〈試談中國古典愛情戲曲的大團圓結局〉，（何加焉），？

△〈愛情題材：從發展層次上觀照（上）──兼論西廂記與牡丹亭之異同〉，（寧宗一），《戲曲藝術》，1992 年 1 月。

△〈世說、晉書韓壽偷香與鶯鶯傳、西廂記的傳承關係〉，（詹秀惠），《中央大學人文學報》第 11 期，1993 年 6 月，臺。

△〈西廂記與鶯鶯傳的內容比較〉，（李炳傑），《中國語文》第 322 期。

十一、其　他

△〈清代曲家沈謙〉，（劉輝），《戲曲研究》第六輯，1982 年 7 月。

△〈石龐後西廂小考〉，（官桂銓），《文獻》第十六輯，1983 年 6 月。

△〈趙德麟的蝶戀花鼓子詞〉，（曹聚仁），《聽濤室劇話》，中國戲劇出版社，1985 年 4 月，1 版 1 刷。

〈焦竑的隱居、交游與其別號龍洞山農〉，（卜健），《文學遺產》，1986 年 1 月。

〈西廂記明清刊本目錄〉，（王綱），「西廂記學術討論會」北京師範學院，1987 年 10 月。

〈西廂記研究論文索引〉，（葉潔泉），同上。

△〈關於圍棋闖局的作者〉，（張人和），《東北師大學報》，1988 年 2 月。

△〈所謂元曲四大家〉，（曾永義），《河院師大學報》，1990 年 2 月，臺。

附、〈鶯鶯傳〉、（〈會眞記〉）〈董西廂〉 〔註 8〕

（一）元稹和〈鶯鶯傳〉（〈會眞記〉）

〈崔鶯鶯的故事〉，（谷鳳田），北京大學《國學門周刊》第二卷第 14 期，1926 年 1 月。

〈崔鶯鶯・元稹・鶯鶯傳〉，（曹家琪），《光明日報》，1954 年 9 月 14 日。

〈略談鶯鶯傳〉，（霍松林），《光明日報》，1955 年 5 月 20 日。

〈鶯鶯傳的生活素材、主題及其他〉，（周祖巽），《學術論壇》，1957 年 3 月。

△〈元微之與崔鶯鶯〉，（彭國棟），《藝文掌故續談》，正中書局，1958 年 4 月，初版，臺。

〈評鶯鶯傳的生活素材主題及其他〉，（北京師院中文系紅旗小組），《論

〔註 8〕　本部分講的不同《西廂記》本身的問題，故蒐集條目掛一漏萬，意不在此，僅以附項綴後。

壇》，1959 年 1 月。

〈評介影調戲西廂記〉，（謝力成），《人民音樂》，1959 年 12 月。

△〈元微之與崔鶯鶯〉，（樸人），《聯合報》，1961 年 11 月 6 日，臺。

〈課堂討論前後——從一次西廂記討論看大學生學習生活〉，（張麗君），《文匯報》，1962 年 6 月 22 日。

△〈元稹情史〉，（胡木公），《中央日報》，1965 年 4 月 25～30 日，臺。

△〈林語堂英譯鶯鶯傳讀後〉，（樸人），《自由談》，第二十卷第 9 期，1969 年 9 月，臺。

〈談鶯鶯傳的矛盾中心〉，（簷雨），《星島日報》，1970 年 8 月 17 日，港。

△〈元微之和鶯鶯傳〉，（杜若），《臺肥月刊》，1974 年 1 月，臺。

△〈會真記與夢遊春詞〉，（鄭經生），《臺灣新生報》，1975 年 8 月 3 日，臺。

△〈張生的抉擇：談唐人小說裡的功利色彩〉，（黃碧端），《中外文學》第四卷第 5 期，1975 年 10 月，臺。

△〈崔鶯鶯的愛情歷程〉，（葉慶炳），《中國時報》，1976 年 7 月 20 日，臺。

△〈中西戀愛觀的差異——「鶯鶯傳」與「托洛業勒思和克瑞瑟德」的比較〉（上）（中）（下），（王德箴），《中華日報》，1976 年 12 月 17～19 日，臺。

△〈鶯鶯傳與宿香亭〉（上）（下），（呂欽揚），《自立晚報》，1977 年 1 月 16～17 日，臺。

△〈讀鶯鶯傳〉，（陳寅恪），《元白詩箋證稿》，上海古籍出版社，1978 年 3 月，新，1 版。

△〈元稹原配夫人是韋氏而非謝氏〉，（劉維治），《社會科學輯刊》，1981 年 1 月。

△〈唐人愛情悲劇小說初探〉，（費秉勛），《唐代文學論叢》總第五輯，陝西人民出版社，1984 年 4 月，1 版 1 刷。

△〈一支淒婉動人的戀歌——評唐代小說鶯鶯傳〉，（郭適豫），《中國古代小說論集》，1985 年 1 月，1 版 1 刷。

〈鶯鶯傳寫作時間淺探〉，（吳偉斌），《南京師大學報》，1986 年 1 月。

△〈元稹詩歌藝術特色淺析〉，（吳偉斌），《揚州師院學報》，1985 年 3 月。

? 〈元稹簡論〉，（斐斐），《光明日報》，1986 年 3 月 12 日。

? 〈元稹在男女問題上一往情深嗎？——斐斐同志商榷〉，（蘇老聰），《光

明日報》，1986 年 7 月 2 日。

△〈尤物賈禍‧張生忍情？──批評與考證：再讀「鶯鶯傳」〉，（劉紹銘），《聯合報》，1986 年 12 月 9 日，臺。

〈「張生即元稹自寓說」質疑〉，（吳偉斌），《中州學刊》，1987 年 2 月。

△〈崔鶯鶯的身世──並談其故事構成的年代〉，（王夢鷗），《東方雜誌》第二十卷第 8 期，1987 年 2 月 1 日，臺。

△〈元稹裴淑結婚時間地點略考〉，（吳偉斌），《唐代文學論叢》總第九輯，陝西人民出版社，1987 年 3 月，1 版 1 刷。

△〈唐代言情傳奇鶯鶯傳、霍小玉傳、李娃傳之研究〉，（李殷模），東海中文碩士論文，1987 年 4 月，臺。

△〈張生與元稹──兼論鶯鶯傳的主題〉，（羅弘基），《學術交流》，1989 年 5 月。

△〈對陳寅恪先生讀鶯鶯傳的質疑〉，（黃忠晶），《江漢論壇》，1989 年 8 月。

△〈論元稹「鶯鶯詩」的創作心態──兼論「文不必如其人」〉，（黃世中），《古代詩人情感心態研究》，浙江大學出版社，1990 年 8 月，1 版 1 刷。

△〈讀霍小玉傳兼論鶯鶯傳及李娃傳〉，（唐翼明），《古典今論》，東大圖書股份有限公司，1990 年 9 月。

△〈鶯鶯新傳〉，（袁維樑），《中華日報》，1992 年 2 月 1 日，臺。

△〈為郎憔悴卻羞郎──論鶯鶯傳中的人物造型及元稹的愛情觀〉，（鍾慧玲），《東海中文學報》第 11 期，1994 年 12 月，臺。

（二）《董西廂》

△〈董西廂與詞及南北曲的關係〉，（鄭騫），臺灣大學《文史哲學報》第 2 期，1951 年 2 月，臺。

△〈董解元〉，（高辛廬），《中國文學史論集》（三），中華文化出版社，1958 年 4 月，初版，臺。

〈小談董西廂〉，（玉字），《羊城晚報》，1958 年 6 月 25 日。

〈「乳口」和「鉤窗」──西廂記的詞彙研究之一〉，（捷克米列娜‧維琴格羅娃‧伊爾譯），《中國語文》，1959 年 4 月。

〈「乳口」和「鉤窗」和談西廂記的詞語解釋讀後〉，（吳曉鈴），《中國語文》，1959 年 4 月。

〈讀董解元西廂記〉，（安旗），《文藝報》第 10 期，1962 年 10 月 11 日。

〈董解元西廂記前言〉,（人民文學出版社編者）,人民文學出版社,1962年10月。

〈董西廂用韻考〉,（周大樸）,《武漢大學學報》,1963年2月。

〈諸宮調董西廂〉,（布谷）,《新民晚報》,1963年3月6日。

〈上海發現董西廂嘉靖刻本〉,（學術簡報）,《光明日報》,1963年3月19日。

〈初見嘉靖本董西廂〉,（楊詠、朱葉）,《新明晚報》,1963年3月20日。

△〈董解元西廂〉,（張棣華）,《中央圖書館館刊》第七卷第2期,1974年9月,臺。

△〈陳荔荔英譯董西廂諸宮調獲美國家著作獎〉,（陳長華）,《聯合報》,1977年5月11日,臺。

△〈談董解元諸宮調西廂〉,（杜若）,《自由談》第二十八卷第7期,1977年7月,臺。

△〈跋黃嘉惠本董西廂〉（永嘉室序跋）,（鄭騫）,《書和人》第316期,1977年7月9日,臺。

〈「剗地」與「羞匂」的再商榷——敬復魏子雲先生〉,（董西廂的英譯問題）,（黃碧端）,《幼獅文藝》第四十八卷第3期,1978年9月,臺。

△〈陳荔荔（董西廂諸宮調）、馬端志（世說新語）、余國藩（西遊記）——介紹三種中國名著的譯者〉,（夏志清）,《新文學的傳統》,時報出版公司,1979年10月,臺。

△〈暖紅室本董西廂摘誤〉,（馮沅君）,《馮沅君古典文學論文集》,山東人民出版社,1980年。

〈董解元與諸宮調〉,（吳圯）,《山西群眾文藝》,1980年2月。

〈董西廂「勞合重」解〉,（王瑛）,《中國語文通訊》,1980年4月。

△〈董西廂及其英譯〉,（黃碧端）,《聯合報》,1978年3月27～28日,臺。

〈金院本與董西廂〉,（劉洪濤）,《南開學報》,1981年6月。

△〈蝶戀花和董西廂——鼓子詞和諸宮調〉,（徐調孚）,《中國文學名著講話》,中華書局,1981年6月,1版1刷。

〈金院本與董西廂〉,（劉洪濤）,《南開大學學報》,1981年6月。

△〈諸宮調的興起和衰微〉,（汪天成）,《中外文學》第十卷第4期,1981年9月,臺。

〈略論董解元的西廂記諸宮調〉，（石星），《固原師專學報》，1984 年 2 月。

〈記董解元和西廂記諸宮調〉，（徐凌雲），《安慶師院學報》，1984 年 4 月。

〈心血的結晶，有益的探索——評朱平楚同志的西廂記諸宮調注解〉，（田
金川　楊仲凡），《甘肅日報》，1984 年 11 月 1 日。

△〈唐宋文學和董解元西廂記〉，（吳庚舜），《河北師院學報》，1985 年 3 月。

△〈董解元絃索西廂記中的兩個典故〉，（孫楷第），《滄州後集》，中華書局，
1985 年 5 月，1 版 1 刷。

△〈玉茗堂董西廂藏本〉，（路工），《訪書見聞錄》，上海古籍出版社，1985
年 8 月，1 版 1 刷。

〈關於董西廂的創作年代〉，（徐凌雲），《文學遺產》，1986 年 3 月。

〈董西廂具體寫作時間新證〉，（思言），《重慶師範學報》，1986 年 4 月。

△〈董西廂（絃索話本）〉，（呂凱），《中國文學講話（八）遼金元文學》，
巨流圖書公司，1982 年 12 月～1987 年 11 月，臺。

〈論董解元西廂記〉，（陳美林），《鎮江師專學報》，1989 年 2 月。

附錄二　晚明《西廂記》版本一覽表

說　明

1. 本表主要參考傅惜華《元代雜劇全目》、傅田章《明刊元雜劇西廂記目錄》、鄭因百先生〈西廂記版本彙錄〉和〈西廂記版本彙錄補遺〉、蔣星煜《明刊本西廂記研究》所附表一、王秋桂編《善本戲曲叢刊》、《西廂記鑑賞辭典》所附〈明刻版本〉等校改增刪摘錄而成。

2. 藏書地點，僅列舉數個，以明該刊本未佚，目的不在悉數調查所有收藏地點。

3. 注明原收藏者，表示現今收藏地點不明。未注明收藏地點者，表示未見傳本，存佚情況不明。

4. 本表收散齣戲曲選集、曲譜，但不含改編本。

5. 表中各項若涉及真偽問題，請參閱相關考證論文，僅據刊本敘錄，以存原貌。

名　稱	版本類別	校、注、序、跋、評、插圖	刊刻年月	刊刻者	刊刻地	備　註
	金在衡本		萬曆 7 年以前 1579			
新刻考正古本大字出像釋義北西廂二卷	少山堂刊本	江右逸樂齋謝世吉訂正，余仁刻像	萬曆 7 年 1579	胡少山	金陵	現藏日本お茶の水圖書館

重刻元本題評音釋西廂記二卷	徐士範刊本	程巨源序 徐士範序	萬曆 8 年 1580	徐士範	毗陵	現藏中國國家圖書館
	龍洞山農本		萬曆 10 年 1582			
	朱石津本		萬曆 16 年 1588			
重刻元本題評音釋西廂記二卷	忠正堂 熊龍峰刊本	上饒余瀘東校正全像盧玉龍刊	萬曆 20 年 1592	熊龍峰		現藏日本內閣文庫、東北大學附屬圖書館
重校北西廂記五卷	繼志齋刊重校本	陳大來校、龍洞山農序、汪耕摹唐寅〈鶯鶯遺照〉	萬曆 26 年 1598	陳邦泰	秫陵	現藏日本內閣文庫
樂府菁華	三槐堂 王會雲刻本	劉君錫輯，附圖	萬曆 28 年 1600			臺灣學生書局出版
北西廂記二卷	暉暉齋刊本 殳君素繪圖本	吳門殳君素繪圖	萬曆 30 年 1602		江蘇蘇州	現藏上海圖書館
樂府紅珊		秦淮墨客選輯（紀振倫）	萬曆 30 年 1602	唐振吾		臺灣學生書局出版
玉谷新簧	書林 劉次泉刻本	吉州景居士編，附圖	萬曆 38 年 1610			臺灣學生書局出版
元本出相北西廂記二卷	曹以杜起鳳館刊本	王鳳洲評、李卓吾評，王耕仿唐寅〈鶯鶯遺照〉、黃一楷鐫	萬曆 38 年 1610			吳曉鈴有藏本、現藏中國國家圖書館、日本天理圖書館
李卓吾先生批評北西廂記二卷	虎林 容與堂刊本	插圖無瑕模，黃應光鐫，降雪道人題款	萬曆 38 年 1610		浙江杭州	現藏日本宮內廳書陵部、中國國家圖書館
重校北西廂記二卷	三槐堂刊重校本	李贄批評、次泉刻像	萬曆 38 年 1610	王敬喬（志達）		現藏日本天理圖書館
摘錦奇音	敦睦堂 張三懷刻本	龔正我編，附圖	萬曆 39 年 1611	張三懷		臺灣學生書局出版
新校注古本西廂記五卷	山陰朱朝鼎香雪居刊本	王驥德校注，沈璟評、謝伯美、朱朝鼎校，附圖	萬曆 42 年 1614		浙江	現藏故宮圖書館、中國國家圖書館、吳曉鈴有藏本

北西廂記二卷	渤海迣客校注本	渤海何璧序，〈崔娘娘像〉款書"摹仇英筆"	萬曆44年1616			吳曉鈴有藏本
賽徵歌集	刻巾箱本	無名氏編，附圖	萬曆間			臺灣學生書局出版
群音類選		胡文煥編 文會堂所輯刻「格致叢書」之一種	萬曆間			臺灣學生書局出版
詞林一枝	葉志元刻本	黃文華選	萬曆間		福建	臺灣學生書局出版
八能奏錦	愛日堂 蔡正河刻本	黃文華編，附圖	萬曆間			臺灣學生書局出版
大明春	金魁刻本	程萬里選，附圖	萬曆間		福建	臺灣學生書局出版
堯天樂	熊稔寰刻本	殷啓聖編	萬曆間		福建	臺灣學生書局出版
李卓吾先生批評西廂記二卷	劉太華刊李卓吾本	李贄評	萬曆間		潭陽	
	趙氏本		萬曆間			
	尊生館刊本		萬曆間			
	金陵富春堂刊本		萬曆間		江蘇	
	日新堂刊本		萬曆間	劉錦文（字叔簡）	福建建陽	
新刊考正全像評釋北西廂記四卷	文秀堂刊本	附圖	萬曆間		江蘇金陵	現藏故宮圖書館、中國國家圖書館
元本出相西廂記	新安汪氏環翠堂刊本	袁了凡評，汪廷訥校，附圖	萬曆間			現藏中國國家圖書館、上海圖書館
元本出相北西廂記二卷	玩虎軒刻本	附圖	萬曆間	汪光華	安徽徽州	崇禎7年（西元1634年）有宋國標補刻本，現藏中國國家圖書館

新刊合併王實甫西廂記二卷	周居易校刊本	屠龍校	萬曆間	周居易	現藏中國國家圖書館
全像註釋重校北西廂記二卷	羅懋登本	羅懋登注，附圖	萬曆間		現藏中國國家圖書館
李卓吾批評合像北西廂記二卷	游敬泉刊本	李贄評，附圖	萬曆間	游敬泉	現藏日本天理圖書館
重校北西廂記二卷		劉次泉刻像	萬曆間		現藏日本無窮會圖書館
重刻元本題評音釋西廂記二卷	喬山堂劉龍田刊本	余瀘東校	萬曆間	劉龍田	現藏中國國家圖書館
鼎鐫陳眉公先生批評西廂記二卷	師儉堂蕭騰鴻刊本	陳繼儒評，蕭鳴盛校，余文熙閱，圖為劉次泉等刻	萬曆46年1618	蕭騰鴻	現藏國家圖書館、中國國家圖書館
	夏某本		萬曆間		
	徐爾兼藏徐文長本		萬曆間		
田水月山房北西廂藏本五卷	王起侯刊徐文長本	徐文長評	萬曆間		現藏中國國家圖書館
新刻徐筆峒先生批點西廂記二卷	徐筆峒本	徐筆峒評	萬曆、天啓間		現藏中國國家圖書館
萬壑清音		止雲居士編，白雪山人校	天啓4年1624		臺灣學生書局出版
湯海若先生批評西廂記	師儉堂	湯顯祖評	天啓間（？）		金陵 周氏幾禮居藏
西廂記五本	凌初成本（朱墨套印本）	凌初成（濛初）校注、解證附黃一彬手刻原圖	天啓間	凌初成	浙江湖州 現藏故宮圖書館、中國國家圖書館
西廂會眞傳五卷	烏程凌氏刊本（朱墨藍三色套印本）	沈璟批訂湯顯祖評附圖	天啓間	凌初成	浙江湖州 現藏故宮圖書館、香港中文大學

王實甫西廂記四本，關漢卿續西廂記一本	閔齊伋刊本	閔齊伋箋疑	天啓間	閔齊伋		現藏故宮圖書館、中國國家圖書館
硃訂西廂記二卷	朱墨套印本	孫月峰（鑛）評點、諸臣校、素明刻像	天啓、崇禎間			現藏中國國家圖書館
	朱墨套印本湯沈合評本	湯顯祖、沈璟評	天啓、崇禎間			
	閔振聲本	閔振聲校	天啓、崇禎間			
新鐫繡像批評音釋王實甫西廂眞本五卷	文立堂刊本	鄭國軒校附圖	崇禎 4 年 1630			
北西廂記五卷	延閣主人山陰李延謨（告辰）刊本	方諸生校，徐渭附解，吳門詞隱生（沈自晉）評，陳洪綬插圖	崇禎 4 年 1631	李延謨（李告辰）		吳曉鈴有藏本
張深之先生正北西廂祕本五卷	張深之本	張深之校，陳洪綬敘、繪圖	崇禎 12 年 1639			現藏故宮圖書館、中國國家圖書館
絃索辨訛三卷		沈寵綏校	崇禎 12 年 1639			現藏故宮圖書館、中國國家圖書館（清治 6 年沈標重修）
李卓吾先生批點北西廂眞本二卷	西陵天章閣刊本	李贄評陳洪綬等繪圖	崇禎 13 年 1640	項南洲	湖北宜昌	現藏中國國家圖書館、國家圖書館、吳曉鈴有藏本
	汪然明本		崇禎 17 年 1644			
三先生合評元本北西廂五卷	固陵孔氏彙錦堂刊本	湯顯祖、李贄、徐渭評	崇禎間			現藏故宮圖書館、中國國家圖書館
新刻徐文長參訂西廂記二卷	新刻徐文長本	徐文長評	崇禎間			現藏中國國家圖書館

二卷					
新刻魏仲雪先生批點西廂記二卷	古吳陳長卿存滅堂刊本	魏浣初（仲雪）評，李裔蕃注	崇禎間	陳長鄉	現藏國家圖書館、中國國家圖書館、吳曉鈴有藏本
繡刻北西廂記定本二卷	常熟毛晉汲古閣《六十種曲》本		崇禎間		現藏國家圖書館（清代修補本）、中國國家圖書館
校正北西廂譜二卷	婁梁散人曲譜本	婁梁散人輯	崇禎間		現藏中國國家圖書館
北西廂訂律不分卷	胡周冕曲譜本 襲芳樓稿本	胡周冕訂	崇禎間		原傅惜華藏
重刻訂正元本批評畫意北西廂記五卷	虛受齋刊徐文長本	徐文長批點、題識，以中繪圖	崇禎間（？）		現藏故宮圖書館、中國國家圖書館
新訂徐文長先生批點音釋北西廂二卷		徐文長評	崇禎間		現藏中國國家圖書館、吳曉鈴有藏本
怡春錦		沖和居士編	崇禎間		臺灣學生書局出版
	王思任本	王思任評	明末		
	謝光甫舊藏本		明末		原謝光甫藏
	琵琶本		明（？）		
西廂記傳奇二卷			明末		現藏中國國家圖書館
時調青崑	四知館刻本		明末		臺灣學生書局出版
	陳實菴本		明末清初		〔佚〕
新鐫增定古本北西廂絃索譜二卷	袁于令曲譜本	袁于令（晉）撰	明末清初		現藏京都大學部中國語學中國文學研究室
	仇文西廂本	文徵明寫，仇英繪圖	明末		

附錄三　中研院史語所傅斯年圖書館所藏《西廂記》俗曲微卷索引

說明：依原「俗曲總目」目錄歸類，各俗曲前之數字爲微卷卷數。

一、說書之屬

（3）地方詞曲

北平詞曲（雜曲）

（6）大鼓書

（按：實際上有〈紅娘寄柬〉、〈鶯鶯降香〉、〈鶯鶯聽琴〉、〈紅娘下書〉、〈花間會〉、〈雙美奇緣〉、〈拆西廂〉七大段，微卷目錄合〈聽琴〉、〈下書〉為一種，失之，該書自題《西廂子弟書詞六種》，亦失之。）

二、戲劇之屬

四、雜耍之屬

（1）未歸類雜耍（如嶔口及其他）

401　西廂記怡情新曲八卷

401　鶯鶯

401　紅娘

（2）蓮花落

403　長亭餞別

403　十里亭餞別（按：有目無詞，微卷實際未收）

參考書目

　　說明：已見附錄一、二，以及第一論第四節註 18 表格者，不再重列。另，某些書雖有原版、翻印本之別，此處仍以寫作時所參考者臚列。

一、曲論專著

1. 《南詞敘錄》，見楊家駱主編，歷代詩史長編二輯第三冊，鼎文書局，1974 年 2 月，初版。

2. 《曲藻》，〔明〕王世貞，見楊家駱主編，歷代詩史長編二輯第四冊，鼎文書局，1974 年 2 月，初版。

3. 《曲論》，〔明〕徐復祚，見楊家駱主編，歷代詩史長編二輯第四冊，鼎文書局，1974 年 2 月，初版。

4. 《曲律》，〔明〕王驥德，見楊家駱主編，歷代詩史長編二輯第四冊，鼎文書局，1974 年 2 月，初版。

5. 《遠山堂劇品》，〔明〕祁彪佳，見楊家駱主編，歷代詩史長編二輯第六冊，鼎文書局，1974 年 2 月，初版。

6. 《遠山堂曲品》，〔明〕祁彪佳，見楊家駱主編，歷代詩史長編二輯第六冊，鼎文書局，1974 年 2 月，初版。

7. 《曲品》，〔明〕呂天成，見楊家駱主編，歷代詩史長編二輯第六冊，鼎文書局，1974 年 2 月，初版。

8. 《譚曲雜箚》，〔明〕凌濛初，見楊家駱主編，歷代詩史長編二輯第四冊，鼎文書局，1974 年 2 月，初版。

9. 《閒情偶寄》，〔清〕李漁，見楊家駱主編，歷代詩史長編二輯第四冊，鼎文書局，1974 年 2 月，初版。

10. 《閒情偶寄》，〔清〕李漁，見單錦珩校點《李漁全集》第三卷，浙江古籍

出版社，1992 年 10 月，1 版 1 刷。

11. 《傳奇彙考》，古今書室印本，1914 年。

12. 《曲話》，〔清〕梁廷枏，見楊家駱主編，歷代詩史長編二輯第八冊，鼎文書局，1974 年 2 月，初版。

13. 《今樂考證》，〔清〕姚燮，見楊家駱主編，歷代詩史長編二輯第十冊，鼎文書局，1974 年 2 月，初版。

14. 《菉猗室曲話》，〔清〕姚華，見任中敏編，《新曲苑》第三冊，臺灣中華書局，1960 年 8 月，臺一版。

15. 《王國維戲曲論著宋元戲曲考等八種》，〔清〕王國維，純真出版社，1982 年 9 月。

16. 《螾廬曲談》，王季烈，臺灣商務印書館，1971 年 7 月，臺一版。

17. 《元代雜劇藝術》，徐扶明，上海文藝出版社，1981 年 1 月，1 版 1 刷。

18. 《戲文概論》，錢南揚，上海古籍出版社，1981 年 3 月，1 版 1 刷。

19. 《明代劇學研究》，陳芳英，臺大中文博士論文，1983 年 6 月。

20. 《明代傳奇之劇場及其藝術》，王安祈，臺灣學生書局，1986 年 6 月，初版。

21. 《南戲新證》，劉念茲，中華書局，1986 年 11 月，1 版 1 刷。

22. 《中國戲劇學史稿》，葉長海，駱駝出版社，1987 年 8 月。

23. 《元雜劇研究概述》，寧宗一、陸林、田桂民編著，天津教育出版社，1987 年 12 月，1 版，1989 年 7 月，2 刷。

24. 《王驥德曲論研究》，李惠綿，臺大中文碩士論文，1988 年 6 月。

25. 《南詞敘錄注釋》，李復波、熊澄宇注釋，中國戲劇出版社，1989 年 1 月，1 版 1 刷。

26. 《中國戲曲觀眾學》，趙山林，華東師範大學出版社，1990 年 6 月，1 版 1 刷。

27. 《曲品校注》，吳書蔭校注，中華書局，1990 年 8 月，1 版 1 刷。

28. 《晚明戲曲劇種及聲腔研究》，林鶴宜，臺大中文博士論文，1991 年 7 月。

二、戲曲論文集

1. 《明清曲談》，趙景深，中華書局，1959 年 8 月，新 1 版 1 刷。

2. 《元劇斟疑》，嚴敦易，中華書局，1960 年 5 月，1 版，1962 年 12 月，2 刷。

3. 《景午叢編》，鄭騫，臺灣中華書局，1972 年 1～3 月，初版。

4. 《中國古典戲劇論集》，曾永義，聯經出版事業公司，1975 年 10 月，初

版。

5. 《說戲曲》，曾永義，聯經出版事業公司，1976 年 9 月，初版。

6. 《戲曲小說叢考》，葉德均，中華書局，1979 年 5 月，1 版 1 刷。

7. 《小說叢考》，錢靜方，長安出版社，1979 年 10 月，臺一版。

8. 《吳梅戲曲論文集》，王衛民編，中國戲劇出版社，1983 年 5 月，1 版 1 刷。

9. 《曲論探勝》，齋森華，華東師範大學出版社，1985 年 4 月，1 版 1 刷。

10. 《評彈通考》，譚正璧、譚尋蒐輯，中國曲藝出版社，1985 年 7 月，1 版 1 刷。

11. 《論中國戲劇批評》，夏寫時，齊魯書社，1988 年 10 月，1 版 1 刷。

12. 《明代戲曲五論——附明傳奇鈎沈集目》，王安祈，大安出版社，1990 年 5 月，1 版 1 刷。

13. 《元明南戲考略》，趙景深，人民文學出版社，1990 年 10 月，1 版 1 刷。

三、文學史、批評史、戲曲史、美學史

1. 《宋元戲曲史》，〔清〕王國維，臺灣商務印書館，1968 年 8 月，臺一版。

2. 《插圖本中國文學史》，鄭振鐸，作家出版社，1958 年。

3. 《中國文學史》，游國恩、王起、蕭滌非、季鎮淮、費振剛主編，人民文學出版社，1964 年 1 月，1 版，1989 年 5 月，6 刷。

4. 《中國戲曲發展史綱要》，周貽白，上海古籍出版社，1979 年 10 月，1 版，1984 年 12 月，2 刷。

5. 《校訂本中國文學發展史》，劉大杰，華正書局，1984 年 8 月。

6. 《中國文學批評史》，劉大杰、文匯堂，1985 年 11 月，初版。

7. 《中國美學史大綱》，葉朗，滄浪出版社，1986 年 9 月，初版。

8. 《中國文學理論史》（三），黃保眞、蔡鍾翔、成復旺，北京出版社，1987 年 7 月，1 版，1991 年 9 月，2 刷。

9. 《中國文學理論史》（四），黃保眞、蔡鍾翔、成復旺，北京出版社，1987 年 12 月，1 版 1 刷。

10. 《中國戲曲通史》，張庚、郭漢城，丹青圖書有限公司，1987 年 8 月 30 日，三版。

11. 《清代戲曲史》，周妙中，中州古籍出版社，1987 年 12 月，1 版 1 刷。

12. 《宋元文學史稿》，吳祖緗、沈天佑，北京大學出版社，1989 年 5 月，1 版 1 刷。

13. 《中國美學思想史》第二、三卷，敏澤，齊魯書社，1989 年 8 月，1 版 1

刷。

14. 《元代雜劇史》，劉蔭柏，花山文藝出版社，1990 年 12 月，1 版 1 刷。

15. 《中國近代戲曲史》，〔日〕青木正兒，王臺盧譯，臺灣商務印書館，1936 年 2 月初版，1982 年 10 月，臺四版。

16. 《比較文學史》，曹順慶，四川人民出版社，1991 年 5 月，1 版 1 刷。

17. 《明代文學批評史》，袁震宇、劉明今，上海古籍出版社，1991 年 9 月，1 版 1 刷。

四、曲韻、曲譜

1. 《中原音韻》，〔元〕周德清，見楊家駱主編，歷代詩史長編二輯第一冊，鼎文書局，1974 年 2 月，初版。

2. 《中原音韻及正語作詞起例》，〔元〕周德清著，李殿魁校訂，學海出版社，1977 年 10 月，初版。

3. 《太和正音譜》，見楊家駱主編，歷代詩史長編二輯第三冊，鼎文書局，1974 年 2 月，初版。

4. 《絃索辨訛》，〔明〕沈寵綏，見楊家駱主編，歷代詩史長編二輯第五冊，1974 年 2 月，初版。

5. 《九宮正始》，〔明〕徐于室（一作徐子室）初輯，〔清〕鈕少雅完成，見王秋桂主編，善本戲曲叢刊第三輯，臺灣學生書局，1984 年 8 月，景印初版。

五、小說、戲文、諸宮調、雜劇、傳奇

1. 《唐人小說校釋》，王夢鷗校釋，正中書局，1983 年 3 月，臺初版。

2. 《唐人小說》，汪辟疆校錄，中華書局香港分局，1985 年，初版，1987 年 8 月，重印。

3. 《太平廣記》，〔宋〕李昉等編，上海古籍出版社，1990 年 12 月，1 版 1 刷。

4. 《明嘉靖本董解元西廂記》，〔明〕燕山松溪風逸人校正，臺大中文系第四研究室藏。

5. 《古本董解元西廂記》，〔明〕海陽風逸散人適適子重校梓，上海古籍出版社，1984 年 2 月，1 版 1 刷。

6. 《董解元西廂》，〔明〕湯顯祖評，臺灣商務印書館，1970 年 2 月，臺一版。

7. 《董解元西廂記》，〔明〕楊慎點定，〔明〕黃嘉惠校閱，齊魯書社，1984 年 2 月，1 版 1 刷。

8. 《西廂記諸宮調》，〔金〕董解元撰，見楊家駱主編，中國學術名著，第二輯曲學叢書第一集第二冊，世界書局，1977 年 10 月，三版。

9. 《董解元西廂記》，凌景埏校注，人民文學出版社，1962 年 1 月，1 版，1978 年 5 月，2 刷。

10. 《琵琶記》，〔元〕高明撰，〔明〕陳繼儒評，臺灣商務印書館，1978 年 2 月，臺一版。

11. 《繡刻南西廂記定本》，〔明〕崔時佩、李日華（？），臺灣開明書店，1970 年 4 月，臺一版。

12. 《新刻出像音註花欄南調西廂記》，〔明〕李日華（？），富春堂刊本，天一出版社，1983 年。

13. 《新刊合併陸天池西廂記》，〔明〕陸采，周居易刊本，天一出版社，1983 年。

14. 《清平山堂話本》，〔明〕洪楩，文學古籍刊行社，1955 年 9 月，1 版，1987 年 7 月，1 刷。

15. 《牡丹亭》，〔明〕湯顯祖撰，徐朔方、楊笑梅校注，中華書局香港分局，1976 年 5 月，港一版，1978 年 3 月，重印。

16. 《王茗堂批評續西廂昇仙記》，〔明〕黃粹吾，來儀山房刻本，天一出版社，1983 年。

17. 《槃薖碩人增改定本西廂記》，〔明〕槃薖碩人，廣文書局，1982 年 8 月，初版。

18. 《錦西廂》，〔明〕周公魯，見古本戲曲叢刊第五集，環翠山房集本，上海古籍出版社，1985 年。

19. 《續西廂》，〔明〕～〔清〕查繼佐，見盛明雜劇三集下（六），廣文書局，1979 年 6 月，初版。

20. 《識閒堂第一種翻西廂》，〔明〕研雪子，崇禎刊本，天一出版社，1983 年。

21. 《不了緣》，〔明〕～〔清〕碧蕉軒主人，見盛明雜劇三集下（六），廣文書局，1979 年 6 月，初版。

22. 《增批繪像第六才子書》，〔清〕周昂增批，乾隆六十年（西元 1795 年），此宜閣刊本，文光圖書公司，1974 年 5 月，再版。

23. 《桐華閣西廂記》，〔清〕吳蘭修校，道光間長白馮氏刻本，傅斯年圖書館藏。

24. 《增像第六才子書》，〔清〕金聖歎批，景光緒己丑（西元 1889 年）仲春上澣上海鴻寶齋石印本，新文豐出版公司，1979 年 10 月，初版。

25. 《毛西河論定西廂記》，〔清〕毛西河論定，誦芬室重校本，臺大文學院聯合圖書館藏。

26. 《紅樓夢》，〔清〕曹雪芹，以庚程本、程甲本爲底本的革新版，彩畫本，里仁書局，1984 年 4 月 5 日，初版。

27. 《繡像何必西廂》，〔清〕心鐵道人，嘉慶庚申（西元 1800 年）小春五桂堂本，傅斯年圖書館藏。

28. 《惠芳祕密日記》，喻血輪，廣文書局，1980 年 3 月，初版。

六、曲選、輯佚

1. 《宋元南戲百一錄》，錢南揚輯，哈佛燕京學社，1934 年 12 月（西元 1969 年 11 月，古亭書屋影印初版）。

2. 《南戲拾遺》，陸侃如、馮沅君輯，燕京大學，1936 年 6 月 21 日（西元 1969 年 11 月，古亭書屋景印初版）。

3. 《宋元戲文輯佚》，錢南揚輯，上海古典文學出版社，1956 年 12 月。

4. 《永樂大典戲文三種》，長安出版社編輯部編，長安出版社，1978 年 12 月，初版。

5. 《永樂大典戲文三種校注》，錢南揚校注，華正書局，1980 年 9 月，初版。

6. 《暖紅室彙刻西廂記》，劉世珩輯，江蘇廣陵古籍刻印社，1980 年 3 月。

7. 《西廂記匯編》，霍松林編，山東文藝出版社，1987 年 9 月，1 版 1 刷。

8. 《暖紅室彙刻傳奇：臨川四夢》，劉世珩輯，江蘇廣陵古籍刻本印社，1990 年 10 月，1 版 1 刷。

9. 《全元戲曲》（第二卷），王季思主編，人民文學出版社，1990 年 11 月，1 版 1 刷。

10. 《詞林摘豔》，〔明〕張祿輯，清流出版社，1976 年 10 月 10 日。

11. 《雍熙樂府》，〔明〕郭勛輯，西南書局，1981 年 3 月 25 日，初版。

12. 《南音三籟》，〔明〕凌濛初，臺灣學生書局，1987 年 11 月，景印初版。

13. 《全清散曲》，凌景埏、謝伯陽編，齊魯書社，1985 年 9 月，1 版 1 刷。

14. 《中國十大古典喜劇集》，王季思主編，上海文藝出版社，1982 年 12 月，1 版，1988 年 4 月，4 刷。

15. 《西廂記說唱集》，傅惜華編，上海古籍出版社，1986 年 8 月，1 版 1 刷。

七、詩集、詞集、文集

1. 《元稹集》，〔唐〕元稹撰，冀勤點校，中華書局，1982 年 8 月，1 版 1 刷。

2. 《淮海居士長短句》，〔宋〕秦觀，見朱祖謀校輯《彊村叢書》四，廣文書局，1970 年 3 月，初版。

3. 《東堂集》，〔宋〕毛滂，見朱祖謀校輯《彊村叢書》四，廣文書局，1970

年 3 月，初版。

4. 《水東日記》，〔明〕葉盛，臺灣學生書局，1965 年 11 月，初版。

5. 《王心齋全集》，〔明〕王艮，廣文書局，1979 年 5 月，初版，1987 年 3 月，再版。

6. 《徐渭集》，〔明〕徐渭，中華書局，1983 年 4 月，1 版 1 刷。

7. 《初潭集》，〔明〕李贄，漢京文化事業有限公司，1982 年 12 月 25 日，初版。

8. 《藏書》，〔明〕李贄，臺灣學生書局，1974 年 8 月，初版，1986 年 6 月，2 刷。

9. 《焚書・續焚書》，〔明〕李贄，漢京文化事業有限公司，1984 年 5 月 10 日，初版。

10. 《湯顯祖詩文集》，〔明〕湯顯祖撰，徐朔方箋校，上海古籍出版社，1982 年 6 月，1 版 1 刷。

11. 《陳眉公全集》，〔明〕陳繼儒，崇禎間華亭家刊本，國家圖書館藏。

12. 《珂雪齋近集》，〔明〕袁中道，上海書店，1982 年 11 月重印。

13. 《珂雪齋集》，〔明〕袁中道撰，錢伯城點校，上海古籍出版社，1989 年 1 月，1 版 1 刷。

14. 《金聖歎全集》，〔清〕金聖歎，長安出版社，1986 年 9 月，初版。

15. 《莊子因》，〔清〕林雲銘，見嚴靈峰編輯無求備齋莊子集成初編 18，藝文印書館據乾隆間刊本景印，1972 年 5 月，初版。

16. 《霞外攟屑》，〔清〕平步青，上海古籍出版社，1982 年 4 月，1 版 1 刷。

17. 《齊如山全集》四，齊如山，聯經出版事業公司，1979 年 12 月。

18. 《鄭振鐸文集》第六卷，鄭振鐸，人民文學出版社，1988 年 5 月，1 版 1 刷。

19. 《中國歷代劇論選注》，陳多、葉長海選注，湖南文藝出版社，1987 年 7 月，1 版 1 刷。

20. 《安徽明清曲論選》，趙山林選注，黃山書社，1987 年 12 月，1 版 1 刷。

21. 《歷代詠劇詩歌選注》，趙山林選注，書目文獻出版社，1988 年 8 月，1 版 1 刷。

八、文學論著、考證

1. 《校讎通義》，〔清〕章學誠，見《百部叢書集成初編》第 64 輯，《粵雅堂叢書》，第 6 函第 19 種。

2. 《清代禁毀書目研究》，吳哲夫，政大中文碩士論文，見嘉新水泥公司文化

基金會研究論文第 164 種，1969 年 8 月，初版。

3. 《晚明性靈文學思想研究》，陳萬益，臺大中文博士論文，1977 年 6 月。

4. 《泰州學派對晚明文學風氣的影響》，周志文，臺大中文碩士論文，1977 年 6 月。

5. 《說俗文學》，曾永義，聯經出版事業公司，1980 年 4 月，初版。

6. 《元明清戲曲論集》，嚴敦易遺著，中州書畫社，1982 年 8 月，1 版 1 刷。

7. 《清代詩學初探》，吳宏一，臺灣學生書局，1986 年 1 月，修訂再版。

8. 《小說考證》，蔣瑞藻編，汪竹盧標校，上海古籍出版社，1984 年 7 月，1 版 1 刷。

9. 《晚明小品與明季文人生活》，陳萬益，大安出版社，1988 年 5 月，初版。

10. 《悄悄散去的幕紗——明代文化歷程新說》，陳寶良，陝西人民出版社，1988 年 12 月，1 版 1 刷。

11. 《中國古代文論研究論文集》，中國人民大學古代文論資料編選組編，上海古籍出版社，1989 年 2 月，1 版 1 刷。

12. 《王季思學術論著自選集》，王季思，北京師範學院出版社，1991 年 8 月，1 版 1 刷。

九、史料、傳記

1. 《史記》，〔漢〕司馬遷，見上海古籍出版社、上海書店《二十五史》（1），1986 年 12 月，1 版，1988 年 2 月，3 刷。

2. 《元明清三代禁毀小說戲曲史料》，王利器輯錄，上海古籍出版社，1981 年 2 月。

3. 《中國古典編劇理論資料匯輯》，秦學人、侯作卿編著，中國戲劇出版社，1984 年 4 月，1 版 1 刷。

4. 《中國古典戲曲序跋彙編》，蔡毅編，齊魯書社，1989 年 10 月，1 版 1 刷。

5. 《中國古代戲曲序跋集》，吳毓華編，中國戲劇出版社，1990 年 8 月，1 版 1 刷。

6. 《列朝詩集小傳》，〔清〕錢謙益，錢陸燦輯，上海古籍出版社，1983 年 10 月，新，1 版 1 刷。

7. 《國朝耆獻類徵初編》，〔清〕李桓輯，見周駿富輯《清代傳記叢刊》，明文書局，1985 年 8 月。

8. 《元稹評傳》，劉維崇，黎明文化事業公司，1977 年 12 月，初版。

9. 《吳趼人研究資料》，魏紹昌編，上海古籍出版社，1980 年 4 月，1 版 1 刷。

10. 《元稹年譜》，卞孝萱，齊魯書社，1980 年 6 月，1 版 1 刷。

11. 《日本的中國學家》，嚴紹璗，中國社會科學家出版社，1981 年 1 月，1 版，1981 年 10 月，2 刷。

12. 《中國歷代著名文學家評傳》第二卷，呂慧鵑、劉波、盧達編，山東教育出版社，1983 年 6 月，1 版，1985 年 2 月，3 刷。

13. 《田漢專集》，柏彬、徐景東編選，江蘇人民出版社，1984 年 3 月，1 版 1 刷。

14. 《晚明山人陳眉公研究》，李鳳萍，東吳中文碩士論文，1984 年 4 月。

15. 《湯顯祖研究論文集》，江西省文學藝術研究所編，中國戲劇出版社，1984 年 5 月。

16. 《中國歷代著名文學家評傳》第五卷，山東大學文史哲研究所，1985 年 4 月，1 版 1 刷。

17. 《中國文學家大辭典》，譚正璧編，世界書局，1985 年 12 月，6 版。

18. 《湯顯祖傳》，黃文錫、吳鳳雛，中國戲劇出版社，1986 年 6 月，1 版 1 刷。

19. 《湯顯祖研究資料彙編》，毛效同編，上海古籍出版社，1986 年 9 月，1 版 1 刷。

20. 《方志著錄元明清曲家傳略》，趙景深、張增元編，中華書局，1987 年 2 月，1 版 1 刷。

21. 《中國古代文論家評傳》，牟世金主編，中州古籍出版社，1988 年 8 月，1 版 1 刷。

22. 《關漢卿研究資料》，李漢秋、袁有芬編，上海古籍出版社，1988 年 10 月，1 版 1 刷。

23. 《李贄研究》，張建業、許在全主編，光明日報社，1989 年 5 月，1 版 1 刷。

24. 《十大文學畸人》，陳允吉主編，上海古籍出版社，1989 年 8 月，1 版 1 刷。

25. 《中國歷代著名文學家評傳》續編一，呂慧鵑、劉波、盧達編，山東教育出版社，1989 年 12 月，1 版 1 刷。

26. 《徐渭論稿》，張新建，文化藝術出版社，1990 年 9 月，1 版 1 刷。

27. 《田漢研究指南》，田本相、焦尚志、盧敏、倪似丹，天津教育出版社，1990 年 10 月，1 版 1 刷。

28. 《中國十大名士》，舒大綱、吳紹釚主編，延邊大學出版社，1991 年 5 月，1 版 1 刷。

29. 《改變歷史的五年：國聯電影研究》，焦雄屏，萬象圖書公司，1993 年 12

月，初版 1 刷。

30. 《台語片時代》，電影資料館口述電影史小組，財團法人國家電影資料館，1994 年 10 月 31 日，初版。

十、曲目、書目

1. 《重校錄鬼簿》，〔元〕鍾嗣成，見楊家駱主編，歷代詩史長編二輯第二冊，鼎文書局，1974 年 2 月，初版。

2. 《錄鬼簿續編》，見楊家駱主編，歷代詩史長編二輯第二冊，1974 年 2 月，初版。

3. 《傳奇彙考標目》，見楊家駱主編，歷代詩史長編二輯第七冊，鼎文書局，1974 年 2 月，初版。

4. 《晁氏寶文堂書目》，〔明〕晁瑮，見嚴靈峰編輯，書目類編第二十八冊，成文出版社，1978 年 7 月。

5. 《徐氏紅雨樓書目》，〔明〕徐𤊹，見嚴靈峰編輯，書目類編第二十八冊，成文出版社，1978 年 7 月。

6. 《四庫全書總目》，〔清〕紀昀等撰，藝文印書館，1979 年 12 月，5 版。

7. 《重訂曲海總目》，〔清〕黃文暘，見楊家駱主編，歷代詩史長編二輯第七冊，鼎文書局，1974 年 2 月，初版。

8. 《曲錄》，〔清〕王國維，藝文印書館，1971 年 1 月，再版。

9. 《曲海總目提要》，董康重訂，新興書局，1985 年 11 月。

10. 《晚清戲曲小說目》，阿英，古典文學出版社，1957 年 9 月，新 1 版 1 刷。

11. 《明代傳奇全目》，傅惜華，作家出版社，1958 年。

12. 《書林清話》，葉德輝，文史哲出版社，1973 年 12 月，初版。

13. 《善本劇曲經眼錄》，張棣華，文史哲出版社，1976 年 6 月，初版。

14. 《元雜劇考》，傅惜華，世界書局，1979 年 10 月，三版。

15. 《中國古典文學名著解題》，中國青年出版社編，中國青年出版社，1980 年 6 月，1 版，1988 年 2 月，5 刷。

16. 《清代雜劇全目》，傅惜華，人民文學出版社，1981 年 2 月，1 版 1 刷。

17. 《明雜劇考》，傅惜華，世界書局，1982 年 4 月，三版。

18. 《中國通俗小說書目》，孫楷第，人民文學出版社，1982 年 12 月，新 1 版，1991 年 5 月，2 刷。

19. 《古典戲曲存目彙考》，莊一拂，上海古籍出版社，1982 年 12 月，1 版 1 刷。

20. 《中國善本書提要》，王重民，上海古籍出版社，1983 年 8 月，1 版，1986

年 4 月，2 刷。

21. 《西諦書話》，鄭振鐸，三聯書店，1983 年 10 月，1 版 1 刷。

22. 《八十年來史學書目——1900～1980》，中國社會科學院歷史研究所編，中國社會科學出版社，1984 年 10 月，1 版 1 刷。

23. 《元明北雜劇總目考略》，邵曾祺編著，中州古籍出版社，1985 年 6 月，1 版 1 刷。

24. 《訪書見聞錄》，路工，上海古籍出版社，1985 年 8 月，1 版 1 刷。

25. 《中國文學古籍博覽》，李樹蘭，山西人民出版社，1988 年 3 月，1 版 1 刷。

26. 《現存元明清南北曲全折（齣）樂譜目錄》，曹安和編，人民音樂出版社，1989 年 1 月，1 版 1 刷。

27. 《中國禁書大觀》，安平秋、章培恆主編，上海文化出版社，1990 年 3 月，1 版 1 刷。

28. 《戲曲小說書錄解題》，孫楷第，人民文學出版社，1990 年 10 月，1 版 1 刷。

29. 《古典小說戲曲書目》，朱一玄、董澤雲、劉建岱編，吉林文學出版社，1991 年 5 月，1 版 1 刷。

30. 《明刊元雜劇西廂記目錄》，〔日〕傳田章，東京大學東洋文化研究所，，昭和 45 年（西元 1970 年）8 月 20 日。

十一、辭　典

1. 《元曲釋詞》一，顧學頡、王學奇，中國社會科學出版社，1983 年 11 月，1 版 1 刷。

2. 《中國戲曲曲藝辭典》，湯草元、陶雄主編，上海辭書出版社，1981 年 9 月，1 版，1985 年 2 月，3 刷。

3. 《中國大百科全書·中國文學》I、II，中國大百科全書出版社編輯部編，中國大百科全書出版社，1988 年 9 月，2 刷 1 刷。

4. 《中國大百科全書·戲曲曲藝》，中國大百科全書出版社編輯部編，中國大百科全書出版社，1983 年 8 月，1 版，1988 年 11 月，2 刷。

5. 《元曲百科辭典》，袁世碩主編，山東教育出版社，1989 年 4 月，1 版 1 刷。

6. 《中國大百科全書·戲劇》，中國大百科全書出版社編輯部編，中國大百科全書出版社，1989 年 11 月，1 版 1 刷。

7. 《劇詩精華欣賞辭典》（元雜劇部分），呂後龍，學苑出版社，1990 年 3 月，1 版 1 刷。

8. 《中國喜劇文學辭典》，劉偉林主編，廣東高等教育出版社，1991 年 5 月，1 版 1 刷。

十二、索引、年鑑

1. 《中國文學研究年鑑》1981～1987，中國社會科學院文學研究所，《中國文學研究年鑑》編輯委員會編，中國社會科學出版社（1981 年度）、中國文聯公司（1982～1987 年度），1982 年 10 月～1989 年 11 月，1 版 1 刷。

2. 《中國戲劇年鑑》1982～1985、1989，中國戲劇年鑑編輯部編，中國戲劇出版社（1982～1985 年度）、中國文聯出版公司（1989 年度），1983 年 6 月～1990 年 1 月，1 版 1 刷。

3. 《中國古典文學研究論文索引 1949～1980》，中山大學中文系資料室編，廣西人民出版社，1984 年 6 月，1 版 1 刷。

4. 《中國古典文學研究年鑑》1984，中國古典文學研究年鑑編委會編，上海古籍出版社，1987 年 2 月，1 版 1 刷。

5. 《中國文化研究論文目錄》（民國 35～68 年），中華文化復興運動推行委員會主編，臺灣商務印書館，1988 年 1 月，初版。

6. 《中國古典戲曲研究資料索引》，香港大學中文學會編，廣角鏡出版社，1989 年 9 月，初版。

7. 《中國古籍整理研究論文索引》，東北師大古籍整理研究辭書編輯室編，江蘇古籍出版社，1990 年 11 月，1 版 1 刷。

十三、版畫、美術、印刷

1. 《明刊西廂記全圖》，上海人民美術社，1983 年 5 月，1 版 1 刷。

2. 《鄭振鐸美術文集》，張薔編，人民美術出版社，1985 年 6 月，1 版 1 刷。

3. 《中國版畫史》，王伯敏，蘭亭書店，1986 年 9 月 15 日，初版。

4. 《中國古代版畫百圖》，周蕪編，蘭亭書店，1986 年 9 月 15 日，初版。

5. 《中國美術辭典》，沈柔堅主編，上海辭書出版社，1987 年 12 月，1 版，1988 年 12 月，2 刷。

6. 《中國美術通史》（5），王伯敏主編，山東教育出版社，1988 年 5 月，1 版 1 刷。

7. 《陳洪綬人物畫的藝術形象之研究》，汪麗玲，文化大學藝術研究所，碩士論文，1988 年 6 月。

8. 《鄭振鐸藝術考古文集》，鄭爾康編，文物出版社，1988 年 9 月，1 版 1 刷。

9. 《中國版畫史圖錄》，周蕪編，上海人民美術出版社，1988 年 10 月，1 版

1 刷。

10. 《張秀民印刷史論文集》，張秀民，印刷工業出版社，1988 年 11 月，1 版
1 刷。

11. 《中國美術全集・繪畫編》20〈版畫〉，王伯敏主編，錦繡出版社，1989
年 8 月。

12. 《中國印刷史》，張秀民，上海人民出版社，1989 年 9 月，1 版 1 刷。

13. 《明代版畫藝術圖書特展專輯》，潘元石主編，國家圖書館，1989 年 12
月。

14. 《歷代刻書考述》，李致忠，巴蜀書社，1990 年 4 月，1 版 1 刷。

15. 《雕版印刷源流》，上海新四軍歷史研究會印刷印鈔分會編，印刷工業出
版社，1990 年 9 月，1 版 1 刷。

十四、單篇論著

1. 〈風月錦囊〉，羅錦堂，見《錦堂論曲》，聯經出版事業公司，1977 年 3
月，初版，1979 年 11 月，2 印。

2. 〈論飲虹簃所刻曲〉，羅錦堂，見《錦堂論曲》，聯經出版事業公司，1977
年 3 月，初版，1979 年 11 月，2 印。

3. 〈孟稱舜新考〉，朱穎輝，《戲曲研究》第六輯，文化藝術出版社，1982
年 7 月，1 版 1 刷。

4. 〈風月錦囊考〉，劉若愚著，王秋桂譯，見王秋桂編《中國文學論著譯叢》
下冊，戲劇之部，臺灣學生書局，1985 年 3 月，初版。

5. 〈明代刻書的特色〉，潘美月，見《鄭因百先生八十壽慶論文集》（上），
臺灣商務印書館，1985 年 6 月，初版。

6. 〈文學個性的覺醒——試論明代中後期的文藝啟蒙運動〉，周續賡，《語言
文學論叢》，北京師範學院出版社，1985 年 9 月，1 版 1 刷。

7. 〈查繼佐的家樂戲班和劇作〉，李平，《戲曲論叢》第一輯，甘肅人民出版
社，1986 年 5 月，1 版 1 刷。

8. 〈李贄的「化工說」〉（附錄：〈關於李贄批點琵琶記的真偽問題〉），蘇國
榮，《中國劇詩美學風格》，丹青圖書有限公司，1987 年 6 月 1 日，初版。

9. 〈海外戲曲孤本風月錦囊的新發現〉，彭飛、朱建明，《上海藝術家》，1988
年 2 月。

10. 〈對古典戲曲理論中主情說的評判〉，蔡鍾翔，《中國人民大學學報》，1988
年 2 月。

11. 〈李贄——傳統社會中的異端〉，徐壽凱，《中國古代藝文思想漫話》，木
鐸出版社，1988 年 9 月，初版。

12. 〈論湯顯祖的創作歷程和理論追求〉，夏寫時，《論中國戲劇批評》，齊魯書社，188 年 10 月，1 版 1 刷。

13. 〈明代戲曲的悲劇觀：怨譜說〉，謝柏梁，《文學遺產》，1989 年 6 月。

14. 〈八股文與明清戲曲〉，黃強，《文學遺產》，1990 年 2 月。

15. 〈論明代小說戲曲空前興盛之成因——中國小說與戲曲比較研究弁言〉，劉輝，《小說戲曲論集》，貫雅出版社，1992 年 3 月，初版。

16. 〈西廂記諸本の信憑性〉，〔日〕田中謙二，《日本中國學會報》第 2 期，昭和 25 年（西元 1950 年）3 月 30 日。

17. 〈雜劇西廂記におけるの人物性格の強調〉，〔日〕田中謙二，《東方學》第二十二集，昭和 36 年（西元 1961 年）。

18. 〈萬曆版西廂の系統とその性格〉，〔日〕傳田章，《東方學》第 31 集，昭和 40 年（西元 1965 年）。